MICHAEL MARRAK

LEX TALIONIS

ROMAN

Michael Marrak: Lex Talionis

© 2022 Michael Marrak (Text)
© 2022 Holger Much (Titelbild)

© dieser Ausgabe 2022 by
Memoranda Verlag Hardy Kettlitz
Alle Rechte vorbehalten

Gestaltung: Hardy Kettlitz & Michael Marrak
Korrektur: Christian Winkelmann
Druck: Schaltungsdienst Lange, Berlin

Memoranda Verlag
Hardy Kettlitz
Ilsenhof 12
12053 Berlin
www.memoranda.eu
www.facebook.com/MemorandaVerlag

ISBN: 978-3-948616-64-9 (Buchausgabe)
ISBN: 978-3-948616-65-6 (E-Book)

INHALT

The world is full of gods and beasts
Some to serve and some to feast
Avert your eyes from the sky
The lies of God and the God of lies

SOL INVICTUS, Lex Talionis

PROLOG

Es heißt, Hoffnung werde in der Dunkelheit geboren und sei nicht mehr als eine Illusion der Schatten, die sie bevölkern.

Sie ist das Glimmen in Pandoras Büchse, ein sanfter Trost für alle, die wissen, wie man die Zähne zusammenbeißt und den Rotz hochzieht. Hoffnung treibt uns selbst dort weiter, wo das Eis zu dünn geworden, das Vertrauen gebrochen und der Glaube an die menschliche Vernunft verloren scheint. Sie ist ein metaphysischer Strohhalm, robust genug, um sich über Wasser zu halten, aber zu fragil, um sich ans rettende Ufer zu ziehen. Ein göttliches Irrlicht für die Ohnmächtigen und die Verzweifelten, das ihnen jede noch so erdrückende Dunkelheit erträglich macht. Wie so oft versteckt sich die Wahrheit hinter Spiegeln – ist es doch ausgerechnet die Hoffnung, die einer neuen Dunkelheit als Nährboden dient.

In der einen Minute glaubt man noch, der Schierlingskelch schwebe an einem vorüber, in der nächsten spürt man plötzlich den Sog. Sein Einfluss wird allgegenwärtig, erfasst die Häuser und die Straßen, erfüllt jeden Winkel, jedes Geräusch und jeden Geruch. Die Stadt wird zu einem Moloch, und die Gravitation seiner Ruchlosigkeit unerbittlich. Hat er sein Opfer erst einmal verschlungen, bleibt diesem kaum mehr, als die Schmerzen zu ertragen und auf den finalen Knall zu warten. Innerhalb eines Wimpernschlages ist es schließlich vorbei.

Tusch.

Vorhang.

Kein Applaus.

Keine Tränen.

Als ich die Mündung der Waffe am Hinterkopf spürte, überkam mich der Drang zu lächeln. Die Kälte des Metalls erfüllte mich mit einer unbeschreiblichen, nie gekannten Ruhe. Womöglich resultierte sie aus der Endgültigkeit der Situation und der Unausweichlichkeit des Folgenden. Vielleicht war es der Zustand, den Mediziner *Resignatio morituri* nennen; jene Sekundenbruchteile, in denen einem Menschen bewusst wird, dass sein Schicksal besiegelt ist und es hier und heute endet, an diesem schäbigen Ort, auf der Stelle. Dass es keinen Ausweg mehr gibt, keine rettende Tür, keine helfende Hand. Dass der Boden sich unter den Füßen geöffnet hat und der Strick sich spannt.

Meine Zähne schabten über den Steinboden, als die Hand, die mich im Nacken gepackt hielt, den Druck verstärkte. Das Gestein unter mir war kalt und feucht. Mit der linken Gesichtshälfte lag ich in einer Lache aus gerinnendem Blut. Meine Arme waren damit verschmiert, meine Finger versanken fast darin, als ich mich ein letztes Mal hochzustemmen versuchte. Der Griff meines Gegners war unnachgiebig. Nachdem er mich wieder unter Kontrolle gebracht hatte, rammte er mir sein Knie in den Rücken. Ich stieß explosionsartig die Luft aus, was vor meinem Gesicht eine Blutfontäne aufspritzen ließ.

»Nur keine Hemmungen, Alexander«, vernahm ich seine heisere Stimme. »Lass es einfach raus.« Entweder litt er an einer Kehlkopfentzündung, oder er verstellte sich, um sich nicht zu verraten.

Mit der freien Hand tastete er meine Jacke ab, fischte meine Brieftasche heraus, legte sie vor sich auf meinem Rücken ab und begann die einzelnen Dokumente herauszuziehen. Scheckkarten, mein Impfpass, meine Versichertenkarte, mein Personalausweis und mein Führerschein purzelten auf mich herab und landeten im Blut.

»Kriminalistischer Konsultant«, las er im Schein der Notbeleuchtung schließlich von meiner Visitenkarte ab. Die Mündung seiner Waffe weiterhin in meinen Nacken gedrückt, beugte er sich herab. »Hallo, kriminalistischer Konsultant«, raunte er mir ins Ohr. Sein Atem stank nach etwas, das mich an Formalin erinnerte.

»Der Augenblick, in dem nackte Worte ein Gesicht bekommen, ist magisch, findest du nicht? Sag, wie fühlt man sich als parasitärer Organismus in diesem urbanen Meer aus intellektuellem Plankton?«

»Ich weiß nicht, wovon Sie reden«, entgegnete ich. Meine Worte klangen, als wäre meine Zunge ein dicker, tauber Klumpen. »Wer sind Sie? *Was* sind Sie?«

»Ein urbaner Antikörper, Alexander. Die personifizierte Wut dieser Stadt, ihre *Ultima Ratio*, hervorgebracht, um erfolgreich zu sein, wo andere versagen. Aber warum so förmlich, Lex? Immerhin hast du der Gesellschaft in wohlfeilen Worten mein geheimstes Inneres offenbart. Menschen, die tiefer in mich hineinzublicken vermögen als ich selbst, imponieren mir. Das ist eine Gottesgabe! Sie macht uns zu Seelenverwandten. Bei so viel spiritueller Intimität könnten wir doch vertrauter miteinander umgehen, findest du nicht?«

»Sagen Sie mir Ihren Namen, dann sehen wir weiter.«

»Er ist nicht von Belang.« Der Fremde ließ die Brieftasche vor mir auf den Boden klatschen. Kalte Blutklumpen spritzten mir ins Gesicht. »Müsste hier eigentlich nicht viel mehr draufstehen?«, fragte er und hielt mir die Visitenkarte vors Gesicht. »Ich meine, so etwas Schnödes wie Konsultant wird der Sache doch nicht annähernd gerecht, oder? Sollte da nicht auch Elendstourist, Visionist, Weltenpendler und notorischer Unruhestifter mit aufgezählt werden? Du schämst dich doch hoffentlich nicht für diese Attribute?«

Der Boden begann leicht zu beben, als ein Zug den Evakuierungsstollen passierte, in dem wir uns befanden. Von der wenige Meter entfernten U-Bahn-Trasse trennte uns nur eine Brandschutztür.

»Nun gut, wie auch immer«, sagte er, als ich mich in Schweigen hüllte. »Fluchttiere muss man vor sich hertreiben, dann rennen sie Hals über Kopf in jede noch so primitive Falle – wie dein Freund hier.« Er tippte den neben mir liegenden Toten mit der Mündung der Waffe an. »Raubtiere hingegen lauern ihrer Beute auf oder stellen ihr nach«, fuhr er fort. »Jeder ihrer Sinne ist auf Jagen,

Ergreifen und Töten fokussiert. Und dennoch folgen sie unbeirrt ihren Instinkten wie Ameisen der Pheromonspur ihrer Pioniere. Das macht sie bei all ihrer Kompromisslosigkeit berechenbar. Sie rennen offenen Auges ins Verderben, weil sie glauben, die Situation unter Kontrolle zu haben.« Er tippte mir mit einem Finger an die Stirn. »Aber du bist nur ein Sklave deines Intellekts, Lex, und lässt dich von ihm verschaukeln, blind und taub wie ein Kamikaze-Weisheitsäffchen …«

Meine Gedanken rasten, suchten einen Ausweg. »Warum tun Sie das?«, fragte ich, um Zeit zu gewinnen. »Ich verstehe das Motiv nicht.«

Mein Gegner schnaubte amüsiert. »Doch, ich denke, das tust du sehr wohl«, sagte er. »Warum sprüht Banksy Graffiti an Hauswände? Warum stapelt Gray an Seeufern Steine? Warum arrangiert Goldsworthy Tag für Tag die Natur zu komplexen Strukturen? Weil sie in ihrem einsamen Schaffen Erfüllung finden. Es ist ihr Lebensinhalt, ihre Berufung, Vergängliches zu erschaffen, um es anschließend den Elementen und sich selbst zu überlassen. Dies war einst auch Gottes Prämisse bei der Schöpfung eurer die Hybris kultivierenden Spezies: Vergänglichkeit, nicht mehr und nicht weniger! Das menschliche Leben ist eine ganz und gar überbewertete biologische Eskapade, Lex, ein unermesslich bedeutungsloses Bewusstseinsflackern im Universum. Also huldige ich dem Zeitgeist und bereichere die Stadt, die einen jeden von euch überdauern wird, mit den Kunstwerken, die sie wirklich verdient. Sie ist meine Galerie, mein Konzertsaal, meine Bühne, mächtig und ästhetisch. Während andere sich in Öl, Tusche, Schrott, Noten oder Worten versuchen, arbeite ich mit Fleisch und Blut. Ich gebe den Deinen Gelegenheit, in den Spiegel zu blicken und ihr wahres Wesen zu erkennen. Orte animalischer Gewalt und instinktgesteuerter Triebe, gleich jenen, aus denen deine Spezies einst hervorgekrochen ist – und in denen sie früher oder später wieder untergehen wird.«

»Ich werde Sie vor Ihren eigenen Spiegel treten lassen«, prophezeite ich dem Fremden. »Aber auf der anderen Seite wird etwas auf Sie warten, vor dem selbst Gott graut.«

»Immer eine nette Metapher in petto.« Mein Gegner lachte leise. »Der Mann, der in die Vergangenheit sehen kann, sagt plötzlich auch die Zukunft voraus. Im Angesicht des Todes entwickelt ihr Menschen wahrlich ungeahnte Talente.« Er stieß ein leises Seufzen aus, dann sagte er: »Euer gesamtes Dasein von der Wiege bis ins Grab ist eine einzige Todesspirale, Lex. Einige werden lange vor ihren selbst gesteckten Zielen aus der Bahn geworfen und verpuffen in der Bedeutungslosigkeit, andere donnern im Zenit ihres Schaffens mit vollem Karacho brüllend in die Grube und verabschieden sich mit einem Furz. Was also ist so schändlich daran, das Innere jener Menschen, die es verdient haben, nach außen zu kehren? Es gibt genug von euch. Ihr seid eine natürliche Ressource.« Mit der freien Hand griff er in eine seiner Taschen. »Wie heißt es noch gleich: Wer im heiligen Tabernakel sitzt, sollte nicht mit Engeln werfen …«

Papier raschelte, dann legte er einen zerknitterten, aus einer Tageszeitung gerissenen Artikel vor mir ins Blut. Ich brauchte nicht einmal den Kopf zu verdrehen, um zu wissen, welchem Thema er sich widmete.

»Der Absatz, in dem du von einem neurotischen, komplexgesteuerten Gernegroß schreibst und mich einen Soziopathen mit Caligula-Syndrom nennst, hat mich sehr amüsiert«, sagte er. »Ich würde mich gern vor dir verneigen, lägst du nicht unter mir im Dreck. Aber Letzteres wird dem Schöpfer nicht gerecht. Eure gesamte Geschichte ist ein beschämender Haufen Scheiße, Lex. Ich kannte ihn gut, euren sogenannten Caligula. Sein wirklicher Name war Gaius Iulius Caesar, und seinen posthumen Ruf hat er wahrlich nicht verdient.

Eine eurer Redensarten besagt, dass die Kunst früher oder später stets ihre Schöpfer frisst – doch warum den Spieß nicht einfach umdrehen und dem Schöpfer die Kunst einverleiben?« Er zerknüllte den mit Blut vollgesogenen Zeitungsausschnitt und hielt ihn mir an den Mund. »Iss!«, verlangte er. Als der nasse Klumpen meine Lippen berührte, drehte ich angewidert den Kopf zur Seite. »Was ist los, Lex? Schmeckt dir etwa dein eigenes Pamphlet nicht, oder ist dir der Dip zu fad?« Der Druck gegen meinen Mund wurde stärker. »Iss, oder ich beginne damit, dir Fetzen für Fetzen das Gesicht wegzuschießen. Mit deiner Nase fange ich an, dann folgen deine Lippen, dann deine Zähne … Komm schon, sei kein Suppenkasper.«

»Fahren Sie zur …«

Mein Gegner nutzte den Moment, um mir den Zelluloseklumpen in den Mund zu stopfen. Ein Kaureflex ließ mich zubeißen, woraufhin mir das herausgepresste Blut über die Zunge lief. Ich musste würgen und kotzte den Brocken mitsamt meinem Frühstück wieder heraus.

»Ach, Lex«, seufzte der Kerl auf mir. »Du enttäuschst mich. Ich hatte gehofft, du wärst härter im Nehmen. Nun muss ich erkennen, dass du nicht mehr bist als ein verweichlichter Orakelkurier, der den Frust über seine verlorenen Illusionen hinter Sarkasmus und Scheinheiligkeit versteckt. Bedauerlich, wirklich. Ich wünschte, wir wären uns auf Augenhöhe begegnet. Na ja, vielleicht habe ich mit deinem Weibchen mehr Glück.«

Ich vernahm das Spannen eines Abzugshahns. Es war also keine Pistole, deren Mündung ich spürte, sondern ein Revolver. Mit Tränen in den Augen starrte ich auf den Papierklumpen, der sich wie ein kleines Eiland in meinem Erbrochenen erhob, dann schloss ich die Augen.

Resignatio morituri.

TEIL 1

DER WIND MEINER FLÜGEL

*Willst du Bitterkeit über deine Feinde bringen,
dann füttere einen Schmetterling.*

Fernöstliches Sprichwort

1

Ich kann nicht mit Bestimmtheit sagen, wann meine Abwärtsspirale begonnen hatte, sich zu drehen. Vielleicht vor Monaten, vielleicht aber auch schon vor Jahren. Ihr Sog hatte sich am Anfang angefühlt wie jeder andere gegen die Moral rotierende Ereignisstrudel, der in der Stadt zu wüten beginnt. Im Prinzip macht es keinen Unterschied, ob er aus Wasser, Wind, bösen Omen oder schlechten Taten besteht. Das Resultat ist für alle Beteiligten das gleiche: Früher oder später werden sie verschlungen und an einem Ort wieder ausgespuckt, den sie sich zeit ihres Lebens unbewusst aus ihren Ängsten geschaffen haben.

Das ist unser aller Los: sich in die Nacht gestoßen mit dem Undenkbaren zu arrangieren und dabei noch ein Lächeln zu bewahren.

Mir war bewusst, dass der Sog bereits seit Jahren an mir und meiner Psyche zerrte, aber mit Fallroutine und ein paar schäbigen Tricks hatte ich es bisher vermocht, ihm zu widerstehen und dem Moloch eine lange Nase zu drehen. Selbst als es vor sieben Monaten für einen kurzen Moment so ausgesehen hatte, als hätte die urbane Singularität in seinem Zentrum das Tauziehen doch noch gewonnen.

Der Tag, an dem mir bewusst wurde, wie nahe ich dem Abgrund ohne Wiederkehr inzwischen gekommen war, begann für Vinzenz und mich wie jeder Schicksalsstrom: an seinem Ursprung. Dabei war sein Wasser bereits eine lange Strecke durch verborgene Klüfte und Spalten geflossen, ehe es an der Oberfläche unserer Welt als Quelle zutage trat. Von dem unterirdischen Reich, in dessen Dunkelheit sein wahrer Ursprung lag, ahnte ich zu diesem Zeitpunkt noch nichts.

»Das war die falsche Querstraße.«

Vinzenz Brehmer ließ die Seitenscheibe herab und streckte den Kopf aus dem Fenster. Vor sich hin murmelnd sah er sich um und starrte letztlich in den Himmel, als könnten die Sterne ihm den Weg weisen. »Ich hasse diese Villenviertel bei Nacht«, klagte er, als er keinen Orientierungspunkt fand. »Wohin man blickt, nur Hecken, Wohlstandspalisaden, Überwachungskameras und Verbotsschilder …«

These suburbia streets be one hell of a place, sinnierte der Sänger im Radio und ließ mich schmunzeln. *Behind those palace gates, be the familiar face …*

»Sehr witzig, wirklich«, brummte Vinzenz und schaltete das Radio aus.

»Entspann dich«, sagte ich. »Und mach das Fenster zu. Ich weiß, wo wir sind.«

»Das Auto aber anscheinend nicht.«

»Denkst du wirklich, ich schlendere mir nichts, dir nichts durch den Haupteingang? Wie lange machen wir das nun schon, Vinz?«

»Offenbar nicht lange genug.«

»Vertrau mir. Ich parke hinter dem Anwesen.«

»Und dort hängen uns dann zwei Rottweiler an den Eiern …«

Ich fuhr bis zum Ende der Straße und bog auf einen unbeleuchteten Weg ab, der den Stadtwald von den heckengesäumten Grundstücksparzellen trennte. Auf den letzten Metern ließ ich den Wagen schließlich nur noch im Schein der wenigen Laternen rollen. Jenseits der gestutzten Thuja- und Ligusterhecken flackerte Blaulicht. Wir stiegen aus, schlossen die Wagentüren und gingen bis zu einem gusseisernen, ins Buschwerk eingelassenen Gartentor. Ich drückte die Klinke nieder, woraufhin die Pforte leise quietschend aufschwang.

»Fortuna, du Trügerische«, murmelte ich.

»Warum müssen wir uns ständig von hinten anschleichen?«, beschwerte sich Vinzenz.

»Weil das der Weg ist, den auch der Puppenspieler genommen hat.«

»Ist das nur eine Vermutung? Oder ein Tipp des großen weißen Kaninchens?«

»Mach dich ruhig lustig, Vinz.«

Zwischen uns und der erleuchteten Villenveranda lag ein etwa vierhundert Quadratmeter großes Areal aus knöchelhohem Rasen, gestutzten Bäumen, Ziersträuchern und Rabatten. Die Terrasse war bis auf einen gut drei Meter breiten Durchlass von faltbaren weißen Sichtschutzwänden umgeben. Sie verhinderten, dass Neugierige durch die breite Glasfassade blicken konnten.

Unsere Kommunikation fand seit Betreten des Grundstücks nur noch nonverbal statt, mittels einer Pseudogebärdensprache, die wir uns im Lauf der Jahre angeeignet hatten. Sie machte vieles einfacher und unser Agieren unauffälliger. Als Vinzenz und ich uns auf das weitere Vorgehen geeinigt hatten und aus dem Schatten einer Hainbuche traten, vernahm ich in unmittelbarer Nähe ein verdächtiges Plätschern. Eine männliche Person seufzte, dann klimperte eine Gürtelschnalle. Ehe Vinzenz und ich Gelegenheit hatten, erneut in Deckung zu gehen, trat die Person, die sich auf der anderen Seite des Baumes erleichtert hatte, ins Sichtfeld. Es war – Fortuna, du treulose Hure! – ausgerechnet Hendrik Mertens, der arschkratzend zurück Richtung Terrassenaufgang schlenderte. Möglicherweise veranlasste ihn auf halbem Weg ein unbeabsichtigtes Geräusch, sich nach uns umzudrehen. Als er unsere Schatten bemerkte, zog er seine Dienstwaffe, zielte in unsere Richtung und bellte: »Stehen bleiben!« Mit der anderen Hand fischte er eine kleine Stabtaschenlampe aus seiner Jackentasche und leuchtete in unsere Gesichter. Beim Anblick von Vinzenz und mir stieß er einen leisen Fluch aus und steckte die Waffe zurück in sein Schulterholster. »Dass ihr beiden Knallchargen mal wieder von hinten angeschlichen kommt, war so sicher wie das Amen in der Kirche«, blaffte er uns an. Dann wandte er sich zur Terrasse um und rief: »Fechner, Ihre beiden Psychos sind hier!«

»Operation *Ich-spaziere-doch-nicht-durch-den-Haupteingang* läuft ja echt super«, raunte Vinzenz.

»Halt die Klappe«, gab ich zurück.

Sekunden vergingen, bis sich nähernde Schritte auf den Veranda-fliesen zu hören waren. Dann tauchte Miriam Fechner zwischen den Sichtschutzwänden auf und blickte suchend in die Dunkelheit.

»Hier drüben!«, rief Mertens und gab ihr Lichtzeichen.

Miriam hatte ihr lockiges blondes Haar zu einem Pferdeschwanz gebunden und war wie Mertens in Zivil gekleidet. Mit einer blau schimmernden Plastiktüte in der Hand lugte sie durch die Lücke im Sichtschutz. Als sie mich im Lichtkegel von Mertens' Taschen-lampe erspähte, murmelte sie etwas Unverständliches. Vorsichtig verstaute sie die Plastiktüte in einer ihrer Taschen und tänzelte die Verandatreppe herab. Meine Nervosität stieg mit jedem Schritt, den sie näher kam. Ich bemühte mich, es mir nicht anmerken zu lassen. In den nächsten Sekunden würde sich zeigen, ob sich jemand auf Kosten von Vinzenz und mir einen schlechten Scherz erlaubt hatte.

Der Augenblick der Wahrheit.

Leider war die Frage, ob unser Hiersein erwünscht war, nicht der einzige Knackpunkt unserer Zusammenkunft. Als Miriam und ich noch ein weitaus intimeres Verhältnis zueinander gepflegt hatten, hatte sie das Problem einmal mit den Worten formuliert: Es ist, als wären ein Löwe und ein Krokodil in einer Zeitschleife gefangen und würden sich tagein, tagaus aufs Neue an einem Seeufer um den Kadaver einer Gazelle streiten. Jeder der beiden beanspruchte den Fund für sich und versuchte ihn gegen den Willen des ande-ren in sein ureigenes Territorium zu zerren; der Löwe hinauf aufs Land, das Krokodil hinein ins Wasser. Beide zugleich können den Kampf nicht gewinnen. Einer von ihnen würde obsiegen – und der Verlierer es ihm ewig nachtragen.

Seinerzeit war die Welt für uns noch eine andere gewesen. Kennengelernt hatten wir uns, nachdem ich meine Beratertätig-keit für das Präsidium aufgenommen hatte. Besser gesagt: Nach-dem man mir dort angeboten hatte, meine Weste reinzuwaschen. Wochenlang hatten Miriam und ich unsere Beziehung heimlich gepflegt, bis sie zu einem offenen Geheimnis mutiert war, danach auch *coram publico*. Weitere fünf Monate waren vergangen, bis wir entschieden hatten, uns eine gemeinsame Wohnung zu suchen. Als ein Jahr später endlich alles für das gemeinsame Leben bereit gewesen war und es nur noch des letzten, entscheidenden Schrittes bedurft hätte, waren wir zu der Erkenntnis gelangt, dass wir uns trennen sollten, um unser beider Seelenheil zu wahren. Ein guter Freund hatte es dereinst lakonisch als bipolare Bewusstseinserweiterung und spontanen Dogmenwechsel bezeichnet.

Das bis zur Unerträglichkeit gestauchte Teslafeld zwischen unseren sich offenbar widernatürlich aufeinander zubewegenden Ego-Industriemagneten hatte sich letztlich als unüberwindbar erwiesen. Unsere Trennung war explosionsartig, aber einvernehmlich gewesen. Mit viel Blitz und Pulverdampf, aber ohne Knall und Donner. Unser einst für uns beide hergerichtetes Apartment bewohnte ich bis heute allein.

»Lex!«, seufzte sie, als sie uns erreicht hatte. Gehüllt in eine für sie typische Aura aus grimmiger Nonchalance, musterte sie Vinzenz und mich. »Ich hoffe inständig, dass ihr mit der Sache hier tatsächlich nichts zu tun habt.«

»Das hoffe ich auch«, bemerkte Mertens. Er zündete sich eine Zigarette an, schenkte mir einen abfälligen Blick und stapfte zurück Richtung Veranda.

Ich sah zu Vinzenz, der ins Firmament starrte, als flehte er ein weiteres Mal um göttlichen Beistand. Miriam folgte seinem Blick, dann sagte sie: »Ganz ehrlich, ich würde wirklich gern endlich verstehen, wie das funktioniert.« Sie musterte mich, womöglich in der Hoffnung, nach all den Jahren endlich eine einfache und nachvollziehbare Antwort zu erhalten. »Mir wäre es allerdings lieber, deine komische … Gabe würde dich informieren, *bevor* so etwas geschieht. Das würde uns eine ganze Menge Arbeit ersparen.«

»Schon irgendetwas Besonderes gefunden, das uns entgangen ist?«, fragte Mertens, der unserem Gespräch von der Terrasse aus lauschte. »Auren? Geisterstimmen? Der Aha-Moment des Nostradamus?«

Ich sah zu ihm hinüber. Hendrik Mertens war ein schlaksiger Mittvierziger mit trendig gestutztem Freudianer-Bart, der mich um einen halben Kopf überragte, was ihm wohl eine Art Überlegenheitsgefühl vermittelte.

»Nur Ihre Reviermarkierung«, gab ich zurück. »Würde mich nicht wundern, wenn Sie auch zum Kacken in den Garten gehen.«

Miriam gab Mertens mit einer knappen Geste zu verstehen, dass seine Anwesenheit nicht weiter erforderlich war. Schweigend sah sie ihm nach, bis er durch die Verandatür im Haus verschwunden war, dann schloss sie kurz die Augen und atmete tief durch. Ich konnte ihre Nasenflügel beben sehen.

»Bitte haltet euch wenigstens dort drin an die Spielregeln«, sagte sie in gedämpftem Ton, als sie ihren Kollegen außer Hörweite wähnte. »Mertens ist wegen euch schon den ganzen Abend auf hundertachtzig.«

Ich schaltete zurück auf DefCon 3. Für unser erstes Wiedersehen nach fast sieben Monaten Funkstille war es eigentlich gar nicht so übel gelaufen wie befürchtet. Unser Verhältnis zueinander war nach wie vor angespannt, aber irgendetwas schien ihr am aktuellen Fall zu schaffen zu machen – und es war offenbar mächtig genug, um alle unangenehmen Assoziationen in den Hintergrund zu drängen. Zumindest vorübergehend.

Als wir vor der Veranda standen und ich erstmals einen Blick durch die Lücke in der Sichtschutzwand werfen konnte, sah ich einen Forensiker in weißem Einwegoverall, der in der hell erleuchteten Wohnung einen Scheinwerfer ausrichtete.

»Wartet kurz hier, ich muss noch etwas klären«, sagte Miriam, dann eilte sie die Stufen zur Terrasse empor.

Ich stellte mich auf die Zehenspitzen, als die Stimmen von Mertens und ihr durch die Verandatür zu hören waren. Bei dem dahinter liegenden Raum handelte es sich offenbar um ein Wohn- oder Empfangszimmer. Zwei von der Spurensicherung auf Höhe der Balkontür platzierte Strahler beleuchteten etwas, das sich außerhalb meines Sichtfeldes befand. Es war nicht viel Fantasie vonnöten, um zu ahnen, worum es sich dabei handelte.

Miriam und Mertens standen abseits der Scheinwerfer im angrenzenden Flur und lieferten sich eine verbale Auseinandersetzung, von der nur unverständliche Wortfetzen zu uns herausdrangen.

»Lippenlesen wäre jetzt eine gesegnete Gabe«, bemerkte ich, nachdem einer der Kriminaltechniker die Verandatür geschlossen hatte. »Gleicher Meinung scheinen sie jedenfalls nicht zu sein.«

»Scheißidee«, murmelte Vinzenz.

»Bitte?«

»Der grimmbärtige Zitteraal im Schlabbersakko sagte gerade, er halte das für eine Scheißidee – was auch immer dieses ›das‹ sein mag.« Vinzenz sah mich an. »Was denn?«, fragte er, als er meinen Gesichtsausdruck bemerkte. »Lydia hat mir ein paar Sachen beigebracht. Seit einer Meningitis vor sechs Jahren ist ihr Vater fast völlig taub.«

Ich schüttelte den Kopf. »Deine heimlichen Talente überraschen mich immer wieder aufs Neue.«

»Hüte dich davor, sie überzubewerten«, warnte mich Vinzenz, ohne den Blick von den Terrassentüren abzuwenden. »Bei diesem Mertens scheinst du wirklich keinen Stein im Brett zu haben. Er rät deiner Verflossenen gerade eindringlich, dich aus dem Spiel zu lassen, um es mal diplomatisch zu formulieren … Und irgendwas mit Chance oder Scheiß …«

»Irgendwas mit Scheiß?«, wiederholte ich.

»Würde deine Ex nicht ständig mit Händen und Taschenlampe vor seinem Gesicht herumwedeln, wäre es wesentlich einfacher«, rechtfertigte sich Vinzenz. Mit zusammengekniffenen Augen spähte er durch die Verandatür. »Sie: Vielleicht funktioniert es ja«, fuhr er leise fort. »Er: Auf deine Verantwortung. Sie: Krieg das schon gebacken … nur den Rücken frei … Was ihr Gegenüber darauf antwortete, konnte ich nicht mehr erkennen.«

»Ist vielleicht auch nicht nötig«, sagte ich und beobachtete, wie Miriam wieder auf die Terrassentür zusteuerte. »Wenn ich ihren Gesichtsausdruck richtig interpretiere, war es eh nicht von Belang.«

Nachdem Miriam ins Freie getreten war, atmete sie tief durch. »Okay, kommt rein«, sagte sie. »Aber lasst die Spurensicherung ihre Arbeit machen. Keine Störungen oder Eigenmächtigkeiten, verstanden?«

»Na sicher doch.«

Ich betrachtete beim Näherkommen mein Spiegelbild in der Verandatür. Der Typ, der meinen Blick erwiderte, war ein unrasierter Enddreißiger, dessen Hometrainer vor einem halben Jahr den Geist aufgegeben hatte. Meine wahre Körpergröße kam selten zur Geltung, da ich die meiste Zeit leicht gebeugt durchs Leben schritt. Vinzenz zufolge wirkte es, als suchte ich auf dem Boden unablässig nach Münzen und Lebensweisheiten, die anderen Menschen aus den Taschen gefallen waren.

»Vorsicht an der Scheibe«, warnte uns Miriam, als sie über die Schwelle trat, und drückte den rechten Türflügel sicherheitshalber noch ein Stück weiter auf. In ihm klaffte ein rechteckiges, offenbar mit einem Trennschleifer oder einer Verbundglassäge geschaffenes Loch. Im Inneren des Hauses hatte jemand die Scherben notdürftig an die Wohnzimmerwand gekehrt.

Während Miriam wieder zu Mertens ging, ließ ich meinen Blick durch den Raum schweifen. Alles um mich herum versprühte ein makellos-neurotisches Ambiente. Luxus ohne Pomp, mit wenig Prunk, aber dafür mehr Stil. Wir standen auf lackiertem, ungeschliffenem Schieferboden, der zum Barfußlaufen einlud. Allein das Wohnzimmer war fast so groß wie mein gesamtes Apartment und erinnerte mehr an die Lounge eines Berghotels. Linker Hand eine weit ausladende Garnitur aus Designermöbeln und ein in die Wand eingelassener Panoramakamin, rechter Hand Bücherregale, Sammlervitrinen, drei Tatort-Astronauten von der Spurensicherung und eine zugedeckte Frauenleiche. Ich erkannte es an ihren Füßen und dem Unterarm, der unter dem Tuch hervorragte. An den hellen Natursteinwänden hingen afrikanische Holzmasken und expressionistische, in warmen Farben gehaltene Gemälde von Macke, Kandinsky und Schmidt-Rottluff. Vor den Regalen führte eine freistehende, ebenfalls mit Schieferfliesen verkleidete Maisonette-Treppe hinauf ins Obergeschoss. Das Flair war so heimelig wie eine Zimmerkulisse auf einer Luxusmöbelmesse.

»Ich verstehe diese Leute nicht«, bemerkte Vinzenz. »Verdienen ihr Geld im Schlaf, könnten sich die teuersten Innenarchitekten und Raumdesigner leisten und kaufen trotzdem so einen seelenlosen Scheiß. In diesem Dekorbunker würde sich doch nicht mal ein Saugroboter wohlfühlen.«

Die im Haus herrschende Kälte ließ mich frösteln. »Was ist hier los?«, wunderte ich mich.

»Die Klimaanlage lief auf vollen Touren«, erklärte einer der Forensiker. Hinter seiner Atemschutzmaske und der Schutzbrille war es fast unmöglich, Gesichtszüge zu erkennen. Ich glaubte aber, mich an seine Stimme zu erinnern. Es waren die Augen von Ferdinand Jelen, die mich taxierten. »Der Leichnam ist komplett ausgekühlt«, sagte er. »Zum Todeszeitpunkt lassen sich daher keine verlässlichen Angaben machen.«

Das Opfer lag unter der geöffneten Deckenverkleidung des Zuluftschachts und wirkte irgendwie unproportioniert, fast so, als trüge es einen Motorradhelm oder ein dickes Kopftuch. Überall im Raum hatten die Kriminaltechniker kleine nummerierte Schilder aufgestellt, die sich um den abgedeckten Körper herum konzentrierten.

Ich sah mich nach Miriam um, die sich noch immer mit Mertens unterhielt. Die Unaufmerksamkeit der beiden ausnutzend, näherte ich mich der Toten. Weit kam ich jedoch nicht. Als Jelen mich aus dem Augenwinkel heraus bemerkte, erhob er sich und stellte sich mir in den Weg. In der rechten Hand hielt er eine auf meinen Brustkorb gerichtete Sprühflasche, in der Linken eine UV-Lampe.

»Bleiben Sie bitte in Ihrer Hälfte«, wies er mich an. »Wir sind hier noch nicht fertig.« Er schob die Schutzbrille über seine Stirn, zog sich die Maske vom Mund, neigte den Kopf ein Stück zur Seite und schloss die Augen. »Muss ich hier drin etwa auch noch

Flatterband spannen?«, fragte er so laut, dass Miriam und Mertens es unweigerlich hören mussten.

»Schon gut, schon gut …« Ich trat ein paar Schritte zurück. »Sparen Sie sich das Theater.«

Ferdinand Jelen war ein leicht korpulenter Mittsechziger mit grauem Haarkranz und dem Ruf, den Kopf in den Wolken zu tragen, während er seiner Arbeit nachging, und kaum etwas mehr zu hassen als eine Störung des Flusses. Vielleicht war seine ihm angedichtete Selbstvergessenheit aber auch nur eine berufsbedingte Ignoranz gegenüber den Lebenden. Ich hatte nie direkt mit ihm zu tun gehabt, allenfalls mit einigen seiner medizinischen Assistenten.

»Können Sie etwas zu den Todesumständen sagen?«, fragte ich.

Mein Gegenüber öffnete die Augen wieder und suchte den Blickkontakt seiner Vorgesetzten. Während Miriam nickte, zuckte Mertens nur mit den Schultern.

»Eine Tat im klassischen Sinne hat nicht stattgefunden«, erklärte der Mediziner. »Rein äußerlich sind keine Hinweise auf Gewalteinwirkung festzustellen. Sämtliche Epidermis-Auffälligkeiten resultieren aus Sturz- und Alrea-I-Kontaktverletzungen.«

»Was heißt das?«

»Eine allergische Reaktion«, erklärte Jelen. »Die Skala reicht vom harmlosen Juckreiz bis hin zur tödlichen Anaphylaxie. Hierbei muss der Betroffene das Allergen nicht einmal unwissend mit der Nahrung zu sich nehmen, trinken oder inhalieren. Allein die Berührung hat ohne medizinische Sofortmaßnahmen verheerende Folgen – *sic in hoc casu*. Nach bisherigen Erkenntnissen war es wahrscheinlich eine Sache von wenigen Sekunden. Genaueres lässt sich nach der Obduktion sagen.« Er zog Brille und Schutzmaske wieder in Position. »Wann will der Bestatter hier aufschlagen?«, erkundigte er sich.

Mertens blickte auf seine Uhr. »Sollte eigentlich jeden Moment eintreffen.«

Jelen nickte, wandte sich ab und fuhr mit seiner Arbeit fort.

»Wer ist das Opfer?«, erkundigte sich Vinzenz.

»Regina Navotná«, sagte Miriam. »Alter 66, alleinstehend. War achtzehn Jahre lang verheiratet mit Aaron Saldek.«

Ich horchte auf. »Dem Combine-Pillendreher?«

»Ex-Pillendreher«, meldete Mertens sich aus dem Hintergrund. »Nach seinem Unfall hat er die Konzernleitung an seinen jüngeren Bruder abgegeben.«

»Die beiden haben sich vor knapp zwei Jahren scheiden lassen«, fuhr Miriam fort. »Sie hat ihren Mädchennamen wieder angenommen und das Haus seither die meiste Zeit allein bewohnt.«

»Was heißt ›die meiste Zeit‹?«

»Männerbesuche. Die Navotná war eine lukrative Kundin diverser … nun, nennen wir es mal Agenturen. So etwas bleibt in einer Wohngegend wie dieser nicht unbemerkt. Nachbarn zufolge hat sie das Haus in den letzten Monaten allerdings immer seltener verlassen. Die Vordertür war mit vier verschiedenen Schlössern gesichert und alle Fenster geschlossen, sodass wir uns über die Terrasse Zugang verschaffen mussten.«

»Klingt nach fortgeschrittener Agoraphobie«, bemerkte ich. »Gibt es irgendetwas Besonderes? Eine Visitenkarte des Täters oder so was?«

»Zeig sie ihm«, forderte Mertens, als Miriam unschlüssig auf die Akte in ihrer Hand starrte.

Sie schloss für einen Moment die Augen, dann sah sie mich ernst und ein wenig verunsichert an. In ihrem Blick lag ein Ausdruck, den ich überhaupt nicht an ihr mochte – und der in der Regel nichts Gutes verhieß.

»Was zeigen?«, fragte ich.

Miriam faltete die Aktenmappe in der Mitte und hielt sie so, dass ich die in einer Klarsichthülle steckende Karte sehen konnte. »Die hier hatte die Tote in den Händen«, erklärte sie.

Das Dokument wirkte wie eine aufgeklappte Kondolenzkarte, deren Titelmotiv mit einem ausgedruckten Schwarz-Weiß-Foto überklebt worden war. Es zeigte Miriam und mich nach einer Pressekonferenz anlässlich eines Falles, dessen Aufklärung vor anderthalb Jahren für relativ viel Aufsehen gesorgt hatte. Die Aufnahme war damals in mehreren Tageszeitungen abgedruckt worden und seither sporadisch im Rahmen diverser, mehr oder minder sachlicher Online-Artikel erschienen.

Da ich nur die Vorder- und Rückseite der Karte sehen konnte, nicht aber den Innenteil, griff ich instinktiv nach der Akte, woraufhin Miriam die Mappe zurückzog und wieder schloss. »Das sind Interna.« Sie nickte, als wollte sie sich selbst gegenüber ihre eigenen Worte bestätigen, wich aber meinem Blick aus. Die Umstände schienen ihr äußerst unangenehm zu sein.

»Wollt ihr mich verarschen?«, fragte ich in die Runde.

Selbst die Forensiker hielten daraufhin mit ihrer Arbeit einen Moment lang inne und verfolgten die Situation. »Lass mich das bitte mal sehen!«, forderte ich Miriam ruhig, aber bestimmt auf.

Mertens nickte auffordernd, als sie sich zu ihm umsah. Aus ihrem Blick las ich, dass sie ihren Kollegen in diesem Moment am liebsten auf den Mond gewünscht hätte. Nachdem sie einmal tief durchgeatmet hatte, zog sie wortlos die Karte aus der Mappe, klappte sie auf und reichte sie mir.

Semiramis im Schatten verbündet mit Eskandar, hatte der Verfasser in krakeligen Buchstaben über beide Hälften der Innenseite geschrieben. *Die Erhabene fragt: Was eint den Wunsch nach Dasein, Thích Quang Dúc und Jirafa Ardiendo? Die weise Antwort des Beschützers rettet der Toten Leben.*

»Ernsthaft?«, fragte ich, nachdem ich die Zeilen mehrmals gelesen hatte. Die Schrift war so ungelenk, dass sie unmöglich echt sein konnte. »Ich weiß ehrlich gesagt nicht, was ich davon halten soll.«

»Willkommen im Club«, brachte Mertens sich mit ein. »Offensichtlich hat sich der Täter über euch beide schlau gemacht.«

»Fällt dir daran irgendetwas auf?«, fragte Miriam.

Ich betrachtete das Foto. »Wir waren glücklicher …«

Miriam senkte den Blick und nahm die Karte kommentarlos wieder an sich.

2

Es war nur eine kurze Berührung, ein flüchtiges Streifen unserer Finger, doch der Kontakt war intensiv genug für ein Echo. Von einem Moment zum anderen stand ich im Freien. Um mich herum erstreckte sich ein schier endloses, sturmgepeitschtes Feld aus kaum wadenhohen, azurblauen Blumen. Obwohl sich darüber ein schwarzer, sternloser Himmel spannte, leuchtete die Landschaft taghell. Ich bückte mich, um ein paar der Halme auszureißen, und betrachtete die kleinen Blüten aus der Nähe. Was von Horizont zu Horizont unter den Windböen wogte, waren Vergissmeinnicht.

Kaum ausgerissen, begannen die Halme in meiner Hand zu verwelken. Nur wenige Schritte entfernt wuchsen die Pflanzen jedoch empor und formten sich zu etwas, das wie eine menschliche Gestalt aussah. Mir den Rücken zukehrend und in ein Blütenkleid gehüllt, stand sie schließlich leicht gebückt da und schien den Boden zu betrachten.

»Hallo?«, rief ich.

Schweigend wandte die Erscheinung sich um. Bevor ich jedoch erkennen konnte, womit ich es zu tun hatte, verblasste die Landschaft wieder. Statt in das Gesicht der Vision blickte ich in einen Scheinwerfer der Spurensicherung, dann auf den verwelkten Blütenhalm in meinen Fingern …

Es konnte sich nur um einen absurden Zufall handeln. Der Pflanzenrest musste unbemerkt an der Rückseite der Karte oder an Miriams Finger gehaftet haben. Ich hatte nie zuvor etwas aus der Echo-Dimension mit herübergebracht. Niemals. Das käme der Unmöglichkeit gleich, mit dem Aufwachen ein Traumartefakt zu einem realen Objekt zu manifestieren. Es war absolut unmöglich, völlig absurd, ja geradezu irrational.

»Lex?«, riss mich Miriams Stimme endgültig in die Wirklichkeit zurück. »Alles okay bei dir?«

Ich hob den Kopf und starrte sie an, dann wieder auf meine Finger. Das verwelkte Vergissmeinnicht war verschwunden. Suchend sah ich mich auf dem Boden um, hob sogar meine Schuhe, um mich zu vergewissern, dass es nicht an einer der Sohlen klebte. Doch ich fand kein Vergissmeinnicht. Nirgends. Und dennoch ertappte ich mich dabei, unschlüssig zu sein, ob ich darüber enttäuscht oder erleichtert sein sollte.

»*Lex!*« Miriam schwenkte ihre Aktenmappe vor meinem Gesicht. »Aufwachen!«

Ich blinzelte sie an, dann wandte ich mich um und betrachtete die abgedeckte Leiche und die um sie herum verstreuten blauen Farbtupfer auf dem Schieferboden. »Ein Abschied«, murmelte ich.

»Bitte?«

»Ein Abschied in Liebe«, erklärte ich. »Die um den Leichnam herum verteilten Blütenblätter sind ein Hinweis darauf, dass Opfer und Täter sich sehr nahegestanden haben müssen.«

Miriam und Jelen tauschten einen Blick. »Das sind keine Blütenblätter.« Sie reichte mir eine verschlossene Plastiktüte, in der mehrere der schillernden Objekte gesammelt waren.

»Schmetterlinge?«, staunte ich, als ich ihren Inhalt im Licht begutachtete.

»Himmelsfalter, um genau zu sein«, erklärte Jelen. »*Morpho peleides.*«

»Wir haben alle Exemplare aufgesammelt, die so gut wie vollständig erhalten sind«, erklärte Miriam. »Alles, was dort noch liegt und aussieht wie Blütenblätter, sind die Überreste von Flügeln.«

Ich sah zum geöffneten Deckenschacht. »Und dort sind sie herausgekommen?«

Jelen erhob sich und drückte mit leisem Stöhnen sein Kreuz durch. »Ich glaube, ich werde langsam zu alt dafür«, seufzte er. »Die eigentliche Frage müsste lauten: Wie kamen sie überhaupt da rein? Es gibt in unseren Breiten keine Prachtfalter, höchstens als exotische Farbakzente in Tropenhäusern. Ihre natürliche Heimat sind die Regenwälder zwischen Südmexiko und dem nördlichen Südamerika.« Er zog sich die Maske vom Mund. »Die Klimaanlage bildet zudem ein geschlossenes System«, erklärte er. »Es existiert keine Verbindung nach draußen, durch die Insekten dieser Größe eindringen könnten. Ergo muss der Zuluftschacht präpariert worden sein. Ich empfehle, nach Unterlagen über kürzlich im Haus durchgeführte Reparaturen oder Wartungen zu suchen; Rechnungen, Lieferscheine, irgendetwas, worauf eine Firmenadresse oder der Name eines Servicemitarbeiters steht.« Der Mediziner begann die Nummerntafeln einzusammeln und seine Utensilien zurück in die Einsatzkoffer zu sortieren. »Wir sind dann hier so weit fertig«, informierte er Miriam.

Ich trat näher, um mich zu überzeugen, dass es sich bei den um die Leiche verstreuten Farbtupfern tatsächlich um die Fragmente von Schmetterlingsflügeln handelte. Dem Hausfrieden zuliebe achtete ich jedoch darauf, vor Jelens imaginärer Bannlinie stehen zu bleiben. »Sind das Hämatome?«, erkundigte ich mich nach den roten Flecken auf dem Arm der Toten.

»Kontaktekzeme«, erklärte Jelen. »Ähnlich den Verbrennungen, wie sie von Feuerquallen verursacht werden. Allerdings finden sie sich nicht nur am Arm, sondern an sämtlichen ungeschützten Körperstellen.« Er bückte sich und deckte den Oberkörper der Toten auf.

Ich hatte in meinem Leben mehr Leichen gesehen, als für die Psyche eines gewöhnlichen Menschen erträglich sind. Ertrunkene, zerschmetterte, erschossene, erstochene, verbrannte, vergiftete, erschlagene oder zerfetzte Körper in allen Stadien des Zerfalls; am Stück, als verstreute Einzelteile oder in Säcken verpackte Komplettbausätze. Nur die wenigsten Toten hatten ausgesehen, als wären sie friedlich eingeschlafen. Der Schmerz, den der Großteil von ihnen während der letzten Augenblicke erleiden musste, hatte viele ihrer Gesichter zu entstellten Masken erstarren lassen. Der Tod ist ein verschlagener Wechselbalg. Man legt sich abends schlafen mit der Gewissheit, bereits all seine Gesichter gesehen und ihren Anblick verkraftet zu haben – nur um nachts von den Opfern zu träumen und tags darauf vom Zustand einer neuen Leiche doch wieder eines Besseren belehrt zu werden.

Betroffen starrte ich auf die Tote. Ihre Gesichtszüge waren nicht mehr zu erkennen. Ihre Lippen kurz vor dem Platzen und die Augen zugequollen, war das Antlitz zu einer grotesken Fratze aufgebläht.

»Lieber Himmel«, entfuhr es Vinzenz, der ebenfalls herangetreten war. »Was ist *das* denn?«

»Eine Kontaktdermatitis«, murmelte Jelen, den die Dämonen seines Berufs tatsächlich nicht mehr schrecken konnten.

Was vor mir lag, hatte kaum noch Ähnlichkeit mit einem Menschen. Es sah aus wie das Opfer einer explosiven Dekompression, bei der das Gesicht von kochender Körperflüssigkeit unterspült und nahezu die gesamte Gewebemasse vom Schädel gelöst worden war. Nun glich der Kopf einer prallen, überreifen Wassermelone, die bei der geringsten Irritation zu platzen drohte. Auf ihrer Stirn und ihrer rechten Wange prangten gerötete, symmetrische Schwellungen, die mich an unvollkommene Rorschach-Motive erinnerten. Als ich neben der Leiche niederkniete, fiel mir feiner Staub auf, der wie ein zarter Puderfilm auf ihrer Haut lag.

»Wofür halten Sie das?«, fragte ich Jelen.

»Für Schmetterlingsstaub.« Der Mediziner schloss seinen Koffer. »Genau genommen handelt es sich um die winzigen Schuppen ihrer Flügel.«

»Das Opfer litt unter einer Schmetterlingsallergie?«, staunte Vinzenz.

Jelen schnaubte belustigt. »So etwas gibt es nicht. Zudem wären in diesem Fall keinesfalls die Schuppen, sondern allenfalls Nesselhärchen für das Facelifting der Toten verantwortlich, vermutlich in Verbindung mit einer extremen Histamin-Überempfindlichkeit. Bei den meisten Menschen verursacht der Kontakt mit Brennhaaren lediglich hässliche Quaddeln und Juckreiz. Ein geringer Prozentsatz giftiger Insekten wie etwa die Raupe des Eichenprozessionsspinners kann jedoch äußerst heftige allergische Reaktionen hervorrufen. Verantwortlich dafür ist ein Histamin freisetzendes Protein namens Thaumetopoein. Das Bemerkenswerte an diesem Fall ist, dass *Morpho peleides* für gewöhnlich völlig ungiftig ist, und das macht die ganze Sache äußerst mysteriös. Leider liegt mir die Krankenakte der Toten noch nicht vor. So weit, so gut.« Er zwinkerte Miriam zu und verabschiedete sich mit einem kryptischen »Der Ober kommt dann morgen früh« in die Nacht.

»Ich hätte gewettet, er sagt Feenstaub«, murmelte ich. »Wen meint er mit ›Ober‹?«

»Den Obduktionsbefund.« Miriam machte eine seltsame Pantomime. Sie wirkte wie eine stumme Bitte um Entschuldigung dafür, dass altgediente Gerichtsmediziner ihre Schrullen haben.

Ich deckte den Leichnam wieder zu, erhob mich und betrachtete meine Hände. Ihre Innenflächen funkelten im Licht der Strahler, als hätte ich sie mit Glitzer-Make-up beschmiert.

»Gibt's schon *Breaking News* von Radio Amygdala?«, stichelte Mertens. Er hatte sich in einen der Designer-Schwenksessel gesetzt und drehte Pirouetten, indem er sich mit einem Fuß vom Boden abstieß. »Irgendeine Eingebung oder Vision, an der wir ansetzen könnten?«

Mein Blick ruhte auf der Toten. »Menschen, die sich etwas so Extraordinäres ausdenken und es dann auch tatsächlich ausführen, erhoffen sich in der Regel mediales Feedback«, bemühte ich mich, das Gespräch auf einer sachlichen Ebene zu halten. »Sollte hier tatsächlich ein Puppenspieler am Werk gewesen sein, dürfte er eine angemessene Würdigung seiner Tat erwarten. Von der Presse nur als einer von vielen abgestempelt oder gar überhaupt nicht beachtet zu werden, erträgt seinesgleichen erfahrungsgemäß nicht. In den meisten Fällen sehen sie sich genötigt, gewisse Dinge, die an ihrem Ego kratzen, ins rechte Licht zu rücken. Das lockt ihn womöglich aus der Deckung und verleitet ihn zu Fehlern.«

Miriams Miene hellte sich auf. »Du denkst an einen Bogus«, begriff sie.

»Sagen wir, an eine als Täterpsychogramm verkleidete Expertise.« Ich tauschte einen Blick mit Mertens. »Hat damals eigentlich recht gut funktioniert. Selbst wenn wir den Löwen in seiner Höhle nur zum Brüllen bringen würden, wäre das ein Erfolg.«

»Müsste das nicht eigentlich Bär heißen?«, fragte Vinzenz. »Ich habe nie verstanden, warum da ein Löwe in der Höhle haust.«

»Äsop würde sich im Grab umdrehen«, murmelte Mertens im Hintergrund. »Woher wollen Sie wissen, dass ihm sein Image nicht völlig am Arsch vorbeigeht, Crohn?« Er drehte mit dem Stuhl eine weitere Pirouette. »Nicht jeder Ritualmörder ist automatisch auch ein Narziss. Vielleicht ist Ihr sogenannter Puppenspieler ja überzeugt davon, über den Dingen zu stehen und einer höheren Sache zu dienen.«

»Wir wissen noch nicht einmal, ob das hier überhaupt auf das Konto eines männlichen Täters geht«, gab Miriam zu bedenken. »Vielleicht haben wir es ja mit einer eifersüchtigen Thekla zu tun.«

»Betrachtet es als Schuss ins Blaue«, sagte ich. »Mit ein wenig Glück liegen wir damit so nah am verborgenen Ziel, dass ein paar mediale Schrotkugeln treffen.«

»Mediale Schrotkugeln?«, echote Mertens. »Ihr Ernst?«

Ich erwiderte seinen Blick. »Zu meiner Zeit war das Präsidium weder auf Glücksritter angewiesen noch haben Kollateralschäden zur Strategie gehört. Aber die Zeiten ändern sich.«

»Na los, Crohn«, seufzte Mertens. »Reiben Sie's uns endlich unter die Nase: Sie und Ihr Protokoll-Larry waren unentbehrlich!«

»Offensichtlich sind wir es immer noch«, erwiderte ich. »Sonst stünden wir jetzt nicht hier.«

»Und was sieht das Obercheckerbunny und sein Hilfscheckerbunny, das unsere Forensiker nicht sehen?«

»Herrgott, Hendrik«, erhob Miriam genervt die Stimme. »Krieg dich endlich ein!«

»Kein Problem – solange du Kuerten gegenüber die Verantwortung für diesen Kerl und seine Nachtwandlermethoden übernimmst.«

»Könnte ich dich vielleicht mal unter vier Augen sprechen?«, fragte ich Miriam, nachdem die Stimmung sich wieder ein wenig beruhigt hatte. Sie folgte mir hinaus auf die Terrasse, wobei sie darauf achtete, dass wir uns noch in Mertens' Blickfeld aufhielten. »Welche Erkenntnisse habt ihr bisher?«, erkundigte ich mich, nachdem Vinzenz sich zwischen uns gestellt und Mertens in ein Gespräch verwickelt hatte.

»Außer einigen Parallelen zu dem Fall vor sieben Monaten so gut wie nichts. Ehrlich gesagt wissen wir im Augenblick nicht im Geringsten, woran wir sind. Wahrscheinlich haben wir es mit einem Trittbrettfahrer zu tun, vielleicht …« Miriam stockte und blickte mit ernster Miene zum Terrassenaufgang, wo zwei Mitarbeiter eines Bestattungsunternehmens mit einem Kunststoffsarg auftauchten. »Vielleicht aber auch nicht«, fuhr sie mit gedämpfter Stimme fort, nachdem die Träger an uns vorbeigelaufen waren. »Darum habe ich dich hergebeten.«

»Was heißt *vielleicht auch nicht?*«

»Dass es sich damals womöglich nicht um einen Einzeltäter gehandelt hat«, erklärte sie.

Ich warf einen Blick in Richtung der Leiche. »Ein Komplize …«

»Offensichtlich legt irgendjemand Wert darauf, dass uns nicht nur die Parallelen ins Auge springen, sondern wir bei der Aufklärung des Falls auch wieder zusammenarbeiten.«

»Oder zusammen sterben«, sagte ich.

Miriam verzog das Gesicht. »Wäre ja nicht das erste Mal.«

»Bevor ich einen Bogus aus dem Hut zaubern kann, der den Puppenspieler aus seinem Elfenbeinturm lockt, muss ich mehr über seine Handschrift wissen«, erklärte ich. »Gib mir die Karte. Falls es hier tatsächlich um etwas Persönliches gehen sollte, ist sie der beste Trigger für ein Echo.«

»Ich schicke dir davon einen Scan.«

»Damit funktioniert es nicht«, erklärte ich. »Ich benötige das Original. Dass es auf dem Körper der Toten lag und ihm wahrscheinlich eine persönliche Note des Mörders anhaftet, ist von Bedeutung.«

»Ich hatte sie ebenfalls in den Händen …«

»Umso besser.«

»Nein, verdammt!«, brauste Miriam auf. »Nichts ist besser! Ich will nicht schon wieder Teil von irgend so einem verdammten Hokuspokus sein! Seit sieben Monaten schlafe ich nachts nur noch mit Licht!«

»Dann solltest du vielleicht erst einmal deine emotionalen Altlasten loswerden, bevor du mich zu einem Tatort rufst.«

Ich signalisierte Vinzenz, dass es an der Zeit war zu gehen, und wandte mich um.

»Okay, okay, warte … bitte!« Miriam stellte sich mir in den Weg, wobei sie für einen Moment die Augen schloss, als befürchtete sie, zur Seite gestoßen zu werden. »Es war nicht so gemeint, okay? Tut mir leid, aber … die Sache geht mir ziemlich an die Nieren.« Als sie überzeugt zu sein schien, dass ich sie nicht doch noch beiseiterempeln würde, entspannte sie sich ein wenig.

»Alles im grünen Bereich hier draußen?«, erkundigte sich Mertens, der aufgestanden war und hinter mir an der Verandatür lehnte.

Ich sah hinauf in den Nachthimmel. »Die Sterne sind noch da«, sagte ich.

»Wir streiten über den Sinn und Unsinn eines Bogus«, log Miriam und bedachte mich dabei mit einem mahnenden Blick.

»Na schön«, sagte ich schließlich. »Der Deal läuft unter zwei Bedingungen: Ich werde nicht als Geist involviert, sondern erhalte volle Akteneinsicht, vor allem zu den unter Verschluss gehaltenen Ermittlungen im Fall Hardberg – und wir arbeiten als Team.«

»Ich glaube nicht, dass Kuerten sich auf eine Zusammenarbeit einlassen wird«, sagte Miriam. »Schon allein weil wir gemeinsam auf diesem Foto …«

»Ich meinte auch eher *uns* beide«, unterbrach ich sie und nickte Vinzenz zu.

Mertens schenkte Miriam einen *Hab-ich's-nicht-gesagt*-Blick, wandte sich um und verschwand in der Wohnung. Ich merkte ihr an, wie es hinter ihrer Stirn arbeitete.

»Kommt übermorgen ins Präsidium«, rang sie sich schließlich zu einer Entscheidung durch. »Sagen wir gegen elf. Bis dahin habe ich mit Kuerten geklärt, ob und in welchem Rahmen euch

Akteneinsicht gewährt wird.« Sie beobachtete durch die Tür, wie die Tote in den Sarg gelegt wurde. Schließlich öffnete sie die Mappe und gab mir die Karte, welche ich in meiner Innentasche verschwinden ließ, bevor Mertens darauf aufmerksam wurde. »Aber mach dir keine zu großen Illusionen«, fügte Miriam leise hinzu.

3

Meine Wohnung lag im siebten Stock eines lang gestreckten, bogenförmigen Wohnblocks, der rund drei Kilometer Luftlinie von der Saldek-Villa entfernt direkt an den Stadtwald grenzte. Von der Idylle der grünen Lunge trennten die Bewohner nur eine platanengesäumte Straße und ein Radweg. Eigentlich war der Wald ein in der Tradition englischer Gärten gestalteter, an seinen Rändern dicht bestandener Park, der kilometerlang durch die Stadt mäanderte. Eine erlesene Wohnlage mit Blick ins Grüne, könnte man meinen – gäbe es nicht den Schildbürgerstreich, dass sich sämtliche Balkone des Blocks auf der Rückseite des Gebäudes befanden. Vielleicht war es ein Missgeschick des Architekten gewesen; oder pure Gehässigkeit. Wahrscheinlich musste man ihm noch dankbar dafür sein, dass er überhaupt Fenster in die Frontfassade einbauen ließ. Vielleicht hatten die Stadtplaner damals auch einfach nur die Blaupausen verdreht und den Park auf der falschen Seite angelegt, wie die Bewohner des Viertels gern augenzwinkernd behaupteten. Möglicherweise hatten sie auch nur Wert darauf gelegt, die Menschen beim Ausspannen wissen zu lassen, dass sie nicht im Urwald lebten, sondern in einer modernen Großstadt.

Der Zeitgeist ist ein dilettantischer Geck, der vor seinem Publikum gern einen auf dicke Hose macht. Dank ihm konnte ich von meinem Balkon aus den Blick nicht über Baumwipfel schweifen lassen, sondern hatte eine grandiose Aussicht auf das Industriegebiet mit der Großbrauerei und der alten Zuckerfabrik mit ihren drei hohen, qualmenden Essen, die aussahen, als hätte der Teufel die Zinken seines Dreizacks durch den Boden gerammt. Kam der Wind aus Südwesten, staute sich vor dem zwölfstöckigen Wohnkomplex eine Dunstwolke, die stank, als würde vor dem Haus ein kandierter Pottwal verwesen.

Zwischen beiden Firmenarealen verlief der Gleisfächer des Güterbahnhofs. Das ferne, nie endende Kreischen von Waggons und Rangierlokomotiven war mir inzwischen so vertraut geworden, dass ich es nicht mehr missen mochte. Noch weiter südlich schimmerte der als Frachthafen endende Stichkanal im Licht der Industriescheinwerfer.

Tagsüber war die Aussicht auf das Südstadt-Industriegebiet wahrscheinlich das hässlichste Panorama, das die Stadt zu bieten hatte. Mit zunehmender Dunkelheit verwandelte seine Tristesse sich jedoch in ein irisierendes Lichtermeer. Ich liebte es, nachts auf dem Balkon zu sitzen, ein paar Bier zu trinken und mit Blick auf das Hafenareal den Tag Revue passieren zu lassen.

Die weise Antwort rettet der Toten Leben, spukte mir der letzte Satz der delphischen Kartenbotschaft durch den Kopf, als ich mich in meinem Balkonsessel zurücklehnte und die Füße auf der Brüstung überkreuzte. *Der Toten Leben* … Was in aller Welt sollte das bedeuten? Und warum bezog unser Phantom Miriam und mich mit ein? War es eine persönliche Vendetta? Falls ja, dann für eine Begebenheit, die lange zurückliegen musste.

Ich schloss die Augen und versuchte mir die letzten Fälle in Erinnerung zu rufen, an deren Aufklärung ich damals direkt oder indirekt beteiligt gewesen war. Nichts bis auf die Hardberg-Sache wollte so recht ins Schema passen. Ihre Liste hielt sich allerdings in Grenzen. Ich tauchte mit Vinzenz nur auf dem Spielfeld auf, sobald, wie Miriam es gegenüber der Presse einmal formuliert hatte, ein paar seltsame Zufälle zu viel im Spiel waren, um die Sache rechtsmedizinisch einfach als ›verhängnisvolle Pechsträhne‹ oder mit dem Vermerk ›Verkettung unglücklicher Umstände‹ abzuhaken. Mein Einsatz erfolgte, nachdem offensichtlich Dinge geschehen waren, die gewöhnliche Menschen ›Ironie des Schicksals‹ nennen oder sie zu Aussagen wie ›da hatte der Teufel seine Hand im Spiel‹ verleiten.

An Kommissar Zufall glaubte ich nicht. Mein Gott war der Kausalnexus, meine Religion das Schmetterlings-Theorem, und mein Tempel ein Gefüge aus morphschen Feldern. Jede lapidar als Zufall abgetane Begebenheit betrachtete ich als Endresultat einer raffinierten verborgenen Ereigniskette. Die Presse hatte die Öffentlichkeit mit Begriffen wie *Agent Savant* und *Korektor* beglückt. Letzteres war kein Schreibfehler, sondern stand für ›Kognitiver Rekonstruktor‹, die Kopfgeburt eines vom Gespenst der Moderne heimgesuchten Reporters. Ich hatte dieser verbrämten Titulierung noch nie etwas abgewinnen können. Sperrig wie ein Orgon-Akkumulator, mit einem Nachgeschmack von synthetischer Kaffeesatzleserei.

Meine Rolle für das Dezernat hatte ich der Presse gegenüber seinerzeit meist mit ›konsultierender Ermittler‹ oder ›fallanalytischer Berater‹ umschrieben. Auf der allgemeinen Seriositätsskala rangierte *Korektor* wahrscheinlich auf einer Höhe mit Hellseher, UFO-Forscher und Voodoopriester.

Laut einer wissenschaftlichen, von einem Kriminalpsychologen verfassten Studie nutzte ich bei meiner Arbeit dieselben Schaltzentralen im Gehirn, die bei Inselbegabten aktiv sind. Doch statt die Menschen mit einem fotografischen Gedächtnis zu beeindrucken, spontan Pianokonzerte nachzuspielen oder innerhalb weniger Sekunden fünfstellige Zahlen zu multiplizieren, agierte ich auf einer anderen metaphysischen Ebene. Ich setzte Puzzleteile zusammen, die gewöhnliche Menschen nicht sehen, verknüpfte Zusammenhänge, die ungeschulte Ermittler nicht erkennen, und sah Spuren, die selbst Forensikern nicht auffallen. Es ist laut besagter Studie keine Vorhersehung, sondern ein Zurücksehen.

Zumindest im Optimalfall.

Journalisten hatten während meiner aktiven Zeit für das Präsidium oft versucht, mich bei jeder passenden Gelegenheit mit hämischen Kommentaren lächerlich zu machen und vor der Öffentlichkeit bloßzustellen. Genüsslich fabulierend hatten sie gepoltert, dass es nur noch eine Frage der Zeit und des Geldes sei, bis die Welt erfahren werde, wer John F. Kennedy wirklich ermordet habe oder wo das Bernsteinzimmer und Salomons Schatz versteckt lägen. Mein in einem Fachjournal erschienener Lieblingsverriss aus dieser Zeit beginnt mit der Frage: »Wen interessiert schon eine Prognose für das Wetter von gestern?«

Ich konnte es ihnen nicht wirklich übel nehmen, bedienten sie sich doch derselben Taktik wie wir mit einem Bogus: Sie sticheln und verleumden, um Reaktionen zu provozieren und nicht länger im Trüben fischen zu müssen. Im Grunde geht für sie alles, was ihren Intellekt übersteigt und für sie nicht nachvollziehbar ist, nicht mit rechten Dingen zu. Ob König oder Bettler, es macht sich jeder ganz individuell zum Maß aller Dinge.

Über eine Stunde lang saß ich mit der Karte in der Hand auf dem Balkon und hoffte auf ein Echo, doch nichts passierte. Offenbar war nicht sie der Trigger für meinen Vergissmeinnicht-Trip gewesen, sondern Miriam – oder die Kombination von beiden. Möglicherweise auch die unmittelbare Nähe zum Tatort, der Leiche oder den geflügelten Accessoires des Puppenspielers. Während ich meinen Blick über die Stadt schweifen ließ, ärgerte ich mich über die Szene, die ich Miriam wegen der Karte gemacht hatte, und darüber, stattdessen nicht einen der toten Falter aus der Saldek-Villa mitgenommen zu haben. Zwar hatte ich heimlich eine Handvoll Fotos des Tatorts und der unbedeckten Leiche machen können, doch diese erwiesen sich als ebenso nutzlos.

Es war schwer zu beschreiben, was es mit dem Kausalnexus auf sich hatte. Ich war im Grunde nur der unfreiwillige Benutzer, nicht der verantwortliche Programmierer. Was mir bei meiner Arbeit half, befand sich zwar in meinem Kopf, aber es hatte nichts mit Synapsen, Ganglien und Neuronen zu tun. Darüber hinaus existierte eine geheime Quelle weit jenseits meines Kopfes, von der niemand außer Vinzenz etwas wusste und über die ich Miriam und die ihren überhaupt erst dorthin zu lenken vermochte, wo ihre und meine Arbeit begann.

Die oft zitierte Geschichte des Selbstmörders Jacques LeFevrier ist ein anschauliches Beispiel für eine verhängnisvolle Ereigniskette. Nach zwei missglückten Selbstmordversuchen wollte LeFevrier nichts mehr dem Zufall überlassen und entschied sich für eine todsichere Kombination aus Erschießen, Ertrinken, Erhängen, Vergiften und Verbrennen. Nachdem er die nötigen Vorbereitungen für sein Finale furioso getroffen hatte, fuhr er mit dem Rad zur Steilküste von Étretat. Dort befestigte er ein Seil an einem großen Felsen, zog sich die Schlinge um den Hals und trat an den Rand der Klippe. Dann schluckte er Gift, übergoss sich mit Benzin, entsicherte seine Pistole, setzte seine Kleidung in Brand und sprang. Bei dem Versuch, sich während des Sturzes in den Kopf zu schießen, traf er jedoch nur das Seil. Statt ihm das Genick zu brechen, riss es und ließ ihn ins Meer stürzen, was die Flammen löschte. Die Besatzung eines in der Nähe liegenden Fischerbootes zog ihn kurz darauf aus den Fluten. Kaum an Bord, musste er sich übergeben und erbrach dabei nicht nur das verschluckte Salzwasser, sondern auch das Gift. Überzeugt davon, dass es Gottes Wille gewesen war, der ihn gerettet hatte, fasste LeFevrier im Krankenhaus neuen Lebensmut. Keine zwei Tage später starb er an einer Lungenentzündung.

Unabhängig davon, ob Jacques LeFevriers Geschichte sich tatsächlich zugetragen hat oder nur eine urbane Legende ist, beschreibt sie einen fast schon epischen Sprung quer durch den Kausalnexus. Trotz aller Tragik und des fehlenden Happy Ends fällt sie jedoch nicht in mein Ressort, denn ihr Protagonist hatte mutwillig und aus freien Stücken gehandelt.

Ich brachte mich ins Spiel, sobald offensichtlich war, dass jemand den regulären Lauf der Dinge mutwillig manipulierte und den Wahrscheinlichkeitsprozess für seine Zwecke kanalisierte, um seinem Opfer größtmöglichen Schaden zuzufügen. Auf arglistige Weise beeinflusste Ereignisketten bezeichnete ich als Kaskaden – und die im Schatten agierenden Täter aufgrund ihrer Bemühungen, unerkannt zu bleiben, als Puppenspieler.

Es befriedigte sie, ihren Opfern subtile, fast schon rituell anmutende Fallen zu stellen, in denen diese ohne direktes Einwirken verletzt wurden oder gar zu Tode kamen. Menschen wie ich wurden in der Regel nur hinzugezogen, wenn Letzteres der Fall war und die Komplexitätsparameter jenseits der Skala lagen. Ansonsten gab man sich mit meinesgleichen – zumindest hierzulande – nur äußerst widerwillig ab. Zu unseriös, lautete der Kanon der Skeptiker und Zweifler. Zu unfokussiert, zu spekulativ und zu verkopft. Obwohl die Aufklärungsquote der Fälle, an deren Ermittlung ich beteiligt gewesen war, überdurchschnittlich hoch war, betrachteten uns die meisten Instanzen lediglich als unliebsame Begleiterscheinung.

Leider funktionierte mein Talent nicht auf Knopfdruck, sondern verhielt sich so launisch wie eine Migräne. Während meiner aktiven Zeit für das Dezernat hatten mich die Medien daher mit den abenteuerlichsten Titulierungen bedacht: Kaffeesatzforensiker, kriminalistischer Sternschnuppenanalytiker, Engelsstaubschnüffler oder Astral-Clouseau …

Die mit Abstand despektierlichsten Kommentare und Schmähartikel finden sich im Internet, dem globalen Autodafé des 21. Jahrhunderts. Seine digitalen Scheiterhaufen brennen selbst an Weihnachten.

Was heute Abend in der Saldek-Villa passiert war, geschah, wie es so treffend heißt, regelmäßig unregelmäßig und suchte mich oft in den ungünstigsten Situationen heim. Seit der Splitter in meinem Schädel steckte, hatte ich jedoch das Gefühl, die alte Flashback-Zimmerantenne unfreiwillig gegen ein Radioteleskop ausgetauscht zu haben. Er verstärkte die ungefilterten Echos um ein Vielfaches, wenn auch selten mit Bezug auf das Wesentliche. Ein nicht unerheblicher Teil dessen, was ich sah, hörte und erlebte, war audiovisuelle Dekoration, generische Flicken und Lückenfüller des Gehirns. Die Kunst bestand darin, das Essenzielle davon zu trennen.

Jenen metaphysischen Ort, an dem ich die Echos erlebte, bezeichnete ich als Visionarium, und das ihn umgebende Kontinuum als Echo-Dimension. Beides war ebenso schwer zu definieren wie der Kausalnexus. Im Grunde war das Visionarium mein eigenes, ganz persönliches Taschenuniversum, zu dem einzig ich Zugang hatte. Eine Mischung aus metaphysischer Zeitkapsel und Delikt-Retrospektive, angereichert mit einer Prise Spiegelkabinett, Freak-show, Altweibermühle und freudschem Psychocouch-Kaleidoskop. Die Namensverwandtschaft zu Aquarium und Terrarium war bewusst gewählt – mit dem Unterschied, dass es im Visionarium statt niedlicher, pflegeleichter Kleintiere bizarre, oft äußerst erschreckende und grausame Unwirklichkeiten zu beobachten gab und ich nicht von außen hineinblickte, um sie zu analysieren, sondern in das Echo integriert und zeit seiner Dauer darin gefangen war. Mit etwas Glück vermochte ich hinauszublicken, in der Hoffnung, jenseits der Grenzen Zusammenhänge zu erkennen und die kausalen Lücken zu schließen. Im Visionarium war ich jedoch mehr unbeteiligter Statist als Akteur. Ein Ein-Mann-Publikum, das sich von der Darbietung überraschen lassen musste. Zwar konnte ich agieren und reagieren, aber keinen Einfluss auf das Echo-Geschehen selbst nehmen oder es gar steuern wie einen luziden Traum. Es war eine unabänderliche Retrospektive. Im Grunde fühlte ich mich bei jedem Flashback, der mich in die Echo-Dimension katapultierte, wie in einer Arena, in der ich gegen äußerst destruktive Geister und irrational anmutende Begebenheiten der Vergangenheit antreten musste.

Seit ich den Splitter mit mir herumtrug, ließen sich die von mir als Echos bezeichneten Flashbacks jedoch kaum noch kon-trollieren. Sie geschahen mit der Wucht und Unberechenbarkeit von Tourette- und Epilepsieanfällen und brachen sich durch alle mentalen Barrikaden Bahn. Es war, als würde ich versuchen, auf alle Äste eines Baumes gleichzeitig zu klettern. Just verlor ich den Halt und den roten Faden, woraufhin sämtliche Gedankenalter-nativen in meinem Kopf verglühten wie die Leuchtspuren einer Feuerwerksrakete. Das Resultat war meist ein kompletter Film-riss, in dessen Folge ich gelegentlich nicht einmal mehr wusste, was eigentlich das Thema, der Grundgedanke oder die Ursache gewesen war.

Die zunehmende Unbeherrschbarkeit der Echos war damals mit ein Grund dafür gewesen, meine Beraterfunktion für das Dezernat und Miriams Soko offiziell zu beenden.

Ein Grund wohlgemerkt, aber beileibe nicht der gewichtigste.

4

Kam ich in einem Fall nicht weiter, weil ich den gordischen Gedankenknoten in meinem Kopf nicht zu lösen vermochte, fuhr ich meistens zu Simon. Er hatte die Gabe, Probleme aus einer völlig konträren Sicht zu beleuchten – und noch weitaus wundersamere Talente.

Ich kannte Simon Dreyer seit unserer gemeinsamen Zeit an der Universität, wo wir etliche Stunden mit Streitgesprächen verbracht hatten, da wir nicht ›vom gleichen Fach‹ waren. Während ich mich nach dem Studium jedoch in diverse ernste und weniger ernste Beziehungen gestürzt hatte, war Simon zeit seines Lebens mit seiner IQ-187-Gedankenwelt liiert geblieben, was ihn nicht unbedingt zu einem geselligen Zeitgenossen machte. Die platonischen Beziehungen zu seinem Glauben und seiner recht extravaganten Spiritualität erfüllten ihn zur Genüge. Ein bereits im Jugendalter diagnostiziertes Asperger-Syndrom tat sein Übriges.

Das magnetische Kraftgesetz behielt bei uns jedoch seine Gültigkeit. Wir sind über unsere Studienzeit hinaus gute, wenn auch streitbare Freunde geblieben.

Ich nahm den Zug von der Viktoria-Station aus nach Askenburg, einer kleinen, gut vierzig Kilometer südwestlich gelegenen Ortschaft, deren namensgebende Feste bereits während des Dreißigjährigen Krieges von den Schweden geschleift worden war. Vom dortigen Bahnhof aus war es noch einmal gut eine halbe Stunde Fußmarsch, ein Großteil davon auf unbefestigten Wegen über Wiesen und Felder. Mit dem Taxi hätte ich nur fünf Minuten benötigt, aber ich genoss den Spaziergang durch die Stille der Natur, um die Hektik der Stadt abzuschütteln.

Simon bewohnte – zumindest von außen betrachtet – ein schmuckes Anwesen, das einen halben Kilometer außerhalb von Askenburg lag. Umgeben von einem mauerumfriedeten Grundstück, auf dem Eichen und Weiden wuchsen, hatte er hier seine Herrgottsruhe für seine Rolle als Misanthrop vor dem Herrn. Wie erwartet war er zwar zu Hause, aber über mein Auftauchen keineswegs begeistert. Ehrlich gesagt war er nie sonderlich erfreut, mich unangemeldet vor seiner Haustüre zu finden.

Als notorischem Einzelgänger behagte ihm menschliche Nähe nicht sonderlich. Tagsüber schlief er, nachts praktizierte er seltsame Dinge oder schrieb an seinen Arbeiten. Fast alles, was er zum Überleben benötigte, bestellte er telefonisch und ließ es sich von Bringdiensten frei Haus liefern.

Als er auf mein immer energischeres Klingeln endlich öffnete, kam ich nicht umhin, ihn erschrocken anzustarren. Die dunklen Ringe unter seinen Augen, sein verwahrlostes Äußeres und die abgedunkelte Wohnung ließen mich vermuten, dass in seinem Leben seit einiger Zeit etwas gewaltig schieflief.

»Wo ist Anna?«, wollte ich wissen, als er mich ins Arbeitszimmer führte und mir die Stille und das Durcheinander im Haus auffielen.

»Keine Ahnung«, brummte Simon, nachdem er zwei Sessel freigeräumt und wir uns gesetzt hatten. »Hab ihr Urlaub gegeben.«

Ich sah mich um. »Wann?«

»Vor zwei Wochen. Oder drei, weiß nicht mehr. Sagte ihr, ich rufe sie wieder an.«

Anna war Simons Haushälterin. Dass sie seit Wochen fehlte, erklärte einiges. Simon war fülliger geworden, was an den Unmengen von Fast Food und Rotwein liegen musste, die er tagtäglich konsumierte. Überall stapelten sich Pappschachteln oder standen leere Flaschen.

»Tut mir leid, aber du kannst nicht lange bleiben«, erklärte er. »Ich muss noch ein Manuskript redigieren und bekomme nachher Besuch.«

»Besuch?« Ich runzelte die Stirn. »Du? Hierher?« Mein Gegenüber zuckte mit den Schultern. »Aus welcher Dimension?« Es sollte ein Scherz sein, aber Simon sah mich an, als hätte ich ein Menetekel verkündet.

Irgendetwas im Haus verströmte einen unangenehmen Geruch. Er war nicht wirklich penetrant, weckte jedoch Assoziationen – an einen Besuch in einem renommierten Völkerkundemuseum anlässlich einer Reportage über Opferkulte. Mit Vinzenz an meiner Seite hatte ich stundenlang zugesehen, wie Moorleichen in Natronbädern museumsgerecht gereinigt worden waren. Was dort abgewaschen und herausgespült worden war, hatte genauso gestunken.

»Hast du hier irgendwo einen toten Hund liegen?«, fragte ich und sah mich suchend im Zimmer um. Ich erhielt keine Antwort, was mich unweigerlich wieder an Anna denken ließ. Um den Geruch ein wenig zu kompensieren, zündete Simon schließlich ein Räucherstäbchen an.

»Also«, ergriff er die Initiative, nachdem er sich zum zweiten Mal gesetzt hatte. »Was treibt dich her? Stöberst du wieder glücklos im Fass der Danaiden?«

Ich zog ein Kuvert aus meiner Jackentasche und reichte es ihm. »Du würdest mir einen großen Gefallen tun, wenn du hier mal einen Blick draufwerfen könntest«, erklärte ich.

Simon öffnete den Umschlag, angelte die Kondolenzkarte mit dem Foto von Miriam und mir heraus, betrachtete sie einige Sekunden lang, roch an ihr und zog die Stirn kraus. »Das ist alles?«

»Darum bin ich hier.«

Er ließ die Karte wieder ins Kuvert rutschen und gab es mir zurück. »Das mit euch beiden hatte auf Dauer nicht gut gehen können«, sagte er.

»Und?«

»Was und? Ich habe einen Blick draufgeworfen.«

Ich saß einige Sekunden lang mit geschlossenen Augen im Sessel und massierte mit Daumen und Mittelfinger meine Nasenwurzel. »Diese Karte war auf dem Puppenspieler-Opfer platziert und gehörte mit zum Arrangement«, erklärte ich schließlich. »Das ist ein Aspekt, der in deiner Beschreibung leider gefehlt hat.« Ich musterte Simon, in dessen Blick sich ein Funkeln geschlichen hatte. »Offenbar sind Miriam und ich diesmal Teil des Spiels. Nach der Sache vergangenen November würde ich sie gern so gut es geht aus der Schusslinie halten.«

»Dann hatte ich recht, ja?« Simon leckte sich über die Lippen. »Ihr habt ihn gefunden …«

»*Sie*.« Mein Gegenüber wirkte für einen Moment irritiert. »Das Opfer ist weiblich«, erklärte ich.

»Oh, nein, nein, das Opfer ist nur ein Gefäß«, sagte Simon erleichtert. »Ich meine den Konfluenzpunkt. Das Portal. Ihr habt den Ort so vorgefunden, wie ich ihn dir beschrieben habe, nicht wahr?«

Ich seufzte, dann zog ich mein Handy aus der Jacke, lud eines der Fotos, die ich gestern Abend vom Tatort geschossen hatte, und reichte es ihm.

Simon nahm es mir ab, als handelte es sich bei dem Apparat selbst um eine heilige Reliquie. »Ja, das ist es!«, sagte er mit leuchtenden Augen, während er das Handy vor sich hielt und das Foto betrachtete. »*Oh, eleison, eleison …*«

Ich zog ihm das Gerät wieder aus der Hand, ehe er in der Lage war, durch die restlichen Fotos zu blättern, und steckte es ein. »Ich will endlich wissen, wie du es machst«, sagte ich. »Woher erhältst du deine Informationen? Wer oder was ist deine Quelle?«

Simons Miene verdüsterte sich. »Wir haben eine Abmachung«, murmelte er, ohne meinen Blick zu erwidern. »Ich gebe dir Bescheid, wenn ich ein Leuchtfeuer für dich habe, aber du hältst mich und meinen Namen aus allem raus und stellst keine Fragen. Die Portale und die Puppenspieler sind euer Metier.«

»Ich kann und will dir dieses Hellseher-und-Visionen-Ding nicht mehr abnehmen«, erklärte ich. »Warum machst du so einen Hehl daraus? Was ist das große Geheimnis? Legst du Karten? Beschwörst du Geister? Benutzt du ein Pendel? Dröhnst du dich mit Peyote-Tee zu?« Ich taxierte ihn, doch er starrte weiter auf einen imaginären Punkt weit unterhalb des Hausfundaments. »Woher weißt du so genau, wo wir sie finden?«, bohrte ich weiter. »Die Spinner, die das anrichten, werden sich ja wohl kaum von selbst bei dir melden und mit ihren kranken Fantasien oder von ihren letzten Opfern prahlen.«

»Das ist nicht fair, Lex.« Es war Simon anzusehen, wie unwohl er sich fühlte. »Kein Spieler lässt sich gern in die Karten schauen, kein Illusionist verrät bereitwillig seine Tricks.«

»Du bist weder das eine noch das andere«, sagte ich. »Sondern in Miriams Augen ein Mitwisser, dem sie unterlassene Hilfeleistung oder schlimmstenfalls sogar Beihilfe zum Mord unterstellen würde«, versuchte ich es mit einer etwas strafferen Strategie. »Ich weiß nicht, wie lange ich dich noch aus der Schusslinie halten kann. Angesichts der Übereinstimmung deiner Beschreibungen mit den tatsächlichen Tatorten liegt für sie der Verdacht nahe, du selbst könntest dahinterstecken.« Ich ließ meine Worte einen Moment auf ihn wirken. »Deren Verhörmethoden laufen auf einer ganz anderen Ebene ab als unser beider Unterhaltungen«, fügte ich hinzu. »Das willst du nicht wirklich erfahren, glaub mir.«

Simons Blick huschte umher, als suchte er nach einem Ausweg aus dem Gewissensdilemma, in das ich ihn getrieben hatte.

»Warum ausgerechnet heute?«, klagte er. »All die Jahre sind wir doch gut miteinander ausgekommen …«

»Bisher betrafen die Fälle auch nie Miriam und mich persönlich«, erklärte ich und legte das Kuvert mit der Karte auf seinen Arbeitstisch.

»Das ist nicht wahr«, widersprach Simon. »Und das weißt du. Oder muss ich dich etwa an den Abend auf dem Dacona-Areal erinnern? Du hast erlebt, was der Hauch des Zephyrs aus Menschen machen kann, und wie ihr Weltbild davon erschüttert wird. Und ich spreche in Miriams Fall nur von einer sanften Brise, die sie für einen Augenblick gestreift hatte, nicht von Wind oder gar jenem Sturm, dem Hardberg zum Opfer gefallen war.«

»Der Hauch des Zephyrs«, wiederholte ich verwundert. »Was soll das denn heißen?«

Als Simon bewusst wurde, dass er sich zu einer unbedachten Aussage hatte verleiten lassen, wurde er eine Spur bleicher.

»Das war nur … eine Metapher.«

»Dann hör bitte mit diesem sinnbildlichen Quark auf und erzähl mir, was Sache ist!«, bat ich ihn.

»Du solltest jetzt gehen«, sagte er. »Komm …« Er stockte, als müsste er sich zu den Worten durchringen. »Komm morgen wieder. Vielleicht habe ich dann etwas für dich.«

»Kann ich mich darauf verlassen?«

Simon schüttelte den Kopf. »Ich kann es ebenso wenig erzwingen wie du«, sagte er leise. »Die Ane…« Er schloss die Augen und fraß den Rest des Satzes in sich hinein.

»Gib auf die Karte acht«, bat ich ihn und erhob mich. »Sie ist ein wichtiges Beweisstück. Miriam macht mir die Hölle heiß, wenn sie *abhandenkäme*. Ich wäre dir dankbar, wenn du und deine Gabe sich bis morgen ein wenig mit ihr beschäftigen könnten. Der Täter hatte sie mit an Sicherheit grenzender Wahrscheinlichkeit in den Händen. Gib mir bitte irgendetwas, das uns weiterbringt.«

»Du hast Angst«, erkannte Simon.

»Nicht um mich«, gestand ich, während ich in meine Jacke schlüpfte. »Aber um Miriam. Sie kommt mit Dingen, die sich an der Grenze ihres Weltbildes bewegen, nicht besonders gut klar. Ganz zu schweigen von denen, die sich jenseits davon abspielen. Die Sache mit Hardberg hat ihr damals ziemlich zugesetzt.«

Simon verzog die Mundwinkel. »*Mundus vult decipi* …«, brummte er in seinen Bart.

5

In einem Wettbewerb, bei dem die trostlosesten Raumausstattungen prämiert wurden, hätte ich dem kleinen, fensterlosen Besprechungszimmer, in dem ich zusammen mit Mertens und Vinzenz wartete, gute Chancen auf einen Podiumsplatz eingeräumt. Fast schien es, als hätte dem Dekorateur ein psychologischer Berater zur Seite gestanden, um Besuchern und Medienvertretern eine Aura der Unbehaglichkeit zu garantieren. Niemand sollte sich hier wohlfühlen, schon gar nicht jene in U-Haft oder Sicherheitsgewahrsam genommenen Individuen, die einige Leute im Innenministerium am liebsten auf den Mond schießen würden, statt weiterhin Steuergelder an sie zu verschwenden.

Wir saßen an einem aus drei Einzelsegmenten zusammengeschobenen Konferenztisch, hinter dessen Kopfseite eine Präsentationstafel aufgestellt war. Auf einem weißen Wandsideboard standen neben fünf Flaschen Mineralwasser zwei kleine Türme aus übereinandergestülpten, in Folie steckenden Plastikbechern. Unter der Zimmerdecke war ein PC-gekoppelter Projektor installiert, den ich während der Jahre, in denen ich hier als Berater tätig gewesen war, nie in Aktion gesehen hatte. Der graue, durch Laufstraßen verfärbte Filzteppich war abgewetzt, an den weiß lackierten Wandpaneelen klebten Tesafilm- und Etikettenreste, und der Boden der Neonlichtverschalung war ein Mückenfriedhof. Die einzigen farbigen Kontraste im monochromen Einerlei bildeten zwei übermannshohe Kunststoff-Dekorpflanzen in weißen Blumenkübeln, um deren Stämme rote LED-Lichterketten gewickelt waren, und die farbigen abwischbaren Filzstifte auf der Ablage der Präsentationstafel. Weniger Charme als dieses Zimmer versprühten im Haus wahrscheinlich nur die Arrestzellen und die zu Abstellkammern umfunktionierten Etagentoiletten im Treppenhaus.

Während Mertens auf seinem Smartphone E-Mails beantwortete und Vinzenz mit geschlossenen Augen seine Schläfen massierte, hatte ich den Kopf in den Nacken gelegt und zählte die Schatten der toten Insekten in der Deckenlichtschutzblende. Mehrmals war vor der Tür unverständliches Gemurmel zu hören, hin und wieder auch das Klingeln eines Telefons.

Als sich die Tür des Besprechungszimmers öffnete und Roman Kuerten den Raum betrat, war es fast Mittag. Von schlaksiger Statur, trug der Dezernatsleiter das schüttere krause Haar noch immer zur Sturmfrisur nach hinten gekämmt und wirkte auf mich mehr denn je wie ein früh ergrauter Art-Garfunkel-Imitator. Als wir uns vor sieben Monaten zum ersten und bisher einzigen Mal begegnet waren, hatte dieses Zusammentreffen unter den denkbar schlechtesten Umständen stattgefunden.

Selbst in seiner damaligen Position hätte Kuerten bereits über den Dingen stehen müssen. Stattdessen hatte er das, was geschehen war, sehr persönlich genommen und mich intern als alleinigen Schuldigen für die Tragödie gebrandmarkt. In gewisser Weise war ich ihm dafür sogar dankbar gewesen – ganz im Sinne seines Vorgängers, der mir dafür keine Absolution mehr erteilen konnte.

Wie ich Kuerten einschätzte, hatte er mir die Tat – oder von meiner Warte aus betrachtet: die Notwendigkeit – bis heute nicht verziehen. Er war ein Mann, der seine Feindbilder pflegte.

Aber das ist eine andere Geschichte.

»Guten Tag«, begrüßte er uns, ohne im Schritt innezuhalten. »Bitte behalten Sie Platz. Wo ist die Kollegin Fechner?«

»In der Gerichtsmedizin«, sagte Mertens »Jelen hat sie angepiepst. Schien wichtig zu sein.«

»Bezüglich unseres Falls?«, fragte ich.

Mertens taxierte mich aus den Augenwinkeln heraus. »*Unser* Fall ist das noch lange nicht«, stellte er klar.

Kuerten nahm am Kopfende des Konferenztisches Platz, legte eine Aktenmappe vor sich ab und trommelte mit den Fingerspitzen nervös darauf herum. »Richten Sie Frau Fechner aus, dass sie sich umgehend bei mir melden soll, sobald sie wieder im Haus ist«, wies er Mertens an.

»Das dürfen Sie ihr gern persönlich mitteilen«, erwiderte dieser. »Sie hat eine Mailbox.«

Kuerten rollte mit den Augen, blieb jedoch gefasst und öffnete die Aktenmappe. Ich hingegen kämpfte gegen ein entlarvendes Grinsen an. Es war der erste Sympathiepunkt, den mein Gegenüber bei mir erntete. Wahrscheinlich war Kuerten Mertens' bockbeinige Art gewohnt. Nachdem er die ersten Dokumente überflogen hatte, nahm er seine Brille ab und massierte die Druckstellen an seinen Nasenflügeln. »Crohn, Crohn, Crohn …«, seufzte er mit geschlossenen Augen. »Ihre Akte zu lesen ist quälender als die Foltern der heiligen Inquisition.«

»Das verbuche ich gern als Kompliment.«

»Abitur mit einem Notendurchschnitt von 1,7«, fuhr Kuerten ungerührt fort. »Danach Psychologiestudium. Im siebten Semester hingeschmissen, weil Sie laut eigener Aussage überzeugt davon gewesen waren, nichts Elementares mehr vermittelt zu bekommen. Vor elf Jahren aufgrund fragwürdiger Selbstjustiz-Aktionen erstmals aktenkundig geworden und mit dem Gesetz in Konflikt gekommen. Fachpsychologische Diagnose eines übersteigerten Unrechtsempfindens, gepaart mit der Überzeugung, über eine Art hellsichtige, aber unkontrollierbare Gabe zu verfügen und retrospektive Deliktvisionen zu erleben – was auch immer das heißen mag. Viermonatige, leider nur zur Bewährung ausgesetzte Haftstrafe aufgrund eines Stalking-Vorfalls, bei dem das Opfer sich von Ihnen verfolgt und bedroht gefühlt hatte …«

»… und einen Monat später von Frau Fechner aufgrund der durch mich gewonnenen Informationen tatsächlich als Puppenspieler im Fall Rhodens identifiziert und verhaftet wurde«, fügte ich mit einer gewissen Genugtuung hinzu.

»*Puppenspieler*«, wiederholte Kuerten abfällig. »Die Welt ist kein Marionettentheater, Crohn!« Er brauchte einige Sekunden, um den Faden wieder aufzunehmen, da er die Textzeile verloren hatte. »Unter Hardberg gut zwei Jahre lang für das Dezernat als analytischer Berater tätig gewesen«, fuhr er fort. »Nach der Tragödie vor sieben Monaten auf eigenen Wunsch wieder ausgeschieden, aber bedauerlicherweise nie zur Rechenschaft gezogen worden.« Er setzte die Brille wieder auf und sah mir über ihre Ränder hinweg erstmals in die Augen. »Habe ich etwas vergessen?«

»Die Quintessenz.«

Der Dezernatsleiter knallte die Akte auf den Tisch. »Ehrlich gesagt geht mir Ihre Vergangenheit am Arsch vorbei, Crohn!«

»Dafür haben Sie sie aber mit hörbarem Genuss vorgetragen«,

konterte ich. »Zu dumm nur, dass sie jeder hier im Raum bereits kennt.«

Kuerten lehnte sich in seinem Stuhl zurück. »Einige hier halten noch immer große Stücke auf Sie«, sagte er, wobei er den Kopf gesenkt hielt. Es wirkte auf mich, als redete er mit seinem Schwanz. »Die Lorbeeren für Ihre Zusammenarbeit mit dem Dezernat haben Sie jedoch *vor* meiner Zeit geerntet. Daher kann ich nicht beurteilen, ob sie tatsächlich so ein toller Hecht sind, wie einige Kollegen behaupten. Dass Sie, um es mal diplomatisch auszudrücken, im Ansehen der Belegschaft polarisieren, dürfte Ihnen bewusst sein. Entweder mag man Sie oder man mag Sie nicht. Eine Grauzone scheint es nicht zu geben. Ich wünschte, das wäre nicht der Fall, denn dann könnte ich Sie weitaus besser einschätzen. Also werde ich offen zu Ihnen sein: Ich mag Sie nicht, und ich halte auch nicht viel von Ihrem mehr oder minder legendären siebten Sinn. In meinen Augen sind und bleiben Sie unberechenbar und eine Gefahr für sich und Ihre Umwelt.«

»Da sprechen Sie mir aus der Seele«, seufzte ich und erhob mich. »Vielleicht ist es am vernünftigsten, Miriams Soko wieder im Trüben fischen und der ganzen Sache einfach freien Lauf zu lassen. Ich hielt das hier von Anfang an für eine bescheuerte Idee.«

»Setzen Sie sich!«, wies Kuerten mich an.

»Meine Vernunft sagt mir, dass das hier Zeitverschwendung ist«, entgegnete ich. »Das große weiße Kaninchen und der Mann in meinem Ohr sind der gleichen Meinung. Machen Sie also einfach Ihr Bullen-Ding, und wir machen das unsere.«

»Könnten wir die Animositäten ausnahmsweise mal hintanstellen und uns wie vernünftige Menschen verhalten?«, ging Vinzenz genervt dazwischen. »Wenigstens bis jemand so freundlich war und mir endlich ein paar Migränetabletten gebracht hat?«

Kuerten fuhr sich mit der Hand übers Gesicht und tauschte einen Blick mit Mertens, der lediglich eine Augenbraue hob. Vinzenz sah mich an und machte mit dem Kopf eine auffordernde Geste in Richtung meines Stuhls.

»Für diese episodische Kollaboration gelten folgende Regeln«, erklärte Kuerten, nachdem Vinzenz und ich unsere Verschwiegenheitsvereinbarungen unterzeichnet und an Mertens zurückgereicht hatten. »Sie beide werden mit niemandem – ich betone: *niemandem!* – über Ihre Arbeit bei diesem Fall sprechen außer mit uns, selbst wenn Sie nachts davon träumen. Ab heute behalten Sie Ihre Träume für sich! Sie unterhalten sich über den Stand der Ermittlungen weder mit Ihrer Familie noch mit Ihrem Hund oder Ihrem Kanarienvogel, ja nicht einmal mit Ihrer Kaffeekanne. Ihre Vermutungen, Hypothesen und Fortschritte im laufenden Fall und dem Ihnen zur Verfügung gestellten Aktenmaterial teilen Sie ausschließlich mit den Kollegen Fechner, Mertens und – sofern die Umstände es erfordern – mit der Leitung der Rechtsmedizin. Ich kann nicht versprechen, dass diese Zweckgemeinschaft harmoniert, aber ich erwarte, dass sie funktioniert. Und Gott stehe uns bei, dass sie nicht länger dauert als nötig.« Er ließ seinen Blick für ein paar Sekunden auf mir ruhen. »Was diesen sogenannten *Bogus* betrifft: Ihre Content- und Release-Auditorin ist Frau Fechner. Sie wird beurteilen, was publik gemacht werden kann und was nicht. Lautet ihre Antwort Nein, ist diese Entscheidung verbindlich. Des Weiteren erhalten Sie eingeschränkten Zugang zum Archiv.« Er machte eine lange Pause, dann sagte er: »Offen gesagt zweifle ich am Erfolg dieser Bogus-Nummer. Frau Fechner hingegen glaubt an Ihr … nun, nennen wir es Talent – und ich vertraue dem Gespür meiner Kommissarin. Sollte tatsächlich eine Reaktion auf diesen Text erfolgen, werden Sie in Sachen Replik keine eigenmächtigen Entscheidungen treffen, sondern das weitere Vorgehen mit uns besprechen. Halten Sie sich nicht an diese Regeln, ist unsere Zusammenarbeit schneller wieder beendet, als sie begonnen hat. Haben Sie das verstanden?«

»War nicht zu überhören«, bestätigte ich.

»Dann nutzen Sie den restlichen Tag, um das Gehörte zu verinnerlichen.« Kuerten erhob sich und strich seine Hose glatt. »Beweisen Sie mir, dass Sie diesen verdammten Kuhhandel wert sind, Crohn!«, sagte er im Hinausgehen.

»Hokahe«, murmelte ich, nachdem er den Raum verlassen hatte. »Warum werde ich das Gefühl nicht los, dass ich soeben meine Seele verkauft habe?«

»Kuerten hat es gerade nicht leicht«, sagte Mertens. »Seine Frau starb vor fünf Wochen an Krebs.«

Ich tauschte einen Blick mit Vinzenz. »Hätten Sie das nicht *vor* der Besprechung erwähnen können?«

»Wozu?« Mertens' Mundwinkel umspielte ein schadenfrohes Lächeln. »Damit Sie in den Guter-Crohn-Modus schalten und einen auf Schönwetter machen können? Es ist für das gesamte Dezernat von Vorteil, wenn Sie hier mit Ihrer wahren Impertinenz brillieren. Vielleicht lernen Sie nach ein paar Fettnäpfchen ja doch noch, wie der Hase läuft.«

Ich sah hinauf zum Beamer. »Jetzt ist es also doch unser Fall«, murmelte ich leise, wobei mir angesichts der Entwicklung der Ereignisse etwas mulmig zumute war; ein Umstand, den ich vor allem vor Mertens zu verbergen versuchte. Ob ich erfolgreich war, wusste ich nicht. Mangels Praxis fehlte mir dafür noch das nötige Gespür.

Was sich in den vergangenen anderthalb Tagen ereignet hatte, war in keiner Weise Teil meiner aktuellen Lebens- und Karriereplanung. Ich fühlte mich wie eine reanimierte Leiche in einem C-Movie. Die Gelenke steif, die Muskeln verkümmert und den Verstand im Stand-by-Modus, hockte ich hier als von den Toten erweckter Konsulenz-Zombie.

»Ich würde mir nach einem Abstecher in die nächste Apotheke gern die Fallakten ansehen«, sagte Vinzenz, wobei er seine geschlossenen Augen massierte. »Passt das?«

»Gehen Sie hoch zu Beilschmitt in den Dritten.« Mertens tippte sich mit beiden Zeigefingern an die Schläfen. »Der hat wegen eines Schleudertraumas immer eine Batterie Triptane in der Schublade liegen.«

6

Das Erste, was mir auffiel, nachdem die Fahrstuhltüren sich geöffnet hatten, war der Gestank. Es roch, als wäre etwas geplatzt, dessen Inhalt in einen säurefesten Sicherheitsbehälter gehörte. Der Geruch wurde intensiver, je näher ich meiner Wohnung kam, und ließ mich den Schritt verlangsamen.

An der Korridorwand zwischen meiner Wohnungstür und dem Zugang zum Treppenhaus stand ein kniehoher Pappkarton. Auf seiner nur locker zugeklappten Oberseite klebte eine aus dem Computer ausgedruckte A5-Seite mit der Aufschrift ACTUS SECUNDUS.

Ich warf einen Blick auf die Türen der Nachbarwohnungen. Mit gemischten Gefühlen zog ich mir den Jackenärmel über die Finger und klappte den Behälter vorsichtig auf. Ich erwartete, einen Mix aus vollgekackten Windeln und Lebensmittelresten zu erblicken. Was tatsächlich auf dem mit Zeitungspapier ausgelegten Boden kauerte, war ein Fellbündel, das ich im ersten Moment für ein verendetes Haustier hielt – bis es den Kopf bewegte. Kein Laut kam aus dem Karton, nur ein Blick aus blutunterlaufenen Augen. Was mich anstarrte, war eine völlig verwahrloste Katze.

Der Zustand des Tieres war ebenso erbärmlich wie der Gestank, den es verströmte. Am Fell seiner Vorderpfoten haftete eine Substanz, die blauer Holzlasur ähnelte. Wie lange der Karton auch immer hier stehen mochte, sein bedauernswerter Inhalt hatte sich seither nicht herausgetraut. Mein Blick fiel auf die Müllklappe an der gegenüberliegenden Flurwand. Womöglich hatte der ehemalige Besitzer geplant gehabt, sich des Tieres auf unkonventionelle Weise zu entledigen, und war dabei gestört worden. Ich öffnete die Tür zum Treppenhaus und lauschte nach verdächtigen Geräuschen, hörte jedoch nur das Rumpeln und Quietschen der Straßenbahn. Unschlüssig, wie ich mich verhalten sollte, stand ich auf dem Flur, bis das Licht ausging. Ich knipste es wieder an und starrte in den

Karton, wobei die Versuchung groß war, ihn tatsächlich in den Müllschacht zu werfen.

Ich öffnete ein Fenster, holte eine Wolldecke aus meinem Apartment und legte sie über den Behälter, dann trug ich ihn in die Wohnung und stellte ihn behutsam in der Diele ab. Keiner der übrigen Mieter hatte sich bis zu diesem Zeitpunkt auf dem Flur blicken lassen. Ich warf einen Blick auf die Spione der beiden gegenüberliegenden Wohnungstüren, machte eine unmissverständliche Lippenbewegung und schloss die Tür. Nachdem ich mir Hände und Gesicht gewaschen und desinfiziert hatte, putzte ich auch noch die Türklinke.

Unmöglich zu sagen, ob das ausgesetzte Tier an einer Krankheit litt oder sein apathisches Verhalten die Folge einer Vergiftung war. Vielleicht hatte ein Spinner sie auch betäubt, um sie für irgendwelche grenzdebilen Streiche oder eine Fotosession blau anzusprühen. Ich erinnerte mich an die Internetanzeige eines städtischen Haustier-Schönheitssalons, der mit Creative-Grooming-Aktionen warb. Dort konnten Tierhalter Pudel zu Pandas, Hauskatzen zu Leoparden oder was auch immer zu idiotisch aussehenden Fantasietieren umfärben lassen, bunt wie Pokémons. Was vor mir stand, sah jedoch eher nach einem privaten Designunfall aus.

Den Karton in Blickweite, griff ich zum Handy und recherchierte die Rufnummer des veterinärmedizinischen Notdienstes. Nach dem dritten Läuten folgte ein Stakkato von Knacksern, als wäre ich in einem Callcenter gelandet, deren Mitarbeiter mich wie fallende Dominosteine weiterschalteten. Ein schriller, abgehackter Pfeifton ließ mich zusammenzucken.

»Tierambulanz West«, meldete sich am anderen Ende schließlich eine männliche Stimme.

Ich schilderte dem Mitarbeiter die Situation, wobei ich betonte, dass die Katze mehr tot als lebendig wirkte. »Das Fell an Gesicht und Vorderbeinen ist verschmutzt«, erklärte ich. »Keine Ahnung, was das für ein Zeug ist. Vielleicht blaue Lebensmittelfarbe oder Haartönung oder irgendeine Chemikalie. Die Katze scheint eine Menge davon abgeleckt zu haben, der Rest haftet am Fell. Möglicherweise ist das Zeug giftig. Ich kann nicht sagen, ob sie Schmerzen hat. Sie wirkt apathisch und relativ benommen.«

»Gibt es irgendeinen Hinweis auf mögliche Besitzer, vielleicht ein Halsband?«

»Nichts zu sehen«, sagte ich. »Das Fell ist recht lang, darunter könnte alles Mögliche verborgen sein.« Ich zögerte kurz, dann griff ich den Karton, was das Tier mit einem leisen Fauchen quittierte. Ehe ich mich versah, zuckte seine Pfote vor und schlitzte mir mit einer Kralle den Daumenballen auf. Fluchend riss ich die Hand zurück und presste sie gegen mein Hosenbein.

»Hat sie Sie verletzt?«, drang es aus dem Hörer.

»Nicht weiter tragisch«, sagte ich. »Nur ein Kratzer.«

»Reinigen Sie die Wunde mit warmem Wasser und tragen Sie ein Antiseptikum auf. Die Kollegen schauen sich das nachher mal an.«

»Was kann ich so lange für das Tier tun?«

»Sorgen Sie dafür, dass die Katze es warm hat. Zermahlen Sie eine Kohletablette und mischen Sie sie unter ein wenig Hüttenkäse. Geben Sie ihr dazu etwas Wasser, auf keinen Fall aber Milch.«

»Einfach nur Wasser?«

»Wodka tut's zur Not auch.« Der Mitarbeiter prustete leise über seinen Sparwitz. »Fünfte Etage, sagten Sie?«, rückversicherte er sich, nachdem ich ihm meine Adresse genannt hatte.

»Siebte.«

»Die Kollegen machen sich gleich auf den Weg und sind in etwa zwanzig Minuten vor Ort.«

Knapp eine Stunde später hockte ich auf der Schuhkommode im Flur, betrachtete den Karton, in dem die Katze soeben verendet war, und wartete noch immer auf das Läuten der Türklingel. Das Sprühpflaster auf der Wunde an meiner Hand glänzte im Licht der Deckenlampe. Ich rieb mit dem Daumen über die brennende Stelle, dann griff ich das Handy und betätigte die Wahlwiederholung.

»Für die von Ihnen angegebene Adresse gibt es keine Einsatz-bestätigung«, versicherte mir eine Mitarbeiterin, als ich mich nach dem Stand der Dinge – oder besser gesagt: nach dem Standort des

Ambulanzwagens – erkundigte. Immerhin hätte höhere Gewalt wirken und das Fahrzeug aufhalten können; ein Unfall, eine Panne oder eine Straßensperrung. »Vor einer Stunde?«, staunte die Frau am Telefon. »Wie war denn der Name des Kollegen?«

»Leck mich«, brummte ich, beendete die Verbindung und warf das Telefon aufs Sofa.

7

Im Volksglauben heißt es, eine Hexe, die sich in eine Katze verwandeln kann, klettere immer in einen Weidenbaum und drei über die Schulter ins Wasser geworfene Weidenzweige brächten Geister zum Erscheinen. Sagen erzählen, Trauerweiden hätten die Heilige Familie einst vor den Soldaten des Herodes verborgen, und die Bäume litten, weil Christus mit ihren Zweigen gegeißelt wurde. Zugleich waren sie prädestiniert dafür, unter ihrem Blätterdach ein Verbrechen zu begehen; mystische Komplizen, um Leichen oder Beweisstücke verschwinden zu lassen. Ihre Kronen waren schützend und behütend wie Engelsschwingen, jede für sich ein Naturtempel verruchter Verschwiegenheit.

Ich stellte den Pappkarton unter die höchste Stelle des Zweiggewölbes, zog die Gummihandschuhe aus und schmiss sie zusammen mit dem Mundschutz zu dem in einen alten Kissenbezug gewickelten Katzenkadaver. Dann verspritzte ich fast eine halbe Plastikflasche mit Brennspiritus über dem Inhalt.

Geduldig wartete ich, bis die Pappe und das eingehüllte, weiterhin extraordinär stinkende Fellbündel durchtränkt waren, trat schließlich ein paar Schritte zurück und entzündete eine Wunderkerze. Eine Weile stand ich schweigend vor dem Behälter und starrte in die davonstiebenden Funken, dann holte ich aus und ließ sie in den Karton fliegen. Eine Stichflamme schoss in die Höhe und versengte die untersten Zweige der Weide.

Aus dem Karton drang eine Reihe unappetitlicher Geräusche. Das Laken war schon bald verbrannt und hatte den Blick auf den brennenden, mit geschmolzenem Fell überzogenen Kadaver frei-gegeben. In seinem Bauch klaffte ein breiter Riss, durch den Hitze und Druck die Innereien herauspressten. Irgendetwas davon platzte, der Magen vielleicht oder der Dünndarm. Hervor quoll eine dicke, blau-schwarz-rote Masse aus geronnenem Blut und jener Substanz, mit der die Pfoten des Tiers beschmiert gewesen waren, als ich es gefunden hatte.

Geistesgegenwärtig sammelte ich einen Zweig auf, tunkte ihn in die Blasen werfende Masse, wickelte ihn in eine Plastiktüte und steckte sie ein. Vielleicht konnte ich Jelen dazu bewegen, sie bei Gelegenheit zu analysieren, um festzustellen, worum es sich bei dem Zeug handelte.

Ich zog den Reißverschluss meiner Jacke zu, dann stand ich eine Weile mit geschlossenen Augen im Rauch, in der fast schon lächerlich anmutenden Hoffnung auf ein Echo, doch außer einem Hustenanfall bewirkte die Aktion nichts. Nachdem ich mir die Kehle freigeräuspert hatte, zog ich das Handy aus der Tasche und wählte Vinzenz' Nummer.

»Hi, Lex«, meldete dieser sich nach einigen Sekunden schwer atmend.

»Holst du dir gerade einen runter?«, versuchte ich zu scherzen. »Soll ich's später noch mal versuchen?«

»Sehr witzig«, brummte Vinzenz. »Ich jogge. Und selbst?«

»Bin im Park«, sagte ich und streifte entlang der herab-hängenden Zweige, um zwischen ihnen hindurch nach Spazier-gängern Ausschau zu halten. »Entsorge einen Kadaver.«

»Männlich oder weiblich?«

»Schrödinger würde wahrscheinlich sagen, sowohl als auch.« Ich machte ein Foto von dem schwelenden Karton und schickte es Vinzenz. »Dachte, wir könnten vielleicht noch was trinken gehen ...«

»Was ist dadrin?«, fragte er, nachdem er das Bild geöffnet hatte.

»Eine Katze. Will aber nicht so recht brennen.«

»Sehr witzig, Lex.«

Ich spritzte einen weiteren Strahl Spiritus in die Glut, woraufhin eine neue Stichflamme emporschoss. »Hast du zufällig einen Spaten dabei?«

Gut fünfzehn Minuten später hatte ich Vinzenz durch den Stadtwald in den Memorienhain gelotst, zu dem auch die Weide gehörte, unter der ich mein Feuer schürte. Eine Schaufel trug er bedauerlicherweise nicht bei sich, dafür einen Überschuss an Bestürzung.

»Scheiße, Mann.« Er starrte angeekelt auf den qualmenden Aschehaufen. »Ist da etwa wirklich …?«

»*Chat flambé*. Mir ist nicht nach Flunkern.«

»Aber …« Vinzenz machte eine Geste, die seine Irritation und Handlungsohnmacht zum Ausdruck brachte. »*Wieso?*«

»Aus demselben Grund, weshalb man Hexen, kranke Hühner und verseuchte Rinder verbrennt«, erklärte ich. »Reinigendes Feuer. Ich dachte, du hättest ein Faible für Pyro-Bestattungen …«

Vinzenz verzog angewidert die Mundwinkel. »Ist bei dir alles okay?«, erkundigte er sich, wobei er mit einer Geste andeutete, dass er mich gerade nicht für ganz zurechnungsfähig hielt. »Hast du zu lange im Rauch gestanden?«

Ich betrachtete die schwelenden Überreste. »Das Viech war schon tot«, sagte ich und scharrte mit den Schuhen Erde und nasses Laub über die Brandstelle. »Lass uns gehen«, sagte ich, als ich mit meinem Werk zufrieden war.

»Wodka?« Vinzenz wischte sich eine Lachträne aus dem Augenwinkel. »Allen Ernstes?«

»Keine Ahnung, was der Typ geraucht hatte.« Ich rührte mit einer zusammengerollten Serviette in meinem halb ausgetrunkenen Bier und fischte eine Fliege aus dem Schaum. »War wahrscheinlich ein Spinner, der die Leitung angezapft hat, um irgendeine Neurose zu befriedigen.« Ich hielt die Serviettenspitze an den wachsverschmierten Teller, der als Kerzenuntersatz diente, und sah zu, wie die Fliege aufs Trockene kroch.

Die Bar, in der wir saßen, lag unmittelbar am Talis-Kanal, der das gesamte Fischerviertel mit Brackwasser umgab. An die historischen Häuser, die früher das Ufer gesäumt hatten, erinnerte nur noch Fassadenblendwerk, hinter dem sich moderne Designerwohnungen versteckten wie vollgekokste Yuppies unter Mönchskutten.

»Hast du Fotos von dem Tier gemacht?«, wollte Vinzenz wissen, wobei er bewies, dass er gleichzeitig sprechen und trinken konnte.

Ich zog mein Handy heraus und zeigte ihm eine Handvoll Bilder, die ich geschossen hatte, bevor und nachdem die Katze verendet war. »Hat mich zuvor noch mit der Kralle erwischt«, sagte ich und präsentierte den Kratzer, wobei ich feststellte, dass die Wunde inzwischen leicht geschwollen war. Der Sprühverband hatte auf der Haut zu spannen begonnen.

»Wann hattest du die letzte Tetanusimpfung?«

»Ist keine drei Wochen her«, erklärte ich.

Vinzenz hielt sich das Handy zwanzig Zentimeter vor die zusammengekniffenen Augen. »Was ist das für ein ekelhafter blauer Schmodder auf dem Fell?«

Ich zuckte mit den Schultern und tastete unauffällig nach der zusammengerollten Plastiktüte in meiner Jackentasche. Dass man nichts davon in unserer Nähe roch, war ein gutes Zeichen.

»Tust du mir einen Gefallen?« Ich zog das Päckchen heraus und reichte es ihm verstohlen. »Würdest du das hier morgen früh Miriam vorbeibringen, mit der Bitte, es an Jelen weiterzureichen? Ich brauche eine Analyse.«

Angeekelt betrachtete Vinzenz die Tüte.

»Vermeide es, draufzudrücken«, riet ich ihm.

»Warum bringst du es ihm nicht selbst?«

»Ich kann Krankenhäuser nicht ausstehen.« (Das war die Wahrheit.) »Zudem bin ich morgen nicht in der Stadt.« (Das hingegen nur die halbe.)

Widerwillig steckte Vinzenz die Tüte ein. »Und du glaubst wirklich, der Typ am Telefon hat die Notrufnummer gehackt?«, fragte er. »Aus Jux und Dollerei?«

»Hast du eine absurdere Erklärung?«

Mein Gegenüber schüttelte den Kopf und leerte sein Glas. »Wodka ...« Er rülpste leise und blickte dem Hintern der Bedienung nach. »Die Welt ist ein Irrenhaus.«

Vinzenz hatte inzwischen zweifellos ein Bier zu viel intus. Keine Ahnung, ob er abends joggte, um sich den Alkoholkonsum vom Gewissen zu schwitzen und vor dem Einschlafen sein Suchtbewusstsein einzulullen, oder ob er Kalorien verbrannte, um einen Vorwand fürs Trinken zu haben.

»Gibt es schon etwas zur Hardberg-Akte?«, wollte ich wissen.

Vinzenz schüttelte den Kopf. »Bin froh, dass die Migräne halbwegs durch ist«, sagte er. »Ich mache morgen weiter.«

8

Am Anfang jeder Kaskade steht ein kreativer, nicht selten soziopathischer Kopf, der sie ersinnt. Über seine Motive oder die Frage, ob sein Handeln auf rationalem Denken beruht, lässt sich streiten. Manche Puppenspieler taten es, um ihre kombinatorische Raffinesse zu feiern, andere aus purer Lust am Quälen oder Töten. Die Zeitspanne zwischen dem Zuschnappen der Falle bis zu ihrer finalen Zweckerfüllung bezeichnete ich als Deadline, den Weg, auf dem das Opfer dabei agiert, als Parcours. Er kann sehr kurz sein und abrupt enden, ein Umstand, der für die meisten Menschen dem Idealbild einer Falle entspricht. Klappe zu, Affe tot. Leider hat ein nicht unerheblicher Prozentsatz jener Individuen, die sich die Mühe machen, eine Kaskade zu initiieren, auch die Neigung, sich am Leid ihrer Opfer zu weiden und an deren zunehmender Verzweiflung zu ergötzen. Ein Parcours kann die Beute durch

Winkel und Gassen irren lassen und sogar zu Gabelungen führen, die ihre Illusionen nähren, nach wie vor selbst über ihr Schicksal entscheiden zu können, obwohl die Schlinge sich weiter zuzieht und das Atmen immer schwerer fällt. Verzweigt der Parcours sich mehrfach, bevor das Damoklesschwert herabstürzt, spricht man in der Fallanalytik von einem Entscheidungsdelta. Dummerweise verhält es sich dabei wie mit jedem realen Delta: Egal für welchen Pfad man sich entscheidet, alle Arme des Schicksalsstroms münden in dasselbe dunkle Meer.

Eine mehr oder weniger ausgeklügelte Kaskade kann sich über Tage oder sogar Wochen hinziehen und der Beute selbst in ihren finstersten Winkeln noch Zuversicht vorgaukeln. Simon bezeichnete es als Schatten- oder Tunnelmagie, wenngleich es mit wahrer Magie in meinen Augen nicht viel zu tun hatte. Analytisch betrachtet war jede in Gang gesetzte Kaskade nicht mehr als eine Kausalkette präzise kalkulierter Ereignisse. Eine an Sicherheit grenzende multiple Wahrscheinlichkeitsvorhersage. Simon zufolge konnte man sich jedoch nie ganz sicher sein, ob der Teufel dabei nicht doch seine Hand im Spiel hatte. Die Redensart ›Alle Wege führen nach Rom‹ ist sinnbildlich gesehen sicher die treffendste Beschreibung für einen ebenso clever wie sinister angelegten Parcours – und ›Das Leben ist eine todsichere Sache‹ zweifellos die wahrhaftigste für eine Kaskade. Ich für meinen Teil versuchte den Parcours zurückzuverfolgen – und an seinem Ende, das eigentlich der Anfang ist, den Puppenspieler zu finden.

Beim Bemühen, Außenstehenden in Bildersprache den Parcours zu erklären, vergleiche ich einen solchen gern mit einem Pac-Man-Labyrinth. Die Spielfläche ist eine zweidimensionale Ebene, auf der ein Spieler von Geistern verfolgt wird. Obwohl sie bei ihrer Jagd in der Überzahl sind, bleibt immer ein alternativer Fluchtweg offen. Es liegt am Spieler, diesen vorauszuahnen und rechtzeitig in die Lücke zu schlüpfen.

Wie spielerisch im Kleinen, verhält es sich auch mit dem Parcours jeder Kaskade: Das Spielfeld ist begrenzt. So gewitzt und tollkühn das Opfer sich gegen sein Schicksal auch stemmen mag, früher oder später wird es in die Enge getrieben und von einer der Spukgestalten erwischt.

Game over.

Der Initiator einer Kaskade versieht die Lebenslinie seines Opfers sinnbildlich gesehen also heimlich mit einer Sollbruchstelle. Insofern ist er unterm Strich nicht mehr als ein Intrigant, der die Sprosse einer Leiter ansägt oder den Bremsschlauch eines Fahrzeugs zerschneidet. Er wird getrieben von der Faszination, Menschen in eine Falle zu locken, aus der sie ohne sein Zutun nicht mehr entkommen können. Im Hinblick auf die Delikte, an deren Aufklärung ich beteiligt gewesen war, pflege ich ein Credo: Gute Geister existieren nicht.

Für einen Puppenspieler ist es pure Lust, mit den Ängsten seiner Opfer zu spielen. Jeder Mensch pflegt seine kleinen oder großen Phobien; vor Gewittern oder Spinnen, Clowns, engen Räumen oder vor der Angst selbst.

Ich für meinen Teil fürchte mich vor Magneten. Vor allem davor, was ihre Felder in meinem Kopf anrichten könnten. Das mag schrullig und auf gewisse Weise weltfremd klingen angesichts der Tatsache, dass der gesamte Planet von einem Magnetfeld umgeben ist. In meinem Fall ist der Grund für meine Angst jedoch kein psychologisches, sondern ein neurologisches Problem. Daher trage ich stets die Verfügung eines Facharztes bei mir, aus der hervorgeht, dass ich im Falle einer Ohnmacht unter keinen Umständen in einen Kernspintomographen geschoben werden durfte. Ergänzen ließe sich das durch die Warnungen, mich nicht in Magnetschwebebahnen zu transportieren, mit Metalldetektoren abzutasten oder an Kränen hängende Industriemagneten über mir schweben zu lassen.

Damals war ich glücklich und dankbar dafür gewesen, dem Tod von der Schippe gesprungen zu sein. Die Ernüchterung war gekommen, als ich erfahren hatte, dass ein Splitter seiner Schippe in meinem Kopf stecken geblieben war; ein inoperables Souvenir, das ich sehr wahrscheinlich für den Rest meines Lebens als tickende Zeitbombe mit mir herumtragen würde …

9

Simon gab sich bei meinem zweiten Besuch in Askenburg Mühe, den bedenklichen Eindruck, den ich tags zuvor von ihm gewonnen hatte, zu korrigieren. Seine Wohnung war sauberer und heller, und er selbst wirkte ein wenig gepflegter – doch keinesfalls gesünder. Im Gegenteil, er sah aus, als hätte er seit zwei Tagen kein Auge mehr zu gemacht. Anna war noch immer nicht zurück, und auch der seltsame Geruch hing weiterhin in der Luft, wenngleich nicht mehr so penetrant wie gestern.

»Hast du etwas über den Spruch auf der Karte herausgefunden?«, fragte ich ihn, kaum dass wir wieder in seinem Arbeitszimmer Platz genommen hatten.

»Ja«, sagte Simon, nachdem er mir ein Glas Wein eingeschenkt hatte. »Aber es wird dir nicht gefallen.«

»Spann mich nicht auf die Folter«, drängte ich, während er sein eigenes Glas füllte. »Was bedeutet es? Ist Miriam in Gefahr?«

Simon klaubte die Karte von seinem Schreibtisch und betrachtete sie, als sähe er statt ihrer ein wundervolles Kunstwerk. »*Semiramis im Schatten verbündet mit Eskandar*«, las er, nachdem er am Wein genippt hatte. »*Die Erhabene fragt: Was eint den Wunsch nach Dasein, Thích Quang Dúc und Jirafa Ardiendo? Die weise Antwort des Beschützers rettet der Toten Leben.*« Er machte eine Pause, in der er gedanklich die richtigen Worte zu suchen schien, dann sagte er: »Semiramis bedeutet übersetzt ›die Erhabene‹, und Eskandar ›der Beschützer‹. Es sind die Urformen eurer beiden Vornamen, Miriam und Alexander.«

»Also geht es tatsächlich um uns …«

Simon machte eine Geste, die alles Mögliche bedeuten konnte, und schenkte sich Wein nach.

»Und das andere Kauderwelsch?«

»Du hättest einfach nur nach der Gemeinsamkeit der Motive suchen müssen.« Er stellte sein Glas beiseite, nahm ein Notebook vom Arbeitstisch und lud ein Motiv in den Bildbetrachter, dann drehte er das Gerät so, dass ich das Foto sehen konnte.

»Pink Floyd?«, stutzte ich.

»*Wish You Were Here.* Nicht unbedingt mein Geschmack, aber ein Werk von höchster akustischer Perfektion. Der flambierte Schlipsträger rechts auf dem Cover ist ein Stuntman namens Ronnie Rondell.« Simon öffnete ein weiteres Motiv. »Das hier ist ein Bild des Fotografen Malcolm Browne«, erklärte er. »Es zeigt den Mönch Thích Quang Dúc, als dieser sich 1963 aus Protest gegen die Unterdrückung der buddhistischen Bevölkerung auf einer belebten Kreuzung von Saigon öffentlich verbrennen ließ.« Er öffnete ein drittes Motiv. »Und das hier ist *Jirafa Ardiendo* – Dalís berühmte brennende Giraffe.« Er platzierte die Bilder nebeneinander und reichte mir das Notebook.

Ich betrachtete die Abbildungen und hob skeptisch die Augenbrauen.

»Feuer?«, fragte ich. »Du meinst, *das* ist die Antwort?«

»Was hattet ihr denn erwartet?«, gab Simon zurück. »Eine philosophische Dissertation?«

Ich blickte einen Moment lang ins Leere und hing der Flut von Gedanken nach, die mir durch den Kopf schwirrten.

»Falls die Frage auf der Karte nicht nur dazu dient, euch abzulenken oder sinnlos zu beschäftigen, müsstet ihr eigentlich auch wissen, wie die Antwort übermittelt werden soll«, riss mich Simon in die Wirklichkeit zurück. »Euer Puppenspieler wird euch ja wohl kaum seine Postanschrift dagelassen haben.«

»Nein«, brummte ich. »Ich hatte gehofft, dass dir deine Gabe in dieser Sache ebenfalls die Richtung weist. Ein Ort ist schließlich ein Ort.«

Simon leerte sein Glas auffällig hastig, fast so, als versuchte er seinen Durst mit Wein statt mit Wasser zu stillen. Mein Gefühl sagte mir, dass etwas in der Luft lag, aber ich wusste nicht, ob es tatsächlich mit der Karte oder Miriam zu tun hatte. So gab ich mich arglos und studierte Vergrößerungen der drei Bildmotive. Simon beobachtete mich eine Weile schweigend, aber unruhig, dann sagte er leise und scheinbar völlig aus dem Zusammenhang gerissen: »Es ist so etwas wie ein Interface …«

Ich erwiderte seinen Blick verwundert, dann schaute ich mich um, in der Hoffnung, im Zimmer etwas zu entdecken, auf das sich seine Bemerkung bezog. Ein Wandbild vielleicht, oder ein Buch, aber ich konnte nichts finden. »Was ist wie ein Interface?«, fragte ich schließlich.

Simon saß in seinem Sessel, wippte mit dem Oberkörper langsam vor und zurück, knetete mit der freien Hand die Sessellehne und starrte auf einen imaginären Punkt in der Zimmermitte. Es wirkte, als hätte er sich fest vorgenommen, mir etwas furchtbar Peinliches zu beichten, aber konnte sich nicht dazu durchringen, mehr davon preiszugeben als die bereits ausgesprochenen sieben Worte.

»Die Quelle«, sagte er schließlich kaum hörbar. »*Meine* Quelle.«

Ich starrte ihn verständnislos an.

Simon verdrehte leidlich genervt die Augen. »Du hattest mich gestern nach meiner Informationsquelle gefragt«, verlieh ihm die leichte Verärgerung über meine Begriffsstutzigkeit wieder etwas mehr Stimme. »Es ist eine Art … metaphysisches Interface.«

»Du meinst so etwas wie eine Kristallkugel«, begriff ich. »Oder ein magischer Spiegel.«

Mein Gegenüber schnitt eine Grimasse. »Zieh es bitte nicht ins Lächerliche.«

»Okay, okay …« Ich hob beschwichtigend die Hände. »Und wer sitzt dort am anderen Ende der Leitung?«

»Die Anemoi.«

»*Anemoi?*«, wiederholte ich, nachdem er auch nach längerem Schweigen nichts hinzufügte. »Wer oder was soll das sein?«

Simon blies die Backen auf, was für gewöhnlich bedeutete, dass die Erklärung sich ein wenig komplexer gestaltete. Er blickte sich im Zimmer um, fast so, als suchte er selbst einen Hinweis, der ihm ein wenig auf die Sprünge half. Dann erhob er sich, trat an ein großes Sideboard, auf dem sich Ausdrucke, Manuskriptseiten, Kuverts, Zeitschriften und Bücher fast höher stapelten als das Möbel selbst, und begann in dem Berg herumzugraben.

»Papier, Papier, Papier«, murrte er dabei und schob einige der Stapel vorsichtig auseinander. »Dieser ganze verfluchte Kram wird sich eines Nachts zu einem Racheengel formen und mich im Schlaf erschlagen!«

»Im Namen aller sinn- und nutzlos verfassten Bücher?«

»Im Namen aller Bäume, die der literarischen Symmetrie zuliebe für mich geopfert wurden«, schnaufte Simon mit verbissenem Gesichtsausdruck. »Und als Rächer aller verlausten Köter, die deswegen nicht mehr an ihre Lieblingsbäume pissen können.«

Ich zog die Stirn kraus. Mein Gastgeber hatte das letzte Glas Wein zweifellos ein wenig zu überhastet getrunken. »Das meiste Holz für unsere Zellstoffindustrie stammt aus Nutzwäldern, Plantagen und Altpapier«, klärte ich ihn auf.

»Ist doch egal, woher«, brummte Simon. »Früher oder später werde ich brennen, für jede Seite, die ich beschrieben habe, und jedes verdammte Buch, das meinetwegen gedruckt wurde … Ah, hier.« Er zog einen schweren, alten Bildband über klassische Malerei hervor, an dessen Herstellung er zweifellos *nicht* beteiligt gewesen sein konnte. *Der Schatten des Olymp*, entzifferte ich den Titel. Suchend blätterte Simon durch die Seiten, dann legte er mir das kiloschwere Ungetüm auf den Schoß.

Ich betrachtete das Gemälde, das die gesamte Doppelseite ausfüllte. Es zeigte eine vor Wolken schwebende Schar geflügelter, puttenartiger Kindergestalten. Sie umschwärmten einen nackten, bärtigen und ebenfalls geflügelten Mann, der eine entblößte, aber offenbar menschliche Frau in den Armen trug. *Die Entführung der Nymphe Oreithyia von Filippo Lauri* war als Legende unter dem Bild vermerkt.

»Engel?«, stutzte ich. »Deine geheimnisvolle Informationsquelle sind Engel?«

Simon verzog das Gesicht. »Nicht alles, was in der klassischen Kunst mit gefiederten Schwingen dargestellt wird, ist automatisch ein Engel«, sagte er. »In der Regel sind Flügel nur ein symbolisches Attribut, das die Überlegenheit dieser Wesen veranschaulichen soll. Ihre Erhabenheit gegenüber dem Menschen, welchem von Natur aus beschieden ist, sich auf dem Boden zu bewegen und an das Irdische und seine leiblichen Grenzen gebunden zu sein.

Das Gemälde zeigt Boreas als Verkörperung des Nordwindes, umgeben von seinen … nun, nennen wir sie der Einfachheit halber Böen. Die Anemoi sind die vier mächtigen göttlichen Winde der griechischen Mythologie: Boreas, Euros, Notos und Zephir. In einigen Überlieferungen werden zwar noch vier Nebenwindgottheiten genannt, doch diese spielen momentan keine Rolle. Jede der vier Wind-Entitäten bewohnt ihre eigene, neben unserer Welt existierende Dimension, worin sie von Legionen ihrer Böen, den sogenannten *Emeo,* umsorgt werden.« Er deutete auf den Gemäldedruck. »Die puttenartigen Gestalten im Hintergrund«, erklärte er.

»Ich dachte, die nackten Kerlchen wären nur kitschige Barock-Deko.«

»Mitnichten.«

Ich studierte eine Weile das Gemälde, dann fragte ich: »Hat einer dieser Anemoi zufällig ein Faible für die Farbe Blau?«

Nun war es Simon, der irritiert dreinschaute. »Wie meinst du das?«

»Vielleicht blaue Falter«, murmelte ich schulterzuckend. »Blaues Licht, blaue Blumen …«

Das Gesicht meines Gegenübers hellte sich auf. »Oh, der Fetisch«, sagte er schon beinahe erleichtert. »Da missinterpretierst du die Ereignishierarchie von Information, Ursache und Wirkung: Die Anemoi sind nur die Mittler. Was ihr sucht, ist mit an Sicherheit grenzender Wahrscheinlichkeit ein Alastor.«

Ich zog die Stirn kraus. »Finde ich den im Fremdwörterbuch?«

»Ein Alastor ist in der griechischen Mythologie ein Dämon des auf Frevel beruhenden Fluches«, erklärte Simon. »Hauptsächlich bezieht sich die klassische Überlieferung auf einen Fluch, der auf dem Haus des Atreus lastete, ursprünglich verursacht durch den Mord des Orestes an seiner Mutter Klytaimnestra. Der Alastor bringt die Opfer dazu, neue Freveltaten zu begehen, wodurch der Fluch sich immer wieder erneuert und so fortbesteht. Er wird auch als persönlicher Begleiter personifiziert. Der Vermaledeite wird von ihm verfolgt, ist von ihm besessen oder wird sogar selbst als Alastor bezeichnet.«

»Soll das heißen, auf der Saldek-Villa liegt ein Fluch?«

»Auf der Villa, auf der Familie, wer weiß ...«

Ich begann in dem Buch auf meinem Schoß zu blättern.

»Gibt es von diesem Rache-Dingens zufällig auch irgendwo eine Darstellung?«

Simon schien kurz abzuwägen, ob er die Frage mit ›Ja‹ oder mit ›Nein‹ beantworten sollte. Dann ging er zu einem geschlossenen Wandschrank, schob eine der Gleittüren auf und zog nach kurzer Suche einen nicht minder voluminösen, in mattes, granatrotes Leder gebundenen Folianten heraus. »Sicher, dass du es wissen willst?«, erkundigte er sich.

Ich nahm ihm das Buch ab. Auf dem Einband prangte kein Titel, nur eine bizarre Figur; ein clownesker Löwenkopf, dem fünf stern-förmig angeordnete Pferde- oder Bocksbeine entwuchsen.

»*Dictionnaire Infernal*«, las ich den Innentitel halblaut, nachdem ich den Folianten aufgeschlagen hatte. »Paris 1863. Was ist das, eine Sammlung höllischer Flüche?«

»Eine Art lexikales Pandämonium.«

Ich roch an den mit Stockflecken übersäten Seiten. »Original?«

»Faksimile. Das Original würde ich nicht mal mit der Schmiede-zange anpacken.« Simon deutete auf das Buch. »Seite 188.«

Ich sah ihn von unten herauf an. »Sag jetzt nicht, du kennst den Schmöker auswendig.«

Simon zuckte mit den Schultern. »Asperger-Marotte.«

Ich schlug die besagte Seite auf. Die dort abgebildete Radie-rung zeigte eine dunkelhäutige, nur mit Lendenschurz bekleidete menschliche Gestalt mit Koboldkopf und Haifischmaul, in der linken Hand eine Geißelpeitsche, in der rechten einen gezahnten Dolch. An einer Schärpe ihres Hüfttuches steckte ein langes Beil.

»Na, der sieht ja drollig aus«, kommentierte ich die Illustration. »Wenn das einen Fluch- oder Rache-Dämon darstellen soll, man-gelte es dem Künstler augenscheinlich an Fantasie.«

»Der Entstehungslegende des Buches zufolge war der konsultierende Berater des Künstlers kein Geringerer als der Teufel selbst.« Simon zog mir das Buch aus den Händen und klappte es wieder zu. »Ich möchte dich um eines bitten, Lex«, sagte er, nachdem er es an seinen Platz zurückgestellt hatte. »Glaube niemals, ein Alastor sei nur das karikaturhafte, sadistisch veranlagte Zerrbild eines Menschen. Mag sein, dass es ihm Spaß macht, sich hier zu bewegen und sich wie einer von uns zu verhalten, doch jedwede Art und Form wahrer Menschlichkeit sind ihm fremd. Wenn du also glaubst, es mit einem Puppenspieler zu tun zu haben, an dessen Gewissen Miriam und du bei einer direkten Konfrontation appellieren könntet, bist du völlig auf dem Holzweg.«

10

Auf der Fahrt zurück in die Stadt spukte mir ein Zitat von Friedrich dem Großen im Kopf herum. Es lautet: *Der Aberglaube ist ein Kind der Furcht, der Schwäche und der Unwissenheit.*

Ein Kind, drei Mütter. Ich nannte es *nasci ex tria gremia* – aus drei Schößen geboren. Der Name des Kindes war beliebig. Eine Variable X.

Ich weiß, mit Zitaten ist es so eine Sache. Ehe ein Großteil ihrer Empfänger verstand, worauf man hinauswollte, warfen sie einem bereits vor, mit derartigen *Second-Hand*-Weisheiten würden sich nur Halbgebildete und Weltverbesserer schmücken.

Ob Simon wundergläubig, abergläubisch, religiös oder nur ein belehrter und belesener Atheist war, wusste ich nach all der Zeit, die wir uns kannten, noch immer nicht genau zu sagen. Es gab Essenzen von allem und Tendenzen zu allem. Mit seinem Wissensschatz wirkte er auf mich wie ein Apostel der vergangenen und gegenwärtigen Deisidämonie, ein in seiner Ganzheit undefinierbares, unbegreifliches Konglomerat des Metaphysischen.

Der griechische Philosoph Theophrast verstand unter Deisidämonie eine übertriebene Furcht vor dem Numinosen, der als
normal geltende religiöse Verhaltensweisen nicht mehr genügen.
So definiert sich Aberglaube als Abweichung dessen, was als *normaler* Glaube gilt, und taucht immer dort auf, wo die gesellschaft-
lich akzeptierte Religiosität als ungenügend empfunden wird.
Das Bedürfnis, sich gegen Schaden abzusichern, führt zu einem
irrationalen, geradezu zwanghaften Verhalten. Heute würden Ratio-
nalisten vielleicht von Normidealisierung, Waschzwang, Asperger-
Syndrom oder Ekklesiogener Neurose sprechen, einer Fehlform der
Frömmigkeit und Religion.

Es lag mir fern, Simon Vorwürfe zu machen, denn mein eigener Aberglaube und meine persönlichen Marotten beschäftigten
mich zeitlebens wahrlich genug. Ich versuchte morgens mit dem
rechten Fuß aufzustehen, meinen Kaffee immer gegen den Uhrzeigersinn zu rühren, mit dem rechten Fuß voraus meine Wohnung zu verlassen, mit dem rechten Fuß die letzte Treppenstufe
zu nehmen und auf dieselbe Weise öffentliche Verkehrsmittel zu
betreten. Ich trug in der linken Hosentasche immer einen Cent
und in der rechten einen Pfennig bei mir, bemühte mich, nicht
auf Kanaldeckel und übergitterte Fensterschächte zu treten, warf
verstohlen Münzen in Brunnen und belästigte Sternschnuppen mit
unzumutbaren Wünschen.

Es war in meinen Augen alberner als jede idiotische Sucht dieser
Welt. Die klügsten und weisesten Persönlichkeiten der Geschichte
haben sich den Kopf darüber zerbrochen.

Aber wozu sich deswegen grämen? Andere Menschen hatten
stattdessen bei sich zu Hause vielleicht eine Stoffpuppe an die
Wand genagelt, die ihren Vorgesetzten verkörperte, und schossen
nach Feierabend mit dem Luftgewehr darauf, in der Hoffnung, er
bekäme endlich sein Fett ab. Sie praktizierten tagein, tagaus ihr
Ja-Chef-danke-Chef-bitte-Chef-Voodoo, ich meinen Kanaldeckel-
und Gitterrost-Tick. Ich brauchte länger für einen Weg, wenn ich
meinem Aberglauben nachgab. Die räumlichen und gedank-
lichen Umwege stahlen mir zwar Zeit, aber ich achtete mehr auf

meine Schritte. Womöglich verhinderte ich mit meinen Marotten Unglücke. Vielleicht vermied ich dadurch aber auch nur *eigene* Schicksalsschläge und provozierte unwissentlich die Tragödien anderer.

Simon war der Meinung, dass es die Katastrophen einen Scheiß interessierte, wer letztlich in sie hineinrannte, da auch sie nur einen schlecht bezahlten Job machten und ihren Chef hassten.

»Feuer?«, zweifelte Miriam, nachdem ich ihr am Telefon von den drei Bildmotiven erzählt hatte. »Das ist alles?«

»Genau das hatte ich auch …« Ich verkniff mir den Rest des Satzes. »Ich brauche noch etwas Zeit«, erklärte ich stattdessen. »Mir erscheint es auch zu simpel.«

»Ist zumindest ein Ansatz«, sagte Miriam. »Wo bist du gerade?«

»Unterwegs.«

»Denk an den letzten Satz auf der Karte«, erinnerte sie mich.

»Dass meine Antwort der Toten Leben rettet?«

»Wer weiß, wie viel Zeit uns dafür bleibt.«

»Verquere Metaphorik«, sagte ich. »Ich erkenne darin kein Ultimatum.«

»Was nicht bedeutet, dass unser Schmetterlingsfreund bis zum Sankt-Nimmerleins-Tag warten wird.«

»Womit?«

»Einen weiteren Mord zu begehen. Wenn er nach einem Schema vorgeht und so etwas wie eine Agenda abarbeitet, sind seine kommenden Opfer für ihn in Gedanken vielleicht längst tot, weil er die Tat im Kopf bereits bis ins kleinste Detail durchexerziert hat.« Miriam machte eine kurze Pause. Als ich ihre Theorie nicht kommentierte, sagte sie: »Möglicherweise ist *das* die Bedeutung der Metapher.«

Zurück in den heimischen vier Wänden, öffnete ich alle Fenster, weil es in jedem Zimmer noch nach toter blauer Katze stank. Just als ich das Telefon in der Hand hielt, um Vinzenz anzurufen und mich nach dem Stand seiner Aktenrecherche zu erkundigen, klingelte der Apparat in meiner Hand. Grimmig starrte ich auf das Display. Die angezeigte Nummer war mir unbekannt.

»Ferdinand Jelen«, meldete sich der Anrufer, nachdem ich das Gespräch angenommen hatte. »Wir kennen uns aus der Saldek-Villa.«

»Ich weiß, wer Sie sind«, sagte ich.

»Sehr gut. Wie geht es Ihnen?«

Ich drückte die Freisprechtaste, legte das Telefon auf den Boden und setzte mich daneben. »Ich lebe noch«, antwortete ich.

»Sind Sie aufnahmefähig? Es ist wichtig.«

»Werde mich bemühen.«

»Frau Fechner hat mir eine Substanz anvertraut, die Sie aus einer recht dubiosen Quelle gewonnen haben sollen«, erklärte Jelen. »Ihrem Zuträger zufolge wurden Sie von dem Tier offenbar auch verletzt.«

»Nicht weiter tragisch.«

»Haben Sie die Ihnen zugefügte Wunde in irgendeiner Weise mit Ihrem Speichel in Berührung gebracht?«

»Was?«

»Haben Sie versucht, die Wunde auszusaugen oder abzulecken?«, fragte Jelen. »Ist Wundflüssigkeit in Ihr Verdauungssystem gelangt?«

»Wollen Sie mich zum Kotzen bringen?«, ärgerte ich mich.

»Nein, hören Sie zu: Was auch immer dieses Tier getrunken oder gefressen hatte, war in seiner Ursprungsform keinesfalls blau. Die Färbung entstand erst durch den Kontakt mit seinen Verdauungsenzymen. Als Sie das Tier gefunden hatten, dürfte es auf dem Höhepunkt eines Höllentrips gewesen sein – zumindest nach den Verhältnissen einer Katzenhölle.«

Ich dachte einen Moment nach, dann sagte ich: »Vielleicht Giftpilze?«

»Katzen fressen in der Regel keine Pilze«, erklärte Jelen. »Was Sie am Fell gesehen hatten, war wahrscheinlich Erbrochenes. Das Tier hat offenbar versucht, den zu sich genommenen Speisebrei wieder herauszuwürgen. Aber eine Katze ist kein Frosch, der seinen Magen aus dem Maul stülpen kann, um ihn zu putzen.

Der Hauptanteil dieser blauen Substanz besteht aus Kohlenhydraten, im Volksmund Zucker oder Stärke genannt. Die Eigenschaften von Stärke beruhen auf ihrer molekularen Struktur. Es sind sogenannte Polysaccharide, und sie bestehen aus Glukose-Ketten. Für gewöhnlich gibt es zwei natürliche Formen: Amylopektin und Amylose. Das durchschnittliche Verhältnis dieser beiden Biopolymere beträgt in der Regel 4:1, abhängig von der Pflanze, die die Stärke produziert. Da sich darin Stoffe wie Fette und Eiweiße ablagern, kann die Industrie den Rohstoff oft nicht direkt nutzen, sondern muss ihn unter hohem Energieaufwand reinigen und gegebenenfalls chemisch verändern. Derartige Prozesse lassen sich nur mit hohem technischem Potenzial durchführen.«

Jelen gab mir einige Sekunden, um das Gehörte einzuordnen.

»Solange ich nicht weiß, wo diese Substanz entwickelt wurde und zum Einsatz kommt, kann ich nur mutmaßen, welchen Zweck sie erfüllen könnte«, fuhr er fort. »Eventuell handelt es sich um einen Dünger für Pflanzensubstrate, vielleicht aber auch um die Rohmasse eines in der Entwicklung befindlichen Nahrungsergänzungsmittels, einer Zahnpasta oder einer synthetischen Droge. Haben Sie schon mal etwas von der Antisense-Strategie gehört?«

»Tut mir leid.«

»Antisense-Ribonukleinsäure findet in der Biotechnologie Verwendung«, erklärte er schließlich. »Sie ermöglicht es, die Aktivität bestimmter Gene zu reduzieren oder völlig zu unterdrücken.«

»Wollen Sie damit andeuten, es gehe um so etwas wie genetische Optimierung?«

»Derart unverblümt würde ich es nicht formulieren, aber es ist ein Aspekt, den man in die Gleichung miteinbeziehen sollte – wie auch seine Divergenz, die genetische Auslese. Leider ist die von Ihnen gewonnene Probe aufgrund der Vermengung mit Verdauungssäften und ihrer Wechselwirkung mit Enzymen so verunreinigt, dass mit den mir zur Verfügung stehenden Mitteln keine verlässliche Target-Analyse möglich ist«, erklärte Jelen. »Frau Fechner hat die Spurensicherung zu der Stelle geschickt, an der

Sie das Tier laut Aussage Ihres Zuträgers *entsorgt* haben, aber die Stadtreinigung war leider schneller. Vielleicht könnten Sie es daher einrichten, mich morgen in der Klinik zu besuchen. Ich würde mir diese Verletzung gern mal ansehen und eine Blutprobe nehmen. Melden Sie sich im Präsidium bei Frau Smalla an der Pforte. Sie stellt Ihnen ein Besuchervisum aus und schleust Sie rüber.«

»Danke für den Anruf, Doktor«, murmelte ich. »Wir sehen uns dann morgen.«

ZWISCHENSPIEL 1

Den Kopf mit dem zerzausten schwarzen Lockenhaar auf ein kleines Kissen gebettet, lag Zoë unter einem Berg aus alter, muffig riechender Kleidung und Wolldecken, starrte hinauf zur Dachluke und lauschte den Stimmen, die dumpf durch die Holzwand drangen. Es waren zwei männliche Personen, die sich vor ihrem Versteck unterhielten. Da die mit Dämmmatten isolierten Wände die Geräusche dämpften, konnte Zoë nur schätzen, wie weit sie vom Eingang der Kammer entfernt standen. Vom Gespräch, das sie führten, drangen lediglich Wortfetzen zu ihr durch. Immer wieder blickte sie auf den schmalen Lichtstreifen, der unter der verborgenen Tür hindurchschien und erlosch, sobald eine der beiden Personen im Dachstuhl umherging und ihr Schatten darüberhuschte. Das halbwegs Beruhigende am Zugang zu ihrem Versteck war, dass die Tür nur von innen verriegelt werden konnte.

Als unmittelbar vor der Kammer ein verdächtiges Poltern erklang und etwas Massives an der Trennwand entlangschabte, zuckte Zoë so übereilt zurück, dass sie mit dem Hinterkopf gegen den hinter ihr liegenden Sockel eines Stützbalkens stieß. Lautlos fluchend krümmte sie sich unter den Decken zusammen, hielt sich die schmerzende Stelle und hoffte, dass niemand im Haus den dumpfen Schlag vernommen hatte. Als sie den Kopf wieder unter den Decken hervorstreckte, rumpelte es erneut an der Wand, als würden die Fremden im Raum nebenan Möbel verrücken. Schließlich entfernten sich ihre Stimmen, und Zoë vernahm das Quietschen der Dachbodenleiter. Erleichtert schloss sie die Augen, als auch die Schritte der Eindringlinge verstummten und die Falltür geschlossen wurde. Dennoch traute sie sich weiterhin nicht, einen Mucks von sich zu geben. Vielleicht war der Rückzug der beiden

Beamten nur eine Finte gewesen, um sie in Sicherheit zu wiegen und unvorsichtig werden zu lassen. Womöglich war einer von ihnen auf dem Dachboden zurückgeblieben und wartete in der Dunkelheit darauf, dass sie aus ihrem Versteck gekrochen kam …

Es war kaum sieben Stunden her, seit sie – nackt, unterkühlt und zusammengekauert wie ein Fötus – in der Bodenwanne der Dusche liegend zu sich gekommen war. Kaltes Wasser war ihr über die Augen geströmt und hatte die Formen um sie herum verzerrt. Sie hatte den Mund aufgerissen und nach Luft geschnappt, einen Schwall Wasser eingeatmet und einen Hustenanfall bekommen. In ihrer Konfusion hatte sie sich emporgestemmt, blind nach dem Temperaturregler getastet und ihn nach links geschoben, doch das Wasser war kein bisschen wärmer geworden. Bebend vor Kälte hatte sie es abgestellt, dann war sie im Halbdunkel aus der Kabine gestiegen und hatte sich in das größte Handtuch gehüllt, das sie im Badezimmerschrank gefunden hatte. Von ihrer Kleidung hatte jede Spur gefehlt. Nicht einmal Unterwäsche hatte in einer der Badezimmerecken gelegen. Sie hatte das Licht anschalten wollen, um einen Blick unter die Waschbeckenaufhängung zu werfen, doch die Lampen über dem Spiegelschrank waren dunkel geblieben. Auch der Schalter für das Fensterrollo hatte nicht funktioniert. Das einzige Licht war durch das kleine Fenster über der Eingangstür gefallen.

Ohne zu wissen, ob es früh am Morgen war oder das letzte Licht des Tages durch das Fenster fiel, hatte sie in den Spiegel gestarrt. Die Frau, die ihren Blick erwidert hatte, hatte mehr mit einer Wasserleiche gemein gehabt als mit einem lebenden Menschen; totenbleich vor Kälte, mit blauen Lippen und blauen Fingernägeln. Da es keinen Strom gegeben hatte, war sie in den Bademantel ihrer Mutter geschlüpft und hatte ihr langes Haar in ein Handtuch gewickelt.

Als sie die Badezimmertür geöffnet hatte, war ein noch kühlerer Luftschwall hereingeweht. Die Kälte im Haus hatte davon gezeugt, dass die Klimaanlage in Betrieb, aber aus unerfindlichen Gründen auf die niedrigste Temperaturstufe eingestellt war. Offenbar schien der Strom jedoch nur in den oberen Etagen ausgefallen zu sein.

Zoë war zur Treppe gegangen, die hinab ins Erdgeschoss führte, wo die ungewohnte Stille im Haus sie hatte innehalten lassen. Mehrmals hatte sie nach ihrer Mutter gerufen und sie gebeten, den Strom für die oberen Etagen wieder anzuschalten. Nachdem sie keine Antwort erhalten hatte, war sie barfuß hinab ins Parterre gegangen, wobei die Temperatur von Stufe zu Stufe weiter gesunken war.

Sowohl das Erdgeschoss als auch der Keller waren verwaist gewesen. Alle Türen im Haus hatten offen gestanden – bis auf den Zugang zum Wohnzimmer. Sie hatte mehrmals geklopft und sich bemerkbar gemacht, doch hinter der Tür hatte sich nichts geregt. Es war für sie kaum vorstellbar gewesen, dass ihre Mutter ausgerechnet jetzt das Haus verlassen hatte. Nicht nachdem sie fast zwei Monate lang keinen Schritt mehr vor die Tür oder zumindest hinaus auf die Terrasse getan hatte.

Zu allem Überfluss war das Touchpanel, über das die meisten Funktionen im Haus gesteuert werden konnten, von seiner Wandhalterung im Flur entfernt worden. Fröstelnd hatte Zoë vor dem Wohnzimmer gestanden und vergeblich versucht, die Tür zu öffnen. In ihrer Ratlosigkeit hatte sie den hinter einem kleinen Wandteppich verborgenen Verteilerkasten geöffnet und ihren Verdacht bestätigt gesehen: Nahezu alle Leitungen waren unterbrochen gewesen. Lediglich die Klimaanlage hatte noch aktiv am Netz gehangen. Mit zitternden Fingern hatte Zoë die Stromkreise wieder geschlossen, aber an der Situation hatte sich nichts geändert. Die Lampen waren weiterhin dunkel geblieben, und die Klimaanlage hatte für Kaltluft gesorgt. Auch Zoës Versuche, die Fenster zu öffnen, um wärmere Außenluft in die Wohnung strömen zu lassen, waren gescheitert. Das gesamte Haus war verschlossen gewesen wie ein riesiger Sarkophag.

Auf der Suche nach ihrer Kleidung, ihrem Handy und dem verschwundenen Touchpanel hatte sie sich in der Küche umgesehen.

Das oberste Blatt des neben der Tür hängenden Tageskalenders, welches ihre Mutter jeden Morgen abriss, um das Zitat oder das Backrezept auf der Rückseite zu lesen, war das von Montag gewesen. Irritiert hatte Zoë zur batteriebetriebenen Funkuhr über dem Türsturz der Kellerpforte emporgeblickt. Ihr Display hatte Mittwochabend angezeigt und die Temperatur im Erdgeschoss knapp 6 Grad Celsius betragen.

Mit wachsender Verärgerung und Frustration war Zoë zurück auf den Flur gegangen und hatte die leere Steuerstation für das Wandpanel angestarrt. Sie hatte keine Erinnerung an die vergangenen zwei Tage. Zwar war es gelegentlich vorgekommen, dass sie nach dem einen oder anderen Trip einen Blackout gehabt hatte, aber nie eine so gravierende Gedächtnislücke wie jetzt. Es waren keine Bilder vor dem geistigen Auge aufgeblitzt, keine Gedankenfetzen oder Erinnerungen an Gespräche, nichts. Sie hatte nicht einmal gewusst, seit wann und aus welchem Grund sie überhaupt im Haus war. Der einzige Raum, in dem sie Antworten auf ihre Fragen hätte finden können, war das verschlossene Wohnzimmer geblieben.

Zoë hatte sich gebückt und durchs Schlüsselloch geblickt. Auch von innen hatte kein Schlüssel im Schloss gesteckt. Zurück in der Küche, hatte sie die Schubladen durchwühlt, auf der Suche nach einem Dietrich oder etwas, das sich dafür hätte zweckentfremden lassen. Schließlich hatte sie das gesuchte Werkzeug in einer der Flurkommoden gefunden.

Das Öffnen der Tür war ein leichtes gewesen, doch Zoë hatte sich im nächsten Moment gewünscht, dem Drang widerstanden zu haben. Der sich ihr im Wohnzimmer bietende Anblick hatte sie in Schockstarre versetzt. Sie wusste nicht, wie lange sie auf der Türschwelle gestanden und auf den entstellten Leichnam ihrer Mutter gestarrt hatte, ob nur Sekunden oder Minuten vergangen waren. Erst der Flügelschlag eines großen, blau schillernden Schmetterlings, der im Vorbeifliegen ihre Wange gestreift hatte, hatte sie in die Wirklichkeit zurückgerissen. Sie hatte noch wahrgenommen, dass der Falter hinauf in die obere Etage geflogen war, dann war sie herumgewirbelt, in die Küche gerannt und hatte sich ins Spülbecken übergeben. Nachdem sie ihr Gesicht gewaschen und die Reste des Erbrochenen in den Abfluss gespült hatte, war sie wie in Trance zurück zur Wohnzimmertür gelaufen und hatte den Leichnam betrachtet. Doch selbst nach fast einer halben Stunde, in der ihr die im Erdgeschoss herrschende Kälte immer mehr zugesetzt hatte, hatte sie nicht die leiseste Erinnerung an das gefunden, was im Haus geschehen war. Irgendwann war sie neben der Tür auf den Boden gesackt und hatte ihren Emotionen freien Lauf gelassen.

Mit sich kämpfend, ob sie die Polizei rufen oder davonrennen sollte, hatte sie letztlich das Wohnzimmer betreten und sich umgeschaut. Ihre gesamte Kleidung hatte – akkurat zusammengefaltet und aufgereiht wie ein Sieben-Gänge-Menü – auf der Couch gelegen. Daneben ihr kleiner schwarzer Lederrucksack mit ihrem Handy und dem provisorischen Badezimmer-Survival-Kit. Die Kleidung auf der Couch hatte sie verwirrt. Ihre Mutter hatte ihre Wäsche noch nie auf diese Weise zusammengefaltet und geordnet. Alles hatte in der Reihenfolge nebeneinander gelegen, wie sie ihre Sachen für gewöhnlich anzuziehen pflegte. Sie waren jedoch nicht gewaschen gewesen, sondern hatten getragen gerochen, was das Stillleben noch seltsamer gemacht hatte. Ihre Mutter hätte getragene Kleidung nie so sauber zusammengelegt, sondern in die Waschmaschine gesteckt.

Darauf bedacht, keine Spuren zu hinterlassen, hatte sie sich im Dämmerlicht angekleidet. Eine kurze Kontrolle der Terrassentür hatte ihr bestätigt, was sie bereits vermutet hatte: Auch sie war verschlossen gewesen, und keine der Tür- und Fensterklinken im Haus verfügte über ein Steckschloss, um sich konventionell öffnen zu lassen.

Auf dem Wohnzimmertisch hatte auch das Touchpanel gelegen, doch es hatte nicht reagiert, als Zoë versucht hatte es einzuschalten. Der Akku war leer gewesen, ein Beweis dafür, dass tatsächlich zwei Tage vergangen sein mussten.

Ihren Rucksack in der einen und das Mobilteil in der anderen Hand, hatte sie das Zimmer verlassen und das Steuerpanel wieder an seiner Wandhalterung befestigt. Kaum dass es hochgefahren war, hatte sie versucht die Parameter zu ändern und die Klima-anlage zu deaktivieren, aber das System hatte nicht reagiert. Irgendjemand hatte den Zugriff eingeschränkt, was sich nur mit einem PIN-Code oder durch ein Zurücksetzen auf die Werksein-stellungen beheben ließ. Bevor sie es jedoch vollbracht hatte, das System zu rebooten, um die Grabeskälte aus dem Haus zu ver-treiben, hatte es an der Haustür geklingelt; zuerst einmal, kurz darauf dreimal, dann schließlich Sturm.

In der Annahme, ein mit kurzer Lunte gesegneter *Kunde* ihrer Mutter stünde vor der Tür und würde langsam die Beherrschung verlieren, hatte sie reglos im Flur verharrt und darauf gewartet, dass der Störenfried wieder abzog – bis der aufdringliche Besucher ein weiteres Mal Sturm geklingelt hatte und kurz darauf ein Faust-hämmern gegen die Tür erklungen war.

»Kriminalpolizei!«, hatte eine Frauenstimme schließlich gerufen und bei Zoë damit für einen zweiten Schock gesorgt. »Wir wissen, dass Sie zu Hause sind, Frau Navotná. Machen Sie es uns bitte nicht schwerer als nötig und öffnen Sie die Tür!«

Als ein Polizist schließlich damit begonnen hatte, um das Haus herumzulaufen und mit seiner Taschenlampe durch die Fenster einen Blick in die Wohnung zu erhaschen, hatte sie sich auf dem Flur im toten Winkel zwischen einer Wand und einer Kommode zusammen-gekauert. Ihr war bewusst gewesen, dass die Polizisten es nur mit roher Gewalt durch den Vordereingang oder die Kellertür ins Haus schaffen würden, aber sie war nicht in der mentalen Verfassung gewesen, klar zu denken. Schließlich hatten die Gefühle sie erneut überwältigt, und sie war in Tränen ausgebrochen. Ob aus Angst, Wut, Ohnmacht oder Verzweiflung, konnte sie selbst nicht genau sagen. Wahrscheinlich war es eine Mischung aus allem gewesen.

Während es im Haus langsam immer finsterer geworden war, hatte sie sich gefragt, wie es überhaupt möglich sein konnte, dass die Beamten hier waren. Wer hatte sie verständigt? War das, was geschehen war, von außerhalb beobachtet worden? Hatten Zeugen die Polizei verständigt – oder etwa sie selbst, ohne sich daran zu erinnern?

Ein lautes Hämmern gegen die Terrassentür und das Splittern von Glas hatten sie aufgeschreckt. Das kurz darauf durch Mark und Bein dringende Geräusch der Glassäge, mit der die Beamten begonnen hatten, die Verbundscheibe aufzuschneiden, hatte sie schließlich dazu getrieben, im Schutz der Dunkelheit hinauf ins Dachgeschoss zu flüchten und sich in der Dachkammer zu verkriechen. Dort hatte sie sich unter einem Berg alter Kleidung vergraben und gebetet, im Erdgeschoss keine Spuren hinterlassen zu haben, die die Beamten geradewegs hinauf zu ihrem Versteck geführt hätten. Und dass sie das Haus nicht mit einem Spürhund zu durchsuchen begannen.

Eine Stunde nachdem die beiden Beamten den Dachboden verlassen hatten, vernahm Zoë ein gleichmäßiges, gut zwanzig Sekunden anhaltendes Summen, das mit einem leisen Stakkato aus Anschlaggeräuschen endete. Wer auch immer sich noch im Haus aufhielt, schien das Smart Home System rebootet und dafür gesorgt zu haben, dass sich alle Jalousien und Fensterrollos geschlossen hatten.

Sie hörte leise und undeutlich eine letzte Stimme, dann den dumpfen Schlag, als die Haustür ins Schloss fiel. Kurz darauf starteten in unmittelbarer Nähe zwei Fahrzeuge. Als Zoë schließlich sicher war, dass alle Fremden das Haus verlassen hatten, war es weit nach Mitternacht.

Wie in Zeitlupe schob sie die Tür der Dachkammer auf, dann blieb sie erneut minutenlang liegen und lauschte hinaus in die Stille. Ob sie tatsächlich allein im Haus war, würde sich spätestens beim Öffnen der Falltür zeigen. Das Quietschen und Knarzen der alten Scharniere und Federn ließ sie gequält das Gesicht verziehen. Doch auch jetzt blieb unter ihr alles ruhig.

Argwöhnisch kletterte sie die Aluminiumstufen hinab. In der Befürchtung, die Polizei könnte das Haus observieren, bewegte sie sich nahezu blind durch die Dunkelheit. Ihre einzigen Orientierungshilfen waren der gedimmte Schein ihres Handydisplays und die häusliche Vertrautheit. Sich an den Korridorwänden entlangtastend, warf sie einen Blick in jedes Zimmer. Sämtliche Rollläden der oberen Etagen waren geschlossen. Zumindest hier würde man sie von der Straße aus also nicht sehen. Dennoch hielt sie sich von allen Fenstern fern, die zu klein waren, um ebenfalls mit einem Rollo versehen zu sein.

Lautlos schlich sie die Treppe hinab ins Erdgeschoss. Auf der letzten Stufe verharrte sie und spähte um die Ecke. Das Wandterminal war dunkel, das Licht, welches den Betriebsstatus anzeigte, leuchtete rot.

Erleichtert tat Zoë den letzten Schritt und huschte über den Flur, vermied es jedoch, irgendetwas zu berühren. An allen Türen und Schubladen hafteten die schwarzen Pulverrückstände der Spurensicherung. Am Eingang zum Wohnzimmer hielt sie erneut inne, scheute jedoch davor zurück, über die Schwelle zu treten. Befangen starrte sie auf die leere Stelle, an der noch zahllose winzige Flügelrudimente verstreut lagen. Der Stuhl, neben dem die Tote gelegen hatte, war an die Wand geschoben worden, die Blende des Zuluftschachts lag auf seiner Sitzfläche.

Nachdem sie das Touchpanel mit dem Handy abgeleuchtet und keine Spuren von Kontaktpulver darauf gefunden hatte, aktivierte sie den Bildschirm und die Splitscreen-Ansicht für die Außenkameras. Minutenlang betrachtete sie das Monitor-Quartett, wobei sie zwei der Kameras unmerklich hin und her schwenkte, konnte aber weder auf der Straße vor dem Haus noch hinter dem Grundstück etwas Auffälliges erkennen.

In der Hoffnung, sich im Ernstfall nicht durch eines der schmalen, unverschlossenen Fenster aus dem Haus winden zu müssen, ging sie zum Vordereingang und presste ein Ohr gegen das Türblatt. Draußen war nichts zu hören.

Zoë legte eine Hand auf die Klinke und drückte sie vorsichtig nieder. Sie hatte mit Widerstand gerechnet, doch die Tür war nicht verschlossen. Vorsichtig zog sie sie einen Spalt weit auf, woraufhin ein Geräusch erklang, als würde trockenes, unter der Tür steckendes Laub über den Boden schaben. Vorsichtig warf sie einen Blick hinaus in die Dunkelheit, dann schob sie die Tür langsam wieder zu.

Minutenlang lief sie in der Wohnung umher und grübelte, was sie unternehmen sollte. Das Haus verlassen und versuchen, so viel Abstand zum Ort des Geschehens zu gewinnen wie möglich? Einen Freund anrufen und ihn um Hilfe und einen Unterschlupf bitten? Hier bleiben und die Situation aussitzen? Mit Sicherheit hatte die Polizei Haare, Fingerabdrücke und weitere Spuren von ihr in der Wohnung gefunden. Womöglich wurde sogar bereits nach ihr gefahndet. Falls sie das Haus in der Hoffnung observierten, sie würde früher oder später hierher zurückkehren, war an eine Nacht-und-Nebel-Flucht momentan nicht zu denken. Also würde sie es vorerst aussitzen müssen, ohne sich im Haus zu verraten. Möglicherweise kehrten irgendwann ja auch die Erinnerungen an die vergangenen Tage zurück.

Vielleicht war es aber auch ein Segen, falls sie es nicht taten …

Zoë synchronisierte ihr Handy mit dem Steuerpanel, sodass sie in ihrem Dachkammerversteck die Bilder der Außenkameras empfangen und so verfolgen konnte, was um das Haus herum vor sich ging. Als der Morgen graute, zog sie sich schließlich mit einer Provianttüte, zwei Flaschen Wasser und drei Flaschen Wein in die oberen Etagen zurück. Im Schlafzimmer ihrer Mutter durchsuchte sie die Hausapotheke und die Nachttischschubladen. Ihre Mutter bunkerte genug verschreibungspflichtige Medikamente, die ihr in den vergangenen Jahren geholfen hatten, sich vollzudröhnen und dem Alltag zu entfliehen.

Die leise Anrufmelodie des Handys riss Zoë irgendwann aus ihrem Dämmerschlaf. Noch halb im Delirium, war sie drauf und dran, den Störenfried ungesehen wegzuklicken und die Anrufinfo zu löschen, ließ es jedoch einfach so lange klingeln, bis die Melodie wieder verstummte. Als sie kurz darauf erneut zu dudeln begann, raffte sie sich schließlich auf, danach zu greifen.

›Unbekannter Anrufer‹ leuchtete auf dem Display.

Sekundenlang starrte sie das Handy an, dann gab sie sich einen inneren Ruck und nahm den Anruf mit einem kaum verständlichen »Ja?« entgegen. Sekundenlang hörte sie am anderen Ende der Leitung nur leises Atmen, dann erklang eine männliche Stimme und fragte: »Maza?«

Zoë schloss die Augen und gab ein leises Seufzen von sich. »Hör endlich auf, mich so zu nennen«, bat sie den Anrufer. »Das ist albern und verletzend. Ich bin kein Kind mehr.«

»Tut mir leid. Verbaler Automatismus.«

»Schon gut, Juraj. Lass es einfach nur.«

»Wo steckst du denn?«, wollte der Anrufer wissen. »Seit drei Tagen klappere ich hier unten alle Ecken ab, aber von dir ist kein Haarschopf zu sehen.«

»Sorry, mir ist … etwas dazwischengekommen.«

Juraj schwieg eine Weile, dann fragte er: »Bilde ich mir das nur ein, oder höre ich in deiner Stimme Kummer und Sorgen? Steckst du in Schwierigkeiten?«

»Das weiß ich noch nicht so genau«, rang sie sich zu einer Antwort durch. »Ich fürchte, ich habe ziemlichen Mist gebaut.«

»Möchtest du darüber reden?«

»Nein.« Erneut schwieg sie für einige Sekunden. »Zumindest nicht jetzt«, fügte sie hinzu. »Tut mir leid, aber ich habe gerade keinen Kopf dafür.«

Am anderen Ende der Leitung blieb es so lange still, dass Zoë bereits glaubte, die Verbindung wäre abgerissen. »Sag bitte Bescheid, falls du Hilfe brauchst«, bat Juraj sie schließlich. »Kein falscher Stolz.«

»Natürlich.«

»Bist du in der Stadt?«

Sie blickte hinauf zur Dachluke, wo Regen auf die Scheibe zu prasseln begann. »Mehr oder weniger …«

»Was so viel heißt wie?«

»*Panic Room.*« Ihr Blick wanderte über die mit Bildern und Notizblockseiten beklebte und vollgepinnte Dachschräge. »Ist unsere …« Sie biss sich auf die Unterlippe. »Liegen im Rattenbahnhof noch ein paar Matratzen?«

»Mensch, Maza«, sorgte sich Juraj. »Ist die Kacke wirklich so am Dampfen?«

»Du könntest mich auch bei dir schlafen lassen«, überging sie seine Frage.

»Das geht leider nicht.«

»Ich bin still, genügsam und pflegeleicht. Du würdest gar nicht merken, dass ich da bin.«

»Das ist es nicht«, sagte Juraj. »Ich wohne hier gerade selbst nur als Gast. Die Bullen haben mich im Visier. Ist 'ne komplizierte Sache.«

»Verstehe.« Sie wägte Für und Wider gegeneinander ab, dann fragte sie: »Könntest du mir ein wenig Verpflegung runter in den Bahnhof bringen?«

»Ich schaue mal, was ich auftreiben kann«, sagte Juraj. »Ich besorge dir einen frischen Schlafsack und ein Kissen. Und ein paar Handtücher, falls du so verrückt sein solltest, durch die Kanalisation zu schwimmen.«

»Du bist ein Schatz.«

»Und du erzählst mir nachher, was passiert ist.«

»Heute nicht mehr«, sagte sie. »Ich muss hier erst noch etwas erledigen.« *Und nüchtern werden,* fügte sie in Gedanken hinzu. »Sagen wir morgen Abend, gegen sieben?«

»Ja, das passt. Viel Glück, Maza.«

Sie setzte zu einem neuerlichen Protest an, schüttelte ihren Groll jedoch ab. »Bis dann«, entgegnete sie stattdessen und beendete die Verbindung.

Eine Weile lag sie da und lauschte dem lauter werdenden Rauschen des Regens auf den Dachziegeln, dann ließ sie ihren Blick über die Holzdecke schweifen. Beim Betrachten eines alten Briefes von Juraj schlich sich ein wehmütiges Lächeln auf ihre Lippen. Zugleich verspürte sie das Bedürfnis, endlich das verhasste ›M‹ aus seinem jugendlichen Liebesschwur zu tilgen und mit einem ›Z‹ zu übermalen. Letztlich beließ sie es bei einem halbherzigen Wischen mit der Daumenkuppe.

M stand für Maza.

Sie hasste diesen Namen heute mehr denn je. Zu allem Überfluss war er nur die Kurzform eines viel alberneren Kosenamens, den Juraj ihr einst gegeben hatte. Bis heute wusste sie nicht, was ihn dazu verleitet hatte – abgesehen von ihr selbst natürlich, wie er immer wieder scherzhaft zu betonen wusste.

Was auch immer er sich dabei gedacht hatte, Maza war ein absolutes No-Go!

TEIL 2

DER HAUCH DES ZEPHYRS

11

Wenn es etwas gab, das ich trotz aller Faszination abgrundtief hasste, dann war es ein Besuch in den Katakomben der Stadtklinik. Nicht weil mir der Anblick und der Geruch obduzierter Leichen zu schaffen machte, sondern weil es in der Pathologie von Echo-Triggern nur so wimmelte und ich ständig Gefahr lief, bei einer versehentlichen Berührung wie eine Kugel im Flipperautomaten durch das Visionarium geschossen zu werden.

Esther Smalla saß in einer rundum verglasten Pförtnerkabine neben der Fassadendrehtür des Präsidiums und war für mich ein von Sicherheitsscheiben umgebenes Mysterium. Bis zu Jelens gestrigem Anruf hatte ich nicht mehr als ihren Vornamen gekannt und wusste nur, dass sie ihren Dienst von Montag bis Mittwoch verrichtete.

»Na, sieh mal einer an«, begrüßte sie mich, als ich mich ihrem Heiligtum näherte, und zog ihre Brille ein Stück herab. »Wenn der Berg nicht zum Propheten kommt, muss der Prophet wohl oder übel zum Berg …«

»Hallo Esther.« Ich versuchte mich an einem Lächeln. »Du hast mich doch nicht etwa vermisst?«

»Nope.« Sie warf einen Blick auf ihre Terminaluhr und fragte: »Hoch in den Olymp?«

»Tut mir leid«, sagte ich. »Runter in den Orkus.«

Esther wippte mit den Augenbrauen. »Test bestanden«, sagte sie und schob mir eine vorgefertigte Clipkarte mit meinem Besucher-visum durch die Belegmulde. »Hades wartet schon auf dich.« Dann griff sie zum Telefon, drückte eine Taste und fragte: »Linda, kannst du kommen und für mich übernehmen?«

Mit dem Lift und einem über das Etagentableau eingegebenen Code gelangten wir in den mir bisher unbekannten Vorraum einer Sicherheitsschleuse im zweiten Untergeschoss, hinter der ein Tunnel in die Dunkelheit führte. *Achtung!*, informierte ein aufgeklebter Warnhinweis jeden Pendler. *Sie verlassen jetzt den Innenhaftungsbereich. Im Quarantänefall sowie bei einer Kontamination oder einem Sicherheitsalarm der Stufen 3 und 4 erfolgt eine unmittelbare Versiegelung der Schleusen. Notrufsprechanlagen finden Sie in den Sektoren B1 und B 2. Benutzung der Passage auf eigene Gefahr.*

»Was ist das hier?«, fragte ich.

»Ein Jakobstunnel.« Esther zog ihre Keycard durch ein neben der Schleuse installiertes Lesegerät, woraufhin die Tür aufglitt und die Deckenbeleuchtung in der Unterführung aufflackerte. »Geradewegs hinüber ins Totenreich.«

Das Neonlicht riss eine weit über einhundert Meter lange Fußgängerunterführung aus der Dunkelheit. Falls mein Orientierungssinn mich nicht narrte, unterquerte sie in einer sanft geschwungenen Parabel die Stadtautobahn, um in der Ferne in die Katakomben der Stadtklinik zu münden. Unmittelbar hinter der Sicherheitsschleuse parkten mehrere Segways an der Tunnelwand.

»Kannst du mit so was umgehen?«, fragte Esther.

»Du willst mich fallen sehen, stimmt's?«

»Käme mir nie in den Sinn.« Sie aktivierte zwei der Gefährte. »Das System arbeitet selbstbalancierend«, erklärte sie. »Ist ein bisschen wie Skifahren auf Ballonkufen. Manövriert wird durch Gewichtsverlagerung und Neigungssensoren. Zum Beschleunigen lehnst du dich nach vorn, zum Bremsen nach hinten.« Sie schob mir einen der Segways hin. »Vertraue dem Gyroskop.«

Unsere Fahrt führte durch zwei kameraüberwachte Sicherheitsschleusen, deren Türen sich automatisch öffneten, als wir uns ihnen näherten. Hinter der zweiten Schleuse lag die Konfluenzzone beider Gebäudekomplexe: die Abteilung für Rechtsmedizin. Der Krankenhausbereich, in dem es keine Fenster gab, sondern nur künstliches Licht und Lüftungsschächte. Im Dezernat nannte man sie zumeist nur die Katakomben oder scherzhaft den Orkus.

Hier unten tat sich nicht viel. Den einzigen Wandschmuck bildeten die Hinweistafeln neben den Türen und die Bewegungssensoren, welche die Flurbeleuchtung aktivierten. Auf den Korridoren der Pathologie herrschte ewiges Gestern. Lediglich die Kollisionsspuren mobiler Krankenliegen mit dem Putz waren in stetem Wandel begriffen. Beim Rangieren von Leichen ging das Personal nicht gerade zimperlich vor.

Der Sektionstrakt war ein abweisendes Zwecklabyrinth für Lebende, die tagein, tagaus nur Tote sahen, und für Tote, die sowieso keinen Sinn mehr für die Ästhetik des Hässlichen hatten. Es heißt, die Geister von Verstorbenen würden nie die wirkliche Welt sehen, sondern nur das, was sie sehen wollen. Von allen freiwilligen und unfreiwilligen Besuchern der Pathologie hatten sie hier unten womöglich das beste Los gezogen.

Ob Geister fähig waren, die Gerüche der wirklichen Welt wahrzunehmen, wusste ich nicht. Sich als normaler Mensch an den Geruch des Todes gewöhnen zu können, hielt ich für eine Illusion. Zumindest für jene, die nicht acht Stunden täglich Leichen untersuchen, Haut und Muskeln zerschneiden, Brustkörbe spalten, Schädel öffnen, Organe entnehmen und alles wieder zusammenflicken mussten – wie Ferdinand Jelen. Nach dem, was ich über ihn gehört hatte, schien ihm tatsächlich keine olfaktorische Scheußlichkeit mehr den Magen umdrehen zu können.

Einem Korridor mit roten Bodenmarkierungen folgend, passierten wir sechs geschlossene Türen; vier auf der linken Seite, zwei auf der rechten. Vor der siebten und letzten stoppte Esther ihren Hightech-Roller und sagte: »Hier wären wir.«

Ich stieg von meinem Segway und parkte ihn neben dem Zugang. *Kriminaltechnisches Labor* stand auf dem Türschild. *KT 2: Forensische Autopsie. Dr. Ferdinand Jelen.* Irgendein Scherzbold hatte mit schwarzem Filzstift eine Vampirfledermaus neben den Namen gezeichnet. Ich legte eine Hand an die Milchglasscheibe und erfühlte Worte, die nahezu unsichtbar ins Glas eingraviert waren. Bewusst nahm man sie erst wahr, wenn man mit den Fingerkuppen über die Scheibe strich.

MORS CERTA, HORA INCERTA, mahnte der Spruch jeden Besucher davor, was ihn jenseits der Tür erwartete. *Der Tod ist gewiss, seine Stunde ungewiss.*

»Durchs Tor der Verdammten musst du allein gehen«, erklärte Esther und vollführte mit ihrem Segway einen eleganten U-Turn. »Die Welt hinter dieser Schleuse ist nichts für mich. Meine Albträume sind auch ohne die Bilder von aufgeschlitzten Menschen opulent genug.«

Ich blickte ihr nach, bis sie mit ihrem Vehikel am Ende des Korridors um die Ecke gebogen war.

Esthers Aversion war nachvollziehbar. Ich hatte im Laufe der Jahre mehrmals Beamte und Angehörige von Opfern in die Gerichtsmedizin begleitet. Menschen, die aus vielerlei Gründen der Meinung gewesen waren, schon weitaus Schlimmeres überstanden zu haben als den Anblick und den Geruch einer tage- oder wochenalten Leiche.

Tatsächlich überstanden viele diese Grenzerfahrung – doch das änderte sich, sobald es keine alltäglichen Toten mehr waren, die begutachtet oder identifiziert werden mussten; keine Postkartenkadaver, wie manch ein Pathologe seine äußerlich unversehrten ›Gäste‹ zu bezeichnen pflegte. Wenn die Verbrannten, vom Todeskampf Entstellten und Verstümmelten aufgedeckt wurden – oder jene aufgeblähten Faulgasballons, die in der Sommerhitze bereits schwarz geworden waren. Spätestens wenn das Skalpell ins Fleisch schnitt und die angesammelten Faulgase entwichen, kam auch ich an die Grenzen des für mich Erträglichen. Vor Jahren hatte ich unvorbereitet eine volle Breitseite Kadaverin eingeatmet und war erst eine halbe Stunde später auf einem der Seziertische wieder aufgewacht, wo der damals zuständige Pathologe eine Platzwunde an meinem Hinterkopf genäht hatte. Seither bemühte ich mich, erst einzutreten, nachdem die ›Dunstabzugshaube‹ eingeschaltet war und viel Frischluft die Atmosphäre im Obduktionssaal halbwegs erträglich gemacht hatte.

Im Inneren der Schleuse zog ich mir die obligatorische, in Spinden bereitliegende Schutzkleidung über. Dann ging ich zu einem kleinen Hängeregal neben der Tür zum Obduktionsraum und strich mir zwei Fingerspitzen Tigerbalsam unter die Nase, der dort für Besucher bereitlag. Dennoch holte ich tief Luft, bevor ich die schweren Flügeltüren aufschob. Kaum hatte ich den Obduktionssaal betreten, stieß ich sie aus wie einen Schutzschirm aus Atem. Zwar sorgte das Belüftungssystem dafür, dass ständig ein leichter Unterdruck im Raum herrschte und die meisten unangenehmen Gerüche durch den Abluftschacht aus dem Gebäude geleitet wurden, doch vollständig ließ der Leichengestank sich nicht vertreiben.

Ich erwartete einen olfaktorischen Faustschlag aus Leichengeruch und Desinfektionsmitteln. Stattdessen hing der Duft von Kaffee in der Luft. Erst mit dem dritten oder vierten Atemzug nahm ich das andere wahr; antiseptische Seife, rohes Fleisch und etwas Unbestimmbares, das wie gezuckertes Popcorn roch.

Ferdinand Jelen stand mit dem Rücken zum Eingang am Kopfende des einzigen Seziertisches, war halb über den darauf ruhenden Körper gebeugt und murmelte etwas Unverständliches in sein Diktiergerät, während er in der anderen Hand eine Kaffeetasse balancierte.

»Guten Morgen, Doktor«, grüßte ich ihn.

»Kommen Sie näher, junger Mann«, antwortete Jelen, ohne sich nach mir umzudrehen. »Ich bin kein Freund lauter Worte.«

Ich ließ meinen Blick über Metallschalen, Laborgefäße, Organwaagen und Tischzentrifugen schweifen. Neben den Waschbecken waren kleine, mit Filzstift beschriftete Plastikbecher mit Gewebeproben aufgereiht. Der einzige Bürostuhl stand vor einem Computerarbeitsplatz mit zwei großen TFT-Monitoren. Ihre aktivierten Bildschirmschoner sorgten für die einzigen farbigen Akzente im Raum. Ich schritt über weiß gefliesten Boden, war umgeben von gekachelten Wänden, Chrom und Metall.

»Konnten Sie schon ein wenig Blei in Gold verwandeln?«, fragte ich den Mediziner im Versuch, meine Beklommenheit abzuschütteln.

Jelen stellte seine Tasse neben dem Kopf der Leiche ab und blickte über seine Schulter. »In Gold nicht, aber in Kupfer«, sagte er, wobei er mich musterte. »Sie kamen mir bereits neulich Abend bekannt vor. Haben früher schon mal für das Dezernat gearbeitet …«

»Ist eine Weile her.«

»Habe gehört, Sie waren damals einer von Frau Fechners besten Externen. Krenn, richtig?«

»Crohn.«

»Na ja, meine Schwäche manifestiert sich in den einfachen Dingen«, sagte er und deutete auf eine Box mit Einweg-Atemschutzmasken. »Setzen Sie bitte eine davon auf.«

»Ich arbeite auch jetzt nur in beratender Funktion an diesem Fall«, erklärte ich mit Blick auf den Frauenleichnam.

»Soso … Bitte verraten Sie mir: Ist etwas dran an dem Gerücht, dass Sie die unter Hypnose geweckten Erinnerungen von Opfern oder Zeugen miterleben und daran teilhaben können, als wären es Ihre eigenen?«

»*Lebenden* Opfern«, präzisierte ich, wobei ich mich schwertat, seinem forschenden Blick standzuhalten. Die unverblümte Neugier des Mediziners behagte mir nicht sonderlich. »Vier Augen sehen bekanntlich mehr als zwei. So kann ich mir mein eigenes Urteil bilden.«

»Interessant«, befand Jelen. »Sie sprechen von sich im Plural.« Er zwinkerte mir zu. »Als ich jung war, bezeichneten wir Ihresgleichen noch schimpflich als Retrobillys.«

»Trifft in gewisser Weise immer noch zu. Allerdings in einem Paralleluniversum.«

»Geben Sie acht mit dem, was Sie sagen«, riet mir der Mediziner. »Leute wie ich nutzen derartige Aussagen gern als Steilvorlage für die Diagnose einer bipolaren Störung.« Er schaltete das Diktiergerät aus, steckte es in eine Tasche seines Kittels und wippte dabei hintergründig mit den Augenbrauen. Dann zog er zwei Rollhocker unter einem der Tische hervor, nahm auf einem davon Platz und wies mir den anderen zu. »Dürfte ich mir das bitte ansehen?«, fragte er und deutete auf meine Hand. Ich setzte mich und ließ ihn den Verband entfernen. »Eine leichte Infektion, aber wahrscheinlich nichts Dramatisches«, befand er, nachdem er die Verletzung untersucht hatte. »Ich erkenne zumindest äußerlich keine Anzeichen für eine Sepsis oder eine Gewebeveränderung.« Jelen reinigte und versorgte die Wunde, dann verband er meine Hand wesentlich professioneller, als ich es einhändig vermocht hatte. »Ich informiere Sie so bald wie möglich über die Ergebnisse«, sagte er, nachdem er mir Blut abgenommen hatte.

»War das alles?«, wunderte ich mich.

Jelen gab sich reserviert. »Nun, ob es da etwas gibt, das medizinisch nicht nachgewiesen werden kann, werden Sie spätestens beim nächsten Vollmond merken«, sagte er und setzte seine Schutzbrille auf. »Ich würde Ihnen aber gern etwas zeigen. Angeregt durch unser gestriges Telefonat habe ich mir heute Morgen einen der toten Prachtfalter aus der Saldek-Villa genauer angeschaut und an ihm eine simple … nun, nennen wir es ›Autopsie‹ durchgeführt.«

Mit einer Pinzette fischte er einen gedrungenen grauen Nachtfalter aus einer Petrischale und platzierte ihn auf einem Kunststoffbrett. »Zuerst ein Referenzexemplar«, sagte er. »Von mir letzte Nacht eigenhändig gefangen.« Er reichte mir ein Stäbchen, das aussah wie ein hölzerner Schaschlikspieß. »Drücken Sie damit auf sein Abdomen«, forderte er mich auf.

Ich tupfte auf dem Insekt herum. Aus seinem Hinterleib sickerte ein Tropfen einer klaren gelblichen Flüssigkeit.

»Nicht so zimperlich, junger Mann«, forderte Jelen mich auf. »Das Abdomen muss aufplatzen. Geben Sie sich einen Ruck. Toter wird die Motte nicht mehr.«

Ich verstärkte den Druck, woraufhin ein weißlich-gelber Eingeweidebrei aus dem Körper quoll.

»So sollte es aussehen«, erklärte Jelen. »Eine verhältnismäßig helle Proteinfüllung aus Körpersekreten und Verdauungsorganen.« Er schob das Brett beiseite, zog einen der in der Saldek-Villa aufgesammelten Himmelsfalter aus einem Asservatenbeutel und fixierte ihn auf einem neuen Brett. »Und nun wiederholen Sie das Ganze mit einem der Exemplare vom Tatort.«

»Ist das wirklich nötig, Doktor?«

»Nein, aber äußerst anschaulich. Mussten Sie im Biologieunterricht nie einen Frosch sezieren?«

Ich musterte den Mediziner. Jelen wirkte auf mich wie ein ruheloser Geist, mit den dunklen Augenringen eines von den Toten Getriebenen, dessen wechselhafte Patchworkfamilie mit ID-Armbändern an den Handgelenken in stählernen Kühlzellen ruhte. Selbst unter Neonlicht schien ein Teil seines Gesichts stets im Schatten zu liegen.

Die Medien nannten Jelen teils ironisch, teils spöttisch Doktor Forfex und bezeichneten ihn als Sektions-Ghul, der sich tagsüber im Boden einbuddelte und des Nachts in den Katakomben der Rechtsmedizin mit den Toten Polka tanzte. Zweifellos warteten sie auf den Tag, an dem ihn jemand kopfüber in einem Spind hängend beim Mittagsschlaf überraschte. Natürlich waren Jelen die Gerüchte um seine Person bekannt. Er genoss sein Munsters-Image mit stillem Vergnügen und fast schon aristokratisch anmutender Unerschütterlichkeit.

Ich betrachtete den toten Prachtfalter und wünschte, sein Inneres allein kraft meiner Gedanken nach außen stülpen zu können. Dann presste ich das Stäbchen nieder und drückte einen mattblauen, von feinen gelben Schlieren durchzogenen Brei aus dem Insektenkörper.

»Blaue Eingeweide?«, stutzte ich.

»Ganz genau.« Jelen nahm mir das Stäbchen ab und entsorgte es in einer Mülltüte. »Wenn Sie ein Omelett braten wollen, erwarten Sie, dass Eigelb und klares Eiweiß in der Pfanne landen«, sprach er dabei. »Und kein blauer Dotter mit etwas, das aussieht wie Waldmeistergötterspeise.«

»Liegt das nicht daran, dass der Falter an sich blau ist?«

»Mit dem von den Schuppen reflektierten Licht hat das Innere des Tierchens herzlich wenig zu tun«, sagte Jelen. »Wie es scheint, sind Sie nicht sonderlich bewandert in Lepidopterologie.«

»Worin?«

»Schmetterlingskunde.«

Ich schüttelte den Kopf. »Wie kann man sich derartige Zungenbrecher merken?«

Jelen zuckte mit den Schultern. »Die Königsdisziplin ist es, sie auch korrekt auszusprechen und zuzuordnen. Hexadaktylie, Eyjafjallajökull, Oligodendrozyten; wundervolle Konstrukte allesamt. Wie ich schon sagte: Ich habe meine Probleme eher mit den simplen Dingen.«

»Na gut, Doktor, was ist das hier?« Ich studierte den zerquetschten Falter. »Eine Mutation?«

»Mitnichten.« Jelen warf einen Blick auf die summende Tischzentrifuge. »Einige der komplexeren Analysen sind noch nicht abgeschlossen, geschweige denn gegengetestet. Falls Sie dennoch Wert auf eine Prognose legen, ohne danach meine fachliche Reputation infrage zu stellen, würde ich angesichts der bisherigen Erkenntnisse behaupten, wir haben es hier mit etwas zu tun, das mich an eine parasitäre Droge erinnert.«

»Eine was?«

»Mit dieser Reaktion habe ich gerechnet«, seufzte Jelen.

»Dann erklären Sie es mir bitte so, dass ich es verstehe.«

»Das kann ich nicht. Zumindest heute noch nicht.« Er betrachtete den Schmetterlingskadaver. »Woran auch immer er sich genährt hat, wurde wie im Fall der von Ihnen gefundenen Katze erst im Körper zu dem, was es jetzt ist.«

»Soll das heißen, sie haben beide von der gleichen Substanz gefressen?«

»Der Schluss liegt nahe«, bestätigte Jelen. »Was bedeutet, dass sie flüssig sein muss. Womöglich spielt dabei der Kontakt mit Verdauungsenzymen eine bedeutende Rolle. Am naheliegendsten erscheint mir, dass die Substanz mit der Nahrung oder sogar als Nahrung aufgenommen wurde.«

»Wie Nektar.«

»Sozusagen. Und ich vermute stark, dass es keine natürliche Nahrungsquelle war, an der sich die Katze und unsere schillernden Freunde hier gestärkt hatten …«

»Haben Sie einen Verdacht?«

Der Mediziner zuckte müde mit den Schultern. »Drogen? Zahnpasta? Antifaltencreme? Vielleicht ein B- oder C-Kampfstoff oder ein Nachfolgepräparat für Botox. Das ist ein Millionengeschäft für die Industrie.«

»Sie scherzen.«

»Beileibe nicht. Wenn Sie wüssten, wie, womit und zu welchem Zweck in den vergangenen einhundert Jahren experimentiert wurde, dann würden Sie nicht mehr auf diesem Planeten leben wollen.« Er blickte auf seine Armbanduhr, dann erneut zur Zentrifuge. »Ich habe zwei der Falter-Asservate mit einem Dringlichkeitsvermerk ins Buchner-Institut bringen lassen. Mit etwas Glück erhalte ich das Ergebnis bereits morgen. Falls nicht, werden wir uns bis Anfang kommender Woche gedulden müssen. Nach Abschluss der Gegenanalyse weiß ich mehr.«

12

Jelen trat neben die auf dem Seziertisch ruhende Tote. Er hob das Leichentuch an, faltete es über ihrer Brust und betrachtete das noch immer grotesk geschwollene Gesicht. »Die Todesursache unseres Opfers war definitiv ein anaphylaktischer Schock«, erklärte er. »Die Atemwege sind komplett zugeschwollen. Vermutlich war es bereits erstickt, bevor die Allergene ihre volle Wirkung entfalten konnten. Dass dennoch fast nur der Kopf betroffen ist, wundert mich allerdings ein wenig. Manche Typ-1-Allergiker blähen sich innerhalb kürzester Zeit auf wie Rettungsinseln.« Er drückte seinen Zeigefinger in das schwammige Wangengewebe der Leiche. Die entstandene Mulde begann sich wie in Zeitlupe wieder zu heben. »Haben Sie schon mal von der Marquise von Dai gehört?«, fragte Jelen. »Das Grab mit ihrer Mumie wurde 1971 nahe der chinesischen Stadt Changsha entdeckt. Mit ihrem aufgedunsenen, überproportionierten Kopf ist sie unserem Opfer hier gar nicht so unähnlich – abgesehen davon, dass sie knapp zweitausend Jahre länger tot ist.«

»Was ist das für ein Zeug in ihrem Gesicht?«, wunderte ich mich, als mir die feine, unmerklich glitzernde Kruste auf Kinn und Wangen auffiel.

»Kupfersulfat«, erklärte Jelen. »Ein Schwefelsäuresalz, besser bekannt als Vitriol.«

Ich bemühte mich, mir mein Erschrecken beim Erklingen des Namens nicht anmerken zu lassen, doch so recht schien es mir nicht zu gelingen.

»Alles in Ordnung?«, erkundigte sich der Pathologe.

»Ja, ja … natürlich.« Ich musste ein paarmal schwer schlucken. »Es ist nur … Ich bin das hier nicht mehr gewohnt«, rettete ich mich aus der Bredouille.

»Na, seien Sie froh«, murmelte Jelen. »Besser als sich abgebrüht zu geben und dann umzukippen.« Wieder der Leiche zugewandt, sagte er: »Das Opfer muss die Substanz unmittelbar vor seinem Tod erbrochen haben.« Er warf einen vielsagenden Blick auf meine bandagierte Hand. »Wie das Tier, von dem Sie verletzt wurden. In Wasser, Speichel oder Magensäure aufgelöst ist das Salz so gut wie farblos, daher habe ich es gestern Abend wohl übersehen. Wer rechnet auch mit *so was* …?« Erneut blickte er auf seine Armbanduhr. »Inzwischen sollte die Wasserkomponente weitgehend verdunstet sein, sodass am Tatort bläulich kristallisierte Rückstände auf dem Boden zu sehen sein müssten. Sollte dies zutreffen, würde das bedeuten, dass im Magen der Toten irgendetwas gegoren war oder eine chemische Reaktion im Gange gewesen ist, die diese Substanz durch die Speiseröhre oder die Atemwege nach oben getrieben hat. Mal sehen …«

Er drückte den Unterkiefer der Leiche herab, schob eine Zange in die Mundhöhle, packte damit die Zunge und zog sie heraus. »Bemerkenswert«, sagte er beim Anblick des blau verfärbten Organs. »Das kannte ich in dieser Intensität bisher nur von Chow-Chows und australischen Blauzungenskinks.«

»Vielleicht eine Zyanose?«

»Dafür ist die Verfärbung zu intensiv.« Beim Versuch, über den Seziertisch hinweg ein Probenröhrchen vom Instrumententablett zu angeln, verschob er das Leichentuch, sodass der Oberkörper der Toten entblößt wurde.

»Sie haben sie noch gar nicht obduziert?«, stutzte ich beim Anblick des unversehrten Brustkorbs.

»Ich möchte damit nicht ohne Ihre Kollegen anfangen«, erklärte Jelen. »Ich hoffe, Sie können die dafür nötige Zeit erübrigen und haben einen stabilen Magen. Es gibt da nämlich etwas, das in meinen Augen nicht weniger aus dem Rahmen fällt als in den eigenen vier Wänden unter einer Sturzflut tropischer Schmetterlinge den Löffel abzugeben.« Jelen deckte die Tote bis zum Schambereich auf und sagte: »Auch darum hatte ich Sie hergebeten. Ich wollte, dass Sie das sehen, bevor ich den Leichnam öffne.«

»Ist das ein Kaiserschnitt?«, staunte ich beim Anblick der notdürftig verschlossenen Bauchwunde.

»Viel zu nah am Solarplexus für eine Entbindung«, sagte Jelen. »Das hier erinnert mehr an eine Magenoperation. Wenn Sie meine Meinung zur Kunstfertigkeit des Chirurgen hören wollen: Es sieht aus, als hätte hier ein Orang-Utan mit einem Feuerstein gearbeitet, ein Pavian bei dem Eingriff assistiert und ein Schimpanse am Ende alles wieder zugenäht.

Die Operation – falls man diese grobmotorische Arbeit überhaupt als solche bezeichnen kann – hat zweifellos *post mortem* stattgefunden, denn es sind kaum Einblutungen in die Wunde zu finden. Der Eingriff erfolgte also mindestens ein bis zwei Stunden nach Eintritt des Todes. Unser Täter hatte folglich entweder ein Nickerchen gehalten oder wollte ganz sichergehen.«

»Glauben Sie, ihr wurde irgendetwas entnommen?«

»Entweder das oder sie besteht nun aus weitaus mehr als aus der Summe ihrer natürlichen Teile.« Jelen schob seinen Zeigefinger vorsichtig ein Stück weit in die Wunde und schien sie von innen abzutasten.

Ich beugte mich vor, da meine Schutzbrille zu beschlagen begann, und studierte die Bauchwunde.

»Ist das ein Schnürsenkel?«, fragte ich.

»Eine Art Lederkordel.«

Das Geräusch der sich öffnenden Schleuse ließ uns aufblicken. Während Mertens den Obduktionssaal betrat, als käme er in sein Schlafzimmer marschiert, lag Miriams Fokus noch auf dem Klemmbrett in ihrer Hand. Als sie schließlich den Kopf hob und mich sah, blieb sie für einen Moment wie vom Donner gerührt stehen.

»Das soll doch jetzt wohl ein Witz sein?«, kommentierte Mertens meine Anwesenheit.

»Was gefällt Ihnen nicht an meinem Humor?«, fragte Jelen. »Herr Krenn ist auf meinen persönlichen Wunsch zugegen.«

»Crohn«, murmelte ich.

»Falls Ihnen das nicht passt, kommen wir hier unten auch bestens ohne Sie klar«, fuhr der Mediziner fort und stellte die Schachtel mit den Atemschutzmasken vor Mertens und Miriam auf den Tisch. »Wenn ich Sie bitten dürfte …«

Während Mertens Jelen mit Blicken maß, beließ Miriam es bei einer Geste widerwilliger Zustimmung.

»Ist das das Werk des Täters?«, fragte Mertens, als er schließlich ebenfalls die krude vernähte Bauchwunde aus allen Blickwinkeln inspizierte. Ich konnte an der Falte zwischen seinen Augenbrauen erkennen, dass er sein Gesicht unter der Einwegmaske angewidert verzogen hatte. Als ich den Kopf ein wenig neigte, nahm ich unter dem Licht des Strahlers auf der Schnur, die die Wunde zusammenhielt, für den Bruchteil einer Sekunde ein unscheinbares kupferfarbenes Glitzern wahr.

»Mit an Sicherheit grenzender Wahrscheinlichkeit«, bestätigte Jelen. »Und ich bin schon sehr gespannt darauf, was er darunter verändert hat.« Er tastete das umliegende Gewebe ab und setzte die Skalpellklinge schließlich an die Kordel.

»Warten Sie!«, rief ich so unvermittelt, dass er der Leiche vor Schreck ins Bauchgewebe schnitt. »Können Sie versuchen, sie möglichst unversehrt zu entfernen?«

Der Blick, den Jelen mir zuwarf, sprach Bände. Er starrte eine Weile unschlüssig auf den Leichnam, dann legte er das Skalpell beiseite und versuchte die Wunde mit den Händen zu spreizen. Nach kurzem Widerstand löste die Schnur sich schließlich vom Gewebe und glitt aus dem ersten Nahtloch. Mit spitzen Fingern zog Jelen auch den Rest vorsichtig aus der Haut.

»Bitte sehr«, sagte er, als er es vollbracht hatte.

Ich zog Einweghandschuhe an und nahm ihm das wie ein steifer, blutiger Wurm anmutende Gebilde ab. Für das menschliche Auge kaum erkennbar war ein haarfeiner Kupferdraht um das Leder gewickelt. Als ich mit Daumen und Zeigefinger auf die vermeintliche Schnur drückte, konnte ich fühlen, wie ihre einzelnen Lederschichten sich leicht gegeneinander verschoben.

»Was suchst du?«, fragte Miriam, die neben mich getreten war.

»Ein Ende.« Ich versuchte den Draht abzuwickeln, was mit den Handschuhen jedoch so gut wie unmöglich war.

»Probieren Sie's damit.« Jelen reichte mir eine spitze Pinzette.

Nach mehreren Versuchen schaffte ich es, mit dem Instrument eines der Enden zu packen. Während ich den hauchfeinen Draht vorsichtig abwickelte, begannen die Schichten der vermeintlichen Kordel sich voneinander zu lösen. Schließlich hielt ich einen etwa fünfundzwanzig Zentimeter langen und fünf Zentimeter breiten Streifen aus papierdünnem Leder in den Händen. Bereits beim Öffnen waren mir erste Buchstaben und Symbole darauf aufgefallen.

»Verdammt«, flüsterte Miriam, ehe ich irgendetwas auf dem Leder entziffern oder gar deuten konnte. »Ist das eintätowiert?«

»Sieht mehr aus wie eingebrannt«, bemerkte Jelen. »Mit einem geprägten Brenneisen.«

»Das ist zweifellos nicht vor Ort geschehen«, sagte ich. »Viel zu zeitintensiv. Der Puppenspieler hat diese Visitenkarte schon vorher angefertigt.«

Miriam blickte mich an, als müsste sich jeden Augenblick eine kleine Klappe an meiner Stirn öffnen und ein allwissender Kuckuck herausschnellen. »Wonach suchen wir, Lex?«, fragte sie.

Ich studierte den Lederlappen. »Nach jemandem, der mehr schlecht als recht mit Metall umgehen kann«, erklärte ich. »Einem monochrom denkenden Autodidakten, wie langjährige Gefängnisaufenthalte sie oft hervorbringen. Er ist womöglich im Besitz eines speziellen Ofens, um das Metall für ein Brenneisen zu erhitzen, oder hat Zugang zu einem solchen.« Prüfend strich ich mit dem Daumen über das Leder, zog schließlich genervt die Gummihandschuhe aus und warf sie in den Mülleimer. »Nein, vergiss den Freizeitschmied«, korrigierte ich mich, als ich das Leder noch einmal befühlt hatte – wobei ich uneins war, ob ich enttäuscht oder angesichts gleich dreier Zeugen eher erleichtert sein sollte, dass auch der direkte Kontakt mit dem Material kein Echo auslöste. Wortlos schritt ich zu einem der Waschbecken, drehte den Hahn auf und hielt den Lederlappen unter das Wasser.

»Was tun Sie da?«, erschrak Mertens und eilte herbei. »Das ist ein Asservat, Herrgott!«

»Denken Sie, ich bin blöd?« Ich sah zu, wie das abgewaschene Blut Schlieren ziehend im Abfluss verschwand, und wrang das Leder mit der Hand aus. »Hier.« Ich zeigte ihm den Streifen. »Alles noch heil.«

»Bis auf Fingerabdrücke und alle ermittlungsrelevanten Oberflächenrückstände«, sagte Mertens. »Eine spurenkundliche Untersuchung ist damit für den Arsch.«

»Glaubt ihr ernsthaft, der Täter hätte die Wunde mit bloßen Händen verschlossen?« Ich presste den Lederstreifen mit einem Handtuch trocken. »Soll ich euch verraten, warum ihr ständig im Trüben fischt? Weil euch euer Bestreben, alles richtig machen zu wollen und auf jeden trivialen Scheiß Rücksicht zu nehmen, blind für das Wesentliche macht. Wollt ihr ein paar hübsche Diagramme für eine Powerpoint-Präsentation erstellen oder einen Mord aufklären?«

Miriam schüttelte genervt den Kopf. »Diese Expertise wird sich in meinem Bericht für Kuerten bestimmt ganz super machen …«

»Haben Sie vielleicht irgendwo eine Heizplatte?«, wandte ich mich an Jelen. »Oder einen Heißlufttrockner?«

»Selbstverständlich«, antwortete der Mediziner mit todernster Miene. »Ich backe hier unten immer Crêpes, während ich den Toten die Haare föhne. Dürfte ich mal sehen?« Er nahm mir den Lederstreifen ab. »Das ist kein Brandmal, sondern ein Brandbild«, erklärte er nach kurzer Begutachtung. »Zudem scheint es Teil eines größeren Motivs zu sein.« Er drehte und wendete das Leder in seinen Händen. »Auf den ersten Blick wirkt es professionell, aber so etwas bekommt man bei viel Sonnenschein mit ruhiger Hand in zwei oder drei Stunden auch mit einer simplen Leselupe hin.« Er reichte das Leder an Miriam weiter und widmete seine Aufmerksamkeit wieder der Leiche. »Man muss es nur beherrschen, sie zu fokussieren, damit die Brandlinie immer die gleiche Breite behält.«

»Also suchen wir nach einer Person mit bescheidener künstlerischer Begabung, aber technischer Versiertheit«, sagte Miriam. »Und mit einem Hang zur Akribie, der ihre ästhetischen Defizite wettmacht.«

Ich nickte. »Und mit viel Geduld und Muße für ihr tödliches Hobby.«

»Das hier sollten Sie sich ansehen«, unterbrach uns Jelen und griff nach seiner Kamera. Er hatte zwei Spreizer in die Wunde eingeführt, die einen Blick auf den Magen der Toten gewährten. Auf seiner Außenhaut prangten in krummen Lettern die Worte *Amor et mors per ventrem inceunt.*

»Das ist zweifellos eine Tätowierung«, erkannte Mertens.

Miriam neigte den Kopf. »Liebe und Tod ...«, begann sie zu übersetzen.

»... gehen durch den Magen«, vervollständigte Jelen die morbide Botschaft, während er über ein Dutzend Fotos vom geöffneten Bauchraum schoss. »Salopp gesagt. Der Täter gibt sich gebildet, aber ein Chirurg ist er deswegen noch lange nicht. Eher ein Klempner.« Er setzte das Skalpell an und öffnete die Magenwand mit einem sauberen Schnitt, ohne die Schrift zu beschädigen. Im Inneren des Organs schimmerte es metallisch blau, durchsetzt von vereinzelten roten Sprenkeln. »Das hebt eine andere beliebte Redensart auf ein ganz neues Niveau«, kommentierte der Pathologe den Mageninhalt.

Er schob eine Flachzange in die Masse aus sekretfeuchten Flügelfragmenten und kleinen Brocken schwarzer Insektenkörper und zog behutsam einen der Schmetterlingskadaver heraus. »War das Opfer zufällig auf Partnerbörsen und Datingportalen umtriebig?«

Während Mertens, Miriam und Jelen spekulierten, wie die Schmetterlinge in den Magen der Toten gelangt sein konnten, schritt ich nachdenklich durch den Obduktionssaal. Bereits in der Saldek-Villa hatte ich mich über die unverhältnismäßig große Menge von Flügelfragmenten gewundert. Es waren zu viele Überreste gewesen, um nur von den verstümmelten, um das Opfer herum verstreuten Faltern stammen zu können. Nun hatte sich auf makabre Art offenbart, wo der Rest der Insekten geblieben war.

Die Fragen, die ich mir zu Beginn fast jeder Kaskade stellte, hatten das Zeug zu einem Mantra: Wieso betrieb jemand einen solchen Aufwand, um einen Menschen umzubringen? Ein Schuss, ein Stich, ein präziser Schlag, und alles wäre geregelt. Wozu all die Mühe und Akkuratesse? Was trieb einen Puppenspieler dazu, ein Puppenspieler zu sein? Der Einzige, der mir diese Fragen beantworten könnte, war wahrscheinlich Simon.

»Sie glauben, sie hat das *freiwillig* getan?«, hörte ich mit halbem Ohr Mertens fragen. »Bei ihrer Krankenakte?«

»Einige Alzheimer- oder Schlaganfallpatienten essen die Blumen, die man ihnen ans Krankenbett stellt«, argumentierte Jelen dagegen. »Manche nagen sogar ihre Finger bis auf die Knochen ab. Auf die eine oder andere Weise sind diese armen Geschöpfe jedenfalls in den Magen des Opfers gelangt. Herauszufinden, ob es vom Täter gezwungen wurde, sie zu schlucken, oder dies aus freien Stücken getan hat, obliegt Ihren Ermittlungen. Ich kann lediglich nach einer möglichen neurologischen Ursache für Letzteres suchen.« Er betrachtete den Leichnam eine Weile, dann sagte er: »Ich fürchte, ich muss meine Anfangsdiagnose revidieren. Todesursache bleibt zwar der anaphylaktische Schock, da ein enzymatischer Abbau der Nahrung bereits im Mund beginnt und das Allergen über die Schleimhäute aufgenommen wird. Aber der Prozess war kein exogener, sondern ein endogener – und muss weitaus langsamer vonstattengegangen sein als anfangs vermutet.«

»Ich denke, sie stand gar nicht auf dem Stuhl, um in der Klimaanlage herumzustochern, sondern saß darauf, während sie gefüttert wurde«, sagte ich, derweil ich an Jelens Arbeitsbank entlangschritt. Ich lauschte an der Tischzentrifuge und betrachtete die Plastiktüte mit den restlichen am Tatort aufgesammelten Schmetterlingen. »Finden Sie es eigentlich nicht programmatisch, dass ein Opfer durch eine Insektenspezies ins Jenseits befördert wird, die Himmelsfalter genannt wird?« Den Probenbeutel in der Hand, wandte ich mich zu Jelen und den anderen um. »Ich halte das für einen Fingerzeig.«

»Und worauf zeigt der Finger Ihrer Meinung nach?«, fragte Jelen.

Ich öffnete die Tüte und roch an den toten Insekten. »Das weiß ich noch nicht«, gestand ich.

Mertens tauschte einen Blick mit Miriam. Wahrscheinlich erwartete er, ich bekäme gleich irgendeine Art von Anfall, der ihm die Chance bot, mir Pfefferspray ins Gesicht zu sprühen.

Über den unfreiwilligen Passagier in meinem Kopf und seinen vermeintlichen Einfluss auf meine geistige Gesundheit kursierten im Dezernat zweifellos die abenteuerlichsten Gerüchte. Die meisten davon waren frei erfunden oder zumindest weit übertrieben.

Die meisten – aber leider nicht alle.

»Wenn ich mir den Tatort in Erinnerung rufe, drängt sich mir der Verdacht auf, dass das Opfer nach dem Willen des Täters ganz anders hätte aufgefunden werden sollen«, erklärte ich. »Aufrechter. Würdevoller. Die nachlassende Leichenstarre und die gute alte Schwerkraft haben das ursprüngliche Arrangement womöglich versaut. Offenbar hat der Täter gehofft, dass die kalte Luft aus der Klimaanlage den Leichnam weiter steif dasitzen lassen würde, und die Schachtverkleidung geöffnet, damit der kalte Luftstrom ungehindert auf ihn niederströmen konnte.«

»Doch dann ließ der *Rigor Mortis* langsam wieder nach und er ist vom Stuhl gerutscht«, vollendete Jelen mein Gedankenspiel. »Was bedeuten würde, dass er zum Zeitpunkt des Auffindens mindestens sechsunddreißig Stunden tot gewesen sein müsste.«

»Also wurde der Tatort posthum arrangiert«, schlussfolgerte Mertens.

»Dekoriert«, sagte ich. »Mit schillernden blauen Juwelen.« Ich hielt den Beutel mit den Schmetterlingen gegen das Licht. »Es muss eine besondere emotionale Bindung zwischen dem Täter und seinem Opfer bestanden haben. Nicht unbedingt tief oder innig, aber … speziell. Vielleicht war er eine Art Lieblingsfreier.« Ich sah Miriam an. »Einsame Frauen führen über ihre ausgelebten sexuellen Fantasien nicht selten Tagebuch oder verewigen sie in an sich selbst adressierten Briefen.«

Miriam verzog die Mundwinkel. »Na schön, fahrt zur Saldek-Villa und seht nach, ob ihr Anhaltspunkte dafür findet«, instruierte sie Mertens und mich. »Tagebücher, Kalender, Visitenkarten und so weiter. Schaut euch auch den Boden an der Fundstelle noch mal an. Nutzt das Tageslicht, um einen Blick in alle Räumlichkeiten zu werfen. Vielleicht hat die Spurensicherung im Kunstlicht etwas übersehen.«

»Ich halte das für keine gute Idee«, sagte ich.

»Das war keine Bitte, sondern eine Anweisung«, stellte Miriam klar. »Niemand verlangt, dass ihr beiden Blutsbrüderschaft schließt, aber lernt gefälligst endlich miteinander umzugehen.«

»Das sollten wir beide bei Gelegenheit ebenfalls üben.« Ich reichte ihr den Schmetterlingsbeutel. »Bevor's im Pudel zur Kernspaltung kommt.«

Miriam blieb äußerlich gelassen, aber ihr Blick hätte selbst Medusa versteinern lassen.

13

Bei Tag wirkte die Saldek-Villa weit weniger mondän als im nächtlichen Scheinwerferlicht der Spurensicherung. Ihre Fassade sehnte sich nach einer Behandlung mit dem Hochdruckreiniger, an den Fensterrahmen blätterte der Schutzlack ab, und die schmalen, stellenweise bis an die Grundmauern heranreichenden Grünflächen waren verwildert und ließen an den Hauswänden Brennnesseln und Disteln sprießen.

Mertens wollte das Sicherheitssiegel an der Vordertür mit dem Türschlüssel durchtrennen, hielt jedoch mitten in der Bewegung inne und brummte etwas Unverständliches. Er sah mich an und wies mit dem Blick auf das Türschloss. Während er seine Waffe entsicherte, zog ich mein Handy und drückte Miriams Kurzwahltaste.

»Ja?«, meldete sie sich nach dem ersten Freizeichen.

»Sag mal, wurde in den vergangenen Tagen schon mal jemand in die Villa geschickt?«

»Nicht dass ich wüsste«, antwortete Miriam nach kurzem Überlegen. »Stimmt etwas nicht?«

Ich sah zu Mertens und schüttelte den Kopf. Der drehte daraufhin leise den Schlüssel im Schloss, schob die Tür einen Spalt weit auf und lauschte. »Wir melden uns wieder«, murmelte ich und beendete das Gespräch.

»Nichts zu hören«, raunte Mertens. Stattdessen begann ein auffälliger Geruch unsere Nasen zu reizen. Mertens' Miene verfinsterte sich, nachdem er die Tür so weit geöffnet hatte, dass wir hindurchschlüpfen konnten. »Hat hier jemand chinesisch gekocht?«

»Geräuchert«, sagte ich. »Mit Salbei.« Ich nahm einen tiefen Atemzug. »Weißem Salbei.«

Mertens schüttelte den Kopf. »Was auch immer …«

Nachdem wir die Wohnung betreten hatten, schob er die Tür leise wieder zu, schloss sie ab und klinkte die Sicherheitskette ein. Dann hielt er sich den Lauf seiner Pistole vor die Lippen und bedeutete mir leise zu sein. Gemeinsam lauschten wir in die Stille hinein, doch im Haus regte sich nichts.

Auf dem Flur war es fast vollkommen finster. Für den einzigen Lichtschimmer sorgte ein blau getönter Lichtgaden über der Eingangstür. Mertens drückte erfolglos auf diverse Lichtschalter. »War zu erwarten«, brummte er. »Rühren Sie sich nicht vom Fleck!«

Mit entsicherter Waffe schlich er über den Flur, kontrollierte die angrenzenden Räume und aktivierte schließlich einen kleinen in die Wand eingelassenen Monitor, dessen Leuchten ihn wie einen Untoten aussehen ließ. Ich konnte nicht sagen, wer oder was uns hier erwartete, bezweifelte aber, dass ein selbst ernannter Stadtschamane mit Räucherstäbchen in den Haaren trommelschlagend über die Flure getanzt war, um das Haus von negativen Energien zu reinigen. Falls doch, würde ich Miriam raten, nach einer Person zu fahnden, die gewaltig einen an der Esoterik-Waffel hatte – und zudem offenbar auch einen Zweitschlüssel.

Mit ausdrucksloser Miene bearbeitete Mertens den Touchscreen, bis sich im gesamten Haus gleichzeitig die Rollläden zu öffnen begannen. Ich kniff die Augen zusammen und blinzelte in die Helligkeit.

»Sollte irgendjemand außer mir hier unten auftauchen, dann spielen Sie bitte nicht den Helden«, raunte er mir zu, nachdem das Rattern der letzten Rollos verklungen war. »Die Person könnte bewaffnet sein.«

»Mit Räucherstäbchen«, nickte ich.

Mertens winkte ab und stieg die Treppe im Flur empor. Während er begann, die Räume im Obergeschoss zu kontrollieren, sah ich mir das Steuerpanel an. Als derartige Assistenzsysteme zu meiner Schulzeit noch als revolutionäre Zukunftsvision angepriesen worden waren, hatten wir uns ungeniert darüber lustig gemacht. Saldek musste nach seinem Unfall die gesamte Villa vernetzt haben, um wenigstens in den eigenen vier Wänden so unabhängig wie möglich zu bleiben. Die Technik dahinter kostete ein halbes Vermögen. Über das Panel ließen sich im Bedarfsfall fast alle wichtigen elektronischen Systeme im Haus bedienen und kontrollieren. Wahrscheinlich machte selbst der Kühlschrank Fotos von der Leere in seinem Inneren und erstellte Einkaufslisten.

Im bei Tageslicht noch größer wirkenden Wohnzimmer fand ich dort, wo der Kopf der Leiche gelegen hatte, tatsächlich einen kristallin glitzernden Fleck auf dem Schiefer. Ich ließ mich auf die Knie nieder und fuhr mit den Fingerspitzen über den Boden. Ein Film aus winzigen blauen Kristallen überzog das Gestein.

In dem Moment, als ich ihn mit der flachen Hand berührte, war es, als würde die Sonne erlöschen. Von einem Moment zum anderen hockte ich in der beklemmenden Enge eines Bergwerksstollens. Die Luft war warm und stickig und geschwängert vom Gestank ungewaschener Körper und etwas, das an gespaltenen Feuerstein erinnerte. Ich befand mich in der gleichen kauernden Position wie in der Villa, aber meine Hand lag nicht auf dem Boden, sondern auf dem Brustkorb eines auf dem Rücken liegenden, nur mit einer dünnen, schmutzigen Stoffhose und Sandalen bekleideten Mannes, der sich unter mir wie in Agonie wand. Er stank nach Schweiß, Kot und Urin. Sein Kopf war geschoren, der Bart verdreckt und verfilzt. Blut sickerte zwischen meinen Fingern hindurch und quoll aus dem Mund des Fremden, als dieser den Kopf hob und mich anstarrte. Bevor ich reagieren konnte, packte er meinen Arm und presste Worte in einer Sprache hervor, die ich nicht verstand. Die Augen weit aufgerissen, zuckte er zwei-, dreimal und erbrach einen Schwall blauer Flüssigkeit über sich und meine Hand. Dann sackte er zurück und lag still, den gebrochenen Blick zur Stollendecke gerichtet, aber noch immer meinen Ärmel umklammernd. Ich riss mich los und stieß mit dem Rücken gegen ein metallisches Hindernis, das leicht vor und zurück zu schwingen begann. Es entpuppte sich als halb gefüllte Erzlore und stand auf einem schmalen Schienenstrang, der durch den spärlich erleuchteten Stollen führte.

Jetzt, als die Wunde des Toten nicht mehr von meiner Hand verdeckt wurde, sah ich das Loch in der Mitte seines Brustkorbs. Während ich rätselte, woher eine derartige Verletzung rühren mochte, begann im Inneren des Körpers ein blaues Licht zu glühen und in Intervallen zu pulsieren.

»*Erkennst du es?*«, erklang über mir eine laute, dunkle Stimme.

Erschrocken sah ich über meine Schulter und blickte in ein Gesicht ohne Augen, Nase und Ohren. Unter einer schwarzen, auf einem haarlosen Schädel sitzenden Schirmkappe gähnte nur ein großer, lippenloser Mund.

»*Erkennst du es?*«, wiederholte er laut. »*Bald wirst du es, Alexander!*«, brüllte er mich an, als ich nicht antwortete. Dann riss er etwas empor, das wie eine Spitzhacke aussah, und schlug zu.

Ich kam auf dem Wohnzimmerboden der Saldek-Villa wieder zu mir und benötigte einen Moment, um mich zu reorientieren und zu sammeln. Schwer atmend betrachtete ich meine zitternden Hände. Weder Blut noch blaues Erbrochenes haftete an ihnen. Dennoch hatte ich noch immer den Gestank des Toten in der Nase. Ich lauschte und hörte, wie Mertens langsam die Treppe ins zweite Obergeschoss hinaufstieg. Länger als eine Minute konnte ich also kaum weggetreten gewesen sein.

Noch etwas benommen von dem ungewöhnlich intensiven Echo schleppte ich mich in die Küche und schöpfte mir kaltes Wasser ins Gesicht. Dann stützte ich mich mit beiden Händen an der Spüle ab, stand eine Weile mit geschlossenen Augen da und sann der Vision nach.

Was ich gesehen – oder besser gesagt: erlebt hatte, konnte unmöglich ein Geschehen der jüngeren Vergangenheit gewesen sein. Allerdings war es mir ein Rätsel, ob es eine Erinnerung der Navotná gewesen war oder eine Botschaft des Puppenspielers. Was hätte ich darin erkennen sollen? Den Ort des Geschehens? Das blaue Pulsieren im Inneren des Toten? Und inwiefern war mein eigenes Unterbewusstsein an der Architektur der Vision beteiligt gewesen?

Während Mertens im Obergeschoss Zimmer für Zimmer ›befriedete‹, begann ich im Parterre Schränke und Schubladen nach einer Rolle Tesafilm zu durchsuchen. In einem kleinen, gegenüber der Küche gelegenen Arbeitszimmer wurde ich schließlich fündig. Beim Verlassen fiel mir ein Foto auf, das neben der Tür an einer Pinnwand hing. Es schien sich um einen Familienschnappschuss aus besseren Tagen zu handeln und zeigte eine attraktive Frau um die fünfzig und zwei Kinder, ein feixendes blondes Mädchen und ein etwas älteres, dunkelhaariges, das ernst und seltsam abwesend wirkte und als Einzige nicht in die Kamera blickte. Ich nahm das Foto ab und drehte es um. *Oslo, November 2002*, war handschriftlich auf der Rückseite vermerkt. Obwohl die Aufnahme alt war, gewann ich eine Vorstellung davon, wie die Navotná ausgesehen hatte, bevor die Allergene ihr Gesicht entstellt hatten. Unschlüssig betrachtete ich das Foto, lauschte nach Mertens und ließ es in meiner Jackentasche verschwinden.

Zurück im Wohnzimmer, presste ich ein Stück Klebeband auf die kristallisierte Vitriollache. Nachdem ich es wieder abgelöst hatte, klebte ich es auf meine Versicherungskarte und steckte sie zurück in meine Brieftasche.

Im Obergeschoss klapperten noch immer Türen, was mir die Zeit verschaffte, mich im Parterre umzusehen. Die kleinen Schäbigkeiten, die mir im Garten aufgefallen waren, fanden in der Wohnung ihre Fortsetzung. Staub lag auf den Möbeln, tote Fliegen sammelten sich auf den Fenstersimsen und tote Motten in den Zimmerecken. Tapeten und Lampenschirme waren gesprenkelt mit den Ausscheidungen zahlloser Mücken, und in Vasen mit braun gewordenem Wasser hingen verwelkte Blumen.

Trautes Heim …

Einer inneren Eingebung folgend entriegelte ich die Haustür und sah mir das Amtssiegel noch einmal an. Es war nicht von einem Schlüssel oder Fingernagel entzweit, sondern ähnelte einem abgerissenen Sticker, wobei sich nur ein Teil der Bildseite gelöst hatte, während ein Großteil der Haftschicht noch am Türrahmen klebte.

»Oben ist alles sauber«, erklärte Mertens, als er die Treppe wieder herabgetrottet kam. »Unsere Räucher-Marie hat das Weite gesucht.«

»Ich weiß«, sagte ich, woraufhin Mertens' Augen sich zu schmalen Schlitzen verengten. »Zudem bin ich relativ sicher, dass sich niemand Zutritt zur Wohnung verschafft hat, nachdem das Haus versiegelt wurde. Wer auch immer hier sein Salbei-Tamtam durchgeführt hat, muss sich bereits während des Einsatzes irgendwo im Haus versteckt gehalten haben.« Ich drückte ihm die Überreste des Amtssiegels in die Hand. »Die Haftschicht klebt noch an der Tür. So eine Beschädigung entsteht nur, wenn jemand nichts von dem Siegel ahnt und bedenkenlos die Tür öffnet – von innen.«

Mertens betrachtete geistesabwesend einen hinter mir hängenden Magritte. »Sollten Sie recht haben, wäre das ein ermittlungstechnischer Overkill«, murmelte er. »Der einzige Trost ist, dass wir die Idiotenlaterne in diesem Fall gemeinsam tragen.« Er sah sich nach mir um und ließ seine Augenbrauen wippen. *Wisse, großer Zampano, auch du bist fehlbar!,* frohlockte er stumm. Schweigend schloss er die UV-Lampe an und leuchtete die Stelle am Boden ab, an der das Opfer gelegen hatte. Inmitten winziger schimmernder Flügelreste leuchtete ein heller Fleck aus kristallisiertem Kupfersulfat.

»Jelen hatte recht«, sagte ich.

»Wie fast immer.« Mertens zückte eine kleine Digitalkamera und ging in die Knie. »Er ist ein Kauz, aber kompetent.«

Mir war nicht danach, ihm seinen kleinen Triumph streitig zu machen. Stattdessen rätselte ich erneut über die absonderliche Vorgehensweise des Täters. Hatten die Himmelsfalter für ihn oder das Opfer eine Bedeutung? Ging es ihm bei seiner Tat um das symbolische Paradoxon? Schmetterlinge sind Sinnbilder der Idylle. In den Augen der meisten Menschen existieren kaum sündlosere Geschöpfe. Sie als Mordwerkzeuge zu instrumentalisieren war fast so, als dressierte man Gänseblümchen darauf, ein potenzielles Opfer während eines Picknicks zu erschlagen – und hätte damit aller Logik zum Trotz Erfolg.

Nicht minder eigenartig war für mich der Hospitalismus des Opfers. Eine mit Kontrollzwang gekoppelte Sozialphobie verwandelt sich ohne Schlüsselreiz nicht über Nacht in eine Isolationsparanoia. Es musste mehr dahinterstecken; eine manipulative Kraft, ein Trauma, vielleicht eine als übermächtig oder gar übernatürlich empfundene Bedrohung …

Oder einfach nur eine Agoraphobie, flüsterte eine Stimme in meinem Kopf. *Die blanke Angst vor der Außenwelt.*

Ich betastete die unter Haaren verborgene Narbe an meinem Hinterkopf. Die Begebenheit, der ich sie zu verdanken hatte, versuchte ich so gut es ging zu verdrängen. Dennoch hatte ich immer wieder mit Flashbacks zu kämpfen.

Auf meinen siebten Sinn konnte ich mich für gewöhnlich verlassen. Er trieb mich zurück zum Steuerterminal und ließ mich noch einmal das Displaymenü studieren.

»Legt dieses Smarthome-Ganglion eigentlich so etwas wie eine temporäre Chronik an?«, fragte ich Mertens, der auf dem Boden kauerte und bemüht war, mit seiner Digicam Makroaufnahmen von den winzigen Kupfersulfatkristallen zu machen.

»Habe keinen Schimmer«, kam es etwas angestrengt zurück. »Im Grunde ist die Steuereinheit nicht mehr als ein schick eingerahmtes iPad.« Mertens erhob sich mit rotem Kopf und prüfte seine Fotos. »Sie sollte daher mindestens einen Flash-Speicher haben, um Aktionsprotokolle zu archivieren und System-Back-ups anzulegen, falls mal der Blitz einschlägt und die Elektronik durchschmort.«

Ein Geräusch aus dem Obergeschoss ließ uns aufhorchen. Es war kaum mehr als ein leises Rascheln, das klang, als würde sich ein Papiermobile im Wind bewegen. Mertens stand ächzend auf, drückte sein Kreuz durch und sah hinauf zur offenen Schlafzimmertür.

»Ich glaube, das wird nicht nötig sein«, sagte ich, als er unter seine Jacke griff.

»Berühmte letzte Worte.« Während er einige Schritte zurück trat, um eine bessere Schussposition zu haben, sorgte ich mit ein paar Fingerspielereien auf dem Terminal dafür, dass die Rollläden im Obergeschoss sich wieder schlossen. Eine Zeit lang blieb alles still, dann schwebte aus der Dunkelheit ein großer, blau schillernder Schmetterling herab und ließ sich auf einer der Wohnzimmergardinen nieder.

»Dort sitzt womöglich unser einziger Tatzeuge«, sagte ich, während Mertens sich wieder entspannte. »Jetzt benötigen wir nur noch eine Elfe als Dolmetscherin …«

14

Zehn Minuten später versuchten wir den Falter noch immer mit Besenstielen von seinem Emporenplatz zu pflücken. Doch kaum saß er mal auf einem der Enden, riss er die Flügel auch schon wieder auseinander und flatterte zurück zur Gardine.

Mertens stieß eine Verwünschung aus. »Sonst noch eine Idee?«, fragte er genervt und raufte seinen Bart. »Staubsauger? Telekinese?« Er zwinkerte mir zu. »Wollen Sie versuchen, ihren Brunftschrei zu imitieren? Vielleicht kommt er dann runter, um sich mit Ihnen zu paaren.«

»Sie können mich mal.« Grübelnd betrachtete ich den Schmetterling. Mit den großen schwarzen Flecken auf den ausgebreiteten Vorderflügeln sah er aus wie eine venezianische Karnevalsmaske. »Keine Ahnung, wie Himmelsfalter zueinanderfinden. Vielleicht fliegen sie nachts so lange liebesgeil durch den Wald, bis sie mit den Köpfen zusammenstoßen. Ich halte Lockpheromone jedoch für wahrscheinlicher.«

Ich ging in die Küche und begann die Schränke zu durchsuchen. In einem von ihnen fand ich eine Karaffe mit Ahornsirup, gab einen halben Teelöffel davon in eine kleine Glasschale und verdünnte ihn mit Wasser. Zurück im Wohnzimmer, fächerte ich den Duft in Richtung des Falters, dann stellte ich die Schale unter ihm auf die Fensterbank.

Mertens runzelte skeptisch die Stirn, sah auf seine Armbanduhr, dann hinauf zu dem Insekt am Vorhang. Es hatte seine Flügel
in Schlafstellung zusammengefaltet und regte keine Fühlerspitze.
Kaum vorstellbar, dass das Opfer bei diesem Anblick in Panik
geraten war. Angst und menschliche Phantasie sind jedoch ein
unheilvolles Gespann.

»Eine Allergie kann sich sprunghaft verschlimmern, ohne dass
der Betroffene sich dessen bewusst ist«, stimmte mir Mertens zu,
nachdem ich meine Überlegungen mit ihm geteilt hatte. »In der
Rechtsmedizin bezeichnen sie so etwas als Etagenwechsel oder
allergic march. Das kann im Extremfall so weit gehen, dass selbst
die Suggestion genügt, um den Schock auszulösen, ohne dass ein
realer Kontakt stattfindet. Der Körper schüttet so viel Histamin
aus, dass er sich aufbläht wie ein Fesselballon. Ich habe von Fällen
gelesen, in denen die Opfer dabei von ihrer Krawatte erdrosselt
wurden. Fragt sich also, wer von der Allergie der Toten gewusst
und dies ausgenutzt hat. Das war schließlich keine harmlose
Immunstörung.«

Ich hörte, was Mertens sagte, war aber nicht mehr in der Lage,
ihm zu antworten. Ich konnte nicht nicken, nicht zucken, ja nicht
einmal mehr furzen. Einzig die Augen vermochte ich zu bewegen,
auf der Suche nach einem Bezugspunkt, den es nicht gab.

Zumindest nicht auf dieser Bewusstseinsebene.

»Crohn?«, murmelte Mertens, als er mich so dastehen und mit
den Augen rollen sah. »Erde ruft Crohn. Können Sie mich hören?«

Ich konnte, aber ich war nicht fähig, ihm zu antworten oder
mich zu bewegen. Natürlich war ich mir im Klaren darüber, dass
es grenzdebil aussah, wie ich da stand und umherglotzte, aber
ich hatte in diesem Zustand keine Kontrolle darüber. Wenn das
verfluchte Ding in meinem Kopf ›klingelte‹, legte es nahezu die
gesamte Motorik lahm. Im Grunde konnte ich schon froh darüber sein, nicht steif wie ein Brett umzukippen. Vielleicht hatte
ich den Impuls während der Bedienung des Terminals selbst ausgelöst. Mich dagegen zu wehren war unmöglich. Ich hatte es in
den vergangenen sieben Monaten selbst unter ärztlicher Aufsicht

versucht – doch ebenso gut hätte ich mich bemühen können, in der Badewanne einfach nur cool zu lächeln, sobald der Neurologe einen Fön ins Wasser fallen ließ.

»Na, flüstert Ihnen die Muse der Nigromanten wieder etwas ins Ohr?«, hörte ich Mertens sticheln.

Ich schloss dankbar die Augen, als es endlich vorbei war, und schüttelte den Kopf. Die vergangenen Monate hatten mich gegen den Spott meiner Umwelt relativ resistent gemacht.

»Hab zwar davon gehört, aber es irgendwie nicht glauben wollen«, sagte Mertens. »Krasse Scheiße, ehrlich … Ist das so eine Art Invaliden-Tourette? Nicht dass Sie meinen, ich würde denken, Sie hätten nicht mehr alle in der Pfanne – aber ehrlich, das ist schon ziemlich heftig, oder? Müssen Sie diesen Anfällen nicht mit irgendwelchen Prophylaxen vorbeugen? Das kann beim Autofahren immerhin ganz schön in die Hose gehen …«

Mein Blick sprach Bände. Wäre es nicht gerade Mertens gewesen, der mich wie einen Marsianer musterte, hätte ich mich vielleicht sogar dazu hinreißen lassen, ihn über die Hintergründe meiner sporadischen Aussetzer aufzuklären. So aber stand mir nicht der Sinn danach, mein Verhalten ausgerechnet ihm gegenüber zu rechtfertigen. In diesen Sekunden wurde mir bewusst, dass über mich womöglich mehr haarsträubende Legenden kursierten als über Ferdinand Jelen.

Ein weiterer Grund, weshalb mir nicht nach Aufklärung zumute war, waren die bohrenden Kopfschmerzen, die nach jedem Impuls einsetzten – obwohl sich im Gehirn keine Schmerzrezeptoren befinden.

»Wir sind hier nicht allein«, erklärte ich stattdessen, als auch die Lähmung meiner Zunge langsam wieder nachließ. »Was gerade passiert ist, ist nicht grundlos geschehen. Wir werden belauscht, vielleicht sogar beobachtet …«

Mertens sah zur Terrassentür, dann zu den Fenstern. »Ist das nur so ein Gefühl oder bereits höhere Eingebung?«

»Sie mögen das nicht, habe ich recht?«

»Was? Klugscheißerei? Ihr zerebrales Radio Eriwan?«

»Intuition.«

»Sagen wir mal so: Wenn jemand behauptet, mit Engeln zu reden, bin ich derjenige, der zuerst seinen Engeln und dann ihm in den Arsch tritt.«

»Wenigstens sagten Sie ›tritt‹ und nicht ›schießt‹.« Ich blickte zurück in den Flur. »Hat so ein Terminal eigentlich Ohren?«

»Wie meinen Sie das?«

»Gibt es einen Audio-Assistenzmodus für Personen, die nicht in der Lage sind, das Terminal manuell zu bedienen?«, fragte ich. »Und falls ja, könnte man sich in das System hacken, ohne dass der Benutzer etwas davon merkt?«

»Falls Sie's nicht registriert haben: Draußen auf dem Klingelschild steht Navotná, und nicht Orwell.« Dann schien Mertens über meine eigentliche Frage nachzudenken und sagte: »Na ja, womöglich schon. Mit den Bordcomputern von Autos und Flugzeugen funktioniert es ja auch …«

»Also hätte jemand theoretisch alles, was hier unten in der Nähe des Panels gesprochen wurde, mithören können …«

Mertens starrte auf den Wandmonitor. Ich konnte sehen, wie es hinter seiner Stirn arbeitete. »Verflucht!« Er drängte sich an mir vorbei zur Eingangstür, öffnete den Verteilerkasten und legte die Hauptsicherung um.

»Nette Idee«, sagte ich, während ich meine linke Schläfe massierte. »Ich werde jedoch das Gefühl nicht los, dass uns immer noch jemand zuhört.«

Mertens zog sein Handy aus der Tasche und wählte eine gespeicherte Nummer. »Ich bin's«, meldete er sich. »Wir brauchen in der Saldek-Villa noch mal jemanden von der Spurensicherung und von der IT … Ja, heute noch! … Danke.« Er beendete das Gespräch, steckte das Telefon wieder ein und murmelte: »Zum Kotzen!« Nachdenklich ging er zurück ins Wohnzimmer. »Falls Sie richtigliegen, hat unser Phantom nicht nur ein Faible für exotische Motten, sondern auch für Computer«, sagte er, während er den an der Gardine sitzenden Falter betrachtete. »Diese Nerds hinterlassen wenigstens Spuren.«

»Ein Puppenspieler benötigt einen abgeschotteten Ort, an dem er ungestört ist«, sagte ich. »Wahrscheinlich lebt er allein, oder sein direktes Umfeld akzeptiert es, dass er sich von Zeit zu Zeit an einen isolierten Ort zurückzieht, zu dem nur er Zutritt hat.«

Hoch über uns ertönte ein dumpfes Poltern, dann klang es, als ob etwas die Dachziegel herabschlitterte. Eine Sekunde später landete eine der Schindeln mit lautem Knall auf der Terrasse. Einige ihrer Bruchstücke flogen bis gegen die Verandatür und schlugen kleine Splitter aus der notdürftig mit Klebeband gesicherten Scheibe.

»Verflucht, der Dachboden!«, sagte Mertens. »Aber der wurde doch gecheckt …«

Während er mit gezogener Waffe die Treppe hinaufstürmte, öffnete ich die Verandatür und trat hinaus auf die Terrasse. Im gleichen Moment erschütterte ein dumpfer Aufprall den über mir gelegenen Balkon. Die abgewetzte Sohle eines Turnschuhs tauchte am Rand auf, dann ein zweiter Schuh samt Bein. Rückwärts am Geländer hängend zögerte die Person kurz, dann ließ sie sich fallen und rollte sich zur Seite ab, wobei sie gegen eine efeuüberwucherte Sichtblende prallte und einen großen Blumenkübel umstieß. Im Nu war sie wieder auf den Beinen, wandte sich zu mir um – und verharrte wie vom Donner gerührt. Ich blickte in die weit aufgerissenen Augen einer jungen Frau, der die dunklen, lockigen Haare wild ins Gesicht hingen. In diesem Augenblick funkelte in ihren Augen mehr von einem Wolfskind als von einem kultivierten Menschen, hätte sie nicht verschlissene Bluejeans, einen grauen Kapuzenpulli und einen schwarzen Rucksack getragen. Ihr Erschrecken währte jedoch nur kurz.

»Bitte warten Sie!«, sagte ich, als sie einen Ausfallschritt machte, um an mir vorbeizukommen. Instinktiv breitete ich die Arme aus. »Ich will Ihnen …«

Weiter kam ich nicht. Mein Gegenüber ging in die Hocke und vollführte blitzschnell eine Pirouette. Ehe ich reagieren konnte, hatte sie mich mit dem gestreckten rechten Bein einfach umgemäht. Als ich rücklings auf der Terrasse aufschlug, sprang sie bereits über mich hinweg. In einem Reflex griff ich nach ihr und bekam ihr Hosenbein zu fassen, woraufhin sie vom eigenen Schwung mitgerissen vornüberstürzte. Ich vernahm ein ersticktes Stöhnen, als sie auf den Steinboden prallte. Die Finger um den Stoff ihrer Hose geklammert rollte ich mich auf den Bauch, doch meine Gegnerin war schneller und geschmeidig wie eine Katze. Sie wirbelte ebenfalls herum, stützte sich mit beiden Händen am Boden ab, winkelte ihr freies Bein an und rammte mir mit aller Wucht ihren Fuß ins Gesicht. Ich sah eine Supernova explodieren, dann herrschte Schwärze.

Das Erste, was ich nach meinem Blackout wieder bewusst wahrnahm, war Mertens, der mich auf die Seite gedreht hatte, damit mir das Blut aus meiner Nase nicht in die Luftröhre rann. Das Zweite war ein großer blauer Schmetterling, der über mich hinwegflatterte und hinter der Dachkante verschwand. Was ich an Blut bereits eingeatmet hatte, hustete ich wieder heraus und versaute dabei einen halben Quadratmeter Fliesenboden.

»Verdammt, die Kleine hat einen Tritt wie ein Pferd«, sagte ich und tastete meine anschwellende Wange ab.

»Die Kleine?«, wiederholte Mertens. »Haben Sie sich hier etwa gerade von einem Mädchen verprügeln lassen?«

»Von einem, das sich zu wehren weiß.« Ich zerriss ein Papiertaschentuch, faltete den Fetzen ein paarmal und stopfte ihn mir ins blutende Nasenloch.

»Können Sie sie beschreiben?«

»Ende zwanzig, Anfang dreißig«, schätzte ich. »Einen halben Kopf kleiner als ich, langes, dunkles, lockiges Haar, slawischer Typ, mit einer kleinen Narbe am Ende der linken Augenbraue, als wäre ihr dort ein Piercing herausgerissen worden.«

Mertens massierte mit Daumen und Zeigefinger seine Nasenwurzel. Schließlich zog er sein Handy heraus, blätterte durch ein Bildarchiv und zeigte mir das Polizeifoto einer jungen Frau mit zerzaustem Haar und einigen Schrammen im Gesicht, die nicht gerade fröhlich in die Kamera blickte.

»Ja, das kommt hin«, sagte ich. »Wer ist das?«

»Zoë Saldek, Aaron Saldeks Tochter aus erster Ehe. Ihre leibliche Mutter starb, als sie neun war. Falls es tatsächlich sie war, die gerade Fersengeld gegeben hat, passt das zu den Fingerabdrücken und den sonstigen Spuren, die wir hier im Haus von ihr gefunden haben.«

»Warum wusste ich davon bisher nichts?«

»Ermittlungsinterna.« Mertens zuckte mit den Schultern. »Anweisung von Kuerten.«

Ich nahm ihm das Handy ab und betrachtete das Bild. »Sieht nicht gerade umgänglich aus.«

»Das Foto ist entstanden, nachdem sie zwei Streifenpolizisten grün und blau geprügelt hat«, erklärte Mertens, wobei er sich ein leises Schmunzeln nicht verkneifen konnte. »Treibt sich meistens in U-Bahnhöfen und auf Industriebrachen herum. Äußerst widerspenstige, renitente kleine Maus.«

»Wo ist sie gemeldet?«

»Überall und nirgends. Hat keinen festen Wohnsitz. Eine Zigeunerin, wie mein alter Herr sagen würde.«

Ich vergrößerte das Foto, bis der trotzige Blick der jungen Frau das gesamte Display einnahm. »Das erklärt einiges.«

15

»Wenn mich nicht alles trügt, hat mich gestern dein sogenannter *Hauch des Zephirs* getroffen«, erklärte ich Simon, als ich tags darauf auf seiner Wohnzimmercouch saß und jede abrupte Kopfbewegung zu vermeiden versuchte. Dabei fiel mein Blick auf eine wuchtige, fast schwarze Tischplatte aus Ebenholz oder altersschwarzem Mahagoni, die im Halbdunkel an der gegenüberliegenden Wand lehnte und fast bis zur Zimmerdecke emporreichte. Erst beim zweiten Hinsehen erkannte ich, dass es sich um eine Tür handelte, die mit vier

Metallhaken provisorisch an der Wand befestigt war. Eine sehr alte Tür, wie es schien, und ganz offensichtlich die Quelle des seltsamen Geruchs, der seit Tagen das Haus schwängerte. Dabei war es gar nicht das Holz selbst, das so stank, sondern der offenbar noch trocknende Anstrich aus Beizmittel, mit dem sie überzogen war.

»Das scheint deutlich mehr gewesen zu sein als nur ein Hauch«, befand Simon, nachdem er mir auf meinen Wunsch hin ein Schmerzmittel gebracht hatte. »Eher ein relativ begrenzter Orkan.«

Ich schluckte zwei Tabletten und spülte sie mit einem Glas Limonade hinunter. Einige Minuten lang saß ich schweigend und mit geschlossenen Augen auf dem Sofa und massierte meine Schläfen, dann sagte ich: »Mal angenommen, Miriam und ich haben es diesmal tatsächlich nicht mit einem gewöhnlichen Puppenspieler zu tun, und mal angenommen, Fluchdämonen wie dieser sogenannte Alastor, von dem du erzählt hattest, sind real, was wollen diese dann mit ihren extravaganten Taten und Arrangements bezwecken? Ich habe mich bemüht, ein Motiv hinter dem Mord und den Ritualen in der Saldek-Villa zu erkennen, aber ich sehe keines.«

»Sie erschaffen Portale«, erklärte Simon. »Schon einem Ort, an dem ein Mensch auf herkömmliche Weise getötet wird, haftet ein besonderes Stigma an. Ihr habt es aber nicht mit gewöhnlichen Tatorten zu tun, sondern auf gewisse Weise mit Ritualorten. Wer oder was auch immer einen solchen arrangiert, erschafft mit seiner Tat einen *Locus delicti* ganz besonderer Art. Kein Portal, um sich physisch zwischen den miteinander verbundenen Dimensionen zu bewegen, aber eine Passage, durch die Energie aus jenem Kontinuum, dem der Alastor entstammt, in unsere Welt fließt.

Die Aura, das Fluidum eines solchen Portals, wird kalibriert und gewissermaßen formatiert. Für eine ganz bestimmte, für Menschen zumeist sehr destruktive, schädliche und zehrende Art von Energie. Man fühlt sich in ihrer Nähe unwohl, ausgelaugt, friert womöglich, produziert kalten Schweiß. Kurzum: verliert Energie, die den Konfluenzpunkt zusätzlich speist – und den Alastor bei Bedarf nährt.«

»Du meinst, wer immer das in der Villa angerichtet hat, kehrt womöglich wieder an seinen Tatort zurück, um *aufzutanken?*«

»Gewissermaßen«, bestätigte Simon meine Worte.

»Das heißt, wir bräuchten theoretisch nur die Villa zu observieren und abzuwarten, bis dieser Alastor der Macht der Gewohnheit folgt, um ihn zu fassen …«

Mein Gegenüber schnitt eine Grimasse. »Wir reden hier nicht von einer Person, sondern von einer Entität«, sagte er. »Falls ihr jemanden zu fassen kriegt, dann vielleicht die menschliche Hülle, die er benutzt, nicht aber ihn selbst.«

Ich war nicht sicher, ob es an den Schmerztabletten lag oder irgendetwas im Raum oder den gewechselten Worten das Souvenir in meinem Schädel in Schwingung versetzte. Mit wachsendem Unbehagen registrierte ich, wie ich meine Warte der Kausalität und Rationalität im Verlauf unseres Gesprächs Stück für Stück verließ und mich auf Simons Terrain begab – wobei ich nicht sicher war, ob der Weg mich eine Bewusstseinsstufe höher oder tiefer führte. Ich nahm die Schmerzmittelpackung und las die Passage mit den Inhaltsstoffen. Die Tabletten enthielten Codeinphosphat, ein Morphiumderivat.

Ein wenig ungewohnt, aber nicht unangenehm berauscht starrte ich die an der Wand befestigte Tür an, dann sagte ich in die Stille hinein: »Also könnte man einen Alastor durch ein solches von ihm selbst geschaffenes Portal wieder dorthin zurückbefördern, woher er gekommen ist?«

Simon musterte mich, als hätte er sich verhört. Als ich seinen Blick jedoch erwiderte und er kein schalkhaftes Blitzen darin erkannte, sagte er: »Nein, Lex, dazu ist die Passage zu instabil. Man müsste sie erweitern – und so tatsächlich ein Portal schaffen. Aber glaub mir, das wäre die schlechteste aller Optionen. Denn aus einem solchen drängt eher mit Urgewalt etwas zu uns herüber, als dass sich irgendeine Entität wieder dorthin zurücktreiben ließe.« Er wartete auf einen skeptischen Kommentar meinerseits. Als ich schwieg, fragte er: »Konntest du deinen Angreifer erkennen?«

»Angreiferin«, sagte ich. »Zoë Saldek, die Tochter aus erster Ehe.« Ich zog das Foto, das ich in der Villa eingesteckt hatte, aus der Brieftasche und reichte es ihm.

»Die Stieftochter!«, staunte Simon beim Betrachten der Aufnahme. »Bemerkenswert … Ja, das ergibt durchaus Sinn.«

»Macht es dir etwas aus, deine Gedankengänge für mich zu erhellen?«, fragte ich. »Und nebenher vielleicht ein Fenster zu öffnen?«

»Lass es mich mit den Worten von Schiller sagen: *Das eben ist der Fluch der bösen Tat, dass sie, fortzeugend, immer Böses muss gebären.*« Er zog eines der Fenster auf, wohl in der Annahme, ich hätte ihn wegen der Kopfschmerzen darum gebeten.

»Falls dieser Alastor tatsächlich in dieser Zoë steckt, gibt es doch sicher auch irgendeine Möglichkeit, sie von ihm zu befreien …«

Simon schüttelte den Kopf. »Du kannst niemanden von etwas erlösen, das in gewisser Hinsicht gar nicht existiert.«

»Wie meinst du das?«

»Ein Alastor ist kein Ding, das aus dem Nichts kommt, in einen Menschen fährt, sich ein wenig Spaß auf Erden gönnt und dann wieder im Nirgendwo verschwindet. Diese Entität ist seit Jahrhunderten, vielleicht sogar schon seit Jahrtausenden hier, schlüpft von Hülle zu Hülle und tut, wozu sie einst geheißen wurde. Gebannt werden kann sie nicht, da der Initiator des Fluchs seit Langem tot ist. Wahrscheinlich treibt sie hier einem bezahlten Söldner gleich ihr Unwesen, seit sie in unsere Welt gezwungen wurde.«

»Könnte sie auch erst seit wenigen Monaten in der Stadt sein?«, fragte ich.

»Theoretisch ja. Aber wenn ich mir das Arrangement auf dem Foto in Erinnerung rufe, dann kann der Alastor salopp gesagt kein Greenhorn sein. In seinem Handwerk steckt eine gewisse visionäre Akribie und Routine, was darauf schließen lässt, dass er sein Ding in unserer Welt schon länger durchzieht.

Falls tatsächlich diese Zoë seine derzeitige Hülle ist, dann ist sie jedenfalls nicht Herrin ihrer selbst, sondern eine soziopathische Frankenstein-Braut, zusammengesetzt aus übernommenem Denken, imitierten Gesten und kopierten Gefühlen. Der Alastor hat sich aus den Leben anderer einen Panzer geschaffen, der ihn als Gegenteil all dessen erscheinen lässt, was er wirklich ist. Bei einer direkten Konfrontation mit seiner Zoë-Hülle triffst du nicht auf sie, sondern auf eine Menagerie gestohlener und einverleibter Seelen-Puzzleteilchen; das Lachen dieser, die Tränen jener, die sehnsüchtigen oder leidenden Blicke anderer. Es ist ein ganzer Themenpark geheuchelter Charakterzüge. Ihr wahres Ich ist tief unter diesem Blendwerk gefangen, in der Dunkelheit. Solltest du versuchen, diesen Panzer anzugreifen und zu zerstören, wird der Alastor dich attackieren, denn jeder, der versucht, die Seele seiner Hülle zu retten oder ihn daraus zu vertreiben, ist sein Feind.«

Da war es wieder, dieses verdammte Déjà-vu-Gefühl, aber es ließ sich nicht manifestieren, keinem Gesicht, keiner Person, keiner Handlung oder Erinnerung zuordnen. Ich wusste, dass ich irgendetwas übersah, aber dank Simons Schmerztabletten fiel mir jedwedes analytische Denken schwer. Anders gesagt: Meine Kopfschmerzen waren zwar weg, aber ich war völlig neben der Spur.

»Was ist das dort eigentlich?«, fragte ich, nachdem der olfaktorische Störenfried an der Wand gegenüber einfach nicht aufhören wollte zu stinken, und deutete auf die monströse Tür.

»Ach, nichts.«

Ich verzog das Gesicht. Die meisten Menschen leugnen das Offensichtliche, sofern sie nicht darüber reden wollen. Simon hätte wahrscheinlich die gleiche Antwort gegeben, wenn ein Elefant im Batman-Kostüm in seiner Küche Kuchen gebacken und ich ihn darauf angesprochen hätte.

»Dieses *Nichts* stinkt wie das Tor zur Hölle«, sagte ich. »Liegt dahinter der tote Hund?« Unter dem argwöhnischen Blick meines Gastgebers erhob ich mich und schritt durchs Zimmer. »Oder Anna?«

Ich hörte Simon hinter mir schnaufen, als ich vor die Tür trat, die keinen Zweck zu erfüllen schien, außer die Luft im Haus zu verpesten. Sie war tatsächlich nur provisorisch an der Wand befestigt. Dahinter gab es meines Wissens keinen Durchgang ins Freie.

»Woher hast du die?«, fragte ich.

»Flohmarkt.«

Ich warf einen Blick aus dem angrenzenden Fenster und betrachtete die übermannshohe Hecke im Garten. »Wo willst du die einsetzen? Dir dafür eine dem Gewicht angemessene Zarge einbauen zu lassen dürfte nicht billig werden ...«

»Sie steht bereits an ihrem Platz«, erklärte Simon.

»Hier? Einfach so, zur Zierde?«

»Warum nicht? Andere Leute hängen sich Wagenräder, Hirschköpfe oder sandgestrahlte Ofenplatten an die Wände.«

»Die verpesten aber nicht das ganze Haus.«

»Das verfliegt mit der Zeit.«

Zugegeben, die Tür sah recht dekorativ aus, wenn auch für meinen Geschmack ein wenig zu orientalisch. Zudem war die Geruchsbelästigung in unmittelbarer Nähe kaum auszuhalten. »Woher ist die?«, wollte ich wissen. »Nordafrika? Naher Osten?«

Simon zuckte mit den Schultern.

Was vom Sofa aus wie eine raue Oberfläche gewirkt hatte, entpuppte sich aus der Nähe als außergewöhnliche Kunstfertigkeit. Das schwarze Holz war über und über mit winzigen Schnitzereien bedeckt, und auf den patinierten Metallbeschlägen befand sich eine Unzahl filigraner Gravuren.

»Ist das echtes Silber?«, staunte ich.

»Bitte nicht anfassen«, bat mich Simon.

Es gab kaum eine Stelle auf den Beschlägen, die nicht bearbeitet und mit Linien, Kerben oder Mustern verziert war. Drei massive Metallriegel sollten zusätzlich zu einer metallenen, wahrscheinlich ebenfalls silbernen Klinke ein Öffnen verhindern. Ich hob eine Hand und klopfte ein paarmal gegen das Holz. »Hallo?«, rief ich im Scherz. »Jemand zu Hause?«

Simon stieß einen erschrockenen Laut aus, sprang wie *Jack in the Box* von seinem Sessel hoch und zog mich von der Tür weg. Keine fünf Minuten später fand ich mich vor einer anderen Tür wieder; vor Simons Haustür, genauer gesagt.

Mit diesem Rauswurf endete mein Besuch in Askenburg.

Während ich in der Abenddämmerung zum Bahnhof trottete, lichtete sich der Nebel in meinem Kopf langsam, und mir fielen alle Fragen wieder ein, die ich Simon eigentlich hätte stellen wollen. Wie ich den aktuellen Fall im Kopf auch drehte und wendete, ich kam immer zum Schluss, dass die Quelle der Kaskade irgendwo innerhalb einer rätselhaften Konvergenzzone von Miriam, mir und dem Saldek-Clan zu finden sein musste.

Hast du morgen schon etwas vor?, erkundigte ich mich auf der Rückfahrt in die Stadt via Messenger bei Miriam, nachdem ich vergeblich versucht hatte, Vinzenz zu erreichen.

Es dauerte eine Weile, bis sie reagierte. Wahrscheinlich befürchtete sie ein unmoralisches Angebot.

Ist eine Frage der Relevanz, antwortete sie. *Worum geht es?*

Was hältst du von einer Fahrt ins Grüne?

Miriams Antwort bestand aus drei Fragezeichen.

Ich würde gern der Familie Saldek ein wenig auf den Zahn fühlen, erklärte ich.

Das haben die dort zuständigen Kollegen längst getan. Alle Angehörigen haben für den fraglichen Zeitraum ein wasserfestes Alibi.

Da wäre ich mir bei Zoë Saldek nicht so sicher, schrieb ich zurück. *Aber darum geht es mir auch gar nicht.*

Miriams Online-Icon erlosch. Ein paar Sekunden später klingelte das Telefon in meiner Hand.

»Worum geht es dann?«, fragte sie, ohne Hallo zu sagen.

»Ich fürchte, die Frage dreht sich weniger um das Wie oder Was, sondern hauptsächlich um das Wer und Warum«, erklärte ich. »Stell dich eine halbe Armlänge vor ein fünfzehn Quadratmeter großes Gemälde von Richter oder Baselitz. Oder vor einen um das Tausendfache vergrößerten Siebdruck. Außer Farben und Kontrasten wirst du nichts erkennen. Erste Strukturen, kompositionelle Aspekte oder die Bildmotive ergeben sich erst mit zunehmender Distanz zum Werk.« Ich schickte ihr eines meiner heimlich geschossenen Fotos aus der Saldek-Villa. »Und ich glaube, in gewisser Weise handelt es sich hierbei um das Produkt eines perversen künstlerischen Prozesses.«

Miriam schwieg eine Zeit lang, in der sie wahrscheinlich das Foto studierte. »Reitet deine Fantasie mit dir da nicht gerade ein wenig Rodeo?«, fragte sie. »Mal angenommen, an deiner Theorie ist etwas dran, wo sollen wir ansetzen?«

»*Du* bist die leitende Kommissarin«, sagte ich.

»Und du der Berater – wenn auch nur als halb schanghaite Leihgabe.«

»Dann beginnen wir in der Peripherie«, entschied ich, während der Zug langsamer wurde. »Bei Aaron Saldek.«

»Wozu?«, wunderte sich Miriam. »Der hat sich seit seinem Unfall nicht mehr in der Öffentlichkeit blicken lassen.«

»Angesichts all der Grotesken in diesem Fall halte ich es für sinnvoll, sich der Wahrheit aus der Distanz zu nähern«, erklärte ich. »Ist eine Marotte der Gewohnheit. Und verspürst du tief in dir drin nicht den Wunsch, wenigstens für einen Tag aus dem Hamsterrad zu springen und der Stadt zu entfliehen?«

»Äh … *nein?*«

»Du lieber Himmel …« Ich blickte hinüber zu einer unbeleuchteten, parallel zu uns fahrenden S-Bahn, die ebenfalls in die Viktoria-Station einfuhr. »Na schön, dann werde ich fahren«, sagte ich. »Sollte mein Instinkt mich trügen, lade ich dich als Entschädigung zum Essen ein.«

16

Aufblendende Scheinwerfer lenkten meinen Blick in den Rückspiegel. Eine silbergraue Geländelimousine war bis auf wenige Meter aufgefahren und gab ungeduldig Lichtzeichen. Ich nahm den Fuß vom Gas und hielt mich so weit rechts wie möglich, ohne den Wagen in den Graben zu fahren. Der SUV scherte aus und schoss so dicht an mir vorbei, dass ich um meinen Außenspiegel fürchtete. Aus dem Augenwinkel heraus warf ich einen Blick auf die Fahrerin: die Augen unter einer großen Sonnenbrille verborgen, die Knöchel weiß am Lenkrad, die Zeit im Nacken. Nach der nächsten Kurve hatte ich sie bereits aus den Augen verloren, nach der übernächsten vergessen.

Ich saß am Steuer eines zivilen Einsatzfahrzeugs, das der Geländelimousine locker hätte Paroli bieten können. Wäre ich allein unterwegs gewesen, hätte ich mich vielleicht verleitet gefühlt, das Gaspedal niederzutreten und die Fahrkünste meiner Verfolgerin auf die Probe zu stellen. Aber ich war nicht allein. Miriam war während der mittlerweile fast zweistündigen Fahrt auf dem Beifahrersitz eingeschlafen und hatte von dem Überholmanöver nichts mitbekommen.

Mein Blick schweifte über mit Mohnblumen gesprenkelte Rapsfelder, in der Mittagshitze flimmernde Getreidebrachen und kilometerlange, den Bachläufen folgende Pappelreihen. Hoch über der Straße leuchteten die Wände von Kalkfelsen im Sonnenlicht, dass es beinahe in den Augen schmerzte.

Längst hatte ich es aufgegeben, die Frontscheibe von den Überresten zerplatzter Insekten zu reinigen. Der Wischwassertank war leer, die Sicht durch die gelben Schlieren nur noch bedingt möglich und eine Tankstelle weit und breit nicht zu sehen. Alle paar Kilometer kamen wir durch ein urtümliches Dorf mit Häusern, die sich eng aneinanderduckten, als suchten sie Schutz vor dem Wind, der die Wärme des Frühlings aus den Tälern trieb.

Laut Navigationsgerät lag das Saldek-Anwesen ein paar Kilometer außerhalb eines Dorfes namens Vayhing. Der Ort schlief am Fuß eines bewaldeten Hügels, wie fast jeder in dieser Gegend. Einst hatte das fruchtbare Land Ritter, Fürsten und Grafen angezogen, dann Priester und Bischöfe. Sie hatten Schlösser, Burgen und Klöster auf Anhöhen und an Bergflanken erbaut, Krieg gegeneinander geführt und Leid über die Menschen gebracht. Schließlich waren die Schlösser erobert und die Burgen geschleift worden. Nur die Dörfer und die kleinen Städte hatten überlebt. Wenn man ihren Bewohnern glaubte, gingen die Geister derer, die man einst erhängt und erschlagen hatte, noch heute in der Gegend um. Wer hier lebte, schlief unruhig, sah im Traum Menschen brennen und hörte das Klagen verhungernder Frauen und Kinder …

Ein Traktor mit Anhänger bog vor mir von der Straße ab und ließ mich scharf bremsen. Miriam gab einen erschrockenen Laut von sich, als sie aus dem Schlaf gerissen wurde und der Sicherheitsgurt sich straffte. Der Fahrer des Traktors rangierte in aller Gemütsruhe ein paarmal vor und zurück und schwankte mit seinem Vehikel schließlich auf einem schmalen Feldweg aus meinem Sichtfeld.

Miriam massierte ihre Augen und blinzelte in die Sonne. »Wo sind wir?«, fragte sie, als ich wieder beschleunigte.

»Gleich am Ziel.« Ich sah auf das Navi-Display. »Noch sechs Kilometer.«

Miriam nahm einen Schluck aus ihrer Wasserflasche, goss ein wenig Flüssigkeit in ihre hohle Hand und wischte sich damit über das Gesicht. Dann klappte sie die Sonnenblende herunter und musterte sich im Spiegel.

»Und?«, fragte ich. »Geträumt?«

»Von Schmetterlingen«, murmelte Miriam. »Radioaktiven Schmetterlingen, die in der Dunkelheit blau geglüht haben und jedem, der sie angesehen hatte, die Augen verfaulen ließen. Mehr weiß ich nicht mehr.«

Ich schnaubte leise durch die Nase. »Dachte eigentlich, auf so etwas hätte *ich* das Monopol …«

»Vielleicht träume ich solchen Quatsch ja nur, weil du neben mir sitzt.«

»Klar, warum auch sonst?« Ich schaltete das Radio ein. »Liegt alles an meinem schlechten Karma.«

Ich folgte einer Platanenallee, deren ausladende Kronen ein grünes Dach über der Fahrbahn bildeten. Kaum einen Kilometer weiter tauchten wir schließlich ein in das magische Zwielicht des Waldes.

Kurz vor der Ortseinfahrt von Vayhing lotste das Navi mich auf einen Privatweg, der hinter einer geöffneten Forstschranke sanft anstieg. Nach zwei Kilometern führte er auf eine nahezu baumlose Freifläche, die sich über die gesamte Hügelkuppe ausdehnte. Am gegenüberliegenden Waldrand, etwa zweihundert Meter vom Zufahrtstor entfernt, erhob sich ein schmuckloses Herrenhaus, vor dem just jener SUV stand, der mich im Tal so tollkühn überholt hatte. Das Haus selbst sah aus der Nähe aus, als hätte es die Pest.

Ich parkte den Wagen hinter der Geländelimousine, stieg aus und fand mich mit Miriam in einer bedrückenden Stille wieder. Nicht einmal Vögel waren zu hören. Das einzige Geräusch kam von einer in der Ferne brummenden Motorsäge, und das wahrscheinlich nur, weil der Wind günstig stand.

»Hier fühlt man sich doch gleich wie zu Hause«, bemerkte ich beim Anblick des Gebäudes. »Entweder ist das ein zu groß geratenes Mausoleum, oder alle außer der Fahrerin des SUVs sind Ghule und Vampire.«

Miriam sah auf die Zeitanzeige ihres Handys. »Oder sie essen einfach nur zu Mittag.«

»Ja.« Ich suchte hinter den Fenstern einen verstohlenen Blick oder eine verräterische Bewegung der Gardinen. »*Holzfäller à la maison ...*«

Kies knirschte unter unseren Sohlen, als wir auf die Eingangstreppe zuliefen. Ich hasse Kies. Es ist der Albtraum einer jeden Flucht oder Verfolgung. Man hat auf ihm keinen sicheren Tritt, und an ein heimliches An- oder Fortschleichen ist ebenfalls nicht zu denken. Um ehrlich zu sein, hasse ich eigentlich nicht den Kiesboden selbst, sondern das Geräusch, das er verursacht. Ich kann es nicht ausstehen, in der Stille meine eigenen Schritte zu hören.

Zwei hüfthohe Bronze-Greife flankierten den Fuß der Treppe, die Flügel erhoben und eine Pranke vorgestreckt, bereit, unerwünschten Besuchern jedes noch so gewichtige Anliegen aus der Seele zu reißen. Sechs Stufen führten hinauf zu einer schweren, doppelflügeligen Eingangspforte.

Ich nutzte die erhöhte Stellung für einen Rundblick. Offenbar hatten die Saldeks einst Pferdezucht betrieben. Obwohl die Natur das dafür genutzte Terrain längst zurückerobert hatte, erkannte ich anhand der Farbunterschiede im Bewuchs noch deutlich ein großes rechteckiges Areal, neben dem ein halbes Dutzend von Unkraut umwucherten Hindernissen für einen Springreit-Parcours verrottete. Ein wenig abseits des einstigen Reitplatzes zeichnete sich eine kleinere kreisrunde Fläche im Gras ab, die vermutlich ein Longierzirkel gewesen war. Die angrenzenden Stallungen schienen inzwischen als Remisen zu dienen.

Auf Miriams Klingeln hin geschah erst einmal gar nichts, dann wurde die Tür geöffnet, und eine Haushälterin streckte den Kopf heraus.

Sie musterte uns, dann fragte sie: »Ja, bitte?«

»Wir würden gern mit Aaron Saldek sprechen«, erklärte Miriam, nachdem wir uns legitimiert hatten. »Ist er zu Hause?«

Die Frau machte ein Gesicht, als hätten wir nicht mehr alle Tassen im Schrank. Dann nahm sie mir meinen Ausweis ab und verglich ihn mit dem von Miriam. »Er auch ist Polizei?«, fragte sie in gebrochenem Deutsch.

»Konsultant.«

Die Haushälterin maß mich skeptisch mit Blicken und reichte mir den Ausweis zurück. »Sie bitte hier warten«, wies sie uns an. »Ich Sie anmelden bei Fräulein Saldek.«

Ich horchte auf. »Zoë Saldek?«

Die Miene der Frau verfinsterte sich ein wenig mehr. »Nein«, sagte sie, wobei ein Hauch von Empörung in ihrer Stimme mitschwang. »Fräulein Laura Saldek.«

»Aaron Saldek ist so gut wie *immer* zu Hause«, sagte ich zu Miriam, als die Frau die Tür wieder geschlossen hatte. »Seine Behinderung macht das Haus für ihn zum Kerker.«

»Irgendjemand aus der Familie wird ihn ja wohl gelegentlich spazieren schieben«, erwiderte sie. »Der täglichen Ration Vitamin D zuliebe.«

Obwohl Laura Saldek längst zur Frau gereift war, war es unverkennbar, dass es sich bei ihr um das jüngere und fröhlichere Kind auf dem Familienfoto handelte, welches ich in der Stadtvilla an mich genommen hatte.

»Ich habe meinen Vater darüber unterrichtet, dass Sie hier sind«, erklärte sie, als sie Miriam und mich in ein kleines Gesellschaftszimmer führte. »Die Umstände erlauben es leider nicht, dass er Sie sofort empfangen kann. Er meldet sich, sobald er die Vorbereitungen abgeschlossen hat.«

Miriam und ich tauschten einen Blick.

»Es muss schwer für Ihren Vater sein, wie ein Gefangener im eigenen Haus leben zu müssen«, sagte sie.

»Sie verkennen die Umstände«, befand Laura. »Dieses Anwesen gehört nicht meinem Vater, sondern meinem Onkel, Nikolai Saldek. Wir selbst wohnten bis vor anderthalb Jahren noch in der Stadtvilla, wo das Leben aufgrund der Invalidität meines Vaters jedoch immer schwieriger geworden war. Erforderliche Umbaumaßnahmen für eine Barrierefreiheit und ein rollstuhlgerechter Personenlift hätten sich nur unter erheblichem Aufwand verwirklichen lassen. Hinzu kam die zunehmende Indisponiertheit meiner Mutter.«

»Klingt nicht so, als hätten Sie beide sich sehr nahegestanden«, bemerkte Miriam.

Laura zuckte mit den Achseln. »Meine Mutter war irgendwann nicht mehr die Mutter, die ich vor langer Zeit geliebt hatte. Für mich ist sie viel früher gestorben.«

»Wohnt sonst noch jemand hier im Haus?«

»Nur mein Vater, Thereza und ich.«

»Was wurde eigentlich aus dem Gestüt?«, wollte ich wissen.

Die junge Frau sah mich verständnislos an. »Ich kann Ihren Gedankensprüngen nicht ganz folgen«, gestand sie.

»Draußen auf der Wiese sind noch die Umrisse des Reitplatzes zu erkennen«, sagte ich.

»Das hat so gut wie nichts mit Pferden zu tun«, erklärte Laura, als sie begriff, worauf ich anspielte. »Die alten Stallungen stammen aus einer Zeit, als uns das Anwesen noch nicht gehörte. Wo Sie Reit- und Dressurplätze vermuten, standen früher Gewächshäuser. Mein Onkel war passionierter Zierpflanzenzüchter. Seine Leidenschaft waren Orchideen. Zwei Orkane und mehrere schwere Hagelunwetter innerhalb weniger Jahre haben das Unternehmen ruiniert und ihn letztlich desillusioniert. Nachdem er die Konzernleitung von meinem Vater übernommen hatte, war das Thema endgültig Geschichte.«

»In einem Gewächshaus stellt man aber normalerweise keine Ricks und Oxer auf«, sagte ich.

»Ach das …« Lauras Gesicht hellte sich auf. »Die Überreste des Parcours waren einst ein halbherziger Versuch meines Onkels, meine Stiefschwester mehr an die Familie zu binden. Ist bestimmt auch schon fünfzehn Jahre her …«

»Wie verstehen Sie sich mit ihr?«, wollte Miriam wissen.

Laura hob die Augenbrauen. »Sagen wir mal so: Gäbe es keine amtlichen Dokumente, wäre mir gar nicht bewusst, dass ich eine Stiefschwester habe.«

Ich zog das Foto aus der Jackentasche und reichte es ihr. »Ist sie das?«

Als Laura mir das Foto abnahm und einen Blick darauf warf, spielte sich in ihrem Gesicht eine beeindruckende Folge gegensätzlicher Emotionen ab. »Ja«, sagte sie, nachdem sie es eine Weile betrachtet hatte, und wischte sich den Augenwinkel trocken. »Woher haben Sie das?«

»Aus der Stadtvilla. Sie dürfen es gern behalten.« Ich sah aus dem Fenster. »Wem gehört eigentlich der Wagen vor dem Haus?«

»Mir.«

»Sind Sie immer so flott unterwegs?«

»Du lieber Himmel«, sagte Laura. »Waren das etwa *Sie* beide, die da vorhin über die Landstraße gebummelt sind?«

»Ich hielt die Geschwindigkeit für angemessen.«

»Na ja, manche Menschen haben das Leben noch vor sich – und andere schleichen umher, als hätten sie das ihre bereits gelebt.«

»So wie Ihre Mutter?«, warf Miriam ein.

»Sie sich sollten schämen, so zu reden über Frau Navotná«, erklang es von der Tür her, als die Haushälterin mit einem Tablett das Zimmer betrat.

»Wir machen nur unseren Job«, entgegnete Miriam, als die Frau begann, uns Kaffee zu servieren. »So wie Sie.«

»Ich verrichten meine Arbeit mit Respekt«, erwiderte diese, nachdem sie alle Tassen zu zwei Dritteln gefüllt hatte. »Vor den Lebenden *und* den Toten.« Damit machte sie kehrt und schritt aus dem Zimmer.

»Happy-go-lucky«, kommentierte ich die erneute Begegnung. »Ist Ihre Haushälterin immer so eine Frohnatur?«

Laura schwieg, bis sich die Schritte der Bediensteten im Haus verloren hatten. »Der Tod meiner Mutter hat sie sehr getroffen«, bemühte sie sich, das Verhalten ihrer Angestellten zu entschuldigen. »Von den Umständen ganz zu schweigen.«

»Und Sie?«, fragte Miriam.

»Wir …« Die junge Frau schloss die Augen. Ich konnte ihr ansehen, wie sie sich um Fassung bemühte. Es war ehrliche Betroffenheit, keine Schauspielerei. »Meine Mutter und ich haben uns in den vergangenen Jahren zunehmend entfremdet«, fuhr sie mit leiser Stimme fort. »Sie hat mir nie verziehen, dass ich mich nach der Scheidung meiner Eltern für meinen Vater entschieden hatte und nicht für sie. Mein Onkel ist der Einzige aus unserer Familie, der sie regelmäßig besucht hatte, aber er hat mit uns nie über diese Treffen gesprochen. Es war wie ein Kontakt zwischen unserer Welt und einem mütterlichen Paralleluniversum, in deren Zwielicht ein gegenseitiges Schweigegelübde geherrscht hatte. Ich wünschte, ich könnte etwas anderes über meine leibliche Mutter sagen, aber sie und ich standen uns in letzter Zeit leider wirklich nicht mehr sehr nahe. Unser persönlicher Kontakt war fast völlig abgerissen. Zwei oder drei Telefongespräche im Jahr anlässlich unserer Geburtstage, das war alles.« Sie sah sich um, als suchte sie irgendetwas im Raum, das sie an den eigentlichen Grund unserer Zusammenkunft erinnerte.

»Besitzt Ihr Onkel einen Schlüssel für die Stadtvilla?«, fragte ich. »Oder Ihre Stiefschwester?«

»Das weiß ich nicht«, gestand Laura. »Früher sicher, aber wenn ich daran denke, wie meine Mutter in den letzten zwei Jahren drauf war, kann ich mir kaum vorstellen, dass die beiden selbst *mit* Schlüssel einfach so reingekommen wären.«

»Haben Sie eine Vorstellung, wer ihr das angetan haben könnte und aus welchem Grund?«, erkundigte sich Miriam. »Hatte Ihre Mutter Feinde?«

Laura zuckte mit den Schultern. »Anfangs nur den Alkohol, dann den Hospitalismus und irgendwann die ganze Welt da draußen. Es war ein schleichender Prozess. Am Ende hatte sie sich von Dingen verfolgt gefühlt, die nicht existierten.«

»*Dingen?*«, zweifelte Miriam. »Was meinen Sie damit?«

Die junge Frau zuckte mit den Schultern. »Schizophrene Imaginationen.«

»Sagt man Ihrer Familie angesichts der Schicksalsschläge, die sie in den vergangenen Jahren erleiden musste, vielleicht irgendetwas Ungewöhnliches nach?«, wollte ich wissen.

»Inwiefern?« Laura versuchte sich an einem Lächeln, aber es wollte ihr nicht so recht gelingen.

»Etwa dass sie oder eines ihrer Mitglieder das Unglück anziehe?«, präzisierte ich meine Frage.

Als die junge Frau mich nur verständnislos ansah, fragte ich: »Ist Ihnen etwas von einem Fluch bekannt, der auf Ihrer Familie ruhen soll?«

Ich konnte mich nicht entscheiden, wer nach meinen Worten konsternierter dreinschaute, Laura Saldek oder Miriam. Ein melodisches Geräusch, das wie ein dezenter Türgong klang, erfüllte die unangenehme Stille.

»Mein Vater empfängt Sie jetzt«, erklärte Laura an mich gewandt und zeigte sich erleichtert, das Gespräch beenden zu können. »Wenn Sie mir bitte in den Wintergarten folgen würden.«

Ich trank den letzten Schluck Kaffee und erhob mich.

»Nein«, sagte Laura, als Miriam sich uns anschließen wollte, und hob bannend eine Hand. »Nur Ihr Kollege. Tut mir leid, mein Vater ist in solchen Dingen ein wenig eigen.«

Miriams Blick sprach Bände.

»Wird nicht lange dauern«, versprach ich ihr.

17

Aaron Saldek saß wie eingedämmert in seinem Rollstuhl, mit zur Seite gesunkenem Kopf und herabhängenden Schultern. Durch eine an seinem Hals befestigte Manschette führte ein Schlauch in ein Loch unter seinem Kehlkopf, durch den ein neben ihm stehendes Beatmungsgerät Luft in seine Lungen pumpte.

Trotz geschlossener Augen war sein eingefallenes Gesicht angespannt und geprägt von höchster Aufmerksamkeit. Wirkte er auf den ersten Blick wie ein Katatonie-Patient, straften seine Mimik und das Headset auf seinem Kopf jeden Betrachter Lügen: Der Mann war mit voller Konzentration bei der Sache. Seine Pupillen huschten unter den geschlossenen Lidern rastlos umher, während seine rechte Hand sporadisch zuckte, als würde er sich im Traum eifrig Notizen machen. Neben ihm stand ein Computerpult, in dem mehrere zusammengeschlossene Rechner summten. Der einzelne Monitor über dem Cluster wirkte auf den ersten Blick, als hätte er keine Funktion. Als ich genauer hinsah, erkannte ich auf dem Bildschirm eine komplexe Anordnung unzähliger feiner grauer Linien und kleiner geometrischer Figuren. Es wirkte wie eine interaktive topografische Karte mit wahllos über die Landschaft verstreuten Objekten. Im Zentrum des Monitors leuchtete ein kleiner roter Lichtpunkt.

»Womit ist er da verbunden?«, staunte ich. »Ist das ein lebenserhaltendes System?«

»Ein VR-Nexus«, erklärte Laura. »Allerdings nimmt er in diesem Zustand kaum etwas von seiner Umwelt wahr. Reale akustische und visuelle Signale dringen nicht direkt zu ihm durch. Würde ich ihn berühren oder eine gravierende primäre Störung wie etwa eine feuerbedingte Rauchentwicklung in der Realität stattfinden, aktiviert das dort, wo er sich momentan aufhält, irgendeine Art von Alarm, die das Programm, an und *in* dem er arbeitet, beendet.«

»Was heißt arbeitet?«

»Er konstruiert. Früher konnte man sich kaum vorstellen, dass Menschen irgendwann in der Lage sein würden, mit einem Cephalon-Interface in dreidimensionalen Modellen von Bauprojekten herumzuspazieren, um einen Eindruck davon zu gewinnen, wie sie nach ihrer Vollendung aussehen werden.«

»Kann er uns hören?«

Laura trat an die Konsole heran und studierte eine Parameterliste.

»Ja«, sagte sie. »Aber weder darauf reagieren noch interagieren.«

»Wie soll ich dann mit ihm sprechen?«, wunderte ich mich. »Antwortet er über eine Software?«

Laura wies auf einen Liegesessel. Darauf lag ein weiteres Headset, identisch mit jenem, das wie eine Glasfaserkappe auf Saldeks Kopf lag. Der einzige Unterschied zu seinem Interface bestand darin, dass es nicht direkt mit dem Nexus, sondern mit seinem eigenen Helm verbunden war.

»Er kommt nicht heraus«, erklärte die junge Frau. »Hier ist er kaum in der Lage zu sprechen. Um eine normale Unterhaltung zu führen, müssen Sie zu ihm hinein.«

»In eine virtuelle Realität?«

»Die meisten Menschen ahnen nichts vom Entwicklungsstatus virtueller Assistenzsysteme und den Möglichkeiten, die sie gut situierten Vollzeit-Pflegefällen wie meinem Vater heutzutage bieten«, erklärte Laura. »Sie halten das, was auf Messen als *Dernier Cri* präsentiert wird, für den gegenwärtigen Stand der Technik. In Wirklichkeit sind diese sogenannten Weltneuheiten salopp gesagt veralteter Plunder, der nach jahrelanger Tüftelei endlich markt- und massentauglich geworden ist. Der wahre Entwicklungsstand ist der öffentlichen Wahrnehmung um mindestens eine Dekade voraus, aber gemessen an den Produktionskosten noch weit davon entfernt, auf den Markt gebracht zu werden. Mein Vater bezeichnet diesen Puffer als Vorrats-Evolution.«

Nachdem ich neben Saldek Platz genommen hatte, half mir Laura beim Aufsetzen des Headsets. Kaum hatte sie es aktiviert, veränderte sich meine Umgebung. Eben noch den Wintergarten vor Augen, fand ich mich unvermittelt in einem großen, aus der Zeit gefallenen Raum wieder, der einem kleinen Rittersaal glich, mit Marmorfußboden, Deckenstuck und getäfelten Wänden. An Letzteren hingen Jagdtrophäen, Kerzenhalter und Gobelins. Möbel gab es hingegen so gut wie keine.

Aaron Saldek stand vor einem gut vier Meter breiten Galeriefenster, das eine fast schon majestätische Aussicht hinab auf ein Flusstal bot. Es war ein Panorama, wie ich es seit Kindertagen nur noch selten erblickt hatte, und erzeugte in mir ein seltsam berührendes Gefühl von Vertrautheit.

Glaubte ich Saldek betreffend im ersten Moment an einen raffinierten Trick, strafte dieser mich im nächsten Augenblick Lügen, indem er herantrat und mir die Hand reichte.

»Herr Crohn, nehme ich an«, begrüßte er mich.

Zu meiner Verwunderung fühlte sein Händedruck sich fast real an. Skurrilerweise trug er den gleichen Morgenmantel wie sein reales Ich im Wintergarten. Nichts an seiner Haltung und Gestalt zeugte von dem Gebrechen, an dem sein physischer Körper litt. Was mich betraf, so fand ich mich statt in meiner Straßenkleidung in einem dunkelgrauen Overall aus einem elastischen Material wieder. Ich konnte es auf der Haut fühlen, ebenso wie die sanfte Brise, die durch eines der geöffneten Fenster hereinwehte. Was ich von meinem Körper sah und von meinem Gesicht ertastete, schien mit meiner realen Erscheinung übereinzustimmen, selbst die Tatsache, dass ich mich seit Tagen nicht rasiert hatte. Vielleicht war ich auch nur ein zerebraler Nachklang, das optische Resultat meiner Erinnerung. Ob ich für eine fremde Person ebenfalls wie ich selbst aussah oder eine gesichtslose Gestalt war, wusste ich nicht.

»Tut mir leid, dass Ihre Kollegin außen vor bleiben muss«, sagte Saldek. »Ich verfüge leider nur über ein einziges Gast-Interface.«

»Sie haben die Hierarchie vertauscht«, erklärte ich. »Frau Fechner ist die Kommissarin, ich nur der Berater.«

»Sie wirkten auf mich aber wie die Person, die die tiefsinnigeren Fragen stellt. Zudem ist mir natürlich der Hardberg-Fall bekannt. Das hat mein Interesse geweckt.«

»Die meisten Geschichten darüber waren wilde Schüsse ins Kraut«, erklärte ich. »Die Presse hatte damals ihre Chance gewittert, mal so richtig vom Leder ziehen zu können.«

»Antiwerbung ist bekanntlich die beste Werbung.«

»Kann ich leider nicht bestätigen.«

»Ich habe Ihr Gespräch im Salon mitverfolgt«, gestand Saldek. »Verzeihen Sie die kleine Impertinenz. Mein realer Körper ist ein hilfloses Wrack. In meiner Verfassung ist es unabdingbar, von jedem Zimmer des Hauses aus erreichbar zu sein und in Anbetracht der Größe des Gebäudes zugleich jeden immer und überall erreichen zu können. Jeder, der hier wohnt und arbeitet, trägt einen kleinen Transponder bei sich, der es mir erlaubt zu wissen, wer sich wo aufhält und im Notfall am schnellsten zur Stelle ist. Sollte das Beatmungsgerät einen Defekt haben, geht es um Sekunden.«

»Verständlich«, sagte ich. »Gibt es einen Punkt, in dem Sie den Worten Ihrer Tochter widersprechen würden?«

»Nein, Herr Crohn. Ich hätte es eher noch ein wenig drastischer formuliert, denn immerhin war *ich* derjenige, der mit meiner verstorbenen Frau verheiratet war. Aber irgendetwas sagt mir, dass es Ihnen bei Ihrem Besuch nicht nur um die Umstände ihres Todes geht …«

Ich beugte mich ein Stück aus dem Galeriefenster. »Wo sind wir hier?«, fragte ich. »Ist das ein realer Ort?«

»Eher die Erinnerung daran. Die alte Familienvilla meines Vaters, rekonstruiert aus alten Filmaufnahmen und Fotografien.«

Saldek trat neben mich und blickte ebenfalls nach draußen. »Sie entstand aus dem alten Zechenhaus einer kleinen Kupfermine, die meine Familie damals bereits in vierter Generation betrieben hatte. Einige Farben des Interieurs entsprangen meiner Fantasie. Die meisten alten Filme, welche die Zeit überdauert haben, sind leider nur monochrom, und viele Colorfotografien haben einen Teil ihrer Farben eingebüßt. Ich ändere ständig etwas an den Details. Hier ein wenig mehr Grün statt Blau, dort etwas von Braun zu Bordeaux und so weiter.«

»Eine Kupfermine?«, griff ich seine zuvor geäußerte Bemerkung wieder auf. »Ist sie noch in Betrieb?«

»Nein, schon seit Jahrzehnten nicht mehr. Von der gegenüberliegenden Seite des Hauses würde man theoretisch einen Blick auf das Mundloch werfen können, aber ich muss gestehen, dass ich mich um die Bergseite bisher kaum gekümmert habe. Um ehrlich zu sein, den Ausblick hinauf hatte ich noch nie gemocht.«

»Was ist aus dem Bergwerk geworden?«

»Es hielt sich nach dem Fall des Eisernen Vorhangs noch ein paar Jahre, dann ging es wirtschaftlich rasant bergab«, erklärte Saldek. »Irgendwann hat mein Vater aufgegeben. Ein Unternehmen, das die Mine übernahm, hatte er nicht gefunden. Die meisten Gebäude existieren noch, stehen aber seit Jahrzehnten leer. Vandalismus hat den Verfall beschleunigt und die Natur den Hang und das Areal zurückerobert. Auch von den Auen, wie Sie sie dort unten sehen, ist heute nichts mehr übrig. Der Fluss wurde um die Jahrtausendwende begradigt und auf dieser Talseite inzwischen über eine Strecke von gut fünf Kilometern kanalisiert. Dort unten entsteht gegenwärtig das neue *Combine*-Werk.«

»Ausgerechnet dort unten?«

Saldek zuckte mit den Achseln. »Wie gesagt, ich bin ein nostalgischer Mensch.«

»Und Ihr Bruder?«

»Bemüht sich, das Beste aus der Situation zu machen.« Er blickte hinab ins Tal. »Es existiert auch eine Programmversion, in der das fertige Werk dargestellt wird. Wollen Sie es sehen?«

»Nein, nicht nötig«, sagte ich. »Mir gefällt diese Version.« Ich blickte einem computergenerierten Reiher nach, der flussabwärts über die etwa fünfzig Höhenmeter unter uns gelegenen Auen flog. »Warum all der Aufwand, um die Vergangenheit zu modellieren?«

»Ich erinnere mich einfach gern daran«, sagte Saldek. »Hier bin ich damals mit meinem Bruder aufgewachsen. Alles, was Sie durch die Fenster sehen, hat uns als Spielplatz gedient. Meine Zeit in der Villa gehört zu den eindrücklichsten Episoden meines Lebens. Eine glückliche Kindheit, wenn Sie so wollen. Diese vergangene Welt zu rekonstruieren, hat mir viel von meinem Lebenswillen zurückgegeben.«

»Könnten Sie mir vielleicht etwas über die Geschichte der Mine während der Kriegsjahre erzählen?«

Saldek blieb äußerlich gefasst, wobei ich bezweifelte, dass sich im Gesicht und im Blick des Computer-Avatars ehrliche Emotionen widerspiegelten. »Auch wenn es nicht so aussehen mag, Herr Crohn, aber meine Zeit ist kostbar. Ich kann mir nicht vorstellen, dass Sie und Ihre Kollegin den weiten Weg gefahren sind, um Geschichtsunterricht zu nehmen. Wenn Sie etwas über die Vergangenheit des Bergwerks erfahren möchten, dann besuchen Sie das Heimatmuseum in Dolny.«

»Dolny?«, echote ich. »Wir sind hier in der Nähe von Dolny?«

»Nein, Herr Crohn. Wir befinden uns in einem virtuellen Design und sitzen in meinem Wintergarten.«

Seine Spitze ignorierend, trat ich zurück ans Fenster und blickte erneut hinab ins Tal. »Das dort unten ist die Clèb-Insel?«

»Stammen Sie etwa aus der Region?«

Ich deutete zum gegenüberliegenden Talhang. »Ahrens«, sagte ich. »Wir haben fast bis zu meinem zehnten Lebensjahr dort oben gewohnt.«

»Bemerkenswert«, befand Saldek. »Die Welt ist ein Dorf.« Er stellte sich neben mich. »Nun, eine Insel war das, was Sie dort unten sehen, eigentlich nie wirklich – und ist es inzwischen auch schon lange nicht mehr.«

»Es gab einen schmalen, durch eine Zweigschleuse gespeisten Westarm, der einst die Mühlen ein Stück weiter flussabwärts angetrieben hatte«, erklärte ich. »Aber ihre Wasserräder und Dächer waren schon zu meiner Zeit verrottet gewesen, und die Gebäude nur noch Ruinen.«

»Mühlen?« Saldek verzog in einem Anflug mitleidiger Belustigung die Lippen. »*Das* haben sie euch Kindern damals auf der anderen Seite weisgemacht?« Er blickte in die Richtung, in der die vermeintlichen Mühlengebäude gestanden hatten. »Gut, ihr wart unbedarft«, murmelte er. »Woher hättet ihr es wissen sollen ... Für euch Kinder ist es damals wahrscheinlich die glaubhafteste und verständlichste Wahrheit gewesen. Der Kanal auf der Westseite ist im Zuge der Flussbegradigung trockengelegt und zugeschüttet worden.« Er schloss das Galeriefenster, dann wandte er sich um, trat vor mich hin und sagte: »Und jetzt verraten Sie mir bitte, aus welchem Grund Sie wirklich hier sind, Herr Crohn!«

Ich sah seinem Avatar in die Augen. »Glauben Sie mir, der wird Ihnen noch weniger behagen«, sagte ich.

18

Als ich einige Zeit später im Wintergarten wieder zu mir kam, blickte ich auf meine wie zum Gebet gefalteten Hände. Mein Kinn war auf die Brust gesunken, die Unterlippe trotzig vorgerutscht. Die Sonne schmerzte in den Augen und zwang mich zu blinzeln. Verlegen löste ich meine Finger und tat so, als wischte ich mir den Schweiß von den Handflächen. Dann zog ich das Headset ab und sah zu Laura, die offenbar während der gesamten Zeit im Raum gewesen war und die Vitalfunktionen ihres Vaters überwacht hatte.

Aaron Saldek saß in der gleichen Körperhaltung neben mir wie vor meinem Ausflug in seine Nostalgiewelt, doch waren seine Augen nun geöffnet und blickten mich an.

»Für den ersten Log-in halten Sie sich erstaunlich wacker«, krächzte er mit kaum vernehmbarer Stimme im Rhythmus der Beatmungsmaschine. »Das gibt mir die Gewissheit, dass Sie tatsächlich der sind, für den Sie sich ausgeben.«

»Und?«, fragte Miriam, kaum dass die Haustür sich wenige Minuten später hinter uns geschlossen hatte und wir die Bronzegreife am Fuße der Eingangstreppe passiert hatten. »Wie ist die Audienz gelaufen?« Ihrem Tonfall war zu entnehmen, dass sie alles andere als begeistert darüber war, als leitende Kommissarin von Saldeks Tochter abserviert worden zu sein.

»Geht so«, sagte ich.

»Komm schon, Lex«, drängte sie, als wir in den Wagen gestiegen waren und ich den Motor startete. »Ich will dir nicht jedes Wort aus der Nase ziehen müssen. Was sollte dieser Unsinn mit dem Familienfluch?«

»Unsinn?« Ich folgte dem Rondell bis zur Zufahrtsstraße, die uns zurück zur Landstraße brachte. »Hast du Lauras Gesicht gesehen? Sie war bemüht, ihr Erschrecken zu überspielen und die Unwissende zu mimen, aber sie hat genau gewusst, worum es geht.«

»Das ist *deine* Interpretation«, befand Miriam. »Sowohl Laura Saldek als auch die charmante Haushälterin halten diesen Aspekt jedoch – gelinde gesagt – für reichlich absurd.«

»Woher willst du das wissen?«

»Ich habe mit den beiden gesprochen, während du bei Saldek warst.«

»Hast du?«, staunte ich. »War seine Tochter denn nicht die ganze Zeit bei uns im Wintergarten?«

»Nein.«

»Wie lang war ich denn weg?«

»Über eine Stunde.«

Ich verzog die Mundwinkel. »Ist mir wesentlich kürzer vorgekommen.« Ich überlegte kurz, dann sagte ich: »Die Saldek-Familie betrieb bis in die 1990er Jahre über Generationen hinweg eine Kupfermine, die nach dem Krieg selbst unter KP-Führung scheinbar keinem nationalen Bergbauunternehmen unterstand. Was von ihr übrig ist, steht am Osthang des Clèb-Tals, rund zwei Kilometer südwestlich einer Ortschaft namens Dolny.«

»Was hat das mit dem Fall zu tun?«, fragte Miriam.

»Wusstest du, dass kaum weiter als einen Steinwurf vom einstigen Minenareal entfernt ein neues Combine-Werk entsteht?«

»Es taucht gelegentlich in den Nachrichten auf. Seit fast drei Jahren sorgen immer wieder Zwischenfälle mit Umweltaktivisten für Schlagzeilen.«

»Völlig unter meinem Radar«, gestand ich. »Chemiefabriken und Bankhochhäuser gehen mir am Arsch vorbei.«

»Viel davon dringt auch nicht zu uns durch, da ein Großteil der Protestaktionen auf tschechischer Seite organisiert wird und folglich auch die dortigen Kollegen das meiste davon bearbeiten und klären. Wir mischen uns da nicht groß ein.«

»Laut Saldek liegt die Baustelle auf deutscher Seite …«

»Aber die Hauptzufahrtstraße befindet sich noch immer auf der tschechischen. Der Fluss bildet die Grenze. Die endgültige Prioritäten- und Territorialregelung steht seit dem Regierungswechsel noch aus. Wegen der Querelen ziehen sich die Bauarbeiten bereits viel länger hin als geplant.« Miriam klappte die Sonnenblende herunter. »Warum bist du so fixiert auf das Bergwerk und die Baustelle?«

»Ist wohl die berühmte Ironie des Schicksals – oder vielleicht auch nicht …«

»Könnte der Meister des Metaphysischen sich vielleicht ein wenig akkurater mitteilen?«

»Ich bin in Ahrens aufgewachsen«, erklärte ich, als mir auffiel, wie Miriam mich ansah. »Das liegt auf der anderen Talseite, etwa zwei Kilometer von der Grenze und der Baustelle entfernt. Die Gegend entlang des Flusses war zu Kinderzeiten unser Revier. Uns war natürlich aufgefallen, dass am gegenüberliegenden Hang Häuser stehen, aber ich wusste bis heute nicht, dass es sich dabei um die Gebäude und das Zechenhaus eines Bergwerks gehandelt hatte. Selbst meine Eltern hatten geglaubt, es wäre die Kaserne eines Grenzschutzbataillons. Damals war der Eiserne Vorhang noch äußerst stabil und die Desinformationspolitik ausgereift. Als vor über dreißig Jahren der Umbruch begonnen hatte, waren wir längst in die Stadt gezogen.«

Ich stoppte an der Einmündung auf die Landstraße und blickte in Richtung des nahen Ortseingangs.

»Wir kamen von rechts«, sagte Miriam.

»Ist mir bewusst.«

»Wohin willst du?«, wunderte sie sich, als ich in die entgegengesetzte Richtung abbog.

»Ich habe einen Bärenhunger«, erklärte ich, als wir das Ortsschild von Vayhing passierten. »Irgendwo in diesem Kaff wird es hoffentlich ein Lokal geben, das warme Küche serviert.«

»Wir sollten uns auf Zoë Saldek konzentrieren«, sagte ich, als wir zwanzig Minuten später auf der Sonnenterrasse eines Gasthofs saßen. »Sie scheint eine Schlüsselrolle in diesem Labyrinth zu spielen.«

»Denkst du, sie ist unsere Falterfreundin?«

»Nein«, befand ich nach kurzem Überlegen. »Zumindest nicht sie allein. Rein physisch, meine ich.«

»Was soll *das* denn nun schon wieder heißen?«

Ich horchte einen Moment lang in mich hinein und rang mit mir, ob und inwieweit ich ihr von der mutmaßlichen Existenz einer besitzergreifenden Entität erzählen konnte – oder ob ich eine für sie weitaus glaubhaftere Theorie präsentieren sollte, die Simon aus der Schussbahn hielt.

»Es ist kompliziert«, sagte ich schließlich.

»Ist ja mal ganz was Neues«, brummte Miriam.

»Es gibt einen Puppenspieler – aber es ist wahrscheinlich nicht immer die gleiche Person. Der oder die Betroffene weiß sehr wahrscheinlich gar nicht, was sie tut – geschweige denn, dass sie es tut.«

Ich warf Miriam einen kurzen Blick zu. »Wie ich schon sagte, es ist kompliziert.«

»Dann weihe mich ein, Lex! Oder muss ich dich dafür erst in Beugehaft nehmen? Gib mir nur ein einziges verdammtes Wort, das mich erleuchtet!«

»DIS«, sagte ich. »Eine sogenannte dissoziative Identitätsstörung. Möglicherweise wird die Person, die wir suchen, von einer bestimmten Identität innerhalb einer multiplen Persönlichkeit gesteuert und getrieben. Früher nannte man so etwas Spaltungsirrsein oder Besessenheit.« Ich erwartete einen Protest oder einen Kommentar, der mir die Lächerlichkeit meiner Behauptung aufzeigen sollte, doch Miriam schwieg. »Das macht es schwierig, den Puppenspieler zu entlarven«, erklärte ich. »Es gelingt uns wahrscheinlich nur, wenn die verantwortliche Identität oder Persönlichkeit gerade die Kontrolle über die Person hat, in der sie sich versteckt. Sollte dies nicht der Fall sein oder sie über die Gabe verfügen, nach Belieben in den Vordergrund zu treten und sich wieder zurückzuziehen, wird der oder die Betroffene jedwede Tat leugnen. Sie hat keinerlei bewusste Erinnerung an das Geschehene und wird damit auch problemlos jeden Lügendetektortest bestehen. Vergleiche es mit mehr oder weniger großen Erinnerungslücken, wie sie bei fast allen Menschen mit gespaltener Persönlichkeit auftreten. Den Betroffenen fehlen einfach einige Stunden oder Tage in ihrer Erinnerung. Manche Menschen weisen sogar wochenlange Lücken auf. Es hängt von der Dominanz der Persönlichkeiten ab, die sich das Bewusstsein teilen, oder von deren Anzahl.« Ich begegnete Miriams Blick, der inzwischen Bände sprach. »Du hast gefragt«, sagte ich. »Das war die Antwort.«

Ich merkte ihr an, wie ihr Verstand bemüht war, ihre Gedanken zu sortieren und das Gehörte einzuordnen. »Gesetzt den Fall, du hättest recht«, nahm sie das Gespräch nach längerem Schweigen wieder auf. »Wie kommen wir an die verantwortliche Identität heran, um sie zu überführen? Wir können nicht alle Verdächtigen für Tage oder Wochen in U-Haft nehmen und darauf warten, bis sich bei einem von ihnen die Persönlichkeit ändert.«

Ich neigte abwägend den Kopf. »Womöglich mittels Hypnose«, erklärte ich. »Aber das funktioniert nur, wenn die Betreffenden auch willens sind, einer solchen Praktik zuzustimmen und sich einer Hypnosesitzung zu unterziehen. Ist die Puppenspieleridentität allerdings aus dem Hintergrund fähig, Einfluss auf das Denken und Handeln zu nehmen, wird es nicht funktionieren. So etwas wie Zwangshypnose ist nicht möglich.«

»Nicht einmal für dich?«

Ich verdrehte die Augen. »War ja klar, dass das kommen musste …«

»In der Vergangenheit hat dein Echo-Ding ja bestens funktioniert.«

»Bei überlebenden Opfern und Geschädigten«, betonte ich. »Weil sie nicht an einer Vertuschung interessiert waren, sondern an einer Aufklärung und Aufarbeitung des Geschehenen. Aber das gilt wohl kaum für einen Al…« Ich verbiss mir das restliche Wort. »Die Puppenspieler-Identität wird Himmel und Hölle in Bewegung setzen, um sich in ihrem menschlichen Versteck nicht zu verraten«, erklärte ich stattdessen.

»Das klingt aus deinem Mund, als ginge es hier um einen Exorzismus.« Miriam stocherte in ihrem Salat herum und pickte sich die Karottenstreifen heraus. »Du ziehst doch aber wohl nicht ernsthaft so etwas Absurdes wie einen Familienfluch in Betracht?«, fragte sie mit einem ungewohnt lauernden Unterton in der Stimme. »Das ist abergläubischer Hokuspokus.«

»Da wäre ich mir nicht so sicher«, entgegnete ich. »Der Kennedy-Clan könnte ein Lied davon singen.«

»Ach, richtig, hatte ich fast vergessen: Du gehörst ja inzwischen zu den Neo-Simonisten.«

Ich verschluckte mich an meinem Getränk. Der Hustenanfall sorgte dafür, dass ich einen Teil davon zur Nase wieder hinausschnaubte.

»Ganz der Alte«, bemerkte Miriam und reichte mir eine Serviette.

»Denk über mich, was du willst«, sagte ich, als der Hustenreiz sich gelegt hatte. »Aber mit Zufall hat all das nichts zu tun.«

»*All das?*«

»Der Saldek-Dunstkreis, unser beider Vergangenheit, die Hardberg-Geschichte, Combine, das Bergwerk, die Echos … Wir beide sind nicht nur hereingestolperte Statisten in der Peripherie einer Kaskade, Mia. Es ist *unsere* Kaskade!« Ich ließ die Worte einen Augenblick lang auf sie wirken. »Wir sind Teil des Plans«, fügte ich hinzu. »Aber ich weiß nicht, wie er enden soll – oder enden wird.« Ich spürte, wie meine Beine zitterten. Würde ich nicht die Stuhllehnen umklammern, täten es auch meine Hände. »Allerdings habe ich keinen Schimmer, wie du in dieses Gefüge integriert bist und welche Rolle du darin spielst«, sagte ich, nachdem der splitterbedingte Tremor sich wieder ein wenig gelegt hatte. »Hast du dich privat oder beruflich irgendwann mal in der Gegend von Dolny oder dem unteren Clèb-Tal aufgehalten?«

»Nein«, erklärte Miriam nach längerem Überlegen. »Zumindest erinnere ich mich nicht daran.« Sie verzog die Mundwinkel. »Macht mich das nun zu einer Verdächtigen?«

ZWISCHENSPIEL 2

Regungslos blickte Roman Kuerten auf das Videofenster und lauschte über Kopfhörer dem Monolog seines Gegenübers.

»… dass die stillgelegte Taltrasse für den Güterverkehr freigegeben wird«, trug Nikolai Saldek vor. »Im Zuge der Instandsetzung ist eine Modernisierung des Gleisbetts zwingend erforderlich, um Schwerlasttransporte zu ermöglichen. Combine verfügt über ausreichend Kapital, um die acht Kilometer lange Trasse vom Werk bis zur Landesgrenze zu kaufen und zu betreiben, ohne rote Zahlen zu schreiben. Die umständliche Nutzung der Höhentrasse über das Ende der Bauarbeiten hinaus ist in jedem Fall inakzeptabel.

Aus sicherheitstechnischer Sicht ist es zudem eine Zumutung, dass sich Monat für Monat irgendwelches Aktivistenpack auf das Gelände schleicht und den Maschinenpark sabotiert. Wir mussten das Werksschutzkontingent deswegen bereits verdoppeln. Einige dieser Spinner schrecken inzwischen nicht einmal mehr davor zurück, auf die Dächer der Rohbauten zu klettern und weithin sichtbare Protestbanner vor die Fassaden zu hängen. Derart gesinnte Wirrköpfe würden womöglich auch nicht zögern, einen Zug entgleisen zu lassen und einen Chemieunfall zu riskieren, solange es ›der Sache‹ dient. Ich bin beim besten Willen nicht bereit, diese Bürde zu tragen. Das Innenministerium muss sich endlich in der Pflicht sehen, ein Exempel zu statuieren und dieses Affentheater zu beenden. Jeder Tag, der das Projekt weiter in Verzug geraten lässt, kostet uns eine Unsumme.«

In der Mimik, Gestik und Rhetorik des Konzernchefs lag etwas Blasiertes, verwahrlost Feudales. Auf Kuerten wirkte Nikolai Saldek wie ein seit Jahrzehnten im Exil darbender Monarch bei der Neujahrsansprache – wären da statt aristokratischer Insignien

155

nicht die an eine Brusttasche seines grauen Zweireihers geklippte Combine-ID-Karte und der rote Sicherheitshelm auf seinem Kopf.

Während Kuerten auf den Bildschirm starrte, nahm er aus dem Augenwinkel heraus hinter der in die Bürotür eingefassten Milchglasscheibe einen flüchtigen Schatten wahr. Als die Tür sich öffnete, zuckte Kuertens Hand vor und schaltete den Videomonitor aus. Seine Finger stießen dabei so heftig gegen die Taste, dass das Gerät sekundenlang vor und zurück schwang.

Ferdinand Jelen streckte seinen Kopf durch den Türspalt. »Ich habe geklopft, aber Sie haben nicht reagiert«, entschuldigte er sich. »Ist Frau Fechner zufällig noch im Haus?«

Kuerten blickte demonstrativ auf seine Armbanduhr, dann auf die Monitor-Zeitanzeige und schließlich aus dem Fenster zur in der Ferne leuchtenden Kirchturmuhr.

»Es ist kurz nach einundzwanzig Uhr«, informierte er den Mediziner. »Außer mir und dem Bereitschaftsdienst ist wahrscheinlich nur noch der Putztrupp im Haus.«

Jelen erhaschte einen Blick auf Kuertens Desktop. Diverse Foren-Chatfenster waren geöffnet. Zu welchen Internetseiten sie gehörten, war nicht zu erkennen.

»Was ist mit Ihnen?«, fragte er. »Gibt es niemanden, der zu Hause auf Sie wartet?«

»Kann ich Frau Fechner etwas ausrichten?«, überging Kuerten die Frage.

»Ich habe das Ergebnis der Untersuchung, um die sie mich gebeten hatte.«

»Davon weiß ich nichts.«

»Dann wissen Sie es jetzt.« Jelen trat ein und legte ihm einen Ausdruck der Analysedaten auf seine mit Filzstift- und Kugelschreiberkritzeleien übersäte Schreibtischunterlage.

»Sie hätten sich den Weg hierher sparen und ihr das Ergebnis per Mail schicken können.«

»Sicher. Nur hat die Analyse zu einem recht bedenklichen Ergebnis geführt, das ich zuerst mit Frau Fechner hatte besprechen wollen.«

Kuerten schielte auf den Ausdruck, dann wieder zu Jelen.

»Nur zu«, ermutigte ihn der Mediziner. »Ist eigentlich auch für Normalsterbliche einigermaßen verständlich.«

Unwillig griff sich Kuerten die Seite und betrachtete das Diagramm, wurde aus den nummerierten Peaks und der erläuternden Elemententabelle aber nicht wirklich schlau.

»Paras? Hall?«, stutzte er über die handschriftliche Anmerkung am unteren Rand des Ausdrucks. »Was soll das bedeuten?«

»Im Augenblick noch gar nichts.« Jelen nahm seine Brille ab, hielt sie gegen die Deckenbeleuchtung und putzte winzige Blutspritzer von ihren Gläsern. »Ich möchte keine schlafenden Hunde wecken, solange die Daten nicht vom BCI bestätigt wurden.«

»Woher stammt die Substanz?«

»Aus der Saldek-Villa und dem Ventriculus einer *Felis silvestris catus*.«

Kuerten zog enerviert die Stirn in Falten.

»Dem Magen einer Hauskatze«, erklärte Jelen. »Falls ich das richtig verstanden habe.«

»Na sehen Sie? Ist doch gar nicht so schwer, wie ein Mensch zu sprechen. Aber mal im Ernst: Aus welchem Grund analysieren Sie Katzenscheiße?«

»Katzenkotze«, berichtigte Jelen ihn. »Wenn schon, denn schon.«

»Warum gehen Sie damit nicht zum Veterinäramt?«

»Weil der Saldek-Fall und die mutmaßliche Kontamination Ihres Konsultanten Crohn möglicherweise in direktem Zusammenhang stehen«, erklärte der Mediziner.

»Kontamination?«, wiederholte Kuerten verwundert. »Darüber hat mich Frau Fechner nicht unterrichtet.«

»Nun, Sie wird ihre Gründe gehabt haben.« Jelen setzte seine Brille wieder auf und rollte mit den Augen, als prüfte er die Reinheit seines Sichtfeldes.

Mit ernster Miene starrte Kuerten auf den deaktivierten Monitor, dann auf die Tabelle in seiner Hand. »Wie dem auch sei, im Augenblick lässt sich das nicht zufriedenstellend klären«, befand er. »Wir werden das Anfang nächster Woche in kleiner Runde besprechen.« Er faltete den Analyseausdruck und reichte ihn zurück an Jelen. »Wenn Sie mich nun entschuldigen würden, Doktor …«

Der Mediziner nahm das Blatt an sich, klopfte zweimal auf die Tischplatte und sagte: »Wünsche ein geruhsames Wochenende.«

Kuerten wartete, bis der Pathologe das Büro verlassen hatte, dann rückte er sein Headset zurecht und schaltete den zweiten Monitor wieder ein.

»Konnten Sie der Unterhaltung folgen?«, fragte er seinen Gesprächspartner, der geduldig schweigend vor seiner Webcam ausgeharrt hatte.

»Stellenweise.« Nikolai Saldek nahm seinen Helm ab und strich sich durch seinen grauen Haarkranz. »Crohn«, griff er den im Gespräch mit Jelen gefallenen Namen auf. »Etwa jener Alexander Crohn, der vor sieben Monaten Ihren Vorgänger erschossen hat?«

Kuerten verzog die Lippen. »Das ist zutreffend.«

»Interessant. Habe gelesen, seit dieser Projektilsplitter in seinem Kopf steckt, sei er nicht mehr ganz zurechnungsfähig. Arbeiten Sie etwa wieder mit ihm zusammen?«

»Kein Kommentar dazu.«

»Bemerkenswert.« Saldek schüttelte fasziniert den Kopf. »Ein Sprichwort sagt: Wer Feuer frisst, scheißt Funken. Was ist das für ein Gefühl, seinen potenziellen Henker in den eigenen Reihen zu beschäftigen?«

TEIL 3

DIE HÜTER DER PFORTEN

Yesterday, upon the stair,
I met a man who wasn't there.
He wasn't there again today,
I wish, I wish he'd go away …

WILLIAM HUGHES MEARNS, Antigonish

19

Das Spiel um die richtigen Worte und das Gleichgewicht aus trockenen Fakten und Provokationen in einem Bogus war ebenso alt wie erschöpfend. Jeder am Tisch hatte den Text gelesen, den ich – nicht zuletzt inspiriert durch meine Gespräche mit Simon – verfasst hatte, und tauschte nun Blicke mit den anderen aus, versuchte stumme Signale zu interpretieren, Zeichen des Gefallens und Missfallens zu deuten und seine persönliche Meinung widergespiegelt zu sehen. Ich schaute in fragende, lauernde und skeptische Augenpaare. Letztere gehörten Vinzenz, der sich in seiner Haut nicht sonderlich wohlzufühlen schien. In einem Besprechungszimmer des Präsidiums zu sitzen war ganz und gar nicht sein Ding.

Ironischerweise war die Bogus-Taktik einst ausgerechnet Hardbergs Idee gewesen. Er hatte angeregt, auf Grundlage der am Tatort gesammelten Fakten, Indizien und Erkenntnisse ein medial omnipräsent platziertes Gutachten zu veröffentlichen – in Form eines provokant überzeichneten Täterprofils. Einige Spitzen hier, ein paar Reizformulierungen da, zwischen den Zeilen gewürzt mit feinem Spott, einigen falschen Behauptungen und subtil geäußerten Zweifeln an der Zurechnungsfähigkeit des Täters.

Der von Hardberg etablierte Begriff ›Bogus‹ entstammt der Haussa-Sprache und hat seinen Ursprung auf dem afrikanischen Kontinent, von wo aus er irgendwann im 18. Jahrhundert mit einem Sklavenschiff in die westliche Welt verschifft und dort lange als Unterweltslang für gefälschtes Münzgeld verwendet wurde. Inzwischen dient er als Synonym für jedwede Art von Fälschung, Schwindel, Erfundenes und Fingiertes.

»Du solltest euren Puppenspielern damit vielleicht nicht unbedingt frontal in die Eier treten, aber du kannst ihnen gern ein paar Haare aus dem Sack reißen«, hatte Hardberg mir damals als Ratschlag mitgegeben. »Ganz langsam, damit es ordentlich wehtut.«

Ich hatte mich bei ihm für die geschmackvolle Analogie bedankt, sein Büro verlassen und meinen ersten Bogus geschrieben. Der nun zur Debatte stehende Text dürfte der achte oder neunte seiner Art sein.

»Hältst du das wirklich für angemessen?«, bereitete Miriam dem allgemeinen Schweigen schließlich ein Ende. »Der erhoffte Effekt könnte sich als Bumerang erweisen.«

»Die Presse wird sich die Spitzen rauspicken«, bestätigte Mertens ihre Befürchtung. »Und womöglich nach eigenem Gusto interpretieren. Falls die Medien zu sehr darauf herumreiten, nötigt das unser Phantom womöglich dazu, sich zurückzuziehen, statt in ihm das Bedürfnis zu wecken, sich der Öffentlichkeit und uns gegenüber ins rechte Licht zu rücken. Dann könnten Monate, vielleicht sogar Jahre vergehen, bevor er wieder ein Lebenszeichen von sich gibt.«

»Jemand, der seine Taten so akribisch und akkurat zelebriert, erwartet Publikum, Bestätigung und Honorierung«, erklärte ich. »Er legt Wert darauf, dass sein Werk gefunden und bewundert wird – auf die eine oder andere Art und Weise. Unser Täter ist ein Rendite-Soziopath. Um in sein Denken einzutauchen und sich in ihn hineinzuversetzen, genügt womöglich eine empathische Kontraposition.«

Ich erhob mich, ging zur Präsentationstafel und zeichnete mit schwarzem Filzstift ein großes, aufrecht stehendes Rechteck. Darin verteilte ich zweiundvierzig winzige, halbwegs symmetrisch angeordnete Kreise; drei in der obersten Reihe, vier in der zweiten, drei in der dritten, vier in der vierten und so weiter. Zentral von einem Punkt über der ersten Reihe ausgehend zeichnete ich mit roter Farbe eine scheinbar willkürliche, abwärtsführende Bogenkaskade hinein, die jedoch keinen der Punkte berührte.

»Das ist unsere Interrupt-Ereigniskette«, erklärte ich. »Genauer gesagt eine der möglichen Ketten: der Weg einer Murmel oder eines Pingpongballes durch ein Nagelbrett. Jeder Richtungswechsel markiert eine erfolgte Entweder-oder-Entscheidung, jeder Nagel einen Konvergenzpunkt. Was uns in dieser Abstraktion wie eine Abfolge von Zufällen und unglücklichen Umständen erscheint, ist von der Warte des Täters aus betrachtet das exakte Gegenteil: eine willentlich in Gang gesetzte, innerhalb eines abgegrenzten Spielfeldes variierende kausale Ereignisstafette, deren Hindernisse wohlplatziert präpariert wurden. Oder besser gesagt: Der Parcours bildet sich aus einer vom Täter zur Verfügung gestellten, begrenzten Auswahl von Handlungsetappen, die sich überkreuzen und so den Reiz der Sache für ihn um ein Vielfaches steigern. Ein Ereignislabyrinth ohne Sackgassen, aber mit vielen über kurz oder lang ans Ziel führenden Zufallspfaden. Darum erkennen die Opfer und letztlich auch wir die Gefahr nicht, nehmen sie nicht als individuelle Bedrohung wahr. Der Ablauf der Ereignisse wirkt zu natürlich, da Entscheidungsfreiheit vorgegaukelt wird. Aber es ist eine kontrollierte Willkür.

Niemand kann sagen, welche Wegvariante der Ball durch den Irrgarten nehmen wird. Er trifft exakt im rechten Winkel auf das Hindernis, woraufhin er entweder nach rechts oder nach links fällt. Während alle anderen Personen nur eine zweidimensionale Sicht auf das Spielfeld haben, überschaut der Täter es als großes Ganzes und weiß, wohin seine Irrwege führen. Das Endresultat jedoch ist dasselbe: Egal wie er sich durch das Labyrinth bewegt, er erreicht früher oder später immer das Ziel. Selbst wenn äußere Einflüsse wirken, reagiert er auf den Wechsel der Gravitation und nimmt wie eine strömende Flüssigkeit den Weg des geringsten Widerstandes. Unabhängig davon, welchen Pfad der Kausalkette das Opfer wählt, sein Schicksal ist längst besiegelt.«

»Eine Allegorie des Lebens«, unterschrieb Miriam meine Rede.

»Wir haben es also mit einer Person zu tun, die ausgeklügelte Menschenfallen baut«, resümierte Mertens. »Ein Schicksalsarchitekt.«

»So könnte man es nennen«, pflichtete ich ihm bei, nachdem ich wieder Platz genommen hatte.

»Mit welchem Triebmotiv?«

Ich zuckte mit den Schultern. »Warum gehen reiche Europäer in Afrika auf Safari und posieren mit ihren Jagdtrophäen auf Fotos stolz im Internet?«, stellte ich die Gegenfrage. »Vielleicht handelt er im Auftrag eines unbekannten Dritten, oder es steckt etwas Persönliches dahinter, wie bei Ahab und seinem Wal. Vielleicht ist es aber auch einfach nur der Kick.«

Als der Abend dämmerte und der Konferenzzimmermuff längst hinter uns lag, saß ich mit Miriam, Vinzenz und seiner besseren Hälfte Lydia in unserem bevorzugten italienischen Restaurant und ließ die vergangenen Tage Revue passieren.

Meine Entscheidung, den Bogus in die Welt zu setzen, ohne Miriam und Mertens von Simon zu erzählen und sie über dessen Sicht der Dinge und das Beuteschema des von ihm postulierten Alastors einzuweihen, bereitete mir zwar keine Bauchschmerzen, aber ich wurde das unterschwellige Gefühl nicht los, dass es die falsche Strategie sein könnte. Solange ich jedoch nicht wusste, ob wir es tatsächlich mit einer sich in einem menschlichen Körper versteckenden Entität oder doch nur mit einer gespaltenen Persönlichkeit zu tun hatten, hielt ich Miriam gegenüber das Bild eines innerlich wie äußerlich irdischen Täters aufrecht – und hoffte, dass Vinzenz das Spiel mitspielte.

»Auch Geister sind eitel«, hatte Simon einmal gesagt. »Egal ob gut oder böse.«

Vielleicht lockte der Bogus den Puppenspieler aus der Reserve. Vielleicht machten die gewählten Worte aber alles nur noch schlimmer und nötigten ihn dazu, ein Exempel zu statuieren. Tickte er so, wie Simon es beschrieben hatte, gab es in meinen Augen sowieso kein Patentrezept, um sein Tun und Handeln zu unterbinden und ihm das Handwerk mit simplen Taschenspielertricks zu legen – ganz zu schweigen von den Dingen, die in seinem Kopf herumschwirrten und ihn die Realität wahrscheinlich wie durch einen Zerrspiegel sehen ließen.

In einer von ihm initiierten und konstruierten Kaskade war er uns immer mindestens einen Schritt voraus. Vor allem wenn wir es tatsächlich mit etwas zu tun hatten, das nicht an einen Körper gebunden und physischen Grenzen und Gesetzen unterworfen war. Wir würden ihn nicht finden. Er würde sich uns erst offenbaren, wenn wir das Entscheidungsdelta erreicht hatten – sofern er eine direkte Konfrontation überhaupt in seine Kaskade integriert hatte. Solange wir uns in *seinem* Parcours aufhielten, kannte nur er die Hintertüren und Schlupflöcher, durch die er auftauchen und wieder verschwinden konnte.

»Viele Menschen, die in das Puppenspieler-Schema fallen, folgen einem Trieb«, erklärte ich, während ich mein Gericht in kleine, gabelfreundliche Häppchen zerteilte. »Die einen verwirklichen lange unterdrückte Fantasien, die anderen hören Stimmen, die sie zu ihren Taten drängen oder verführen. Fast jeder nach Vernunft strebende Mensch verknüpft den Begriff Trieb mit einer im Grunde ungewollten Kontrollübernahme sogenannter Dominion- oder Urmensch-Hormone und dem daraus resultierenden Verlangen nach einer Befriedigung aller davon gesteuerten niederen Instinkte. Unterm Strich reicht das von Futterneid über Habgier, Verleumdung, Intrigen, Brandschatzung und Vergewaltigung bis hin zum Kinds-, Königs- oder sogar Massenmord.«

»Ich glaube nicht, dass wir es bei unserem Schmetterlingsfreund mit einem Schipsy zu tun haben«, sagte Vinzenz kauend.

Lydia sah irritiert in die Runde. »Schipsy?«

»Jemand, der nicht ganz allein im Kopf ist«, erklärte ich und tippte mir mit der Messerspitze an die Stirn.

»Ganz toll, Lex.« Miriam nahm ihre Serviette und wischte mir die Tomatensoße ab.

Für eine Weile war es fast wie in alten Zeiten. Während ich Miriam Wein nachschenkte, zog Vinzenz mit der Gabel einen der Mini-Calamares aus seinem Pizzakäse und begann genüsslich seine knusprig gebackenen Arme abzubeißen – sehr zum Leidwesen von Lydia, die Meeresfrüchte hasste und generell nichts aß, was Augen hatte. Fast schon fanalisierend stand vor ihr daher

ein sehr grünes, mit Brokkoli und Spinat vermischtes Nudel-
gericht.

Ich sah mich nach ungebetenen Zuhörern um. Während meiner
aktiven Beraterzeit für das Präsidium hatte es mich nicht interessiert, was die Presse über mich und meine Arbeitsmethoden
geschrieben oder erfunden hatte. Aber ich hatte zeitlebens auch
keine Toten zu romantisch-morbiden Stillleben arrangiert, als
gäbe es für die burleskesten Leichen, die ausgefallensten Mord-
methoden und die am stilvollsten dekorierten Tatorte goldene
Pokale und Lorbeerkränze zu gewinnen.

»Gegen eine Tat im Wahn spricht in meinen Augen die gesamte
Ausführung«, sagte Vinzenz. »Jemand, der von inneren Stimmen
und Phantomen getrieben wird, handelt doch meist impulsiv und
für Außenstehende mitunter völlig irrational. Er hinterlässt eher
Schlachtfelder als Tatorte, die aussehen wie Kunstinstallationen für
die Documenta.« Er sah in die Runde. »Was denkst du darüber?«,
fragte er an Miriam gewandt.

Keine Antwort. Ich tauschte einen Blick mit Vinzenz und
beobachtete Miriam dabei, wie sie gebannt auf ihrem Smartphone-
Touchscreen herumfummelte. »Hier«, sagte sie schließlich und
reichte mir das Handy über den Tisch. »Auf mehr als einem Dutzend Newsportalen ist der Text bereits online.« Dann stocherte sie
zum ersten Mal seit zehn Minuten mit der Gabel wieder in ihrem
Shrimps-Salat herum. »Falls unser Phantom kein Analphabet ist,
wird es deine Breitseite also nur schwer ignorieren können.«

Ich scrollte ans Ende einer der von Miriam aufgerufenen Web-
seiten. »Habt ihr jemanden aus dem Team beauftragt, die Leserkommentare zu verfolgen und zu analysieren?«

In Miriams Blick schlich sich leises Erschrecken. »Hältst du ihn
für so leichtsinnig?«

»Kommt ganz darauf an, wie sicher und mächtig er sich fühlt.«

Miriam starrte nachdenklich auf die Reste ihres Salates. Dann
nahm sie das Handy wieder an sich und tätigte einen Anruf, der
mindestens einem ihrer Kollegen eine schlaflose Nacht bereiten
dürfte.

20

»Danke fürs Heimfahren«, sagte Miriam, als ich den Wagen gegen Mitternacht vor ihrem Apartmentblock parkte, und schlüpfte mit gequältem Gesichtsausdruck wieder in ihre Schuhe. »Möchtest du noch ein bisschen mit hochkommen?« Sie hob die Mundwinkel zu einem flüchtigen Lächeln.

Ich blickte auf ihren Pullover, unter dem sich die Wölbungen ihrer Brüste abzeichneten. »Ein andermal«, rang ich mich zu einer Entscheidung durch. »Morgen wird im Präsidium einiges los sein, da sollten wir …«

Miriam legte mir den linken Zeigefinger auf die Lippen. »Morgen ist Feiertag, Lex.«

Ich starrte einen Moment lang ins Leere. »Im Ernst?«

Miriam nickte. Zu ihrem erwartungsvollen Blick schlich sich ein belustigtes Grinsen.

»Mist«, sagte ich. »Welcher denn?«

»Christi Himmelfahrt.« Sie senkte ihre Hand auf meine, die ich – noch immer unschlüssig – auf dem Schaltknüppel ruhen ließ. »Also kein Dienst nach Vorschrift …«

Eine Stunde später fragte ich mich, ob die Schlange nicht erneut damit begonnen hatte, sich selbst zu verschlingen. Das Fatale daran war, dass keiner von uns beiden im entscheidenden Moment wirklich Nein sagen konnte. Keiner vermochte standhaft zu bleiben, zu seinen zwischenmenschlichen Dogmen zu stehen und dem anderen zu entsagen. Dafür kannten wir uns einfach zu gut und hatten uns viel zu lange nicht mehr einander hingegeben. Einerseits hasste ich Miriams Mann-ein-Mann-aus-Mentalität; den abrupten Wechsel der Phasen, in denen sie sich selbst genügte, und jenen, in denen jeder Quadratmillimeter zwischen ihren Schenkeln sich danach verzehrte. Andererseits sehnte ich mich nach ihr. Nach ihrem Geruch, ihrer Haut, ihrer Hingabe. Ihrer sich immer weiter steigernden Erregung und Selbstvergessenheit. Der Art, wie sie kam und ihre Stimme dabei klang. Wie ihr Körper sich bewegte. Wo sie berührt und geküsst werden wollte und sie mich berührte und küsste. Wie sie sich und mich forderte, um zum Höhepunkt zu gelangen – und danach, wie wir und das Zimmer Stunden später nach Sex und Orgasmen rochen.

»Was ist los?«, fragte Miriam, als wir in den frühen Morgenstunden nebeneinanderlagen und der Schweiß ein weiteres Mal auf unseren Körpern getrocknet war. »Bereust du es etwa schon?«

Ich schüttelte den Kopf und starrte auf das träge kreisende Schilfrohr-Mobile an ihrer Schlafzimmerdecke. »Es kommt mir nur ziemlich surreal vor. Da reden wir fast sieben Monate lang kein Sterbenswort miteinander und meiden uns, so gut es geht, und ein paar Tage nach unserem Wiedersehen liegen wir bereits wieder zusammen im Bett. Das ist grotesk. Ich komme mir vor wie ein Sextourist.«

»*Ich* habe dich mit hochgebeten«, erinnerte mich Miriam.

Ich drehte mich auf die rechte Seite, winkelte den Arm an und stützte den Kopf auf meine Hand. »Soll heißen, du bist die promiskuitive Nymphe und ich die verführte Unschuld vor dem Herrn«, schlussfolgerte ich, während ich Zeige- und Mittelfinger um ihre Brüste herumstreichen ließ. »Glück gehabt. Damit kann ich leben.«

»Ganz bestimmt.« Miriam schloss die Augen und streckte sich seufzend. »Irgendwie gefällt es mir, dass da nach all der Zeit und Stille tief im Innern noch ein Feuer schwelt, von dem man äußerlich nichts ahnt.« Sie strich ihr fächerförmig über dem Kopfkissen verteiltes Haar zusammen.

»Centralia«, sagte ich. Eine v-förmige Falte über Miriams Nasenwurzel signalisierte Verständnislosigkeit. »Eine Geisterstadt in den USA«, erklärte ich. »Unter ihr brennt seit mehr als einem halben Jahrhundert ein riesiges Kohlefeuer, das den Ort im Laufe der Jahrzehnte unbewohnbar gemacht hat. Alle Versuche, es zu löschen, waren gescheitert. Fährt man heute mit dem Auto durch das, was von Centralia übrig geblieben ist, ahnt man auf den ersten Blick nichts von dem schleichenden Inferno im Untergrund. Die unter der Oberfläche brennenden Flöze sind nur zu erahnen, wenn man den Boden berührt und die Hitze spürt.«

Miriam runzelte ob der vermeintlichen Allegorie die Stirn. »Von mir ist jedenfalls noch alles übrig«, sagte sie und drängte sich mit dem Schoß an mich. »Ich lasse es gern brennen …«

»So meinte ich das eigentlich nicht«, sagte ich.

Miriam begann sich an mir zu bewegen. »Ich schon«, hauchte sie mir dabei ins Ohr und glitt über mich. »Lass mich einfach kurz machen.« Ihre Stimme bebte, als sie begann, sich intensiver an mir zu reiben. »Ich habe das so vermisst …«

Trotz ihrer Nähe und der Bettdecke auf uns hatte ich in diesem Moment das Gefühl, meine Körpertemperatur würde schlagartig absinken. Die Grenzen des Zimmers lösten sich auf und gewährten den Blick auf eine ebene, vegetationslose Ödnis. Was ich statt Miriam im Arm hielt, war warm und schwarz, eine zu Materie verdichtete, wollüstige Finsternis, die stöhnend ihren Schoß an mir rieb. Während ich vergeblich versuchte, mich ihrer Zudringlichkeit zu erwehren, tauchte ein weiterer dunkler Schatten über uns auf. Es war das Zerrbild einer Giraffe, die auf ihren Stelzenbeinen langsam über uns hinwegschritt. Auf ihrem brennenden Rücken saß ein hell lodernder Mönch, der lächelnd auf mich herabblickte.

So plötzlich, wie ich in die Echo-Dimension gerissen worden war, so abrupt war die Vision auch schon wieder vorbei. Ich fühlte Miriams Aufbäumen, erlebte, wie sie in Lustkrämpfen zuckte und ihr Körper bebte, ohne dass ich empathisch wirklich daran beteiligt war, und hoffte, dass ihr mein geistiges Abdriften im Taumel der Erregung nicht aufgefallen war.

Schwer atmend lag sie schließlich auf mir, die Arme um mich geschlungen und das Gesicht gegen meinen Hals gepresst, während ihr Schoß sich weiter sanft bewegte. Es fühlte sich an, als wären unsere Körper in der Hitze der Visionarium-Flammen miteinander verschmolzen

»Headcleaner«, flüsterte sie erschöpft.

»Headcleaner?«

»Zum Teufel mit all den kleinen und großen Seelen fressenden Scheißproblemen, die im Kopf tagein, tagaus Karussell fahren und einen nicht genug schlafen lassen.« Sie streckte ihre Beine aus und stöhnte erleichtert. »Wenigstens für ein paar Stunden oder eine Nacht.«

Meiner Vision nachsinnend kraulte ich den schweißnassen Haaransatz in Miriams Nacken, dann ließ ich meine Fingerkuppen ihre Wirbelsäule hinabwandern. »Und wie hättest du es genannt, wenn ich mich dir verweigert hätte?«

»Widerstand gegen die Staatsgewalt.« Ihr leises albernes Kichern hätte zu jedem anderen Zeitpunkt ansteckend gewirkt. »Was ist denn?«, flüsterte Miriam, als ihr aufzufallen schien, dass etwas nicht stimmte.

»Ich habe mich geirrt«, murmelte ich gedankenverloren. »Es ist *nicht* das Feuer.« Ich hob den Kopf und sah mich um. »Hast du dein Handy oder dein Tablet in der Nähe?«

Miriam seufzte leise. »Wieder ein Flashback, hm?«

»Tut mir leid«, sagte ich und gab ihr einen Kuss auf die Stirn. »Aber das eben war kein normales Echo.«

»Sondern?«

Ich suchte nach den passenden Worten. »Es fühlte sich eher an wie ein Trip in eine Bosch-Phantasmagorie«, erklärte ich. »Und das nicht zum ersten Mal.«

Miriam antwortete nicht, sondern schien über meine Worte nachzudenken. Ohne ihre Position zu verändern, streckte sie schließlich einen Arm aus und tastete den Nachttisch ab, bis sie feststellte, dass sich der gesuchte Gegenstand außer Reichweite befand. Mit einem unwilligen Murren sah sie auf, streckte sich, griff ihr Tablet vom Sideboard und reichte es mir. Mit der Bettdecke wischte sie sich den Schweiß vom Gesicht. Dann zog sie ein Kopfkissen auf meine linke Schulter, rutschte heran und bettete ihren Kopf darauf.

Ich rief die drei Motive auf, die Simon mir jüngst präsentiert hatte, und platzierte sie nebeneinander.

»Es ist keinesfalls das Feuer, das die brennenden Figuren eint«, sagte ich. »Kannst du es erkennen?«

Miriam betrachtete die drei Motive und schüttelte schließlich den Kopf.

»Schau in ihre Gesichter«, sagte ich. »Trotz des Feuers scheinen sie keine Höllenqualen zu leiden. Sie brennen ohne das geringste Anzeichen von Agonie.«

Miriam starrte auf den Bildschirm, während der Fingernagel ihres rechten Zeigefingers in einer stereotypen Bewegung über die Fuge zwischen Display und Rahmen schabte, ohne dass sie sich dessen bewusst war; vor, zurück, vor, zurück … Es war das untrügliche Symptom eines Gewissenskonflikts, der ihr zu schaffen machte, aber er schien nichts mit den Motiven auf dem Monitor zu tun zu haben. Schließlich nahm sie mir das Tablet ab, öffnete ihren Browser, gab eine Internetadresse ein und reichte es mir zurück.

Die aufgerufene Seite war fast vollkommen schwarz. Lediglich im Zentrum befand sich ein weißes Eingabefeld. Erst auf den zweiten Blick nahm ich in der Schwärze die unscharfen Konturen eines dunkelblauen Schmetterlings wahr, der fast zwei Drittel der Seite für sich einnahm.

»*Lextalionis*?«, stutzte ich, nachdem ich die Internetadresse gelesen hatte. »Was bitte schön soll das denn sein? Hat Kuerten das einrichten lassen, damit man sich anonym über mich beschweren oder sich lustig machen kann?«

»Das hat nichts mit dir zu tun«, erklärte Miriam. »Es ist eine simple Eingabemaske. Ein Antwortportal. Ich hatte die E-Mail mit der Adresse am Morgen nach der Tatortbegehung im Postfach.«

»Soll das heißen, sie ist das Werk des Puppenspielers?« Ich betrachtete den Bildschirm. »Sicher, dass uns kein Witzbold von der Spurensicherung auf den Arm nehmen will?«

»Nach der Szene, die du mir neulich in der Villa gemacht hast?« Miriam zuckte mit den Schultern. »Wer weiß. Durften ja alle zuhören … Mertens und Kuerten halten einen Trittbrettfahrer jedoch für unwahrscheinlich.«

»Wer war der Absender?«

»Anonym, namenlos, gesendet über einen Trashmail-Anbieter.«

»Und wann hattest du vor, mir davon zu erzählen?«

»Sobald es nötig ist. Relevanzdirektive von Kuerten. Informationen nur bei Notwendigkeit.«

»Das Los der Mitarbeiter dritter Klasse. Verdammtes Arschloch.« Ich bewegte den Cursor suchend über den Bildschirm, fand aber keine weiteren Seiteninhalte oder versteckte Links.

»Es existiert nur das, was du hier siehst«, sagte Miriam. »Ein Feld für eine kurze Antwort. Ist diese kürzer oder länger als zwölf Zeichen oder einfach nur falsch, wird der eingegebene Text wieder gelöscht.« Sie tippte ›Feuer‹ und bestätigte die Eingabe. Das Feld war wieder leer.

»Konntet ihr feststellen, über welchen Zugangsprovider die Seite ins Netz gestellt wurde?«

»Unsere IT-Abteilung hat das längst gecheckt«, sagte Miriam. »Es gibt keine verwertbaren Spuren; keine verräterischen Daten im Quellcode, keine Protokolle, keine IP und auch keinen Provider, der in der Lage wäre, alle Zugriffe auf die Adresse in unserem Sinne zu überwachen. Man könnte fast glauben, die Seite sei eine unbefleckte Empfängnis des Internets.«

»Wie kann man eine Domain etablieren, ohne dass man sie registrieren muss oder Suchmaschinen auf sie zugreifen können?«

»Absoluter Stealth-Modus? Elfenwerk? Ich habe keine Ahnung.«

»Konntet ihr herausfinden, wohin potenzielle Antworten gesendet werden?«

»An eine Cloud. Dort verliert sich ihre Spur.«

Ich starrte auf den Monitor. »Dann ist's ja eigentlich egal.«

Ich berührte das Eingabefenster, woraufhin die virtuelle Tastatur wieder aktiviert wurde.

KEINE AGONIE

tippte ich. Als mein Finger über dem Enter-Feld schwebte, zögerte ich.

»Einverstanden?«, fragte ich. »Es sind exakt zwölf Zeichen.«

Miriam blies die Backen auf und stieß die angestaute Luft aus, konnte sich jedoch nicht zu einer Antwort durchringen.

»Na schön, dann entscheide ich.« Meine Fingerspitze tippte auf ›RETURN‹. Der eingegebene Text verschwand – und mit ihm auch der Cursor. Ich strich ein paarmal über das Feld, doch es blieb inaktiv. Als ich versuchte, die Seite neu zu laden, erschien eine blendend weiße Maske mit einem kaum daumennagelgroßen blauen Schmetterling im Zentrum, der verblasste, während wir auf den Monitor starrten. Beim zweiten Versuch erhielten wir den Fehlercode 404 mit dem Hinweis, dass die gewünschte Seite nicht gefunden wurde.

»Na gut«, sagte ich mit belegter Stimme und schaltete das Gerät aus. »Die Satelliten sind im Orbit. Warten wir ab, ob sie harmonieren oder kollidieren.«

21

Wir schliefen bis in den späten Vormittag und verbrachten den größten Teil des restlichen Tages im Bett. Nicht um mehr von unserer sieben Monate während Abstinenz fleischlicher Gelüste aufzuholen, sondern weil wir beide aufgrund der Nacht zuvor solchen Muskelkater hatten, dass wir keine Lust verspürten, uns mehr zu bewegen als unbedingt nötig. Da aber zumindest einer von uns den Dienstwagen zum Präsidium zurückfahren musste, Miriam sich aber lamentierend weigerte, mehr anzuziehen als einen Slip und ein T-Shirt, knobelten wir um die Retoure des Fahrzeugs. Erwartungsgemäß verlor ich das Spiel.

Nachdem ich den Wagen im Präsidiumsparkhaus abgestellt und die Fahrzeugpapiere abgegeben hatte, schleppte ich mich mit übersäuerten Muskeln zur nächsten Straßenbahnhaltestelle. Die Fahrt dauerte fast eine halbe Stunde länger als mit der U-Bahn, doch dafür waren es von meiner Zielhaltestelle aus nur noch gut einhundert Meter bis nach Hause.

»Du glaubst, dahinter steckt ein Fluch?«, zweifelte Vinzenz, als ich ihn während der Fahrt anrief, um ihm von Simons Vermutung zu erzählen. Seinem Tonfall war anzuhören, was er von der Kopfgeburt hielt. »Ist das dein Ernst?«

»Hältst du das für so unwahrscheinlich?«, entgegnete ich.

»Hast du Miriam davon erzählt?«

»Sie weiß von der Fluch-Theorie und dem Bergwerk, aber nichts von meiner Vermutung, was dort vor sich gegangen sein könnte. Halbwissen behagt ihr nicht. Ich informiere sie darüber, sobald wir genügend Fakten haben, ohne doch noch Simon mit ins Spiel bringen zu müssen.«

Vinzenz' Antwort war ein undefinierbares Brummen. Er schien nachzudenken, dann fragte er: »Wie hat Saldek auf dein Anliegen reagiert?«

»Wie jemand, dem man ins Gedächtnis gerufen hat, was jahrzehntelang verdrängt und unter alten, ausgemusterten Erinnerungen begraben gewesen war. Und wie jemand, der gehofft hatte, zeitlebens nie mehr ein Wort darüber verlieren zu müssen.«

»Klingt nach einem frustrierenden Nachmittag.«

»Saldek hat im wahrsten Sinne des Wortes einen romantischen Teil meiner Kindheit niedergebrannt«, sagte ich. »Was wir damals in unserer vormundhörigen Naivität für leer stehende Mühlen gehalten hatten, waren in Wirklichkeit hauptsächlich Häftlingsbaracken gewesen. Und die anderen Gebäude mit den hohen, verrußten Schornsteinen, bei denen unsere Eltern uns hatten glauben lassen, in ihnen wäre einst Brot gebacken und Fisch und Schinken geräuchert worden, hatten ebenfalls einem ganz anderen Zweck gedient. Ja, in ihnen hatten Öfen gebrannt, doch war darin weder Brot gebacken noch Fisch geräuchert worden …«

Ich lauschte eine Weile der Stille in der Leitung, während ich aus dem Straßenbahnfenster sah und durch die Seitenscheiben die Profile der Menschen betrachtete, die sich in ihren Autos durch den abendlichen Berufsverkehr-Stau quälten.

»Diese Minen-Vision in der Saldek-Villa war nicht nur ungewöhnlich, sondern hatte sich vollkommen authentisch angefühlt«, lenkte ich das Gespräch schließlich in eine andere Richtung, um das beklemmende Schweigen zu beenden. »Wie eine reale, lange unterdrückte Erinnerung. Ich hätte danach schwören können, das Gesehene tatsächlich erlebt zu haben.« Als am anderen Ende der Leitung weiterhin Stille herrschte, sagte ich: »Die Echos verändern sich, Vinz.«

»Wie meinst du das?«, gab Vinzenz schließlich wieder ein Lebenszeichen von sich.

»Die Visionen entarten – und die Echo-Inkarnationen interagieren mit mir. Ich bin nicht mehr nur unbeteiligter Beobachter, sondern zunehmend Teil der Reminiszenzen – sofern es sich dabei tatsächlich um Erinnerungen an eine reale Vergangenheit handelt und nicht um aufgezwungene Visionen. Das Echo im Bergwerk kann unmöglich eine Erinnerung der Navotná gewesen sein. Ich kann es mir nicht erklären.«

»Glaubst du, es liegt am Splitter?«

»Keine Ahnung. Die Ärzte hatten damals gesagt, es bestehe die Gefahr, dass er irgendwann zu wandern beginnt ...« Ich starrte aus dem Fenster in die Dunkelheit des Straßenbahntunnels. »Kennst du die urbane Legende von dem Mann, der über seine neuen Zahnkronen pausenlos Radio im Kopf empfangen haben soll?«

»Eine ähnliche Geschichte gibt's mit Kochtöpfen auf dem Gasherd«, sagte Vinzenz. »Na schön, Lex, wonach soll ich suchen?«

»Nach Akten und Dokumenten zu jedweder Art von Zwangsarbeit und Gräueltaten in der Mine zwischen 1933 und 1945«, erklärte ich. »Plus/minus 30 Jahre, wobei die Skala in historischer Richtung offen ist. Finde heraus, wie lange ein deutsches Internierungslager oder ein tschechoslowakischer Gulag im Clèb-Tal existiert hat und ob es im Bergwerk besondere Vorkommnisse und dokumentierte Kriegsverbrechen, Massaker oder dergleichen gegeben hat. Falls darüber amtliche Dokumente und beglaubigte Augenzeugenberichte existieren, muss ich mehr über die Herkunft der Arbeiter wissen: Waren es jüdische Häftlinge oder Kriegsgefangene, internierte politische Gegner wie Regimekritiker und verurteilte Oppositionelle oder eventuell Sinti und Roma?«

»Denkst du etwa an einen Zigeunerfluch?«

»Erscheint mir recht plausibel.«

»*Plausibel*«, wiederholte Vinzenz, wobei er jede Silbe betonte. »Natürlich, logisch.« Am anderen Ende der Leitung blieb es eine Weile still, dann sagte er: »Tu uns beiden einen Gefallen, Lex: kein Wort darüber zu Mertens oder Kuerten. Das würde unseren Leumund nur noch mehr in Schräglage bringen.«

»Wie geht es mit der Hardberg-Akte voran?«, fragte ich.

Vinzenz gab ein abfälliges Geräusch von sich. »In der Agentur bezeichneten wir so etwas damals als Windbeutel.«

»Was soll das heißen?«

»Viel Luft, wenig Substanz. Ich bin fast sicher, dass es noch mehr Dokumente gibt. Oder lass es mich so formulieren: Die mir vorliegende Akte ist dick und wirkt authentisch, aber es ist nicht die echte Akte.«

»Du machst Witze«, sagte ich.

»Bin nicht in der Stimmung dafür«, erwiderte Vinzenz. »Alles darin sieht glaubwürdig aus, ohne Schwärzungen, mit echten Paraphen, Stempeln und Unterschriften, aber der Informationsgehalt ist äußerst mager und stellenweise fast schon belanglos. Man fragt sich beim Sichten irgendwann, warum da so ein Hehl draus gemacht wird. Das liest sich wie Whisky, der mit Wasser gestreckt wurde. Ich habe nicht viel Neues gefunden. Und einige der Forensikfotos sehen in meinen Augen aus wie Ausschnittvergrößerungen der Originalfotografien, bei denen das Wesentliche nicht mehr mit drauf ist.«

Als ich zu Hause ankam, war die Sonne längst wieder untergegangen und die Straßenlaternen hatten zu leuchten begonnen. Da der fast fünfzig Jahre alte Fahrstuhl mal wieder außer Betrieb war, musste ich das Treppenhaus benutzen. Nachdem ich die Wohnungstür hinter mir geschlossen hatte, fiel mir auf, dass noch immer ein Hauch von vitriolverseuchter Katze in der Wohnung hing.

Ich schaltete das Licht an, aber die Flurlampen begannen nicht so hell zu leuchten wie gewohnt. Ich vermutete ein hausweites Problem mit der Stromversorgung, dem auch der Fahrstuhl zum Opfer gefallen sein musste, und tippte erneut auf den Schalter. Wie zum Hohn gingen die Lampen nun nicht mehr aus. Leise vor mich hin fluchend lief ich durch den Flur ins Esszimmer. Je näher ich dabei einer der Deckenlampen kam, desto düsterer wurde ihr Licht. Im Esszimmer selbst leuchtete die Deckenlampe kurz auf, dann wurde ihr Licht so schummrig schwach wie das im Flur. Als ich den Schalter betätigte, brannte auch sie weiter, wobei sie jedoch zu flackern begann wie ein Teelicht. In Gedanken formulierte ich eine Beschwerde an die Hausverwaltung, verwarf sie gleich darauf wieder und ärgerte mich, nicht noch eine Nacht länger bei Miriam geblieben zu sein.

Im Vorbeigehen tippte ich auf den blinkenden Anrufbeantworter und begann mein Hemd aufzuknöpfen.

»Hi«, erklang Miriams Stimme nach einer elektronischen Zeitansage. »Wollte nur wissen, ob alles geklappt hat und du gut nach Hause gekommen bist. Sag kurz Bescheid. Bis dann.«

Ein Signalton ertönte, dann blieb es eine Weile still, woraufhin ich mich in Richtung Badezimmer wandte.

»Hallo, Alexander«, drang unvermittelt eine Stimme aus dem Lautsprecher, die klang, als redeten ein alter Mann und eine junge Frau gleichzeitig und absolut synchron. Ihr Tonfall sorgte dafür, dass sich meine Nackenhärchen aufrichteten. Ich war mitten im Zimmer stehen geblieben und starrte den Anrufbeantworter an, als müsste er sich jeden Augenblick in etwas Unaussprechliches verwandeln.

»Verzeih mir, dass ich mich erst heute zu erkennen gebe, Alexander. Wie du bin auch ich nur ein Opfer und ein Produkt dieser Stadt. Sie hatte mich schon um Hilfe gerufen, lange bevor ich gelernt hatte, dass ihr bitteres Wasser sich nur mit den Schatten eurer Seelen in süßen Wein verwandeln lässt. Ich war dem Ruf gefolgt, obwohl ich Angst davor gehabt hatte, an eure dekadente Realität gebunden Tag für Tag über Abgelegenem, Ausgebessertem,

fleckenlos Tadellosem zu erwachen und im Brei eurer Belanglosig-
keiten unterzugehen. Ich betete vor euch Söhnen ohne heiliges
Land in eurer Metropole aus Heroin-Look und Branntweinselig-
keit. Ich bringe eure Sünden zum Schweigen in die Hinterhöfe,
zu den Gerippen aus geblendeter Erkenntnis und enthäuteter
Bewusstseinsucht, wo sie Gelegenheit haben, sich von eurem
Gewissen vögeln zu lassen.

Viele von euch haben mich in den Jahrhunderten, in denen
ich bereits eure Nähe erdulde, gesucht. Durch die Straßen seid
ihr geirrt, habt in Parks auf mich gewartet und auf ein Zwinkern
gehofft; auf ein Flüstern, dass die Stadt erbeben lässt. So viel Zeit
habt ihr verschwendet, und doch ging die Sonne wieder für euch
auf.

Dabei bin ich immer nur einen Atemzug weit von euch entfernt. Ihr sprecht mich an, tagein, tagaus, bittet mich hier um eine
Zigarette, dort um ein paar Münzen, und jene von euch, die sich
verirrt haben, fragen mich nach dem rechten Weg. Ihr fragt *mich*
nach dem rechten Weg und wisst nicht, mit wem ihr redet!

Also weise ich euch die Richtung, und sie führt euch nirgend-
wohin. Dort trefft ihr mich wieder, mit einer neuen Bitte, einer
neuen Frage. Vielleicht erkundigt ihr euch nach der Zeit. Für mich
existiert sie nicht, und dennoch habe ich sie im Überfluss. Ich ver-
schenke sie; jenen, die es eilig haben, ein paar Sekunden weniger,
den anderen ein paar Sekunden mehr. Dafür schenkt ihr mir ein
paar Atemzüge eures Lebens. Ist das nicht gerecht?

Meine Zeit wird euch nie genügen. Der Rauch wird euch nicht
befriedigen, die Münzen werden nicht reichen. Erst wenn ihr euch
abwendet, sehe ich in eure Gesichter. Ob ihr mich liebt oder hasst,
spielt keine Rolle. Es wandert alles in denselben Topf. Vermenge
einen Löffel Zucker mit Salz und koste davon, Alexander, dann
wirst du verstehen.«

Dann herrschte Stille. Die wenigen Sekunden, die sie währte,
fühlten sich wie eine Ewigkeit an.

Keine weiteren Nachrichten, erklang die automatische Ansage
aus dem Lautsprecher. *Restspeicherzeit: zwölf Minuten.*

Ich spielte die aufgezeichneten Nachrichten erneut ab, doch nach Miriams Anruf folgte beim zweiten Hören nur Rauschen. Der restliche Anrufspeicher war leer.

Minutenlang stand ich reglos neben der Ladestation und lauschte.

»Wer zum Teufel bist du?«, murmelte ich schließlich.

»Aber das weißt du doch, Alexander«, erklang es unvermittelt aus dem Lautsprecher. »Erinnerst du dich denn nicht an mich?«

Ich war erschrocken zurückgewichen. Während ich den Apparat anstarrte, begannen sowohl im Esszimmer als auch auf dem Flur die Deckenleuchten wieder so hell aufzuleuchten wie gewohnt. Auch der Geruch in der Wohnung veränderte sich. Es stank nicht mehr nach sterbender verdreckter Katze, sondern nach Kardamom und einem Hauch Vanille.

Eine Zeit lang stand ich in der Mitte des Zimmers und sah hinauf zur Lampe, dann drehte ich mich zum Fenster um und blickte in die Augen meines Spiegelbildes. Hatte ich soeben ein weiteres Echo erlebt, ohne mir dessen bewusst gewesen zu sein? War das Visionarium, das ich bisher in irrealer Ferne gewähnt hatte, schon in diese Welt vorgedrungen und hatte begonnen, in meiner Wohnung zu wuchern?

22

Mein Leben hatte mir beigebracht loszulassen; vom Dämon der Gewohnheit, von Dingen, die sich im Kreis drehen, von Beziehungen, die sich auseinandergelebt hatten. Ich betrachtete Freundschaften nicht wie geschenktes Spielzeug, das es mit kindlichem Trotz zu verteidigen galt. Freundschaft ist eine Kunst aus sensitiver Nähe und empathischer Distanz. Und manchmal wird die Distanz aus Gründen, die wir nicht unter Kontrolle haben oder in ihrer Gesamtheit begreifen, einfach zu groß.

Was Simon betraf: Uns einte ein besonderes Band. Es lag in unser beider Natur und unserer selbst auferlegten Passion. Meine Berufung war es, die Seltsamkeiten des Lebens zu hinterfragen, mich in sie hineinzubohren und sie falls nötig mit glühenden Zangen zu kneifen.

Simons ebenso ominöse wie anscheinend unfehlbare Informationsquelle und die Sache mit dem Anrufbeantworter standen – von den Trips in die Echo-Dimension und dem Drama vor sieben Monaten einmal abgesehen – sehr weit oben auf der Liste aller Seltsamkeiten, mit denen ich während meiner bisherigen Arbeit für Miriams Soko konfrontiert worden war. Und ich ertappte mich dabei, mir zu wünschen, Simons geheimnisvolle Informanten, für deren Existenz ich bisher nicht den geringsten Beweis hatte, wären tatsächlich Engel.

Engeln wird nachgesagt, dass Menschen sich nach ihrer Präsenz sehnen, um Trost, Geborgenheit, Freundschaft, aber auch Transzendenz zu erfahren. Simon selbst vereinte zweifellos alle vier Wunschkomponenten in sich. Sich mit dem Tod als absolutem Ende des menschlichen Daseins abzufinden entsprach nicht seinem auf Hoffnung basierenden Lebensprinzip. Er bevorzugte es, in einer Welt zu leben, in der er als gegeben hinnahm, was nicht widerlegt werden konnte.

Ich weiß, dass ich vorgestern Scheiße gebaut habe, und es tut mir leid, aber wir müssen uns sehen!, meldete ich mich via E-Mail bei ihm, als ich im Zug nach Askenburg saß. *Dein verfluchter Alastor hat mir gestern den AB vollgetextet! Dieses Ding spricht mit zwei Stimmen gleichzeitig! Bin auf dem Weg.*

Während die Häuser des letzten Vorortes jenseits des Abteilfensters vorbeizogen, wuchs in mir eine diffuse, nie zuvor empfundene Beunruhigung und Rastlosigkeit, die mich schon auf dem Weg zum Bahnhof für eine Weile ziellos durch die Stadt hatte irren lassen. Irgendwann hatte ich meinen Widerstand gegen den Sog aus mentaler Erschöpfung aufgegeben und nur noch mit emotionalem Autopilot agiert. Was ich sah, hörte und fühlte, wirkte auf mich zunehmend surreal.

Über eine halbe Stunde zog die Zugfahrt sich bereits hin, doch mit dem Auto würde die Fahrt doppelt so viel Zeit beanspruchen. Dennoch fürchtete ich an jedem neuen Haltebahnhof ein Zusteigen des Puppenspielers, der sich einen Spaß daraus machte, mich unerkannt zu stalken. Die Schläfe gegen die Kopfstütze gelehnt, blickte ich grübelnd aus dem Fenster, sah Formen und Farben an mir vorbeiziehen, ohne darauf zu achten, woher sie stammten.

Es war frustrierend, mit anhören zu müssen, wie viel Zeit die Menschen um mich herum an substanzloses Geschwafel vergeudeten, weil sie die Stille in ihren Köpfen nicht ertrugen. Lieber hörten sie ihrer eigenen Stimme beim Artikulieren von geistigem Stückwerk zu als zu schweigen.

Ich versuchte das pausenlose Gequatsche zu ignorieren und mich abzulenken, indem ich begann, in der am Fenster vorbeihuschenden Landschaft wiederkehrende Dinge zu zählen; Hochsitze, Bachläufe, Kühe … Schließlich steckte ich mir genervt die Kopfhörer meines Smartphones in die Ohren, wählte eine Playlist und erhöhte die Lautstärke. *And the mud in my mouth starts to pour while I'm speaking,* begann der Sänger zu klagen, während vor dem Fenster die Stahlfachwerkträger einer Eisenbahnbrücke vorbeihuschten. *And I scrape the mistakes from the thoughts that's misleading.*

Je weiter es aus der Stadt hinausging, desto nervöser wurde ich. Es war eine Fahrt ins Ungewisse, fast schon eine Flucht vor der Realität. Die Vernunft riet mir, rechtzeitig auszusteigen, ehe es keine Rückfahrgelegenheit mehr geben würde, doch die Hoffnung, mit Simons Hilfe irgendeine Erklärung für die vergangenen Echos und endlich Antworten auf ein paar dringende Fragen zu kriegen, trieb mich weiter.

Die Druckwelle eines entgegenkommenden Zuges schlug gegen das Fenster und schreckte mich aus meinen Grübeleien. Genervt betrachtete ich die sich in der Fensterscheibe spiegelnden Konterfeis der Reisenden. Die meisten von ihnen waren in Bücher und Zeitschriften vertieft oder dösten vor sich hin. Lediglich ein sechs- oder siebenjähriges Mädchen in der gegenüberliegenden Sitzreihe starrte mich an und schnitt dabei eine merkwürdige Grimasse. Ihre Mutter war mit einer Zeitschrift in den Händen neben ihr eingedöst.

Ich zog die Kopfhörer aus den Ohren und musterte das Kind. »Geht es dir nicht gut?«, fragte ich leise. Statt zu antworten, wurde der Blick der Kleinen nur noch starrer und glasiger. »Hast du dich verschluckt?«

Das Mädchen schüttelte den Kopf, ohne mich dabei aus den Augen zu lassen. Allerdings erweckte es nicht den Anschein, als ginge ihm langsam die Luft aus. Ich warf einen Blick zum Fenster und betrachtete mein eigenes Spiegelbild.

»Was machst du denn?«, fragte ich, als dem Mädchen eine Träne über die Wangen lief.

»Ich versuche die Augen so lange offen zu lassen wie du«, antwortete es. »Warum blinzelst du nicht? Du hast minutenlang zum Fenster rausgeguckt und kein einziges Mal geblinzelt.«

Was sollte ich ihr antworten? *Keine Sorge, Kleines, ich habe nur einen inoperablen Projektilsplitter in meinem Kopf stecken, der mein Wahrnehmungsvermögen beeinträchtigt und mich manchmal Monster sehen lässt ...*

Von der Stimme ihrer Tochter geweckt, schreckte die Mutter aus ihrem Schlummer auf.

»Tut mir leid«, murmelte sie. »Sie versucht jeden zu imitieren, den sie sieht. Im Supermarkt, auf dem Spielplatz, vor dem Fernseher. Ist eine alberne Marotte von ihr.«

»Schon gut.« Ich lehnte mich zurück und schloss demonstrativ die Augen. »Solange die Kleine nicht morgens in den Kindergarten kommt und allen erzählt, sie sei Mata Hari ...«

Die Mutter schwieg. Ob aus Verlegenheit oder Empörung, vermochte ich nicht zu sagen. Kurz darauf vernahm ich das Rascheln von Kleidung und Gepäcktaschen. Als der Zug wenige Minuten später abzubremsen begann, verließen Mutter und Tochter wortlos das Abteil.

»Mama, wann ist man denn martaharri?«, hörte ich das Mädchen fragen, ehe die Türen sich wieder geschlossen hatten.

Ich öffnete die Augen einen Spalt weit und sah den beiden nach, wartete aber am nächsten Bahnhof vergeblich darauf, dass sie aus dem Zug stiegen.

Während der letzten Kilometer kontrollierte ich meine Mailbox nicht auf eine Antwort von Simon, auch nicht während des Fußmarschs von der Bahnstation zu seinem Anwesen. Eine innere Stimme sagte mir, dass meine Nachricht ihn in einen latenten Alarmmodus versetzt hatte.

Zu allem Überfluss begann es auf halbem Weg in Strömen zu regnen, sodass ich bis auf die Haut durchnässt bei ihm ankam – und mir das Glück beschieden war, dass er mir tatsächlich die Tür öffnete. Ein wenig angefressen zwar, doch ebenso von Sorge getrieben. Nuschelnd begann Simon sich bereits auf der Türschwelle für den Rauswurf zu entschuldigen. Und als wollte er mir beweisen, dass er mir meine kleine Unverschämtheit nicht nachtrug, führte er mich erneut ins Wohnzimmer. Vor die geheimnisvolle Pforte hatte er jedoch ein Bücherregal geschoben und bot mir zudem einen Sessel an, der mit dem Rücken zu seinem antiken Luftverpester stand. Offenbar hoffte er, dass ich die Tür ignorierte, solange ich sie nicht direkt im Blickfeld hatte. Aus den Augen, aus dem Sinn.

Da das Wetter sich laut Vorhersage bis zum nächsten Tag nicht bessern sollte, bot mir Simon – womöglich vom schlechten Gewissen getrieben ob des Bewusstseins, bei meinem letzten Besuch überreagiert zu haben – überraschend an, über Nacht bleiben zu können, und hängte meine nasse Kleidung im Heizungskeller zum Trocknen auf.

»Das waren seine Worte?«, fragte er, nachdem er die beiden Seiten mit handschriftlichen Notizen gelesen hatte, die ich gestern Abend verfasst hatte.

»Nur in etwa das, woran ich mich nach dem Anhören noch erinnern konnte«, erklärte ich. »Vielleicht die Hälfte des Geschwafels, und weniger metaphorisch.«

»Und der Nachrichtenspeicher war anschließend leer?«

»Nein, nur diese Aufnahme fehlte – und das danach …«

»Was heißt danach?«

Ich erzählte Simon von dem seltsamen Vorfall, der sich nach dem Abspielen der Botschaft ereignet hatte. »Falls es sich dabei nicht um ein Echo gehandelt hatte«, fügte ich hinzu. »Oder eine Überlappung von Echo und Realität.«

»Gab es eine derartige Interferenz zuvor schon mal?«

»Nein«, sagte ich. »Definitiv nicht.«

Meine Notizen vor Augen, verfiel Simon in längeres Grübeln. »Du sagtest mal, dass der Splitter dort, wo er sitzt, wie ein Echoverstärker wirkt«, erinnerte er sich.

»Tut er.«

»Und deinen Worten zufolge befürchteten die Ärzte damals, dass er im Falle erhöhter physischer Aktivität oder unter dem Einfluss einer starken magnetischen Kraftquelle seine Position verändern könnte …«

»Ich habe keinen Marathonlauf absolviert«, sagte ich.

 »Aber eine Nacht lang durchkohabitiert«, befand Simon. »Das kommt in etwa aufs Gleiche raus.«

»Na, du musst es ja wissen …«

»Erzähl mir etwas über die Stimmen. Gab es phonetische Resonanzen oder Anzeichen für einen Verzerrer oder Vocoder?«

»Nein. Die dominantere der beiden klang tief und männlich.«

»Wahrscheinlich hatte der Alastor zeit seiner Umtriebe auf unserer Welt mehr männliche als weibliche Hüllen. Was du gehört hast, wird ein Querschnitt der Stimmen aller Menschen gewesen sein, in denen er je sein Unwesen getrieben hat.«

»Nach einem Dämonenchor hat es sich nicht angehört«, sagte ich. »Ich bin sicher, dass es nur zwei Stimmen gewesen sind. Die zweite hat wie die einer jungen Frau geklungen.«

»Wohl von dieser Cloe …«

»Zoë.«

»Richtig, entschuldige.«

Ich musterte Simon.

Die Ringe unter seinen Augen waren dunkler geworden, seine Gesichtshaut fleckiger und wächsern. Anna war nun schon seit fast zwei Monaten fort, und mein Gegenüber schaffte es nur leidlich, ihre Abwesenheit zu kompensieren, denn auch das Haus verkam zusehends.

»Wann hattest du zum letzten Mal gesunden, erholsamen Schlaf?«, wollte ich wissen.

Simon rollte mit den Augen. »Was hat sich eigentlich hinsichtlich des delphischen Rätsels auf der Kondolenzkarte ergeben?«, wechselte er das Thema. »Habt ihr den Jackpot geknackt?«

»Ich bin nicht sicher«, sagte ich und erzählte ihm von der Eingabemaske.

»Ein Multimedia-affiner Fluchdämon«, staunte mein Gegenüber. »Was treibt der Zeitgeist mitunter doch für seltsame Blüten ... Fiel dir an der Seite etwas auf?«

Simons Bewunderung für den Puppenspieler wirkte echt, was in mir einen leichten Grimm erzeugte. »Der Domainname«, sagte ich. »Lextalionis.«

In Simons Augen schlich sich ein Heureka-Leuchten. »Daher weht also der Wind ...«, murmelte er und begann meine Monolognotizen ein weiteres Mal zu lesen. »Die *Lex Talionis* ist das biblische Recht auf Vergeltung«, erklärte er, als er mein auffordernd Starren bemerkte. »Das Gesetz der Rache. Auge um Auge, Zahn um Zahn. Es ist das über allem stehende Existenzprinzip eines Alastors.«

»Und das bedeutet?«

»Dass es womöglich gar nicht die Saldek-Familie ist, der die Rache gilt.«

»Sondern?«

»Dir und Miriam«, sprach Simon meine insgeheime Befürchtung aus. »Es ist zwar nur eine Vermutung, aber offenbar habt ihr eurem Puppenspieler irgendwann einmal unwissentlich ans Bein gepinkelt, und das nicht zu sparsam. Diese Entitäten sind ziemlich nachtragend. Ganz besonders, wenn man ihnen beim Abarbeiten ihrer Agenda dazwischenfunkt.«

Ich erhob mich aus dem Sessel, stand einige Sekunden lang unentschieden im Zimmer und ließ mich schließlich auf die Couch fallen, auf der ich bei meinem letzten Besuch gesessen hatte. »Ist es möglich, dass Miriam und ich es mit demselben Puppenspieler wie vor sieben Monaten zu tun haben könnten?«, fragte ich mit Blick auf das Regal, das die stinkende Tür verdeckte.

Simon schien mein Platzwechsel sichtlich aus dem Konzept zu bringen. »Ich … weiß es nicht«, sagte er, wobei er dreinschaute, als versuchte er mich kraft seiner Gedanken zurück in den Sessel zu teleportieren.

»Dann frag sie!«, forderte ich ihn auf.

»Wen? Miriam?«

»Deine verdammten Windgötter! Öffne diese stinkende Pforte und frag sie nach dem Auslöser der Kaskade, in deren Sog wir treiben – sofern deine Anemoi nicht nur Hirngespinste sind. Ich will endlich wissen, womit wir es zu tun haben, Simon! Ich will wissen, was wir gegen diesen Alastor unternehmen können und wie ich mit Miriam da wieder rauskomme, bevor wir das Delta erreichen!«

»Das geht nicht.«

»Dieser ganze Schlamassel hat mit deinen allwissenden Geheimnismunklern begonnen«, erinnerte ich ihn. »Also sollen sie mir verdammt noch mal eine Antwort darauf geben, wie ich ihn beenden kann. Hier und heute!«

»Lex …«

»*Frag sie!*«, fuhr ich ihm lauter als beabsichtigt ins Wort. »Gib mir Antworten – oder melde dich in Zukunft nie wieder bei mir!«

Simon verfiel nach meinem Aufbegehren und Drängen in dumpfes, weingesättigtes Schweigen. Da meine Kleidung im Keller hing, konnte er mich jedoch nicht einfach im Morgenmantel vor die Tür setzen. Als ich mich bereits damit abgefunden hatte, dass er den Rest des Abends auf diese Weise aussitzen wollte und irgendwann im Sessel einschlafen würde, sagte er sehr leise und mit schwerer Zunge: »Ich werde sie ein einziges Mal für dich öffnen, Lex. Aber ich bitte dich im Namen unserer Freundschaft: Nötige mich kein zweites Mal dazu!« Er stellte sein Weinglas auf den Tisch. »Und erwähne diese Tür ab heute nie wieder, hast du verstanden? *Nie wieder!* Der Kollateralschaden ist auch so schon groß genug.«

Simon erhob sich schwerfällig, trottete zum Bücherregal und schob es ächzend zur Seite.

»Was ist das eigentlich für ein stinkendes Zeug auf dem Holz?«, fragte ich ihn, als die Pforte frei vor mir stand.

»Aromatisiertes Bitumen.« Simon schob den oberen Riegel zurück. »Gräberpech.«

Nach dem Öffnen der mittleren Sperre begann blendend weißes Licht durch den Spalt zwischen Tür und Zarge zu dringen und das Leuchten des Kaminfeuers zu überstrahlen. Als Simon seine Hand bereits auf dem Griff des unteren Riegels ruhen hatte, zögerte er jedoch. Es war fast, als wurde ihm in diesem Moment bewusst, was er gerade zu tun beabsichtigte. Während ich gebannt auf die leuchtende Fuge starrte, stemmte er sich mit der Schulter gegen die Tür und schob die beiden offenen Riegel wieder vor, woraufhin das Licht erlosch.

Zitternd lehnte Simon schließlich an der Pforte und starrte auf den Boden vor der imaginären Schwelle. In der Befürchtung, er hätte sich besonnen und seine Meinung geändert, ließ ich meine Hoffnung fahren.

»Schon gut«, sagte ich. »Du musst es nicht tun.«

Simon starrte eine Weile auf seine Fußspitzen, dann sagte er: »Es bedarf eines Wunsches, um sie zu öffnen, ohne dass es für dich Konsequenzen haben wird.«

»Eines Wunsches?«, stutzte ich. »Wie meinst du *das* jetzt schon wieder?«

»Die Anemoi verschwenden sich nicht gern an Nichtigkeiten.«

»Das ist doch lächerlich, Simon. Heiße ich etwa Aladin?«

Ich betrachtete die Türbeschläge, bemüht, einen bedeutungs-vollen oder elementaren Geistesblitz zu generieren, aber alles, was mir einfiel, war Kokolores, der auf der gleichen Niveaustufe stand wie *Friede auf Erden* oder *Rettet die Wale.*

»Na gut«, nickte ich schließlich und tippte mir an die Stirn. »Ich denke, ich habe einen.«

»Ich hoffe, es ist kein trivialer Blödsinn«, sagte Simon so ernst, wie es seine Verfassung zuließ. Dann schob er alle drei Riegel beiseite und zog die Tür auf.

Ich hielt den Atem an. Als ich durch die geöffnete Pforte blickte, verwandelte sich meine Spannung jedoch in konsterniertes Staunen. Simons Anspielungen und Geschichten, alles Erzählte, Erträumte und Gelesene, jedwede Phantasie und Erwartung, all das zerplatzte wie eine Seifenblase.

Hinter der Tür befand sich eine Wand. Kein Licht, keine Engel, keine geheimnisvollen Anemoi, lediglich eine schlichte weiße Wand. Sie wirkte nicht getüncht oder verputzt, sondern war eben wie poliertes Elfenbein und so weiß, als wäre ihre Farbe aus dem reinen, weißen Blut von Engeln gewonnen worden; ein blendend weißer Spiegel, der kein Abbild zurückwarf. Und als ich beim Betrachten zunehmend den Eindruck gewann, dass das Weiß sogar noch intensiver wurde, schloss Simon die Tür wieder und verriegelte sie. Dann strich er mit der Hand fast liebkosend über die Symbole auf den Metallbeschlägen.

»*Das* war alles?«, fragte ich verblüfft.

»Das war's.«

Später, als wir schweigend und jeder vor sich hin brütend beisammensaßen, Simon die Luft mit Pfeifenrauch schwängerte und ich nachdenklich an meinem Weinglas nippte, erfüllte mich eine innere Leere, einerseits genährt von Enttäuschung, andererseits durch ein Schuldgefühl Simon gegenüber, derart aufdringlich gewesen zu sein. Reue meinte ich auch aus seinem Blick herauszulesen, wobei mich der Verdacht beschlich, dass die seine nicht mir galt, sondern etwas anderem, Verborgenem. Simon wirkte auf mich wie ein Mönch, der ein heiliges Gelübde gebrochen hatte. Dabei sah er drein, als erwartete er jeden Moment, dass ich den Mund öffnete und das Unaussprechliche aussprach.

Die Tür … die Tür … *SIMON, DIE TÜR!*

Als ich das lange Schweigen brach und ihn beim Namen nannte, zuckte er zusammen und blickte mich erschrocken an. Nie zuvor hatte ich ihn in solch einer Verfassung gesehen.

»Wir sollten schlafen gehen«, befand er.

Während er mich ins Gästezimmer führte, redete er unentwegt, stellte Fragen, beantwortete sie selbst oder sprach zusammenhangloses Zeug, um mich unter keinen Umständen zu Wort kommen zu lassen.

Ich konnte nicht einschlafen, was angesichts des Regens, der auf das Fensterbrett prasselte, und der Gedanken, die in meinem Kopf kreisten, kaum verwunderlich war. Stundenlang lag ich wach und machte mir Gedanken über Miriam, die zunehmend seltsamer werdenden Ereignisse der vergangenen Tage und die Stimme auf meinem Anrufbeantworter. Und natürlich grübelte ich über die Pforte, Simons obskures ›Interface‹, und das vermeintlich Unglaubliche, das sich ihm zufolge dahinter verbarg. In meiner Phantasie sah ich die Tür wie von Geisterhand aufschwingen – und hoffte zugleich, dass sie sich nicht tatsächlich von allein öffnen möge, um etwas Unaussprechlichem den Zugang in Simons Wohnung zu gewähren. Etwas, das herauf ins Gästezimmer kam, um mir meinen Wunsch zu erfüllen …

Ich redete mir ein, es sei nur eine Scheintür, hinter der nichts weiter lauerte als blankes Mauergestein, grelle LEDs und eine Milchglasscheibe, die dazu dienten, Besuchern einen Schrecken einzujagen.

Es sei denn, Simon hatte einen raffinierten Trick angewandt, der griff, wenn man nur zwei Riegel öffnete und wieder schloss – und es existierte noch etwas *hinter* der vermeintlichen Milchglaswand.

Wahrscheinlich war es eine Kombination aus Neugier, Desillusion, geprellter Erwartung und dem Wunsch, Simons Trick zu durchschauen, die mich letztendlich aus dem Bett trieb. Eine verführerische, unwiderstehlich verlockende Stimme in meinem Kopf redete mir ein, dass hinter der Fläche aus poliertem Weiß mehr existierte als eine beleuchtete Milchglaswand oder ein blendender Spiegeltrick.

Nachdem ich mich davon überzeugt hatte, dass Simon seinen Rausch ausschlief, schlich ich hinunter ins Wohnzimmer. Es war nicht verschlossen, was mich ein wenig überraschte. Ich schob die Nachlässigkeit meines Gastgebers auf den Wein. Leise trat ich vor die Tür und betrachtete die Beschläge in der Hoffnung, doch noch irgendeine Art von Botschaft, Verheißung oder Warnung herauszulesen. Mit angehaltenem Atem begann ich so geräuschlos wie möglich die Riegel zu öffnen. Nach dem Verschieben der zweiten Sperre drang erneut ein verräterisch heller Lichtschein durch den Spalt zwischen Türblatt und Rahmen. Ich lauschte nach verdächtigen Geräuschen, doch im Obergeschoss regte sich nichts. Also schob ich auch den dritten Riegel zur Seite.

Bevor ich dazu kam, die Pforte zu öffnen, wurde sie von einer eiskalten Sturmbö aufgestoßen, die mich rückwärtsstorkeln ließ. Der durchs Zimmer tobende Wind sorgte innerhalb weniger Sekunden für ein Chaos aus umherwirbelnden Manuskriptseiten, Notizzetteln, Briefkuverts, von den Wänden gerissenen Postern und über den Boden schlitternden Pizzakartons. Gleißendes Licht flutete den Raum. Ich hielt mir schützend eine Hand vor die Augen und vermeinte aus der oberen Etage Simons entsetzten Schrei zu hören.

Etwas bewegte sich im Strahlen jenseits der Tür. Es war riesig, schien jedoch weit entfernt zu schweben. Nur langsam gewöhnten sich meine Augen an die Helligkeit jenseits der Pforte. Von Sekunde zu Sekunde erkannte ich das gigantische Ding deutlicher. Was ich sah, vermag ich kaum zu beschreiben. Es gibt keine Worte für das, was sich mir jenseits der Tür offenbarte. Alles an ihm leuchtete, glänzte und flirrte. Das gigantische Ding schien fast nur aus Licht zu bestehen.

Simons lauter werdende Rufe kaum wahrnehmend, trat ich vor bis an die Türschwelle. Die strahlende Masse jenseits der Pforte vereinte so viele ständig wechselnde Formen in sich, dass ich keine klaren Konturen zu erkennen vermochte. Sie sank in sich hinein, quoll aus sich heraus, wand sich einem lebendigen Tesserakt gleich und strahlte dabei im reinsten Licht, dem ich je ausgesetzt gewesen war. Umschwärmt wurde das gigantische Ding von Legionen kleinerer, länglicher Objekte, die gleich ihm selbst in es eindrangen und wieder aus ihm hervortraten. Sie waren überall, oben, unten, schienen den unbegreiflichen Raum jenseits der Tür bis in die Unendlichkeit zu bevölkern.

Eines der kleineren Gebilde kam herangeschwebt und näherte sich der Pforte bis auf wenige Meter. Dort verharrte es und schien zu zögern, als würde es mich studieren. Sein Körper, falls er als solcher bezeichnet werden konnte, war länglich und transparent und erinnerte an eine gigantische Salmonelle. Es war fast doppelt so groß wie ein Mensch und in drei Segmente untergliedert. Zwei tentakelähnliche Gebilde entwuchsen ihm zu beiden Seiten des Mittelkorpus und schlängelten im Licht, fast so, als versuchte das Geschöpf mit ihnen die Balance zu halten. Wellenartig wogte es auf und ab, wobei ein dunkler Punkt an der Spitze des Vordersegments starr auf mich gerichtet war. Plötzlich zuckte einer der beiden Tentakel vor und umschlang mein linkes Handgelenk, wobei das Wesen bis auf Armlänge herangeschwebt kam.

Die Berührung fühlte sich an, als ob mich eine Fessel aus kaltem Nebel ergriff. Es geschah ohne Gewalt, fast so, als reichte mir das Wesen zur Begrüßung die Hand. Gleichzeitig erscholl neben mir ein wilder Aufschrei. Simon stürzte sich mit der Schulter gegen die Tür und stieß sie zu, kurz bevor mich der lichterfüllte Körper erreicht hatte. Der Tentakel wurde abgetrennt und leuchtete in der Dunkelheit des Zimmers an meinem Handgelenk nach, ehe er mit meinem Arm zu verschmelzen schien und sein Glühen erlosch.

Simon, noch immer alles andere als nüchtern, schäumte vor Wut, schrie und zeterte, was ich in meinem grenzenlosen Leichtsinn hätte anrichten können. Die restliche Nacht verbrachte ich weiterhin schlaflos, doch völlig euphorisiert, und kaum dass der Morgen graute, warf Simon mich erneut aus dem Haus.

Seltsamerweise berührten mich seine Belange kaum. Im Gegenteil, ich hörte gar nicht hin, sondern fühlte mich nur berauscht. Ebenso wenig wunderte ich mich darüber, was er so beharrlich hinter der Tür verborgen gehalten hatte. Ich hatte sein Vertrauen missbraucht, doch schämte mich nicht dafür. Je länger der Vorfall zurücklag, desto selbstverständlicher erschien mir meine nächtliche Aktion. Als ich an der Bahnstation von Askenburg ankam, hatte ich Simons Schimpftirade fast schon wieder vergessen. Meine einzige Sorge an diesem Morgen galt der Heimfahrt. Ich fürchtete, dass der Zug in die Stadt entgleisen könnte, da ich aus Nachlässigkeit mit dem linken Fuß zuerst eingestiegen war. Am Handgelenk, das der Lichttentakel umschlungen gehabt hatte, fühlte ich ein leichtes, stetes Pochen.

23

Kaum zurück in den eigenen vier Wänden, bekam ich Kopfschmerzen und Fieber. Dazu gesellte sich eine quälende Unruhe, die mich rastlos durch die Wohnung trieb. Am Nachmittag lag meine schweißnasse Kleidung so unangenehm auf der Haut, als wären meine Nerven überreizt, was dazu führte, dass ich irgendwann nur noch in Unterwäsche durch die Zimmer schlich.

Gegen Abend begann mein Magen zu schmerzen, doch ich verspürte keinen Appetit. Es ekelte mich regelrecht vor dem Essen. Der Vernunft zuliebe überwand ich mich, zumindest ein paar Vitamintabletten mit einem Glas Wasser hinunterzuspülen.

Als es dunkel wurde, schaltete ich in der Wohnung alle Lichter an und wanderte weiter friedlos umher. Wider jegliche Vernunft hatte ich das Gefühl, dass sich hinter meinem Rücken Dinge veränderten. Möbel schienen an anderen Plätzen zu stehen als noch Minuten zuvor, offene Gardinen waren geschlossen, und ständig wehte ein Luftzug durch die Räume, obwohl kein Fenster geöffnet war. Ich lief durch die gesamte Wohnung, sah hinter die Schränke, schaute hinter die Vorhänge. Was ich auch unternahm, ich wurde das beklemmende Gefühl nicht los, in meiner Wohnung nicht mehr allein zu sein.

»Persekutionsdelirium«, stellte Vinzenz in einer seiner berühmten Ferndiagnosen fest, nachdem ich ihn spätabends aus dem Bett geklingelt hatte. »Klingt nach Meth.«

»Wonach?«

»Methylamphetamin, gemeinhin Crystal genannt. Die Symptome sind nahezu identisch: Party ohne Ende.«

»Nach Party fühlt es sich nicht an«, brummte ich, während ich die bandagierte Hand an der Kante eines Sideboards rieb, um das lästige Jucken der heilenden Wunde unter dem Verband zu beenden.

»Klar, du Schlaumeier«, sagte Vinzenz. »Für den Spaß musst du natürlich selbst sorgen.«

Den Telefonhörer zwischen Kinn und Schulter geklemmt, nestelte ich an den grau gewordenen Mullbinden herum. Während das linke Handgelenk noch immer pulsierte, wurde der Juckreiz an meinem rechten Daumenballen innerhalb kurzer Zeit so quälend, dass ich schließlich Jelens Verband mit dem Finger genervt ein Stück zur Seite zog.

»Lex?«, fragte Vinzenz. »Noch da?«

Ich antwortete nicht, sondern starrte meinen rechten Daumen an. Die Krallenwunde hatte sich wieder geöffnet, aber heraus trat kein Blut, sondern Licht.

Meine Hände begannen zu zittern wie die eines Parkinson-Kranken. *Was du siehst, geschieht nicht wirklich,* beschwichtigte eine nicht gerade seriös klingende Stimme in meinem Kopf. *Es ist nur ein Echo. Versuche dich abzulenken. Unternimm etwas Kreatives. Geh in den Park und grab ein Loch.*

»Muss jetzt aufhören«, murmelte ich. »Melde mich wieder.« Ich hörte Vinzenz noch etwas sagen, dass wie ›Tabernakel‹ klang, dann brach die Verbindung ab.

Die rechte Hand zur Faust geballt, lief ich auf dem Flur auf und ab. Schließlich nahm ich eine Schere, schnitt die Binden an einer

Stelle auf und wickelte den Verband ab. Zu meiner Verwunderung war die Wunde an meinem Daumenballen verschwunden. Kein Licht, kein Blut, keine gerötete Haut. Nicht einmal eine Narbe zeugte noch von ihr, fast so, als wäre das Malheur mit der Katze nie passiert.

Obwohl nach den Ereignissen der vergangenen Tage jede Faser meines Körpers um Schlaf bettelte, fand ich auch in dieser Nacht kaum Ruhe. Zwar gelang es mir bisweilen für kurze Zeit einzunicken, doch ohne mich dabei zu erholen. Manchmal hatte ich den Eindruck, zu schlafen und mich zugleich selbst zu beobachten. Dabei kam es mir vor, als ob sich etwas an mich heranschlich. Ich konnte diese Bedrohung nicht sehen, aber sie war da. Sie bedeckte mich, drückte mit schrecklicher Kraft zu, drohte mich zu zerquetschen, in sich aufzusaugen. Irgendwann erwachte ich schließlich schweißgebadet und nach Luft ringend, und mein Herz ging wie eine Trommel.

Am nächsten Morgen war zwar das Fieber gesunken, aber ich fühlte mich keinesfalls gesund. Im Gegenteil, in meinem Kopf drehte ein Bulldozer seine Runden, und meine Arme und mein Rücken schmerzten wie unter einer gewaltigen Last. Genervt von diesem Zustand schluckte ich zwei von Simons Schmerztabletten und spülte sie mit einer halben Flasche Wein herunter, in der Hoffnung, der Alkohol würde die Wirkung des Medikaments beschleunigen.

Bald darauf hatte ich das Gefühl, ein Scherzbold hätte die Schwerkraft in meiner Wohnung auf Gravitationsgeisterbahn geschaltet: Mond auf dem Flur, Jupiter in den Ecken, Erde in der Küche, null G im Esszimmer, Pluto im Schlafzimmer und ein Schwarzes Loch in unmittelbarer Nähe der Toilettenschüssel. Während der Cocktail zunehmend seine Wirkung zu entfalten begann, verlor ich beim ziellosen Umherirren in der Wohnung immer wieder das Gleichgewicht und musste mich an den Wänden abstützen. Als das Telefon klingelte, stand ich für Sekunden schreckensstarr im Flur und glotzte den Apparat an, als würde er mir jeden Augenblick blut-dürstig an die Kehle springen.

Nachdem ich widerstrebend abgehoben und mich gemeldet hatte, hörte ich am anderen Ende der Leitung ein Seufzen.

»Na endlich!«, meldete sich Miriam. Sie klang verstimmt, aber gleichwohl erleichtert. »Seit Sonntag versuche ich dich zu errei-chen.«

Ich atmete tief durch. »Hi«, sagte ich. »Dir auch einen schönen Tag.«

Sekundenlang herrschte Stille, dann fragte Miriam: »Bist du etwa betrunken?«

»Nicht wirklich. Ich meine, nicht ganz.«

Miriam sagte etwas, das ich nicht verstand, weil mir der Hörer aus der Hand rutschte, über den Flurboden schlitterte und unter einem Sideboard verschwand. Ich ging auf die Knie und krabbelte dem Telefon hinterher.

»Lex?«, rief Miriam irgendwann so laut, dass ich einfach nur blind nach ihrer Stimme zu greifen brauchte. »Mein Gott, Lex, bitte antworte! *Lex!?*«

»Tut mir leid«, nuschelte ich, als ich den Hörer wieder ein-gefangen hatte. Stöhnend legte ich mich auf den Rücken und streckte mich auf dem Parkett aus. »Bist mir runtergefallen«, ent-schuldigte ich mich und versuchte dabei auf der richtigen Seite in den Hörer zu sprechen. »Was hattest du gesagt?«

Als Reaktion erklang eine Schimpftirade.

»He, tut mir leid«, sagte ich, als ich Miriam weinen hörte. »Ich fühl mich gerade nicht so gut.«

»Ach, wirklich?«, schnaubte sie. Wahrscheinlich hatte es für sie geklungen, als wäre ich mitten im Gespräch tot umgekippt. »Hast du die Mailbox deaktiviert?«, fragte sie. »Ich habe es mindestens ein Dutzend Mal versucht.«

Ich warf einen Blick auf das Display. »Tut mir leid«, wieder-holte ich mich. »Hier wird nichts angezeigt.« Ich überlegte, dann fügte ich hinzu: »Irgendwas scheint mit meiner Leitung nicht zu stimmen.«

»Wie meinst du das?«

Ich zuckte mit den Schultern.

»Lex?«

»Ja?«

Am anderen Ende der Leitung erklang ein seltsames Geräusch. »Weißt du was?«, sagte Miriam. »Du kannst mich mal! Melde dich bei Hendrik, wenn du wieder bei Sinnen bist!«

»Ja«, sagte ich, nachdem sie die Verbindung längst ohne weiteren Kommentar beendet hatte. »Ja, sag ihm Grüße …«

Es vergingen einige Minuten, in denen ich einfach nur dalag und an die Dielendecke starrte. Das Tonsignal einer eingehenden SMS ließ mich zusammenzucken. Ich erwartete etwas Kurzes, Knackiges zu lesen wie IDIOT!, DU ARSCH! oder etwas ähnlich Adäquates, das Miriams Groll untermauerte. Stattdessen standen auf dem Display die Worte: LASS DEN SCHMETTERLING FREI!

Im Jahr 1963 hatte der amerikanische Mathematiker und Meteorologe Edward Norton Lorenz atmosphärische Luftströmungen mithilfe eines vereinfachten Konvektionsmodells untersucht und seinen Computer mit Wetterdaten gefüttert, um daraus langfristige Prognosen zu erstellen. Dabei war er zu dem illustrativen Schluss gekommen, dass kleine Faktoren wie etwa der Flügelschlag eines Falters in Afrika darüber entscheiden können, ob Tage später ein Hurrikan über dem Golf von Mexiko wütet oder nicht.

Der Schmetterlingseffekt war geboren – obwohl Lorenz für sein ursprüngliches Modell eigentlich den Flügelschlag einer Möwe verwendet hatte. Dem Siegeszug seiner Theorie von Ursache, Wirkung und Werden hatte die nachträgliche Minimalisierung keinen Abbruch getan.

Offensichtlich hatte sich das Prinzip der Kausalität auch in Miriams Denken als Erfolgsmodell etabliert.

Ich starrte das Telefon an. Dann tippte ich ein Fragezeichen und sendete es an sie zurück. Es dauerte keine zwanzig Sekunden, bis ihre Antwort eintraf. Statt einer erhellenden Anmerkung leuchteten auf dem Display jedoch nur drei Fragezeichen. Ich rappelte mich auf, schleppte mich ins Bad und hielt meinen Kopf ein paar Minuten lang unter kaltes Wasser. Noch mit dem Handtuch auf den halb getrockneten Haaren wählte ich Miriams Nummer.

»Ich bin's«, meldete ich mich, als sie abhob. »Wie hast du das gemeint?«

»Was?«, fragte Miriam nach kurzem Schweigen.

»Das mit dem Schmetterling. Vorhin, in deiner SMS.«

Erneut herrschte Stille am anderen Ende der Leitung. Wahrscheinlich zweifelte Miriam mittlerweile ernsthaft an meinem Geisteszustand. Schließlich sagte sie: »Ich habe dir keine SMS geschickt, Lex.«

Klack! Verbindung beendet.

Eine Stunde später schlenderte ich aufgewühlt und noch immer reichlich benebelt durch den nächtlichen Stadtpark – und verspürte mit jeder Faser meines Körpers das Gefühl, dass mir etwas folgte. Ich hatte den Eindruck, es atmen zu hören. Es musste fast meine Absätze berühren, so nahe war es.

Lass den Schmetterling frei …

Ein Schauer überkam mich, aber mir war nicht kalt. Zumindest nicht körperlich. Es war vielmehr, als ob diese Kälte nur in meinen Gedanken existierte. Ich hatte nicht den Mut, über meine Schulter zu sehen, befürchtete, eine riesige, halb verbrannte Katze zu erblicken, die einen Schwall blauer Flüssigkeit über mich erbrach. Atemlos begann ich durch den Park zu rennen, bis mein Körper vor Anstrengung schmerzte. Schließlich zwang mich ein Impuls, doch herumzuwirbeln. Ich tat es blitzschnell, mit angehaltenem Atem – aber ich stand allein auf weiter Flur. Nichts und niemand war in meiner Nähe, nur dieses nagende Angstgefühl. Irgendwann erreichte ich einen der Ausgänge und stand auf der Hauptstraße vor einer Reihe geparkter Autos, mottenumschwirrten Straßenlaternen und den grauen Häusern mit ihren kleinen Wohnungen.

24

Es geschah, als ich mich dem Hauseingang näherte. Wenige Meter vor mir schwebte plötzlich ein kaum wahrnehmbarer Schemen in der Luft, der aussah wie ein riesiges Bakterium. Ehe ich mich versah, glitt er einem Gespenst gleich durch die geschlossene Haustür und war verschwunden.

Argwöhnisch stieg ich die fünfstufige Eingangstreppe empor und tastete das Holz ab. Alles wirkte normal und massiv. Ich sah mich nach Zeugen des gespenstischen Vorfalls um, entdeckte niemanden in der Nähe und legte schließlich ein Ohr an die Tür. Aus dem dahinter liegenden Korridor war kein Laut zu hören.

Hatte ich mir das nebulöse Ding nur eingebildet? Wie in Zeitlupe zog ich meinen Schlüsselbund aus der Jackentasche, unsicher, ob der Tablettencocktail die Halluzination hervorgerufen haben mochte oder hinter dem Eingang tatsächlich eine walrossgroße Makrobakterie auf mich lauerte.

Leise drehte ich den Schlüssel im Schloss, drückte die Tür auf und betrat mit dem rechten Fuß zuerst das Haus …

Im nächsten Augenblick fand ich mich inmitten von Unrat liegend am Fuß der Treppe wieder. Zuerst glaubte ich, beim Betreten des Flurs einen Blackout gehabt und beim Sturz von der Treppe die Besinnung verloren zu haben.

Verwundert musste ich jedoch feststellen, dass die gesamte Umgebung sich verändert hatte. Statt des Parks, den ich verlassen zu haben glaubte, erhob sich auf der gegenüberliegenden, nun gut doppelt so weit entfernten Straßenseite eine Häuserzeile vor dem nachtdunklen Himmel.

Vorsichtig streckte ich meine Glieder und war erleichtert, mir keine ernsten Sturzverletzungen zugezogen zu haben. Wie es mich hierher verschlagen hatte, war mir ein Rätsel. Ich hatte einen kompletten Filmriss. Mit fahrigen Bewegungen suchte ich meine Taschen ab. Brieftasche, Mobiltelefon, Schlüsselbund, alles war noch da. Das Handy ließ sich jedoch nicht aktivieren und die Digitalanzeige meiner Armbanduhr war blind.

Ich ließ meinen Blick über die Hausfassaden wandern. In jeder Richtung, in die ich sah, schien mit der Perspektive etwas nicht zu stimmen. Alles war verschoben und verzerrt, als betrachtete ich meine Umgebung durch eine minderwertig geschliffene Glasscheibe. Über den Häusern spannte sich ein tiefschwarzer Nachthimmel, doch obwohl die Luft klar war, sah ich keine Sterne.

Mein Blick fand zurück zu den einzigen Objekten, die sich innerhalb der statischen Kulisse bewegten. Es waren große, metallisch blau schimmernde Falter, die wie in Zeitlupe die wenigen brennenden Straßenlaternen umschwärmten. Die kopfsteingepflasterte Straße, an der ich hockte, war mir nicht vertraut. Ich überlegte, wann und wo ich zum letzten Mal eine gepflasterte Straße gesehen hatte, konnte mich aber nicht daran erinnern. Der Gestank verrottender Algen hing in der Luft, was mich vermuten ließ, dass es mich in die Nähe des Flusses oder des Frachthafens verschlagen hatte. In keinem der Gebäude, die die Straße säumten, brannte Licht. Der Hauseingang, vor dem ich saß, war geschlossen und von innen mit Brettern verrammelt. Nirgendwo standen Straßenschilder oder geparkte Fahrzeuge am Straßenrand. Ich erspähte keine Hausnummern oder Briefkästen. Der Straßenzug wirkte wie eine nachtverwaiste Kulisse, in deren Laternenschein nur die blauen Prachtfalter ihr Ballett tanzten. Weder Stimmen noch Verkehrslärm waren zu hören. Die einzigen Geräusche stammten von den leise über das Glas der Laternen streichenden Schmetterlingsflügeln und dem Rauschen des Blutes in meinen Ohren.

In keiner Stadt der Welt konnte eine solche Stille herrschen …

Ich erhob mich, stand für einen Augenblick schwankend am Fuß der Treppe, bekam einen Schwindelanfall und sank kraftlos zurück auf die Stufen. Mein Puls raste, als hätte ich versucht, mit jugendlichem Elan den Körper eines Greises aufzurichten. Ich betrachtete meine Hände. Es waren *meine* Hände, aber ich fühlte mich so ausgezehrt, als hätte ich sämtliche Lebensenergie an jenem Ort zurückgelassen, an dem ich normalerweise hätte sein müssen.

Ein leises Geräusch ließ mich aufhorchen. Es klang wie das regelmäßige Aufsetzen eines Spazierstocks. Als es näher kam, mischte sich ein leises Poltern dazu, fast so, als würde ein harter Gegenstand über das Kopfsteinpflaster hüpfen. Ich musste an ein Kind denken, das ein Holzspielzeug auf Rädern an einer Schnur hinter sich herzog.

Aus einer nahen Querstraße trat schließlich eine korpulente, lahmende Gestalt ins Licht der Laternen. Sie setzte ihren Gehstock vor sich ab, tat einen Schritt vorwärts und zog ihr steifes, verkrüppeltes rechtes Bein nach. Es erzeugte das Klackern, während es über die Pflastersteine schleifte. Das Gesicht des Fremden war aufgedunsen, sein Blick starr zu Boden gerichtet. Wie eine schwerfällige Maschine schleppte er sich über die Straße, bis er auf Höhe der Treppe vor dem Bürgersteig stand.

Ihm ein ungepflegtes Äußeres zu attestieren, war noch schmeichelhaft ausgedrückt. Der Großteil seines Gesichts wurde vom Schatten eines altmodischen, breitkrempigen Hutes verdeckt. Sein meliertes Haar klebte in feuchten Strähnen an seinem Hals und seinen Wangen, die vor Nässe triefende Kleidung roch nach Brackwasser und fauligem Schlamm. Er trug ein ehemals wohl weißes Hemd, das sich durch den Schlick dunkelgrau verfärbt hatte und ihm verlumpt aus der Hose hing. Der Schlamm haftete auch in seinem Haar und unter seinen Fingernägeln. Etwas an seinen im Schatten liegenden Gesichtszügen kam mir vertraut vor, doch ich vermochte sie keiner mir bekannten Person zuzuordnen. Über seinem Hemd trug der Fremde einen leeren Schulterholster. Sein rechtes Bein wies auf Höhe des Knies einen markanten Knick auf und war fast um die halbe Achse nach hinten verdreht. Während er schweigend vor mir stand, bildete sich unter ihm langsam eine Pfütze.

»Ist mit Ihnen alles okay?«, fragte ich. »Ihr Bein sieht nicht gut aus …«

Der Krüppel blickte an sich herab. »Ja«, sagte er schließlich mit halb erstickter Stimme, wobei ihm dunkles, schlammiges Wasser aus dem Mund rann. »Die verdammte Prothese hat im Wasser ein wenig gelitten. Ist ein Anker draufgefallen. Nicht weiter tragisch.« Er schob seinen Hut einen Zentimeter nach oben, doch nicht hoch genug, um das Gesicht aus seinem Schatten zu befreien. »Habe mal gehört, Ertrinken sei ganz angenehm, solange man sich nicht dagegen wehrt«, murmelte er mit maskenhafter Ausdruckslosigkeit. »Bullshit, sag ich dir, genau wie die Scheiße mit dem Paradies oder den Jungfrauen. Wenn man es schließlich geschafft und den letzten Kacker rausgedrückt hat, ist dort unten alles nur noch arschkalt und dunkel. Aber man gewöhnt sich daran.«

Ich schüttelte irritiert den Kopf. »Kennen wir uns?«

Der seltsame Kauz hob den Kopf wieder ein Stück, und ich bildete mir ein, ein Paar bleicher, blinder Augen im Schatten zu erkennen. Allerdings bezweifelte ich, dass er mich sehen konnte. Wahrscheinlich orientierte er sich am Klang meiner Stimme.

»Wundert mich, dass du hier frei rumhängst«, murmelte er. »Du hast doch einen Mord begangen …«

»Ich bin sicher, Sie verwechseln mich mit jemandem«, entgegnete ich. »Gehen Sie weiter.«

Mein Gegenüber schüttelte wie in Zeitlupe den Kopf. »Ganz gewiss nicht, Lex. Ich darf dich doch Lex nennen, oder?« Er trat näher und schob seinen Hut in den Nacken, sodass sein Gesicht vom Laternenlicht angestrahlt wurde. »Erinnerst du dich etwa nicht an mich? Das ist wirklich traurig. Immerhin hast du mir eine unter die Haube geknallt.«

Ich starrte den Krüppel an. »Jonas?«, fragte ich ungläubig, als ich unter dem Schlamm und den wirren Haarsträhnen endlich Gesichtszüge erkannte. »Aber – das ist unmöglich!«

»Lustig, diese Worte ausgerechnet von dir zu hören, alter Freund – ist der Tod doch ein elementarer, geradezu zwingender Bestandteil deines Lebens.« Er starrte in eine unerreichbare Ferne, ohne zu blinzeln. »Jeden Tag werden wir ermordet. Jeden Tag begehen wir einen Mord. Jeden Tag laufen wir irgendwo an einem Mord vorbei. Und du hast *mich* ermordet. Hast du es etwa schon vergessen? Einen Mord vergisst man doch nicht, Lex. Das tun nur die schlechten Menschen. Unser aller Leben, Streben und

Sterben definiert sich doch aus Erinnerungen. Ist dir dein Seelenheil denn gar nichts wert?«

»Ich muss jede gottverdammte Nacht an dich denken, Jonas!«, entgegnete ich und strich das Haar an meinem Nacken empor, sodass er die darunter verborgene Narbe sehen konnte. »Weil jede Nacht meine letzte sein könnte. Das verfluchte Ding in meinem Schädel wird mich *immer* an dich erinnern!«

»Gelobt seien die Nixen und Melusinen«, grinste Hardberg. Zwischen seinen gelben Zahnhälsen hingen Algenreste. »Wenn du mich nicht vergisst, kann ich ja in aller Ruhe tot bleiben. Sonst muss ich nämlich wiederkommen und dich daran erinnern, dass du mich auf dem Gewissen hast. Und das ist sehr anstrengend für mich. Ich bin nicht mehr der Jüngste, und wenn ich dort unten im Schlamm liege, dann löst sich so langsam auch das Fleisch von meinen Knochen. Ich sehe dann beim nächsten Mal nicht mehr so schön aus.«

»Was redest du da für einen Bockmist, Jonas?«, erregte ich mich über seine Worte. Es fühlte sich an, als würde die Wut eines Fremden in mir gären. »Ich musste deine obduzierte Leiche identifizieren!«, hielt ich ihm entgegen, den Zeigefinger meiner rechten Hand anklagend auf ihn gerichtet. »Ich war auf deiner gottverdammten Beerdigung!«

»Lex, Lex, Lex …« Das Wasser quoll aus seinem Mund wie aus einer Kolbenpumpe. »Entspann dich, alter Freund. Dein Verstand ist mit so simplen Mitteln aus den Angeln zu heben, dass ich nicht weiß, ob ich lachen oder weinen soll.«

»Bringst du da nicht etwas durcheinander?«

»Ich?« Hardberg setzte mir das Ende seines Gehstocks an die Brust und stieß mich zurück Richtung Treppe. »Das hier ist *deine* Phantasmagorie, Lex. Ich bin darin nur ein von deinem schlechten Gewissen miserabel bezahlter Statist.«

Ich sah ihn verdutzt an, dann blickte ich die Straße hinab. Die Häuser in der Ferne wurden immer farbloser und begannen mit dem grauen Dahinter zu verschwimmen. »Das hier geschieht nicht wirklich«, dämmerte es mir. »Wir sind im Visionarium. Nichts hiervon ist real – auch nicht du!«

Hardberg legte den Kopf in den Nacken und starrte in den schwarzen Himmel. »Wer ist das heutzutage schon?«, sinnierte er. »Wenn du mich fragst: Die Realität wird völlig überschätzt. Kennst du die Geschichte vom traurigen Zauberer, dessen größter Trick nur funktionierte, solange niemand hinsah? Um ihn erstmals aufzuführen, bat er in seiner letzten famosen Show daher das erwartungsvolle Publikum darum, für einen Moment die Augen zu schließen. Doch als es ihm diesen Wunsch erfüllte, sah niemand mehr, dass zum ersten Mal seit langer Zeit wieder ein glückliches Lächeln die Lippen des Zauberers umspielte – bevor er mitten im dramatischen Orchestertrommelwirbel einfach aufhörte zu existieren. Für immer von der Bühne und aus den Erinnerungen der Menschen zu verschwinden, das war sein *Clou du spectacle*.

Es heißt, Realität entstehe erst durch den Versuch, sie zu beobachten. Was also glaubst du, Lex? Existiert der Mond, wenn niemand zu ihm emporblickt? Existiert die Realität, solange du schläfst?« Er hob seinen Hut an und entblößte die tödliche Verletzung, die ich ihm zugefügt hatte. Dort, wo das Projektil aus meiner Waffe ihn einst getroffen hatte, quoll Hirnmasse aus der Wunde. »Bedeutend ist einzig, was in unseren Köpfen vor sich geht, Lex. In den grauen Windungen liegt die Wahrheit verborgen, nicht in der Chimäre, die der Zauberer uns als Realität vorgaukeln will.« Er drückte die Hirnmasse mit zwei Fingern zurück und setzte den Hut wieder auf. »Guter Schuss übrigens«, lobte er mich. »Ein wahrer Harvey-Oswald-Schädelknacker, den du mir da verpasst hast. Aber warte, der Tod hat mir auch einen großartigen Trick beigebracht!« Er hob den Stock an, reckte die Arme in die Höhe und drehte sich wie ein Derwisch im Kreis, woraufhin sein Gesicht sich in eine aus blauen Schmetterlingsflügeln gebildete Maske mit leeren, schwarzen Augenhöhlen verwandelte. »Wie findest du das?«, fragte er. »Habe ich nun eine höhere Existenzberechtigung in deiner Neuronen-Arena?«

Ich war auf allen vieren zurückgewichen, soweit es die Treppe zuließ. »Du bist ebenso ein Trugbild wie Jonas«, beurteilte ich die Verwandlung. »Nur eine Projektion meines Unterbewusstseins.«

»Der brennende, salbadernde Dornbusch in der Wüste …«
Mein Gegenüber grinste. Es war ein finsterer, lippenloser Spalt,
der sich zwischen den schimmernden Flügeln auftat. »Aber was,
wenn ich doch real bin?«, fragte es. »Wenn ich tatsächlich mit dir
spreche, du wahrhaftig meine Stimme hörst, aber dein vernebeltes
Hirn nur den falschen Film dazu abspielt? Was schützt dich dann
vor meinem Feuer, Lex?«

Es hob eine Hand und zog einen der Schmetterlinge wie einen
Fetzen toter Haut von seinem Gesicht. »Bedauerlicherweise wirst
du dich nicht sehr lange an dieses kleine Stelldichein hier erinnern.
Es wird unter den Eindrücken der wahren Realität verblassen wie
fast alle Träume.« Der Falter löste sich von seinen Fingern und
stieg schwerfällig hinauf zum nächsten Laternenlicht.

»Findest du nicht auch, dass Blau eine wundervolle, ja geradezu
magische Farbe ist?«, fragte die Echo-Inkarnation. »Es gibt so
viele bemerkenswerte blaue Dinge auf der Welt: den Himmel,
die Treue – und eine kleine unscheinbare Blüte, die jedem, der
sie sieht, leise zuraunt: Vergissmeinnicht!« Sie tippte an ihre Hut-
krempe. »Man hört voneinander, Lex.« Dann wandte sie sich um,
setzte den Gehstock vor sich ab, spannte die Muskeln und zog ihr
Bein nach.

Ungewöhnlich flink bewegte Hardbergs Wiedergänger sich
die Straße hinunter und verschwand bald darauf in einer Seiten-
gasse. Aber all das registrierte ich kaum noch. Mein Blick war zum
Himmel emporgewandert, zu dem strahlenden Wesen, das dort
über den Hausdächern schwebte. Es hatte zwei tentakelartige Auswüchse, mit denen es in der Luft die Balance hielt, und bewegte
seinen durchscheinenden Leib wellenartig auf und ab …

25

»Herr Crohn?«, vernahm ich eine ältliche weibliche Stimme. Im nächsten Augenblick verspürte ich einen schmerzhaften Stoß gegen die Rippen. »Hören Sie mich?« Sekundenlang herrschte Stille, dann kassierte ich einen weiteren Treffer in die Seite. »Ist mit Ihnen alles in Ordnung? Herr Crohn?«

»Ja«, murmelte ich, ohne zu realisieren, warum ich drangsaliert wurde. »Ja, natürlich …« Zumindest bildete ich mir ein, die Worte gesprochen zu haben.

Das Ding, das mir den dumpfen Schmerz zufügte, quietschte leise, als es sich ruckartig vor und zurück bewegte, ohne vollends von mir abzulassen.

»Herr Crohn!«, wiederholte die Stimme nun schriller und drängender. Falls meine Sinne mich nicht erneut trogen, gehörte sie Maria Pohl, einer betagten Dame aus der sechsten Etage, die das Apartment unter mir bewohnte.

»Herr Crohn!«

Ich schlug die Augen just in dem Augenblick auf, als sie mir ein weiteres Mal ein Rad ihres Rollators in die Seite rammte. »Sie können hier nicht schlafen!«, rügte sie mich. »Haben Sie denn keine Manieren?«

Ich blinzelte sie aus der Froschperspektive herauf an, dann sah ich mich verwirrt um und erkannte die offen stehende Kabine des Fahrstuhls aus ungewohntem Blickwinkel. Peinlich berührt setzte ich mich auf, tastete nach dem in die Kabinenwand eingelassenen Handgriff und zog mich daran auf die Beine.

»Verzeihung«, murmelte ich, als die alte Dame wieder Normalgröße angenommen hatte. »War keine Absicht.«

»Nun machen Sie schon Platz!«, forderte sie mich auf und schob ihren Matronenrover in den Aufzug. »Ich muss meinen Beutel wechseln!« Sie drückte dreimal hintereinander die Taste mit der 6, dann fügte sie mit vorwurfsvollem Blick hinzu: »Wegen

Ihnen wäre mir eben beim Bücken fast der Katheter aus der Ritze gerutscht!«

Na, vielen Dank!, seufzte ich in Gedanken, darum bemüht, keine Miene zu verziehen. *Ein schlichtes ›Ich hab's eilig‹ hätte es auch getan.*

Maria Pohl war ein Unikat. Zu Kriegsbeginn geboren, in Nachkriegstrümmerwüsten die Kindheit und Jugend verschwendet, im strafbeflissenen Zuckerbrot-und-Peitsche-Disziplinarsystem vergrämter Ex-Nazis erwachsen geworden, von Seitenscheitel- und Hornbrillenträgern zur gebärfreudigen Kind- und Gattenverköstigungs-Waschmaschine erzogen und letztlich in den späten 1980er-Jahren von einem Sonderzug der davonrasenden Zukunft überholt. Dennoch hielt sie sich im elektrifizierten und digitalisierten Hier und Jetzt noch ganz passabel. Im Gepäckkorb ihres Rollators lag eine mit Weinflaschen und Instant-Kartoffelbreipackungen gefüllte Einkaufstüte aus dem 24-Stunden-Kiosk um die Ecke.

»Sie führen ein zu unstetes Leben, Herr Crohn«, befand sie, nachdem sie mich gemustert hatte. »Wenn Sie so weitermachen, endet das noch mit einem Schlaganfall.«

»Oder mit spontaner Selbstentzündung.« Ich bemühte mich um ein freundlich-entwaffnendes Lächeln.

»Damit spaßt man nicht!«, bekam ich zu hören. »Mein Herbert, Gott hab ihn selig, glaubte damals auch, ihn könne nichts umhauen. Und dann ist ihm beim Schneeschippen auf dem Bürgersteig morgens um halb acht das Gehirn explodiert!«

Ich behielt mein Lächeln bei, während mein Blick an den von zahllosen Fingern abgewetzten Leuchttasten der Stockwerksanzeige klebte. Die bluttriefende Anekdote der alten Dame hatte ich in den vergangenen Jahren fast so oft gehört wie das Klingeln des Pizzaboten. Hinter der garstigen Beschreibung das Ableben ihres Mannes betreffend verbarg sich ein geplatztes Aneurysma.

Natürlich war eigentlich alles viel komplizierter, doch heute sehnte ich nur noch Stille und Einsamkeit herbei – und ein wenig Ordnung in meinem Schädel.

Nachdem ich in mein Apartment zurückgekehrt war, saß ich fast eine Stunde lang in der Duschkabine und ließ das langsam immer kälter werdende Wasser auf mich herabprasseln, in der Hoffnung, wieder einen klaren Kopf zu bekommen. Danach löffelte ich fast einen halben Liter Dosen-Nudelsuppe in mich hinein, notierte mir, was ich von meiner Begegnung mit Hardberg in Erinnerung behalten hatte, und beseitigte schließlich das tagsüber in der Wohnung angerichtete Chaos.

Just als ich Miriam anrufen wollte, um mich bei ihr für den Mist zu entschuldigen, den ich heute Abend gebaut hatte, sorgte das klingelnde Telefon in meiner Hand für ein Déjà-vu. Statt eines Namens oder einer Telefonnummer stand auf dem Display lediglich ›Unbekannter Anrufer‹.

»Jelen«, erklang es am anderen Ende der Leitung, nachdem ich das Gespräch angenommen hatte.

»Gott …«, stöhnte ich genervt.

»Danke, aber das ist zu viel der Ehre.«

»Es ist fast Mitternacht!«, hielt ich ihm vor. »Wie bringen Sie es fertig, immer im falschen Augenblick von sich hören zu lassen?«

»Bitte?«

»Rufen Sie gerade tatsächlich an, oder sind Sie nur ein Echo-Nachbrenner?«

»Ich habe keinen Schimmer, wovon Sie sprechen«, sagte der Mediziner.

»Wo drückt denn der Schuh?«

»Das Buchner-Institut hat mir das Analyseergebnis der von Ihnen sichergestellten Substanz geschickt«, erklärte Jelen. »Sie haben ausschließlich synthetische Polysaccharide nachweisen können. An sich sind künstliche Biopolymere nichts Ungewöhnliches und in der Industrie seit Jahren gebräuchlich – sofern ihre Funktion bekannt ist und sie nicht auf der Roten Liste stehen. Bei den Polysachariden in der untersuchten Probe scheint es sich jedoch um so etwas wie molekulare Trojaner zu handeln, die – als Biopolymere getarnt – wie virulente Neurotransmitter agieren. Das Bemerkenswerte dabei ist, dass sie ihre primäre Aktivität offenbar erst verzögert aufnehmen.

Zwischen der Kontamination und der aktiven Phase könnten also Tage oder sogar Wochen liegen.«

Ich betrachtete meinen auf wundersame Weise verheilten Daumenballen. »Und was bedeutet das?«

»Die Polymere wirken an den gleichen Rezeptoren wie LSD, Mescalin und andere Halluzinogene, jedoch ohne aktives Rauschbewusstsein. Das führt eventuell zu teils sehr befremdlichen Visionen und einer ganzen Reihe unberechenbarer Handlungen, da es dem Betroffenen kaum möglich ist, Sein und Schein voneinander zu unterscheiden.«

»Was Sie nicht sagen«, murmelte ich.

»Man bezeichnet so etwas als Chimärische Katarakte. Den eigenen Körper nehmen Sie dabei als solchen kaum mehr wahr, fast so, als würden Sie ihn aus der Distanz fernsteuern. In diesem Zustand baden Sie im Extremfall sogar mit Schwimmflügeln in Lavaseen oder essen Glasscherben mit Ketchup.«

Ich betrachtete mein Konterfei im Flurspiegel und streckte ihm die Zunge heraus. Keine Schnitte, weder in ihr noch in meinen Lippen. Keine Schluckbeschwerden, keine Magenschmerzen. Keine Scherben im Bauch. Glück gehabt.

»Ist noch etwas?«, fragte ich, als Jelen auffällig lange schwieg.

»In der Tat«, sagte der Mediziner. »Hat Herr Mertens Sie schon über die Wundverschlussanalyse der Leiche aus der Saldek-Villa informiert?«

»Bedaure.«

»Ich habe das gebrandmarkte Leder untersucht und den Test zweimal wiederholt, um einen Irrtum auszuschließen. Die Ergebnisse sind eindeutig: Das Stück Leder besteht aus gegerbter menschlicher Haut; vermutlich von Oberarm oder Schenkel, was erklärt, weshalb es so ungewöhnlich dünn ist.«

»Also gibt es ein weiteres Todesopfer, von dem wir bisher nichts wissen?«

»Oh, es muss nicht unbedingt tot sein«, sagte Jelen. »Aber zweifellos auffällig verstümmelt. Intensive Aktenrecherche wäre in diesem Fall hilfreich, zudem ein Auskunftsgesuch an sämtliche Arztpraxen und Krankenhäuser, um herauszufinden, ob in den vergangenen Monaten oder gar Jahren derartige Verletzungen behandelt wurden. Nichtsdestotrotz könnte das gegerbte Gewebe aber auch von einer Person stammen, die zum Zeitpunkt der Entnahme bereits tot war. Bis spätestens Donnerstag liegen mir auch hiervon die Ergebnisse aus dem Institut vor, dann kann ich sagen, wie alt das Leder ist. Vorsorglich sollten Sie sich aber schon mal mit dem Gedanken anfreunden, sämtliche Mitarbeiter der städtischen Bestattungsunternehmen in die Fahndungsmatrix zu implementieren.«

Miriam zeigte sich von meiner Schilderung der unfreiwilligen Reise in Hardbergs Vergissmeinnicht-Wunderland bestürzt, was mich zuerst an der Sinnhaftigkeit meines nächtlichen Anrufs hatte zweifeln lassen. Jetzt, nach gut einer Stunde gegenseitiger Telefonseelsorge und meiner Beteuerungen, dass es mir gut gehe, schien sie sich wieder so weit beruhigt zu haben, dass wir das Gespräch auf einem relativ gemäßigten Stresslevel führen konnten.

»Und du bist sicher, dass die alte Dame niemanden außer dir im Korridor oder vor dem Haus gesehen hat?«, erkundigte sie sich.

»Das hätte sie mir unter die Nase gerieben«, sagte ich.

»Also weißt du es gar nicht.«

Ich massierte mein Gesicht. »Nein.«

»Du solltest sie noch mal darauf ansprechen. Vielleicht erinnert sie sich ja doch daran, dass jemand den Lift oder das Haus verlassen hat, der dort nicht hingehört. Dann bekommen wir vielleicht eine Beschreibung.«

Ich schüttelte den Kopf. »Die alte Dame ist ... schwierig«, versuchte ich es mit einer diplomatischen Erklärung. »Wenn du wissen willst, was ich damit meine, solltest du sie in ihrem Quartier aufsuchen und ihre Aussage aufnehmen.« Ich blickte durch das Küchenfenster hinab auf den nachtdunklen Park. »Wusstest du, dass Hardberg eine Beinprothese getragen hatte?«

Ich meinte, Miriam schwer schlucken zu hören. Wahrscheinlich wurde ihr in diesem Augenblick bewusst, dass ich mir meine

Begegnung mit Hardberg nicht nur eingebildet hatte – und mehr dahintersteckte als nur ein Fiebertraum.

»Soll ich wirklich nicht vorbeikommen?«, fragte sie schließlich, während ich den Positionslichtern eines sich entfernenden Flugzeugs nachsah.

»Danke, aber ich komme schon klar«, sagte ich. Es klang mehr nach Hoffnung als nach Überzeugung.

Vom anderen Ende der Leitung kam ein Seufzen. »Kannst du dir vorstellen, wie es sich anfühlt, wenn man mit öffentlicher Ansage einen Fehler macht – und daraufhin auch noch genau das passiert ist, was insgeheim alle befürchtet haben?«

»Mertens und Kuerten sind nicht gerade das, was ich in diesem Fall als Quorum bezeichnen würde.«

»Was den Fehler nicht weniger unverzeihlich macht.«

»Es geht mir gut«, versicherte ich.

»Berühmte letzte Worte«, erwiderte Miriam.

»Wir sehen uns morgen im Präsidium, okay?« Ich lauschte eine Weile, dann fragte ich: »Bist du noch dran?«

»Können wir nicht einfach noch ein bisschen weitertelefonieren?«, fragte Miriam leise.

Nun war ich es, der seufzte. »Na gut«, willigte ich schließlich ein. »Aber wir reden nur über die schönen Dinge des Lebens.« Stille. »Deal?«

Vom anderen Ende der Leitung kam ein Geräusch, das klang, als pustete Miriam in ihr Kopfkissen. »Deal«, sagte sie.

26

Der Philosoph und Naturforscher Theophrast von Ephesos vermerkte in seinem Werk *Charaktere* über den menschlichen Aberglauben, Geburt, Tod, Grab und Traum seien die vier Pforten ins Jenseits. Ob Simons Tür seinerzeit schon existiert hatte, konnte ich nicht sagen, doch hätte Theophrast von ihr gewusst und gleich mir durch sie einen Blick auf die andere Seite werfen können, hätte er seine Gedanken zur von ihm verachteten *Deisidaimonia,* der ›Feigheit gegenüber dem Göttlichen‹, zweifellos anders formuliert.

Simons Pforte hätte mir eine Warnung sein müssen. Der unbedachte Schritt durch die Eingangstür des Hauses hinein in die Echo-Dimension ebenfalls. Doch wie ich bereits sagte: Meine Gabe ist nicht das Vorhersagen, sondern das Zurücksehen.

So öffnete ich – geistig reichlich ausgelaugt von den jüngsten Ereignissen und dem langen Telefonat mit Miriam – arglos die Tür ins Wohnzimmer und trat hinein in eine unangenehme Kälte. Die Luft stank nach Brackwasser, was mich im ersten Moment lediglich verärgert die Nase rümpfen ließ. Es kam nicht selten vor, dass sich durch eine sanfte Brise das Odeur des Frachthafens vor dem Gebäudekomplex staute. Da auch Ende Mai noch kühlere Abende nicht selten waren, nahm ich an, versehentlich ein Fenster offen gelassen zu haben.

»Hallo Lex«, vernahm ich hinter mir eine leise, vertraute Stimme, fast so, als wollte der heimliche Besucher mich nicht unnötig erschrecken. »Gehöre ich für dich auch zu den schönen Dingen des Lebens?«

Ich blieb mitten im Zimmer stehen, unschlüssig, ob ich die Stimme tatsächlich gehört oder sie mir nur eingebildet hatte, dann wandte ich mich langsam um.

Jonas Hardberg hockte vor Feuchtigkeit dampfend in der Mitte meines Sofas. Die Hände hatte er vor dem Bauch gefaltet, seinen schlammverschmierten Hut neben sich auf einem der Dekokissen abgelegt. Zuerst glaubte ich, meine Sinne würden mir einen Streich spielen, doch der ungebetene Gast war kein Phantom. Wo Hardberg saß, war das Sofa durch sein Körpergewicht niedergedrückt, und auf den ledernen Sitzpolstern begann ein feuchter Fleck zu wachsen.

»Schön heimelig hast du's hier«, sagte er, während ich ihn anstarrte. »Tut mir leid, dass ich das auf die Schnelle nicht so geschmackvoll hinbekommen habe wie du. Ich arbeite noch an der Feinjustierung.« Er hob die Arme zu einer das Zimmer einnehmenden Geste. »Wie findest du es? Betrachte es als mein Geschenk an dich. Es vermittelt dir einen Blick auf die Welt, wie ich sie sehe. Natürlich ist es noch nicht perfekt, aber wir lernen uns ja auch gerade erst kennen.« Hardberg strich mit den Händen über die Polster. »Ich bin fast ein bisschen neidisch ob all der wundersamen Dinge, zu denen ihr die Elemente formt, um in der kurzen Lebenszeit, die euch beschieden ist, eure Sinne zu befriedigen«, sagte er. »Wo ich herkomme, gibt es nur Leere und Dunkelheit. Dort haben wir einzig uns selbst.«

»Was soll das?«, fuhr ich ihn an, als ich meine Stimme wiedergefunden hatte. »Willst du mich ab jetzt als Halbtagszombie heimsuchen?«

»Wer weiß …«

»Soll ich dir vielleicht noch einen untoten Kaffee servieren? Oder ein Glas Leichenwasser?« Ich deutete zur Tür. »Verschwinde aus meiner Wohnung!«

»Ach, sei doch nicht so griesgrämig, Lex«, beschwerte sich Hardberg. »Setz dich lieber. So redet es sich wesentlich entspannter.«

Statt seiner Aufforderung nachzukommen, ging ich zu einem der Fenster und warf einen Blick nach draußen. Ich erkannte Häuser, Laternen und die Straße, aber nichts war an seinem Platz und sah so aus, wie ich es kannte. Es war eine schlampig installierte Kulisse der Außenwelt.

»Das ist nicht real«, erkannte ich. »Und du auch nicht.«

»Ja, Lex, mach es dir ruhig leicht«, sagte Hardberg. »Schieb einfach alles auf den vermaledeiten Splitter in deinem Kopf.« Er beugte sich ein Stück vor, woraufhin seine bläulich verfärbte Hirnmasse wieder aus dem Loch in seiner Stirn quoll. »Wer weiß, vielleicht bin ich ja seine fleischgewordene Personifizierung.« Er zwinkerte mir zu. »Oder du hast einfach nur eine Schraube locker. Such dir was aus.«

»Was zum Teufel willst du?«

»Ich dachte mir, ich sage mal Hallo«, erklärte Hardberg. »Jetzt, wo wir quasi Nachbarn sind.« Erneut nickte er in Richtung des gegenüber der Couch stehenden Sessels.

Ich atmete tief durch, dann nahm ich Platz und musterte mein Gegenüber. »Du bist ein Alastor«, hielt ich ihm schließlich vor.

»Nein, Lex, weit gefehlt.«

»Wer hat dich gerufen? Warum bist du hier?«

»Das weißt du doch längst.« Hardberg lächelte freudlos. »Aber dein Verstand wehrt sich gegen den Gedanken, denn … nun ja, du bist eben ein Mensch, und ihr Menschen krankt an eurem Rationalitätsbedürfnis.« Er tippte sich mit dem Finger an den Hinterkopf und fragte: »Sag mal, tut mein Souvenir eigentlich weh? Bereitet dir das Hiersein Schmerzen?«

Ich schloss für einen Moment die Augen. »Ich finde dich«, sagte ich. »Wer oder was auch immer du sein magst, und wo oder in wem du dich versteckst, ich werde dich in der realen Welt finden und deinem Spuk ein Ende bereiten.«

Jonas stieß ein glucksendes Lachen aus, wobei wieder ein Schwall Brackwasser aus seinem Mund quoll. Ich war sicher, er tat es mit Absicht. Keine Leiche sammelte so viel Wasser in ihren Lungen, egal wie lange sie schon auf dem Grund gelegen hatte. Es sei denn, Hardberg war in der Zwischenzeit noch mal ins Hafenbecken gesprungen und hatte Nachschub geholt, um mein Sofa vollzusabbern.

»Ja, Lex, so habe ich dich eingeschätzt«, sagte er. »Aber weißt du, das ist wie mit zwei sich gegenüberstehenden Kriegern, die von der eigenen Überlegenheit überzeugt sind. Jeder sagt seinen Sieg voraus, doch können sie nicht beide recht behalten. Einer wird obsiegen, der andere unterliegen.«

»Ich habe dich schon einmal erschossen!«

»Ja, hast du. Bravo, Revolverheld!« Hardberg klatschte müde in die Hände. »So war das damals allerdings nicht geplant. Wäre deine kleine Freundin nicht gewesen, müssten wir jetzt nicht hier sitzen und die Messer wetzen. Ich bin immer noch hin- und hergerissen, ob ich euch beide dazu beglückwünschen oder dafür bestrafen soll. Irgendwie tendiere ich zu Letzterem. Liegt wohl an meiner Natur.«

»Welcher Natur?«, gab ich zurück. »Auf meinesgleichen trifft dies zu, aber in deinem Fall? Ich sehe vor mir nur etwas, das neidisch ist auf das Leben und sich in den Lebenden einnistet, um das Natürliche zu zerstören.«

»Es geht nicht darum, was wir sein möchten, Lex, sondern nur um das Wahrhaftige. Um eine Huldigung an das reine animalische Wesen, aus dem wir hervorgegangen sind.«

Ich taxierte mein vom Wasser aufgedunsenes Gegenüber. »Was bist du wirklich, wenn kein Alastor?«

Hardberg machte mit den Händen eine Geste, als imitierte er den Flügelschlag eines Schmetterlings. »Du bist der Retrovisionär, Lex«, sagte er. »Es ist *deine* Bestimmung, durch die Vergangenheit zu mäandern, um den Fluss der Dinge zur Quelle zurückzuverfolgen. Die mir auferlegte ist es, dafür zu sorgen, dass das verfluchte menschliche Treibgut die Mündung erreicht. Mal sehen, wer von uns beiden zuerst am Ziel ist.«

Er griff nach seinem Hut, zupfte eine Algenfaser heraus und schnippte sie fort. »Aber wer weiß, Lex, vielleicht bin ich auch nur ein zynischer Schatten aus deinem Unterbewusstsein, gleich dir gefangen in diesem Ereignisecho.« Er drückte die Hirnmasse zurück in seinen Schädel, setzte den Hut auf und legte zwei Finger an die Krempe, wie auch Hardberg selbst es immer getan hatte, wenn er sich verabschiedete. »Man sieht sich, Lex«, sagte er. »Gib gut auf meinen Splitter acht.«

Er blies in seine hohle Hand und machte eine Geste, als würde er mir seinen Atem zuwerfen. Im selben Augenblick fuhr mir eine heftige Windbö ins Gesicht und zwang mich, die Augen zu schließen. Als ich sie wieder öffnete und aufsah, war der Platz auf dem Sofa leer. Einzig der große, feuchte Fleck, den Hardberg auf den Polstern zurückgelassen hatte, wuchs unmerklich weiter.

Kollidieren zwei Galaxien miteinander, erwarten die meisten Menschen angesichts ihrer Größe und der Unzahl von Sternen, die sie in sich vereinen, eine Apokalypse. Die anerkannte Lehrmeinung besagt jedoch, dass sie einfach durch sich hindurchtreiben würden, ohne bedeutenden Einfluss aufeinander auszuüben. Zu groß sind

die Abstände der einzelnen Himmelskörper zueinander. Die Galaxien würden sich einfach durchdringen; zumindest so lange, bis ihre
Strukturen durch die Wechselwirkung der Gravitationsmonster in
ihren Zentren letztlich doch auseinandergerissen werden würden.
Natürlich hat nie ein Mensch die Verschmelzung zweier Galaxien
miterlebt. Alle Erkenntnisse sind lediglich auf physikalischen Gesetzen und astronomischen Momentaufnahmen basierende Computer-
simulationen, die veranschaulichen, was im Falle eines Falles
geschehen würde. Hypothetische Wissenschaft – die nüchterne
Seelenverwandte der von mir gepflegten Kausalkettenparanoia.

Es waren diverse Entschuldigungen meinerseits vonnöten gewesen, um Simon dazu zu bewegen, wieder mit mir zu sprechen,
und sehr viel Fingerspitzengefühl, um ihn zu überreden, sich mit
mir zu treffen. Einen Besuch in seinem Domizil hatte er abgelehnt
und stattdessen auf einer Zusammenkunft auf neutralem Boden
bestanden. Zumindest hatte er nicht vorgeschlagen, mich in der
Kirche von Askenburg treffen zu wollen, sondern im ehemaligen
Kurpark des Ortes.

Während ich bereits lange vor dem vereinbarten Zeitpunkt auf
der Parkbank saß, um zu untermauern, dass es mir mit der Sache
ernst war, kam Simon erst eine gute halbe Stunde später heran-
geschlurft. Dabei wirkte er wie ein Delinquent, der gesenkten
Hauptes und aus freien Stücken zum Schafott trottete. Ohne zu
grüßen, setzte er sich neben mich, starrte auf den Stamm der
mächtigen Buche, die uns gegenüberstand, und vermied jedweden
Blickkontakt. Ein paar Minuten lang saßen wir so beisammen,
ohne ein Wort zu wechseln.

»Es tut mir leid«, brach ich letztlich das mir zunehmend albern
erscheinende Schweigen. »Ich könnte das jetzt noch hundertmal
wiederholen, aber am Wortgehalt würde das nichts ändern. Auf die
Knie fallen werde ich vor dir jedenfalls nicht.«

Simon presste die Lippen aufeinander und raufte seinen Bart;
eine konfliktbedingte Übersprungshandlung, die ich seit dem Studium von ihm kannte. Statt zu antworten, atmete er einmal tief
durch und schwieg weiter.

»Hast du auch nur den Hauch einer Ahnung, was geschehen wäre, wenn der *Emeo* dich hinüber auf die andere Seite gezogen hätte?«, rang er sich schließlich zu einigen kaum vernehmbaren Worten durch.

Ich studierte sein wie versteinert wirkendes Profil. »Ich hätte wohl das Zeitliche gesegnet.«

Simon schnaubte verächtlich durch die Nase. »Träum weiter …« Er neigte den Kopf ein wenig. »Spürst du irgendetwas?«, fragte er mit Blick auf mein linkes Handgelenk.

»Ein Pochen«, gestand ich. »Ein Pulsieren.«

Simon verzog die Mundwinkel. »Ich kann dich davor nicht beschützen«, sagte er tonlos. »Das hast du dir selbst eingebrockt.«

»Wovor beschützen?«

»Das wirst du selbst herausfinden. Erzähl mir von Hardberg.«

Ich schilderte ihm meine beiden Begegnungen so detailliert wie möglich, wobei Simon so ernst und gefasst blieb, als würde er mir die Beichte abnehmen.

»Wie kann es sein, dass er sich mir auf diese Weise zeigen konnte?«, beendete ich meine Schilderung. »Ich meine, Scheiße noch mal, *er saß auf meiner Wohnzimmercouch!*«

»Nicht wirklich«, beschwichtigte Simon. »Was du gesehen hast, war keine Echo-Inkarnation, sondern etwas, das in Fachkreisen Surrogatschatten genannt wird. Ich persönlich bezeichne es lieber als Schrödinger-Phantom, denn es ist hier und ist es zugleich auch nicht.«

»Also was jetzt?«, seufzte ich. »Ein Gespenst? Ist es etwa Hardbergs rachsüchtiger Geist, der in der Stadt sein Unwesen treibt und mich nun sogar in den eigenen vier Wänden heimsucht?«

»Verübeln könnte ich es ihm ehrlich gesagt nicht«, sagte Simon. »Aber nein, es ist *nicht* sein Geist. Der Alastor hat lediglich eine Form aus deiner Erinnerung angenommen. Hardbergs Souvenir in deinem Kopf und die Schuldgefühle, die dich seit diesem Fall plagen, machen es ihm dabei in gewisser Weise einfach. Der Splitter ist für ihn wie ein VIP-Pass in deinen Verstand.« Er überlegte einen Moment lang. »Andererseits …«

»Ja?«, fragte ich, nachdem Simon eine halbe Minute lang schweigend auf einen über den Asphalt kriechenden Käfer gestarrt hatte.

»Andererseits ist es möglich, dass deine Wohnung Teil der Echo-Dimension geworden ist«, sagte er, ohne den Blick von dem Insekt abzuwenden.

»Unsinn«, befand ich. »Wie soll das möglich sein?«

Simon drehte den Kopf und sah mir zum ersten Mal wieder in die Augen. »Du kennst hoffentlich die Legende vom Trojanischen Pferd …«

»Selbstverständlich.«

»Nun, eben so.«

»Oh, bitte Klartext! Mir hängt das metaphorische Geschwafel zum Hals raus.«

»Ein Alastor ist nicht unbedingt auf Menschen angewiesen«, erklärte Simon. »Er kann sich auch eines Tieres bemächtigen – wenngleich diesem seine Präsenz nicht sonderlich gut bekommt …«

Nun war ich es, der sekundenlang auf einen imaginären Punkt in der Ferne starrte. »Die Katze«, dämmerte es mir. »Gottverdammt!«

»Ja, das trifft es in etwa.« Simon gab ein Geräusch von sich, das irgendwo zwischen Mitleid und Belustigung angesiedelt war. »Du hast ihn eigenhändig in die Wohnung getragen, Lex. So wurde sie zu einem Teil seiner Welt, quasi als ihr Visionarium-Spiegelbild. Nur bist auf der anderen Seite nicht du der Hausherr, sondern der Alastor.«

»Er spielt mit uns …«

»*Talis natura est.*«

»Woran erkenne ich, dass dieses … *Ding* in einem Menschen steckt?«

»Gar nicht, solange es sich nicht zu erkennen gibt. Das ist ja das Heimtückische an diesen Entitäten. Sie müssen sich nicht verstellen oder jene Person spielen, in der sie sich verstecken und agieren. Sie *sind* diese Person, mit allen Gefühlen, Erinnerungen, Wesenszügen und Marotten – bis zum Augenblick der Offenbarung. Meist merken die betroffenen Menschen selbst nicht, dass sie fremdgesteuert werden. Der Alastor blendet sich vollständig aus dem Bewusstsein aus. Jeder könnte es sein, ohne etwas davon zu ahnen. Selbst ich oder sogar du, jetzt, in diesem Augenblick. Diese Form von Puppenspieler ist ein Meister seines Fachs. Die Marionette weiß nicht, dass sie an Fäden hängt, jemand sie kontrolliert und mit ihrer Stimme spricht.«

»Warum zeigt er sich mir gegenüber nicht in seiner wahren Gestalt?«

»Er hat keine«, erklärte Simon. »Sein optisches Erscheinungsbild war nur ein verdichtetes Feld negativer, destruktiver Energie, das eine dir vertraute Form angenommen hat.«

»Und diese Darstellung im *Dictionnaire Infernal?*«

»Eine künstlerische Allegorie. Sie hat nichts mit seiner wahren Gestalt zu tun.«

Ich nickte nachdenklich. »Unterm Strich also doch so etwas wie ein böser Geist«, resümierte ich.

»Meinetwegen«, seufzte Simon. »Aber eben nicht der eines Menschen.« Er musterte mich forschend, dann sagte er: »Da ist noch etwas anderes, habe ich recht?«

»Ja«, bestätigte ich, nachdem ich eine Weile in den Himmel gestarrt hatte. »Dieses Ding sagte, es sei kein Alastor!«

ZWISCHENSPIEL 3

Ferdinand Jelen wusste nicht, wie oft er den Obduktionstisch mittlerweile schon umrundet hatte. Das Diktiergerät mit der linken Hand leicht ans Kinn gedrückt, zog er mit geschlossenen Augen seine Kreise, wobei seine rechte Hand zur Orientierung am Tischrand entlangstrich; zwei Schritte am Kopf- und Fußende, sechs entlang der Längsseiten. Unzählige Kilometer hatte er zeit seines Amtes auf diese Weise in den Katakomben der Stadtklinik zurückgelegt.

»Stärke, genauer gesagt die darin enthaltene Amylose, färbt sich bei Kontakt mit einer jodhaltigen Lösung blau, pures Amylopektin hingegen rot«, sprach er langsam und bedacht in das kleine Mikrofon. »Durch den Nachweis der Amylose-Aktivität lässt sich beispielsweise echter Honig von künstlichem Honig, der keine Enzyme enthält, unterscheiden. Im Magen bildet sich eine derartige Lösung meist durch den Verzehr von jodiertem Speisesalz.« Jelen drehte drei stille Runden, in denen er seine Gedanken neu ordnete. »Bei der fraglichen Substanz handelt es sich also höchstwahrscheinlich um etwas, das mit der Nahrung aufgenommen wurde«, fuhr er fort. »Ob in flüssiger oder fester Form, bleibt vorerst offen. Oral zugeführt verhält sie sich im Magen-Darm-Trakt wie ein Virus oder eine Bakterienkultur und versetzt den Wirt in einen Zustand, der mit der Wirkung eines Opiats verglichen werden kann.« Jelen spulte zurück, um sich das Diktierte noch einmal anzuhören. »Bei Individuum C hatte die Wirkung nur sehr abgeschwächt eingesetzt, da die fragliche Substanz nicht mit dem Speichel oder Magensaft in Berührung gekommen ist, sondern über eine Wunde in den Blutkreislauf gelangt war«, fuhr er fort. »Ich halte es für wahrscheinlich, dass die Kontamination des betroffenen Tieres ...«

Er stockte, als ihn ein Geräusch aus dem Vorraum aufhorchen ließ. Sekunden später öffnete sich die Tür, und ein leicht untersetzter Mittfünfziger trat in den Obduktionssaal.

»Guten Abend«, grüßte er den Mediziner und deutete auf seine etwas seltsam sitzende Haarschutzhaube. »Passt das so?«

»Das ist ein Schuhüberzug«, erklärte Jelen. »Aber tun Sie sich keinen Zwang an. Meine Gäste sind alle schon in ihren Boxen.«

»Brehmer«, stellte der Besucher sich vor, nachdem er die vermeintliche Haube wieder abgenommen und in einen Plastikmüllsack geworfen hatte. »Vinzenz Brehmer. Ich assistiere Alexander Crohn im Fall Navotná.«

»Ich erinnere mich an Sie«, sagte Jelen mit Blick auf den an seine Jackenbrusttasche geclippten Besucherausweis. »Ich habe Sie neulich in der Saldek-Villa gesehen. Hat eine von Charons Schwestern Sie übergesetzt?«

»Frau Dressler.«

»Ich hoffe, Sie haben an den Obolus gedacht.«

»So endgültig kam mir die Fahrt über den Styx nicht vor«, sagte Vinzenz, als er die Anspielung durchschaute.

Jelen reichte seinem Besucher eine kleine Dose mit Tigerbalsam. »Tut mir leid, ich habe es in Gedanken mit hereingetragen«, entschuldigte er sich. »Früher, als es das Unterdrucksystem und die Abzugseinrichtung noch nicht gab, hatten meine Besucher die Wahl, entweder das Treppenhaus zu benutzen und langsam zu gehen, um sich schonend an den Geruch zu gewöhnen, oder den Fahrstuhl, sofern sie auf die volle Breitseite Wert legten. Seien Sie froh, dass ich hier nicht gerade Frischfleisch aufgetischt habe.«

Vinzenz betrachtete den leeren Metalltisch. »Was treiben Sie hier unten, wenn es nichts zu obduzieren gibt?«

»Ich versuche ein Rätsel zu lösen, das mit zunehmender Ergründung immer mysteriöser wird.« Der Mediziner warf einen Blick auf seine Armbanduhr, dann fragte er: »Was kann ich für Sie tun, Herr Brehmer?«

»Ich arbeite mich derzeit durch die Akten rund um den Fall Jonas Hardberg«, erklärte dieser.

Jelen hob die Augenbrauen. »Daran erinnere ich mich gut. War eine ziemlich hässliche Geschichte.«

»In den Akten steht, Sie hätten damals die Leichen obduziert.«

»Was davon übrig war.«

»Können Sie mir etwas zu den Ergebnissen der Untersuchungen sagen? Gab es vielleicht irgendwelche Seltsamkeiten oder Ungereimtheiten?«

»Ich darf Ihnen nicht mehr erzählen, als in den offiziellen Autopsieberichten steht.«

»Da liegt das Problem«, sagte Vinzenz. »In den Akten sind keine Berichte enthalten. Ich hatte gehofft, dass Sie eventuell über ein Back-up der Obduktionsergebnisse verfügen und mir eine Kopie davon überlassen könnten.«

Jelen schien überrascht zu sein, wenngleich er bemüht war, sich seine Verwunderung nicht anmerken zu lassen. »Wie gesagt, ich darf Ihnen keine Informationen zukommen lassen, deren Inhalt über den Dokumentationsgehalt der Fallakte hinausgehen«, erklärte er nachdenklich. »Zumal ich erst überprüfen müsste, ob Ihre Angaben der Wahrheit entsprechen. Wonach genau suchen Sie?«

»Nach Parallelen zum Fall Navotná.«

»Nun, in beiden Fällen sind die Opfer definitiv tot.«

»Wäre ich jetzt nie drauf gekommen«, seufzte Vinzenz.

Der Mediziner taxierte seinen Besucher. »Na schön, Herr Brehmer«, sagte er und ließ das Diktiergerät in seiner Kitteltasche verschwinden. »Lassen Sie uns versuchen, einen Konsens zu finden.«

»Ich bin für alle Vorschläge offen.«

Jelen blickte zu einem Halbrund aus Computermonitoren, vor dem ein beleuchtetes Mikroskop stand, dann sagte er: »Kann ich Ihnen eine womöglich indiskret erscheinende Frage stellen?«

»Versuchen Sie es.«

»In welchem Verhältnis stehen Sie zu Herrn Crohn? Sind Sie so etwas wie eine Vertrauensperson oder – und ich meine das, ohne despektierlich klingen zu wollen – nur der Adjutant mit Notizblock und Kamera?«

Vinzenz erwiderte den forschenden Blick des Mediziners. »Sie wissen von der Sache mit dem Splitter in seinem Kopf?«, fragte er.

»Selbstverständlich.«

»Gut, dann lassen Sie es mich so formulieren: Bis vor sieben Monaten war ich von beruflicher Warte aus gesehen hauptsächlich als Assistent tätig, wobei unser privates Verhältnis seit Langem auf guter Freundschaft beruht. Heute bin ich gewissermaßen auch sein automatisches Back-up-System für den Fall, dass es zu neurologischen Problemen kommt und er sich infolgedessen an wichtige Dinge und Zusammenhänge nicht mehr erinnern kann. In diesem Fall versuche ich, sofern möglich, die letzte funktionierende Version seines Betriebssystems wiederherzustellen, falls Sie mir diesen Vergleich gestatten.«

»Interessanter Beruf«, befand Jelen, nachdem er einen Moment über die Worte nachgedacht hatte. »Ein mobiles Reservegehirn. So was kann nicht jeder von sich sagen.«

»Warum fragen Sie?«, interessierte sich Vinzenz. »Ist etwas vorgefallen?«

»Ich denke, das wissen Sie bereits – falls Frau Fechner den Beutel mit der ominösen blauen Substanz von *Ihnen* erhalten hat.«

»Aber?«

Der Mediziner rang mit seinem Gewissen. »Am besten, ich zeige es ihnen«, entschied er schließlich. »Denn darüber gibt es noch keine Akte. Es dürfte auch für Herrn Crohn von Belang sein.«

Jelen führte seinen Besucher zum Monitor-Halbrund, schob das Mikroskop, auf dessen Objektträger ein blauer Schmetterlingsflügel fixiert war, beiseite, und öffnete mit ein paar Mausklicks die bildschirmfüllende Vergrößerung eines Falterhinterleibs.

»Was sehe ich mir hier gerade an?«, fragte Vinzenz.

»Der Fachbegriff lautet Abdomen«, erklärte der Pathologe. »Herr Mertens würde es als ›Mottenarsch‹ bezeichnen. Von ihm habe ich erfahren, dass er und Herr Crohn bei einem zweiten Besuch in der Villa einen noch lebenden Falter im Haus vorgefunden haben, dem in einem Moment der Unaufmerksamkeit leider die Flucht in die große weite Welt gelungen ist«, erzählte der Mediziner. »Ich wäre nicht überrascht gewesen, wenn es sich dabei um ein männliches Tier gehandelt hätte, bei sämtlichen toten Faltern hingegen um Weibchen. Gesetzt den Fall, es hat sich so ereignet, ist es durchaus denkbar, dass es von deren Pheromonen unter die Schachtabdeckung gelockt worden ist – und das Opfer durch dieses Verhalten womöglich erst auf das blockierte Gitter aufmerksam gemacht hat. Sollte es sich so abgespielt und das Geschehen dem Plan des Täters entsprochen haben, dürfte es als ein Meisterstück arglistgeleiteter Empathie, Kombinationsvoraussicht und Wahrscheinlichkeitsberechnung betrachtet werden.

Ich anstelle des Opfers wäre ehrlich gesagt recht verwundert gewesen, wenn sich über Nacht irgendein exotisches Tier in meine Wohnung verirrt hätte; ein Kolibri vielleicht, eine Baumschlange oder ein Gecko. Im Fall Navotná könnte das Opfer unter der Abdeckung des Zuluftschachts plötzlich diesen großen, blau schillernden Schmetterling gesehen haben, obwohl Fenster und Türen wahrscheinlich seit Tagen oder – in Hinblick auf die psychische Verfassung des Opfers – sogar seit Wochen nicht mehr geöffnet worden waren. Zu diesem Zeitpunkt hat es bemerkt, dass etwas den Luftstrom der Klimaanlage hemmt. Es steigt also nichts ahnend auf einen Stuhl, um die Abdeckung zu öffnen, und wird jäh von einer Lawine blau schillernder Allergene überschüttet …« Jelen blieb mit geschlossenen Augen und erhobenen Armen sekundenlang reglos im Saal stehen, dann blickte er seinen Besucher an und sagte: »So weit jedenfalls die Theorie. Praktisch ist davon inzwischen jedoch nichts mehr haltbar, denn die Erkenntnisse der Wissenschaft führen das Geschehen *ad absurdum*.«

»Wie meinen Sie das?«

»Ich habe unter den in der Villa geborgenen Faltern bisher weder Männchen noch Weibchen identifizieren können«, erklärte Jelen. »Sämtliche Tiere sind geschlechtslos, was im Grunde völlig widernatürlich ist – um nicht zu sagen: ein Ding der Unmöglichkeit.

Das zwingt zu der Frage, woher all die Himmelsfalter überhaupt kamen. Wie sind sie in den Zuluftschacht gelangt? Eine derartige Masse an exotischen Insekten innerhalb einer hermetisch abgeschotteten Lokalität ist auf rationaler Ebene allein nicht zufriedenstellend zu erklären.«

»Sie meinen, sie müssten quasi aus dem Nichts aufgetaucht sein?«

Jelen schüttelte den Kopf. »Ich mag diese Formulierung nicht«, sagte er. »Mein Credo lautet: *Natura abhorret nihilum.* Die Natur verabscheut das Nichts. Es gibt immer ein Irgendwohin und Irgendwoher. Ob es dabei uns bekannten Naturgesetzen unterliegt, sei dahingestellt.« Er musterte seinen Besucher. »Hat Ihr Brötchengeber noch keinen heißen Draht?«, fragte er. »Ich meine, seine Gabe müsste ihn doch eigentlich auch zum Ursprung der Falter führen können. Das würde mich nämlich wirklich brennend interessieren. Vielleicht lässt sich auf dieser Ebene zwischen uns beiden so etwas wie ein *Quid pro quo* vereinbaren, Herr Brehmer. Eine Information für etwas, das ich suche, gegen eine Information zu etwas, das Sie suchen. Ganz privat, auf der Metaebene.«

TEIL 4

DER GEIST DER VERGANGENHEIT

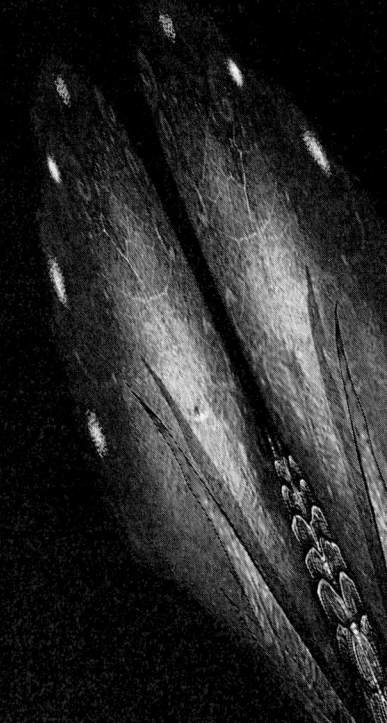

Denn ich, der Herr, dein Gott,
bin ein eifernder Gott,
der die Missetat der Väter heimsucht
bis ins dritte und vierte Glied
an den Kindern derer, die mich hassen.

2. Mose 20,5

27

Der 19. Oktober des vergangenen Jahres ist mir als milder grauer, nach verbranntem Holz und Fleisch riechender Herbsttag in Erinnerung geblieben. Damals hatte ich fast die gesamte zurückliegende Woche in einem Zustand nervösen Wartens verbracht – und in der ständigen Befürchtung, dass ich von der Behörde, mit der ich seit zwei Jahren zusammenarbeitete, verhaftet wurde, weil meine Schauplatzprotokolle die Grundideale gewisser, in Führungsebenen sitzender Instanzen unterwanderten, ihre über Jahre hinweg schablonenhaft zurechtgezimmerten Muster der Ermittlungskausalität sprengten und es sie mental überforderte, dass jemand einen Tatort detailliert zu beschreiben vermochte, ohne mit der Tat selbst etwas zu tun haben zu wollen – geschweige denn je am Ort des Geschehens gewesen zu sein.

Ich hatte von Simon eine relativ genaue Beschreibung des Puppenspieler-Arrangements erhalten, wenn auch in einer selbst für ihn untypischen, recht verschrobenen Art, die mich hatte ahnen lassen, dass diesmal etwas anders war.

Nachdem ich seine Worte ›dechiffriert‹ und in einen für Kriminalisten verständlichen Kontext gesetzt hatte, war mir etwas mulmig dabei zumute gewesen, das Dezernat über das neue ›Leuchtfeuer‹ zu informieren. Dann hatte ich mit Vinzenz gewartet, so wie immer – als einsatzbereites Hiobsorakel, wie Miriam es in einer unserer ersten gemeinsamen Fallakten einmal formuliert hatte.

Ich hatte gewusst, dass der Tatort mit an Sicherheit grenzender Wahrscheinlichkeit direkt am Wasser lag, aber nicht, ob es sich dabei um einen Fluss, einen See, einen Brunnen, den Hafen oder ein Rinnsal in einer Kanalisation handelte.

Im Grunde spielten wir eine äußerst morbide Form von *Ich sehe was, was du nicht siehst,* und Miriam begab sich anhand meiner Angaben auf die Suche. Ich hingegen wartete, bis das, was ich ihr beschrieben hatte, gefunden wurde, um meinen Part zur Aufklärung des Falles beizutragen.

Zu retten gab es in diesem Spiel unglücklicherweise niemanden mehr, auch wenn Miriam es insgeheim immer wieder hoffte. Es fiel ihr schwer zu akzeptieren, dass ich den Endzustand der Dinge präsentierte, nicht den Anfang oder den Mittelteil, was einen Hauch von Hoffnung aufkeimen lassen könnte. Das Einzige, was ihre Soko noch tun konnte, war die Spurensicherung zu rufen und die Reinigungskolonne zu informieren, um alles wieder sauber zu machen. Und das gefiel einigen, die in den oberen Etagen saßen, ganz und gar nicht.

Dass es der alte Frachthafen war, zu dem Miriam mich vor kaum einer Stunde gerufen hatte, war insofern keine große Überraschung. Eigentlich war Hafen eine äußerst schmeichelhafte Bezeichnung für die trostlose Sackgasse, als die der zwanzig Meter breite Stichkanal nach der letzten Schleuse im Nordwesten der Stadt endete. Zu meiner Rechten erhoben sich zwanzig Meter hohe Getreide- und Futtermittelsilos, auf der gegenüberliegenden Seite des Kanals ein halbes Dutzend Berge aus farblich geordnetem Altglas.

Langsam schlenderte ich neben den Schienensträngen der Verladekräne am Kai entlang, den Blick abwechselnd auf die Wasserkante und die hinter Flatterband agierenden Kriminaltechniker gerichtet, und suchte nach irgendetwas, das mit Simons Vision übereinstimmte. Vor der Absperrung blieb ich kurz stehen und blickte zurück zum Parkplatz, um zu sehen, ob Vinzenz inzwischen eingetroffen war, doch von seinem Wagen war weit und breit nichts zu sehen. In der Hoffnung, dass er nicht zum falschen Frachthafen gefahren war, schlüpfte ich unter dem Flatterband hindurch und setzte meine Wanderung entlang des Kais in Richtung der auch von privaten Bootseigentümern genutzten Piers fort, auf die Rauchschwaden zu, die hinter dem vordersten von ihnen aufstiegen. Ich hatte den Brandgeruch bereits wahrgenommen, als ich mit dem Wagen auf die Zufahrtsstraße zum Parkplatz eingebogen war.

»He, Sie Blindschleiche!«, rief jemand, kaum dass ich zehn Schritte weit gekommen war. »Gehen Sie gefälligst zurück hinter die Absperrung!«

Ich sah auf und erblickte einen hoch aufgeschossenen Zivilbeamten, der wie die Yuppie-Version eines High-Noon-Imitators auf mich zugeschritten kam. »Das ist ein Tatort«, blaffte er, als er mich erreicht hatte. »Sie haben in diesem Bereich nichts zu suchen!«

»Nein?« Ich hielt dem Wichtigtuer meinen Ausweis vor die Nase. »Wo finde ich Frau Fechner?«

»Crohn«, brummte mein Gegenüber, nachdem es sich von der Echtheit des Dokuments überzeugt hatte. »Freut mich ganz und gar nicht, Ihre Bekanntschaft zu machen.«

»Da sprechen Sie mir aus der Seele.«

Ich schaute mich um, doch außer den Leuten von der Spurensicherung war weiterhin niemand zu sehen – von Simons beschriebenem Arrangement ganz zu schweigen. Der Klang meines Namens ließ mich schließlich aufhorchen. Miriam war hinter einem der Silos aufgetaucht und winkte mich zu sich, was mir die Gelegenheit gab, den Sakkoträger stehen zu lassen und nicht weiter zu beachten.

»Wer ist das?«, fragte ich, als ich sie erreicht hatte, und nickte in Richtung ihres Kollegen.

Miriam sah an mir vorbei. »Hendrik Mertens«, sagte sie. »Kommt vom BKA Münster. Warum?«

»Weil man riechen kann, wie tief er seine Zunge in Hardbergs Arsch stecken hat.«

»Mach kein Theater«, bat mich Miriam. »Der Alte hält große Stücke auf ihn.«

»Ist er hier?«

»Nein. Hängt in den Seilen und hat sich für den Rest der Woche krankgemeldet.«

»Tolles Timing«, seufzte ich. »Zeigst du mir den Tatort?«

»Fundort trifft es besser«, erklärte Miriam und nickte in Richtung Kanalende. »Dort, hinter Pier 2. Wirkt auf mich, als wäre es ohne das Zugegensein des Täters passiert.«

»Eine Kaskadenfalle?«

»Jetzt tu bloß nicht so verwundert«, sagte Miriam, während wir uns dem Pier näherten. »Es sieht nahezu exakt so aus wie von dir beschrieben – bis auf den Aspekt, dass die horizontale Ebene in Wirklichkeit eine vertikale ist. Hättest du für die von der Forensik ermessene Deliktzeitspanne kein Alibi, müsste ich dir jetzt Handschellen anlegen.«

Es überraschte mich nicht, dass mich Miriam zur Quelle des Rauches lotste. Schweigend betrachtete ich das schwelende, fast vollständig ausgebrannte Schiff, von dem er emporstieg, ließ meinen Blick über die verkohlten Planken, die Reste des Bootshauses und die Maststümpfe wandern, dann sagte ich: »Wundert mich, dass der Kahn überhaupt noch schwimmt.«

»Die Taucher haben den Rumpf untersucht und keine Lecks gefunden.«

Ein ekelhafter Gestank, der nicht allein von schwelendem Holz und verbrannter Takelage stammen konnte, reizte meine Nase.

»Was riecht hier so fürchterlich?«

Miriam hob die Augenbrauen. »Was denkst du wohl?«

Ich sah sie an, dann zu Boden und betrachtete die Kette, die zwei Schritte entfernt im Gestein verankert war und straff über die Kaimauer führte. Einer Intuition folgend hielt ich den Atem an, trat vor an die Kante und spähte in die Tiefe. Unter mir hing – kopfüber und mit dem Gesicht zum Wasser – ein halb verkohlter Klumpen mit schwarzen Armen und angesengten Beinen.

»Na großartig«, murmelte ich, nachdem ich wieder zurückgetreten war und ein paarmal tief durchgeatmet hatte. »Wer hat euch informiert?«

»Die Kollegen, die heute Morgen vor Ort waren, nachdem das Feuer gemeldet wurde. Während der Löscharbeiten hat in der Dunkelheit und dem ganzen Chaos zuerst niemand registriert, dass es sich dabei um einen Menschen handelt. Alle hatten geglaubt, es wäre Schiffszubehör, das am Pier hängt. Ein Bündel halb verkohlter Rettungsringe oder irgendwas anderes aus Kunststoff. Alle Scheinwerfer waren auf das Schiff gerichtet. Die Leiche hing im Schatten.«

Ich lief den Pier auf Länge des Schiffes ab, konnte aber auf dem schwelenden und teils von Löschschaum überzogenen Deck nichts Auffälliges erkennen. »Wie sieht es im Inneren aus?«, fragte ich, als ich wieder bei Miriam angekommen war.

»Wissen wir nicht. Bis jetzt war noch niemand an Bord.«

»Ist schon etwas über die Identität des Toten bekannt?«

»Es ist zumindest nicht der Eigner.« Miriam beobachtete mich aufmerksam, dann fragte sie: »Du hast so was schon mal gesehen, habe ich recht?«

»Nicht direkt«, sagte ich. »Aber dafür wesentlich größer. Kann mir aber nicht vorstellen, dass es da einen Zusammenhang gibt.«

»Jede Information ist nützlich.«

Ich erwiderte ihren Blick. »Greenwich 2007«, sagte ich. »Der Brand der *Cutty Sark.*«

»Kann mich dunkel daran erinnern …«

»Das Schiff lag damals im Trockendock, als es durch ein Feuer fast vollständig zerstört wurde. An Bord war eine Hitze entstanden, die es zu einem achtzig Meter langen und zehn Meter breiten Krematorium gemacht hatte. Es gab keine erkennbaren menschlichen Überreste. Selbst Prothesen, Zahngold, Herzschrittmacher und Münzen waren zu Asche verbrannt oder zu undefinierbaren Klumpen geschmolzen.«

»Es gab Tote an Bord?«, staunte Miriam. »Davon kam nie etwas in den Medien.«

Ich schenkte ihr einen vielsagenden Blick. »Wundert dich das wirklich? In einem Großraum wie London werden tagtäglich Dutzende von Menschen als vermisst gemeldet. Viele davon tauchen nie wieder auf. Auch am Tag des Brandes waren mehrere Menschen ›verloren‹ gegangen. Dass drei von ihnen an Bord der *Cutty*

Sark ihr Leben gelassen hatten, war nie bestätigt worden. Nach dem Brand hatte Asche mit einem Gesamtgewicht von sieben Tonnen den Rumpf des Schiffes gefüllt. Sie wurde mit den übrigen verkohlten Überresten entsorgt und mit Erde bedeckt. Auf der so entstandenen kleinen Anhöhe nahe dem Liegeplatz steht heute ein Ausflugspavillon.

Offiziell gilt ein defekter Staubsauger als Ursache des Feuers. Inoffiziell wurden in einigen Fugen der Deckplanken, in denen sich für gewöhnlich Regenwasser sammelt, Rückstände von weißem Phosphor gefunden, einer Substanz, die ohne Sauerstoff relativ reaktionsarm ist, sich jedoch selbst entzündet, sobald das Wasser verdunstet und der Phosphor mit Luft in Berührung kommt.«

»Warst du damals vor Ort?«

Ich schaute zu Miriam. »War nicht mein Fall«, erklärte ich. »Ein … *Kollege* hatte seinerzeit mit Scotland Yard daran gearbeitet. Wir haben uns ein paar Jahre später darüber ausgetauscht.«

»Soll das heißen, das Feuer war das Werk eines Puppenspielers?«

Ich zuckte mit den Schultern. »Vielleicht«, sagte ich. »Der interne Abschlussbericht und die Erkenntnisse der britischen Brandexperten werden bis heute unter Verschluss gehalten.«

»Hast du zu diesem Kollegen noch Kontakt? Wir könnten die Fälle abgleichen.«

»Ist leider nicht möglich«, sagte ich. »Er starb vor vier Jahren bei einem Autounfall.«

Von leisen Stimmen abgelenkt blickten wir hinüber zum gegenüberliegenden Kanalufer, wo ein Pärchen stand, das sich durch die Absperrung geschlichen haben musste und mit seinen Handys Fotos oder Videos vom Schiff samt uns und der Leiche machte.

»Wir stehen mal wieder im Fokus«, sagte ich.

Miriam fluchte leise, griff zu ihrem Funkgerät und instruierte einen ihrer Kollegen, das Fotografieren und Filmen am gegenüberliegenden Ufer zu unterbinden und die Personalien der Schaulustigen aufzunehmen.

Während Miriam Anweisung gab, die Leiche zu bergen, ging ich zurück zum Kai und betrachtete den Toten aus der Halbschrägen.

»Woran denkst du?«, wollte Miriam wissen, nachdem sie mir gefolgt war.

Ich zuckte mit den Schultern. »An den Gehängten.«

»*Wen?*«

»Tarot«, erklärte ich. »Die zwölfte der großen Arkana. Darauf wird der Delinquent an einem Bein hängend dargestellt. Das zweite Bein ist angewinkelt und bildet zusammen mit dem Körper eine auf dem Kopf stehende 4. Das Motiv symbolisiert die Strafe für einen Verräter. Zudem ist die Karte dem Element Wasser zugeordnet.«

Miriam betrachtete den Toten. »Würde ja irgendwie Sinn ergeben«, murmelte sie. »Obwohl der hier nicht gerade nach einer 4 aussieht.« Sie sah sich verstohlen um. »Fühlst du etwas?«, erkundigte sie sich leise, als wollte sie vermeiden, dass Mertens und die Forensiker sie hörten. »Irgendein … *Flashback?*«

»Nichts. Nada.«

»Sicher?«

»Ich kann es im Moment weder erzwingen noch erklären«, versuchte ich mich an einer Entschuldigung. »Irgendetwas ist anders, aber ich kann nicht bestimmen, woran es liegt oder wodurch es verursacht wird. Es ist fast so, als wäre das alles hier nicht echt, sondern nur Kulisse.«

»Ich kann dir versichern, dass das, was dort hängt, definitiv eine echte Leiche ist«, sagte Miriam.

»Mhm …« Ich neigte den Kopf. »Es war bestimmt nicht im Sinne des Fallenstellers, dass das Fangeisen nur das Hosenbein erwischt«, sagte ich und ging zurück zu der im Boden zementierten Metallkette. »Ich frage mich jedoch, warum der Stoff nicht Feuer gefangen hat und verbrannt ist. Das Opfer dürfte eigentlich gar nicht mehr hier hängen.«

»Möglicherweise war es nass«, sagte Miriam. »Oder die Hose besteht aus feuerfestem …« Sie verstummte, als ihr die zunehmende Absurdität der Spekulationen bewusst wurde. »Ich weiß es nicht«, sagte sie stattdessen. »Vielleicht finden die Kriminaltechniker oder die Gerichtsmedizin eine Antwort darauf.«

»Er hätte einfach nur den Gürtel öffnen und seine Hose aufknöpfen müssen, um hinab ins Wasser zu fallen«, murmelte ich. »Das schafft man auch kopfüber.«

»Vielleicht war er ohnmächtig, nachdem er vornübergestürzt und mit dem Kopf gegen die Piermauer geprallt war«, sagte Miriam.

»Oder er konnte nicht schwimmen«, erklang hinter uns die Stimme von Mertens. »Die nächste Steigleiter befindet sich im Nachbarbecken.«

Ich sah über meine Schulter, dann wieder hinab aufs Wasser. »Ertrinken wäre der angenehmere Tod gewesen.« Mit der Fußsohle scharrte ich an zwei abgeflexten Metallstangen, deren Stümpfe vor der Pierkante einen halben Fingerbreit aus dem Betonboden ragten. Das durchtrennte Metall war noch nicht beschlagen. Ich bückte mich und strich mit dem Daumen darüber, doch auch jetzt blieb der erhoffte Echo-Effekt aus.

Um sicherzugehen, dass ich mich nicht irrte, erhob ich mich und entfernte mich dem Kai folgend ein paar Schritte vom Pier.

»Es gab auch hier eine Steigleiter«, sagte ich und deutete auf die Mauer, wo die unscharfen Schatten von Metallsprossen zu erkennen waren. »Kaum einen Meter neben dem Opfer. Ich wette um ein Pferd, dass die Taucher sie auf dem Grund des Beckens finden werden.«

»Ein Pferd?«, stutzte Mertens.

»Interner Running Gag«, erklärte Miriam. »Nicht so wichtig.«

Beim Betrachten der Wand fiel mir etwas auf, das ich aufgrund der Rußschicht und des steilen Blickwinkels nicht genau erkennen konnte.

Es sah aus wie eine große Molenmarkierung. Während Miriam und Mertens sich unterhielten, ging ich zum gegenüberliegenden, etwa zwanzig Meter entfernten Pier und betrachtete den Schauplatz aus der Distanz. Was sich rund um den Kopf des Toten spannte, war der an die Mauer gepinselte, gut einen Meter große Bogen eines auf dem Kopf stehenden Omega-Symbols.

Als Miriam mit Mertens in meine Richtung gelaufen kam, war mir ihr Blick nur allzu vertraut. *Und?*, fragte sie allein mit ihren Augen.

Ich schüttelte den Kopf. »Der Anblick des Schiffes und der des Toten bewirken rein gar nichts«, gestand ich. »Ebenso wenig die Stümpfe der abgesägten Leiter. Es ist fast, als wäre hier alles von einem unsichtbaren Kraftfeld abgeschirmt, das jedwede Form von Echo verhindert.« Nachdenklich sah ich zu, wie sich der Mitarbeiter eines Bestattungsinstituts vor dem Pier einen luftdicht verschließbaren Leichensack zurechtlegte, während seine beiden Mitarbeiter offenbar beratschlagten, wie sie das Opfer bergen sollten. »Ich habe keine Lust, den Toten zu berühren, um herauszufinden, ob *er* der Trigger ist«, sagte ich.

»Es gab in der Vergangenheit keine Kapitalverbrechen, in denen ein Omega oder andere griechische Buchstaben eine Rolle gespielt haben«, informierte uns Miriam, nachdem sie die Zentrale um eine Aktenabfrage gebeten hatte. »Zumindest nicht innerhalb des Zeitraums, der bisher erfasst und in die Datenbank eingespeist wurde.«

»Wie weit geht das zurück?«

»Im digitalisierten Archiv sind momentan Fallakten bis Januar 1972 gespeichert.«

»Wäre ja auch zu einfach gewesen.« Ich blickte hinüber zum Opfer. »Zudem ist es der falsche Buchstabe. Wenn unser Puppenspieler Wert auf Semantik und Tradition legen würde, hätte er ein hebräisches *Mem* oder ein griechisches *My* an die Mauer gepinselt, aber kein Omega.«

»Wieso?«, fragte Mertens.

»Weil *Mem* und *My* dem Wasser zugeordnet sind. Omega hingegen ist mit keinem Element verbunden – wobei es so, wie wir es von hier aus sehen, eigentlich gar kein Omega ist, sondern ein Mho. Es steht für den Kehrwert der Einheit Ohm.«

»Und das bedeutet in unserem Fall gleich noch mal was?«

Ich sah zu Miriam. »Ganz ehrlich? Ich habe keine Ahnung. Aber genau genommen war es für das kopfüber hängende Opfer im Augenblick des Todes dennoch ein Omega.«

»Himmelhergott!«, stieß Mertens plötzlich hervor und trat vor bis an die Pierkante. »He, Sie!«

Miriam und ich schauten auf und blickten hinüber zum Schiffswrack, um zu sehen, was Mertens nun schon wieder auf die Palme brachte. Neben den Bestattern, die Vorbereitungen trafen, das Opfer zu bergen, stand Vinzenz und fotografierte das verkohlte Schiffswrack und den noch leeren Leichensack.

»He, Pressefuzzi!«, rief Mertens, als der Neuankömmling ihm keine Beachtung schenkte, und deutete in die Richtung, aus der Vinzenz gekommen sein musste. »Verlassen Sie den abgesperrten Bereich! Ich sage das kein zweites Mal!«

»Geht schon in Ordnung«, sagte ich und gab Vinzenz Handzeichen, zu uns herüberzukommen. »Das ist mein Assistent.«

Mertens fuhr herum. »Seit wann haben *Sie* hier das Sagen?«

»Übertreib's nicht, Hendrik!«, maßregelte Miriam ihren Kollegen. »Wer hier wo zu sein hat, bleibt meine Entscheidung! Sorg lieber dafür, dass die Gaffer am anderen Ufer nicht noch mehr Fotos im Netz posten.«

»Solche karrieregeilen Profilneurotiker sind mir wirklich die liebsten«, brummte ich, als Mertens davongetrottet war. »Kaum im neuen Revier, beginnen sie sich auf die Brust zu trommeln und glauben allen zeigen zu müssen, wo der Hammer hängt.«

Bei Miriams obligatorischer Kontrolle der Fotos, die Vinzenz seit seiner Ankunft im Hafen geschossen hatte, fiel ihr etwas auf, das weder sie noch ich bisher wahrgenommen hatten.

»Was ist das für ein kleines blaues Ding unterhalb des Kopfes?«, wunderte sie sich beim Betrachten der Leiche.

Vinzenz zoomte ins Foto, doch die Auflösung war zu gering, um das Gebilde genauer zu erkennen. »Sieht ein bisschen aus wie Christbaumschmuck«, sagte er. »Oder wie die Spitze einer blauen Krawatte.«

»Da sind noch mehr davon«, erkannte Miriam auf der verrauschten Vergrößerung und deutete auf ein halbes Dutzend Stellen, die sich gleichmäßig auf dem Omega-Kreis verteilten. »Aber völlig schwarz und nicht so ausgeprägt.«

»Wahrscheinlich ist das meiste davon durch die Hitze des Feuers abgeplatzt und ins Wasser gefallen«, vermutete ich. »Das Gebilde unter dem Kopf muss beim Löschen des Schiffes von einem Strahl getroffen worden sein, der den Ruß weggespült hat. Gibt es davon Detailaufnahmen der Spurensicherung?«

»Nicht dass ich wüsste.« Miriam sah sich suchend um. »Wir brauchen hier ein Boot!«, rief sie einem der Forensiker zu.

Zehn Minuten später saßen wir zu viert in einem Schlauchboot, während Vinzenz und Mertens das Geschehen vom Pier aus verfolgten. Ein Mitarbeiter der Spurensicherung hockte paddelnd am Heck und manövrierte uns in die kaum mehr als zwei Meter breite Lücke zwischen Schiffswand und Piermauer, wo der zweite neben mir sitzende Kriminaltechniker das seltsame, kaum kinderfaustgroße Objekt zu fotografieren begann.

»Kristalle«, staunte Miriam. Sie zog Schutzhandschuhe an, um das Gebilde abzupflücken, sank jedoch nach mehreren Versuchen, es zu bewegen, zurück ins Boot. »Sie haften am Gestein«, sagte sie verwundert und ein wenig atemlos. »Als wären sie aus der Mauer gewachsen.«

»Sollen wir sie mit geeignetem Werkzeug ablösen?«, erkundigte sich der Forensiker mit der Kamera.

»Nein, Augenblick.« Sie erhob sich und vollbrachte es mit ein wenig Gewalt, einen der längeren Kristalle abzubrechen.

»Definitiv kein Kunststoff«, sagte sie, als sie ihn in der Hand wog. »Sieht aus wie Azurit, aber …« Unschlüssig darüber, ob sie ihre Vermutung laut aussprechen sollte, reichte sie mir den Kristall – wohl auch in der Hoffnung, die Berührung würde in mir etwas auslösen. Doch auch diesmal geschah nichts. Die Echo-Dimension war geschlossen, das Visionarium hatte Betriebsferien.

»Schwefel«, sagte ich, nachdem ich an der Bruchstelle gerochen hatte. »Nicht sehr intensiv, aber unverkennbar.«

»Blauer Schwefel?«, zweifelte Mertens über uns.

Ich hielt den Kristall ins Sonnenlicht. »Für einen Azurit dieser Größe ist er jedenfalls zu leicht.«

»Vielleicht eine Art Salz oder Gips«, bemerkte der Forensiker hinter mir.

Miriam nahm mir den Stein ab und verstaute ihn in einem Asservatenbeutel.

»Morgen wissen wir hoffentlich mehr«, sagte sie.

28

Spät am Abend saß ich mit dem Notebook auf dem Schoß zu Hause auf dem Sofa und erstellte anhand der bisher gesammelten Informationen, Fakten und Asservate eine erste Skizze des Täterprofils. Als ich in meiner persönlichen Fallchronik vermerkte, was mir zum Brand im Hafen und seinem Opfer durch den Kopf ging, schreckte mich das Telefon aus meinen Gedanken.

Ich starrte den Apparat an wie ein lästiges Haustier.

»Mein Name ist Hallenkamp«, stellte sich der Anrufer vor, nachdem ich mich gemeldet hatte. »Ich vertrete derzeit Dr. Jelen. Frau Fechner war so frei, mir Ihre Nummer zu geben. Haben Sie einen Augenblick Zeit?«

»Kann das nicht bis morgen warten?«, fragte ich.

»Bedaure«, sagte der Mediziner. »Ich mache es kurz.«

»Meinetwegen. Worum geht es?«

»Sind Sie sicher, dass die Kristalle an oder sogar aus der Kaimauer heraus gewachsen sind und nicht mit Verbundklebstoff oder Epoxidharz daran befestigt worden waren?«

»Steht das nicht alles schon in Frau Fechners Bericht?«

»Ich brauche eine zweite Aussage«, erklärte Hallenkamp.

»Relativ sicher«, sagte ich. »Aber ich bin kein Mineraloge, der das zweifelsfrei beurteilen kann. Warum fragen Sie?«

»Weil das im Grunde unmöglich ist. Bei der sichergestellten Gesteinsprobe handelt es sich um das Mineral Vitriol. Es ist ein Oxidationsprodukt, das hauptsächlich in sulfidischen Erzlagerstätten zu finden ist. Die Kristalle entstehen, wenn mit Kupfersulfat gesättigtes Wasser aus dem Gestein sickert und verdunstet. Bei Exemplaren von einer Größe wie jener, die im Hafen gefunden wurden, dauert dieser Prozess selbst bei einer kontrollierten Laborzüchtung und Verdunstung bei Zimmertemperatur Wochen, wenn nicht gar Monate. Das an die Kaimauer gemalte Omega-Symbol kann jedoch nicht älter sein als drei Tage.«

»Woher wissen Sie das?«

»Von Fotos, die der Eigner vor drei Tagen an Bord des Schiffes während einer privaten Feier geschossen hat. Darauf sind weder ein Omega noch Vitriol-Kristalle an der Mauer zu erkennen.«

»Und eine Steigleiter?«

Am anderen Ende der Leitung blieb es einige Sekunden lang still, dann sagte Hallenkamp: »Ja, hinter der Reling ist der obere Teil einer gusseisernen Steigleiter an der Mauer zu sehen.«

»Könnten Sie mir Kopien der betreffenden Fotos schicken?«

»Tut mir leid, das geht nur über Frau Fechner.«

»Hat das Opfer zufällig zu den Gästen der Bootsfeier gehört?«

»Zum Stand der Ermittlungen müssen Sie sich ebenfalls an Frau Fechner wenden.«

»Eine Frage noch«, sagte ich, bevor Hallenkamp das Gespräch beenden konnte. »Was hat es mit diesen Kristallen auf sich? Haben sie eine besondere Bedeutung?«

»Keine, von der ich wüsste«, sagte der Mediziner nach kurzem Überlegen. »Vitriol wird als Desinfektionsmittel, zur Konservierung von Tierhäuten oder zur Imprägnierung von Holz verwendet, aber auch zur Herstellung von Mineralfarben und organischen Farbstoffen. Ferner dient es der Unkrautbekämpfung und als Brechmittel. Hilft Ihnen das weiter?«

»Nicht wirklich«, gestand ich. »Sagen Sie, wurden im Wrack eigentlich Spuren eines Brandbeschleunigers gefunden?«

»Bedaure, derartige Informationen fallen ins Ressort der SoKo.«
Diesmal vollbrachte es Hallenkamp aufzulegen, bevor mir eine
neue Frage einfiel.

29

»Oh, Vitriol!« Simons Augen hatten beim Klang des Wortes zu
leuchten begonnen. »Das macht die Sache wesentlich interessanter.«

»Hatte ich fast befürchtet«, seufzte ich. »Na los, schütte mir dein
Herz aus.«

Ich beobachtete ihn dabei, wie er – trotz frühabendlicher Stunde
noch immer in Morgenmantel und Pantoffeln – zielstrebig zu einem
der zahllosen Regale trottete. Dann spähte ich durch die Gardine,
um mich zu vergewissern, dass kein verdächtiger Wagen in der Nähe
des Anwesens parkte oder eine Drohne über dem Haus schwebte.
Zwar vertraute ich Miriam, was meine Privatsphäre betraf, aber
jeder meiner Besuche bei Simon kratzte am Rand der Ermittlungs-
legalität. Insbesondere wenn ich nicht mit dem Zug nach Askenburg
fuhr, sondern mir nach Dienstschluss einen Wagen aus dem Fuhr-
park nahm.

Insgeheim betete ich, dass Miriam nicht irgendwann Lunte
roch und einen Peilsender am Wagen befestigte, um herauszufinden, wohin ich während unserer gemeinsamen Arbeit an den
Puppenspieler-Fällen regelmäßig fuhr. Ich hatte mittlerweile sogar
schon begonnen, Umwege zu machen, damit nicht ständig die gleiche Zahl gefahrener Kilometer angezeigt wurde.

»Ich habe mich schon die ganze Zeit gefragt, was die blaue Kom-
ponente in der Vision zu suchen gehabt hat«, murmelte Simon,
während er vor einem seiner Regale stand und mit zur Seite
geneigtem Kopf die Buchtitel überflog. »Und ob sie überhaupt zum
realen Arrangement gehört oder nur *Anima*-Dekor gewesen ist,

unnützer Zierrat des Unterbewusstseins. Ein übertragener Wunsch des inneren Auges, der grauen Hässlichkeit des Arrangements einen farbigen Kontrast abzutrotzen.«

»Soll das heißen, du weißt selbst nicht, was du da siehst, wenn es passiert?«

»Es *passiert* nicht«, korrigierte mich Simon. »Sie lassen es mich …« Er stockte und wirkte für einen Moment wie erstarrt. Statt den angefangenen Satz zu beenden, sagte er: »Ich erhalte immer nur ein zweidimensionales, verschwommenes Bild aus der Vogelperspektive.«

»Woher eigentlich?«

Erneut wirkte es, als hätte ich ihn aus dem Konzept gebracht. »Der Name Vitriol ist ein Akronym, das aus den Anfangsbuchstaben eines alchemistischen Mottos gebildet wird«, ignorierte Simon schließlich meine Frage, während er mit dem Zeigefinger die Buchrücken abwanderte. »*Visita interiora terrae, rectificando invenies occultum lapidem* – Betrachte, was im Inneren der Erde liegt. Indem du es läuterst, wirst du einen zuvor verborgenen Stein erhalten.

Das Motto spielt auf die Gewinnung des Kupfervitriols an – und im Dunstkreis der Rosenkreuzer und Freimaurer auch auf den Stein der Weisen. Vitriol war jedoch auch ein sehr beliebter Stoff in der hermetischen Alchemie, wo er nicht nur in der berüchtigten Waffensalbe Verwendung fand, sondern auch im Pasilalinisch-sympathetischen Kompass.«

»Ich habe keinen Schimmer, wovon du da redest«, gestand ich.

Simon zog ein großformatiges, einbandloses Werk mit dem Format eines Weltatlanten aus dem Regal. Flink blätterte er durch das Buch und präsentierte mir schließlich eine aufgeschlagene Doppelseite. Ich hatte erwartet, die Abbildung eines antiken Mechanismus oder die Darstellung einer komplizierten Maschine zu erblicken. Stattdessen betrachtete ich die formatfüllende Nahaufnahme einer Weinbergschnecke.

»Sicher, dass das die richtige Abbildung ist?«, fragte ich zweifelnd.

»Absolut«, bestätigte Simon. »In der Mitte des 19. Jahrhunderts betrachteten die französischen Spiritisten Jacques Toussaint Benoît und Biat-Chrétien Schnecken als telepathisch verbundene Wesen, über die drahtlos Nachrichten übermittelt werden können.«

Ich rollte mit den Augen, was Simon jedoch nicht bemerkte. Während er sprach, wanderte sein Blick über die Regale auf der Suche nach weiterer Lektüre.

»Ihr Sympathetischer Kompass, den sie als Gedankentelegraf anpriesen, war ein Apparat, der auf der Vorstellung beruhte, zwei Schnecken würden anlässlich ihrer Paarung eine dauernde, räumlich unbegrenzte telepathische Verbindung eingehen«, erzählte er. »Benoît zufolge blieben sie nach der geschlechtlichen Vereinigung dank eines besonderen unsichtbaren Fluidums räumlich unbegrenzt in Resonanz verbunden. Was die eine empfand, gab sie sozusagen telepathisch an die andere weiter. Der Apparat, der dies beweisen sollte, bestand aus zwei Holzkästen mit jeweils einer Scheibe im Inneren. In Letztere waren 24 Zinkteller eingelassen, die in vitriolgetränkte Tücher eingefasst waren. In den Tellern waren Schnecken fixiert, von denen jede einem Buchstaben des Alphabets zugeordnet war. Um eine Nachricht zu übermitteln, musste man die Tiere im Sendekasten den Buchstaben der Botschaft entsprechend berühren. Anhand der Reaktionen der Schnecken im Empfangskasten war laut Benoît daraufhin zu lesen, was der Absender eingetippt hatte.«

»Das Prinzip scheint sich nicht so recht durchgesetzt zu haben«, bemerkte ich.

Simon wendete das Buch und betrachtete die Schneckenfotografie. »Nein, Benoîts Kompass hat es leider nie zur Marktreife gebracht.«

»Und das auf dem Kopf stehende Omega? Ist das so eine Art Delta-Nabla-Sache?«

»Eher eine Ursprungsparaphe des Täters.«

»Du meinst, der Puppenspieler ist Grieche?«

Es sollte ein Scherz sein, doch Simon verzog keine Miene. Stattdessen sagte er: »Ich bin das Alpha und das Omega, der Erste und der Letzte, der Anfang und das Ende.«

»Offenbarung, Kapitel 22, Vers 13«, erkannte ich. »Meinst du, unser Täter hält sich für ein göttliches Werkzeug?«

Simon schnitt eine missfällige Grimasse. »Damit wäre er beileibe nicht der Erste«, sagte er. »Priester, Könige, Feldherren, ja ganze Armeen waren einem derartigen Irrglauben verfallen.« Er suchte meinen Blick. »Aber *unser* Täter ist es gewiss nicht«, fügte er hinzu. »Es ist eurer. Ich bin lediglich das Orakel des Unvermeidbaren.«

»Nur solange es mir gelingt, dich aus Miriams Schussbahn zu halten«, bot ich ihm Paroli. »Na schön, alter Freund, mit wem haben wir es hier zu tun? Die Sache fällt völlig aus dem Schema. Es gibt keine Echos. Ich bin bisher nicht einmal auf einen Trigger gestoßen. Weiß unser Feuerteufel womöglich von meiner Gabe und neutralisiert die Arrangements?«

»Das kann ich mir nur schwer vorstellen«, sagte Simon. »Dazu müsste er schon in die Zukunft blicken können.«

»Wenn es ein Visionarium für die Vergangenheit gibt, dann vielleicht auch eins für die Zukunft«, gab ich zu bedenken.

»Nein, das wäre …« Simon sprach den Satz nicht zu Ende, sondern schüttelte nur den Kopf. »Zweifellos ist euer Puppenspieler aber jemand mit einer Mission«, sagte er. »Und ich fürchte, er wird nicht eher aufhören, bis sie erfüllt ist.«

»Also ein radikaler und weitsichtiger Fanatiker«, schlussfolgerte ich.

Mein Gegenüber rümpfte die Nase. »So etwas Ähnliches.«

30

So wie die Sterne ineinanderwirbelnder Galaxien sich nach dem großen Chaos neu ordnen und ihren Platz im Gefüge finden müssen, war auch ich einst gezwungen gewesen, mich nach meiner Verbannung aus dem Paradies neu zu erfinden – oder besser gesagt: mich den neuen Bedingungen anzupassen.

Vor gut zwei Jahren hatte ich – wenn auch nicht ganz freiwillig – meinen neuen Orbit an einem Schreibtisch des Präsidiumskommissariats gefunden. Die andere Option wäre gewesen, eine Haftstrafe wegen ›Stalkings und der Vorbereitung einer Straftat im Rahmen eines Selbstjustizprozesses‹ anzutreten, wie es seinerzeit in der Anklageschrift geheißen hatte. Als es während meiner Untersuchungshaft jedoch tatsächlich gelungen war, die Person, an deren Fersen ich mich wochenlang geheftet hatte, mithilfe meiner gesammelten Informationen und Indizien zu überführen, waren Miriam und Hardberg auf meine vermeintliche Gabe aufmerksam geworden. Und so hatte ich ihr Angebot, zur Bewährung als Konsultant für das Dezernat zu arbeiten, dankbar angenommen – wenngleich mit einem gewissen Unbehagen ob ihrer beider Erwartungshaltung.

Hic Rhodus, hic salta!, hatte an meinem ersten Präsidiumstag in Miriams obligatorischer Willkommenskarte gestanden. Frei übersetzt bedeutete es in etwa so viel wie ›*Jetzt zeig, was du kannst, Großmaul!*‹.

Von der Echo-Dimension und dem Visionarium hatten die beiden zu diesem Zeitpunkt noch nichts geahnt.

Inzwischen hatte ich meinen Librationspunkt gefunden – im Gegensatz zu Vinzenz, der irgendwann vor unserer gemeinsamen Zeit im Dezernat über das selbst gesteckte Ziel hinausgeschossen war. Seither wurde er von der Gewalt seiner Tugenden und Laster hin- und hergerissen, ohne festen Boden unter die Füße zu kriegen.

Am Tag vor dem verhängnisvollen 23. Oktober des letzten Jahres war wieder einmal Letzteres der Fall, denn der Platz mir gegenüber war noch immer verwaist.

Mit Vinzenz teilte ich im Präsidium Berufung, Kollateralschäden, eine topfpflanzendekorierte Schreibtischburg und einen kleinen Quadranten der Echo-Dimension. Mertens hatte mir eine Liste der Nachrichtenportale und Newsblogs geschickt, die einen jüngst von mir verfassten Bogus mehr oder weniger ungekürzt veröffentlicht hatten. Doch statt einen Blick auf die Leserkommentare zu werfen, nahm ich mir die Zeit, Mails zu beantworten, einige

Texte Korrektur zu lesen und mich von Miriam auf den aktuellen Stand der Ermittlungen zur Leiche im Frachthafen bringen zu lassen.

Viel konnte sie zu Letzterer nicht berichten. Im Grunde so gut wie gar nichts, da das Opfer weder Papiere noch einen Schlüsselbund oder sonstige Gegenstände bei sich getragen hatte, die eine unmittelbare Identifizierung ermöglicht hätten. Wahrscheinlich war ihm die Geldbörse aus der Tasche ins Wasser gefallen, als es an der Kaimauer gehangen hatte. Zwar hatten Taucher die abgeflexte Steigleiter auf dem Grund des Hafenbeckens gefunden, doch keine Brieftasche. Gesichert war bisher nur, dass der Tote männlich, schlank und zwischen fünfzig und sechzig Jahre alt gewesen war. Da auch der Schiffseigentümer und dessen Partygäste ihn nicht hatten identifizieren können und bisher auch niemand als vermisst gemeldet worden war, auf den das Personenprofil passte, blieb das Opfer ein halb verbrannter John Doe.

Was ich bisher nicht wusste, war, welchen Punkt auf dem Zeitstrahl der Mord im Hafen überhaupt markierte. Eine Kaskade musste nicht unbedingt in jener Stadt beginnen, in der sie endete. Nicht einmal im selben Land oder auf demselben Kontinent. Bevor ihr Kontinuum und das meine mit Simons visionärer Hilfe in Wechselwirkung gerieten, konnte sie ein halbes Jahr zuvor in Madrid oder Kuala Lumpur begonnen haben. Was den Toten im Frachthafen betraf: Selten zuvor hatte ich so ratlos im Nebel gestochert und war mir als Rekon so unnütz vorgekommen wie in diesem Fall. Es war fast, als gäbe es keine Vergangenheit, keinen Ereignisfluss, keine Kausalkette. Als wäre es mit einem zeitlosen Fingerschnippen passiert. In einem Moment noch friedliches Frachthafenidyll, im nächsten Augenblick alles verbrannt und verkohlt. Ich war mir bewusst, dass so etwas unmöglich ist, aber die Ratlosigkeit trieb in meinem Verstand seltsame Blüten. Es kam mir vor, als wollte jemand herausfinden, was ich draufhatte, und würde dazu tief in die Trickkiste greifen.

Als Vinzenz gut eine Stunde später endlich auftauchte, hatte es draußen zu regnen begonnen. Ein Blick in sein Gesicht ließ mich ahnen, dass es ein schwieriger Tag werden könnte. Mehr schlurfend als schreitend durchquerte er das Büro, murmelte etwas, das wie ›Mong‹ klang, obwohl es fast Mittag war, und ließ seine Arbeitstasche neben den Topf einer künstlichen Yuccapalme fallen, deren Blätter er mit selbsthaftenden Notizzetteln vollgeklebt hatte.

Vinzenz' tränensackbetonte Augenringe zeugten von mindestens einer zehrenden Nacht. Normalerweise legte er Wert auf ein gepflegtes Erscheinungsbild, aber in seinem momentanen Zustand wirkte er auf mich wie ein geprügelter Clochard im Sakko.

»Nimm's mir nicht krumm, aber du siehst echt scheiße aus«, begrüßte ich ihn.

»Na, vielen Dank«, entgegnete Vinzenz und ließ sich auf seinen Stuhl sinken. »Das ist genau die Aufmunterung, die ich jetzt gebraucht habe.«

»Was ist los? Ebola? Kalter Entzug?«

Vinzenz schnitt eine Grimasse. »Vera kocht Kaffee, mit dem man Autobatterien füllen könnte.« Er griff eine angebrochene Colaflasche und kippte gut die Hälfte davon auf ex in sich hinein, während ich mich zu erinnern versuchte, wer Vera war. Vinzenz ließ sein Doppelkinn auf seine Brust sinken und schloss die Augen. Eine Weile saß er da wie eine verwahrloste Buddhafigur, hob schließlich den Blick und fragte: »Du hast nicht zufällig ein paar Peppies in der Schublade?«

»Was sind Peppies?«

»Protonenpumpenhemmer. Säureblocker.«

»Tut mir leid.«

Vinzenz seufzte. »Verdammte Gastritis.« Er beugte sich zur Seite, zog ein zerknittertes A5-Kuvert aus seiner Tasche und reichte es mir. »Hing vorhin fast komplett aus dem Briefkasten«, sagte er. »Hätte ich es nicht rausgefischt, wär's jetzt ein nasser Zelluloselappen.«

Ich sah zur Fensterfront, wo der Wind den Nieselregen gegen die Scheiben trieb, dann musterte ich das Kuvert. In der Mitte der Frontseite prangten übergroß die Initialen A.C.

Ich öffnete den Umschlag und zog eine zerknitterte, mit blauer Tusche handbeschriebene Seite heraus. Gespannt überflog ich die ersten Sätze, blies die Backen auf und warf zweifelnd einen Blick zu Vinzenz. »Das ist ein Witz, oder?«

Mein Gegenüber zuckte mit den Schultern.

»Du machst dich lustig.«

»Ist nicht von mir.«

Missmutig quälte ich mich durch die Botschaft – oder wie auch immer man den kohärenten Schwachsinn in meinen Händen nennen wollte, wobei ich bezweifelte, dass sie tatsächlich an mich gerichtet war. Die Initialen A.C. konnten für alles Mögliche stehen: Anorganische Chemie, Automobilclub, Alien Contact … Ich las den Brief ein zweites Mal, in der Hoffnung, mir würde sich in dem Geschwurbel ein tieferer Sinn offenbaren – vergeblich.

ICH BIN EINEN WEITEN WEG GEGANGEN, UM ZU EUCH ZURÜCKZUKEHREN, begann die in akkurater Versalschrift gehaltene Botschaft. MEIN PFAD FÜHRTE VORÜBER AN ERSCHLAGENEN UND GEKREUZIGTEN, VORBEI AN DEN FELDHÜTERN DER PRO-PHETEN, DEN GRENZWÄCHTERN DER HEIMSUCHUNG UND DEN KNOCHENRESTEN HEROISCHER SKLAVEN. FÜR EUCH WURDE ICH AUS MEINER SCHATTENWELT GERUFEN, UM DAS BLUT IN DEN TEMPELN REIN ZU HALTEN. ICH FREUE MICH AUF EUCH, DIE IHR BIS ZUM BERSTEN GEFÜLLT SEID MIT UNDURCHDACHTEM GEREDE. AUF EUCH, DIE IHR DIE GOTTESFÜRCHTIGKEIT ALLER BESINGT, DIE LICHTERLOH IN FLAMMEN STEHEN UND DIE LEERE NIE VERGESSEN. IHR SEID WIE HAIMONSKINDER IN EINEM KÖNIGREICH DES ELENDS, VOM WIRBEL EURER EIGENDREHUNG GEBLENDETE SELBSTDARSTELLER, ZUFRIEDEN, SOLANGE EURE SPIEGEL NICHT ZERBRECHEN. IHR PUMPT EUCH SITTSAM AUS IM NEONLICHT UND TRAGT BISWEILEN NICHT EINMAL SCHATTEN UNTER EUREN AUGEN. MAN HÖRT GESCHREI VON HORONAJIM: WEHE DENEN UNTER EUCH, DIE HELDEN SIND UND DAS ZWEITE GESICHT TRAGEN! AUCH FÜR EUCH WURDE ICH GERUFEN.

»Und?« Vinzenz blickte mich gespannt an.

»Hirnwichs …«

»Das ist alles?«

»Der Verfasser hat offensichtlich ein Problem«, sagte ich. »Und benötigt professionelle Hilfe.« Ich wendete das Blatt hin und her. Am Ende des Textes prangte eine blaue, an eine Krawattenschleife erinnernde Filzstiftkritzelei. »Soll das eine Signatur sein?«, wunderte ich mich über den Farbklecks.

Ich knipste die Tischlampe an und hielt den Brief gegen das Licht, um festzustellen, ob mit dem blauen Fleck etwas übermalt worden war. »Nichts darunter«, stellte ich fest. »Scheint entweder tatsächlich eine Signatur zu sein oder ein Anfall von Jähzorn.«

»Lass mal sehen«, bat mich Vinzenz.

Ich reichte ihm den Schrieb und beobachtete ihn dabei, wie er angestrengt auf das vor ihm liegende Blatt Papier starrte.

»Als ich vor sechs Jahren noch für die Presseagentur gearbeitet habe, hatten wir es mal mit einem Spinner zu tun, der uns mit haarsträubendem Unsinn über Hühner-KZs und Öko-Terrorismus zugemüllt hat«, erzählte er. »Ständig trudelten neue E-Mails und Briefe in der Redaktion ein. Hinzu kam wirres nächtliches Geschwafel auf dem Anrufbeantworter, bis der Speicher voll war. Seine Elaborate hatte der Typ mit einem brennenden Taiji signiert – laut seiner späteren Aussage als Symbol dafür, dass es im Streit um die Grenzen der menschlichen Moral nie einen Gewinner geben wird.

Seither bin ich überzeugt davon, dass Menschen, die ihre Briefe mit Icons oder Vignetten unterzeichnen, in ihrem Leben ein paarmal zu oft parkenden Autos hinterhergerannt sind.« Er machte eine Geste, als würde er sich eine monströse Schraube in die Schläfe drehen. »Trübe Wolkenschieber samt und sonders«, sagte er. »Dieser Spezi hier scheint mir zum gleichen Schlag zu gehören.«

Vinzenz murmelte einige Formulierungen aus dem Brief ein paarmal lautlos vor sich hin, dann sah er zu Miriam, die mit einer Kaffeetasse in der Hand ins Büro spaziert kam. »Mia«, rief er ihr nach. »Wann ging der letzte Bogus online?«

Miriam blieb abrupt stehen und starrte ihn an, als hätte er sie für alle vernehmbar um ein Nacktfoto gebeten.

»Was denn?«, wollte Vinzenz wissen, als sie mit zu schmalen Schlitzen verengten Augen näher kam.

»Darf ich das bitte mal sehen?«, fragte sie und streckte fordernd eine Hand aus.

Vinzenz reichte ihr den Schrieb. Die Tasse in der einen Hand und den Brief in der anderen, schien sie beim Lesen in der Zeit zu erstarren. In ihre Augen trat dieser besondere, scheinbar teilnahmslose, von der Ironie des Schicksals geküsste Blick, der Frauen anhaftet, bevor sie das vermeintlich Undenkbare aussprechen.

»Alles klar?«, weckte ich sie aus ihrer Trance.

Miriam sah mich an. »Ist das alles?«, fragte sie. »Kam das so hier an?«

Ich reichte ihr das dazugehörige Kuvert. Miriam stellte die Kaffeetasse auf einem Aktenschrank ab und musterte den Umschlag von allen Seiten. Intuitiv warf sie auch einen Blick ins Kuvert und machte ein überraschtes Gesicht. »Hier drin steht auch noch was«, sagte sie und verdrehte den Kopf bei dem Versuch, das Geschriebene im Inneren des Umschlags zu entziffern. »*In tenebris veritas*«, las sie Silbe für Silbe.

»In der Dunkelheit liegt die Wahrheit«, übersetzte ich. »Ist wohl so was wie der berühmte versteckte Hinweis.«

Miriams Blick pendelte zwischen Vinzenz und mir hin und her. »Irgendeine Ahnung, was es damit auf sich haben könnte?«

»Wichtigtuerei? Geltungsbedürfnis? Profilneurose? Dachschaden? Such dir was aus.«

»Nein, jetzt mal ehrlich, Lex.«

Ich nahm ihr das Pamphlet ab, steckte es zurück in den Umschlag, verschloss ihn mit drei Heftklammern und steckte ihn in die Innentasche meiner Jacke.

»Was soll das?«, wunderte sich Miriam.

»Dieser Schmonzes liest sich nicht gerade wie die prognostizierte Stellungnahme eines Soziopathen«, erklärte ich. »Insofern erfüllt er auch keinen medienrechtlichen Berichtigungsanspruch. Und von allen, die hier arbeiten, treffen die Initialen A.C. am ehesten auf mich zu.«

»Aber er ist vielleicht ermittlungsrelevant.«

»Und möglicherweise auch ein Trigger«, sagte ich. »Aber ich werde garantiert nicht versuchen, das jetzt herauszufinden. Schon gar nicht *hier*. Dafür brauche ich Ruhe, und keine Belegschaft, die mich anstarrt und Handyfotos schießt, falls *es* passiert. Wenn es nicht funktioniert, findest du ihn morgen früh unversehrt in deinem Postfach.«

Miriam schüttelte den Kopf und schnappte sich ihre Kaffeetasse. »Und hoffentlich auch, *wenn* es funktioniert«, sagte sie im Davongehen. »Nebst einem ausführlichen Echo-Protokoll!«

»Soll ich dich nach Hause fahren?«, fragte ich Vinzenz, nachdem sein Zustand sich bis zum Nachmittag nicht gebessert hatte.

»Geht schon«, erwiderte er. »Gib mir einfach irgendwas, das mich beschäftigt und dringend erledigt werden sollte. Stress relativiert den Schmerz.«

Ich tat mich schwer, ihm den Spruch abzunehmen. »Du solltest zum Arzt gehen«, riet ich ihm, als ich genug davon hatte, ihm dabei zuzusehen, wie er sich durch den Tag quälte. Dann erhob ich mich, zog meine Jacke von der Stuhllehne und schaltete den Computer aus.

»Was hast du vor?«, fragte Vinzenz.

»Ich sage Miriam Bescheid, dass ich eins der Zivilfahrzeuge nehme und dich nach Hause bringe«, erklärte ich. »Hatte ich heute eh vor.«

»Mich nach Hause zu bringen?«

»Einen Wagen zu leihen. Ich habe heute Abend außerhalb noch etwas zu erledigen.«

Im Licht der Liftkabine sah Vinzenz' Gesichtsfarbe schon fast anämisch aus, und ich hatte Angst, er könnte beim Aussteigen wie ein Brett aus dem Fahrstuhl kippen. Umso dankbarer war ich für die Erkenntnis, dass selbst auf einen leidenschaftlichen Griesgram wie ihn gelegentlich eine gute Fee am Ende des Regenbogens wartete. Vinzenz' Fee trug den Namen Esther und saß in der rundum verglasten Pförtnerkabine neben der Fassadendrehtür.

»Vinz!«, rief sie in ihr Mikrofon, als sie uns durch die Eingangshalle gehen sah, und klopfte von innen gegen die Scheibe. »Mit magensauren Grüßen aus der Finanzkolonie im sechsten Stock«, sagte sie, als Vinzenz bei ihr war, und schob ihm einen Blister mit Kautabletten durch die Belegmulde. »Dort oben haben in der Regel alle Sodbrennen.«

»Du bist ein Engel!«, bedankte er sich.

»Sag das bitte auch dem großen Boss«, rief sie ihm nach. »Vielleicht springt dann ein Götterbotenzuschuss für mich heraus.«

»Was denn?«, fragte Vinzenz, als wir die Drehtür passiert hatten. Ich winkte ab. »Nicht so wichtig.«

»Sag schon.«

»Läuft da irgendwas zwischen euch?«

»Bitte?« Vinzenz sah an sich herab und starrte auf seinen Bauchansatz. »Geht's noch? Ich könnte ihr Vater sein!«

»Na und? Ist alles nur eine Frage von Charme und Machterotik.«

Nachdem er zwei der Tabletten gegessen hatte, kehrte langsam wieder ein wenig Farbe in sein Gesicht zurück. An meiner Entscheidung, ihn nach Hause zu bringen, änderte dies nichts.

Das Viertel, in dem Vinzenz wohnte, gehörte zur Südstadt und war fast nur von Einbahnstraßen durchzogen, die einem ortsfremden Autofahrer den letzten Nerv rauben konnten. Nachdem ich ihn vor seiner Haustür abgesetzt hatte und er im Gebäude verschwunden war, hatte ich eine Weile überlegt, ob ich wie ursprünglich geplant nach Askenburg weiterfahren sollte, mich wegen des immer schlechter werdenden Wetters jedoch dagegen entschieden. So saßen Simon und ich uns des Abends in einem der ihm verhassten Videochats gegenüber, fummelten an unseren Headsets herum und kämpften mit unwetterbedingten Bild- und Tonstörungen.

»Das hier war heute in der Präsidiumspost«, sagte ich und hielt den Brief vor die Webcam. »Was hältst du davon?«

Simon beugte sich so weit vor, dass im Videofenster nur noch seine Stirn und seine Augen zu sehen waren. Seine Pupillen wanderten hin und her, wobei sich beim Lesen zwei tiefe Falten über seiner Nasenwurzel bildeten. Als er fertig war, wirkte er äußerst betrübt und unschlüssig, was er sagen sollte. Sein erster Kommentarversuch begann und endete gleichzeitig mit »Ich …«, sein zweiter mit »Das …«.

Ich starrte auf sein Konterfei. »Ja?«

»Tut mir leid, aber ich muss das in Ruhe sezieren«, sagte er. »Das sind zu viele Anspielungen auf einmal.«

»Was ist damit?«, fragte ich und deutete auf das blaue Gekritzel unter dem Text. »Ist das nur Schmiererei oder könnte es etwas darstellen? Vielleicht einen Schmetterling?«

Simon hob einen Zeigefinger, als wollte er die betreffende Stelle auf dem Monitor berühren. Für einen Moment wirkte er wie erstarrt, dann verschwand er seitlich aus dem Bild. Kurz darauf kehrte er vor die Webcam zurück, in der Hand ein kleines, in dunkles Leder gebundenes Büchlein, kaum größer als seine Hand selbst.

»Das könnte ein *Vanitas*-Symbol sein«, erklärte er. »Aber nicht der Schmetterling, sondern die Stundenglas-Insignie. Sie ist das Symbol für Tod und Vergänglichkeit. Der Verfasser hat sie jedoch auf der Seite liegend gezeichnet, was die Bedeutung umkehrt – zu Leben und Ewigkeit.«

Ich wendete verdutzt den Brief und musterte den Fleck. »Sicher, dass du das nicht überinterpretierst?«, fragte ich. »Es könnte auch tatsächlich nur eine Affektschmiererei sein.«

»Natürlich«, pflichtete Simon mir bei, während er in seinem Büchlein blätterte. »Oder eine Farfalla.«

»Was?«

»Italienische Schmetterlingsnudeln«, sagte er. »Nie gegessen? Schmecken hervorragend zu überbackenem Puten-Saltimbocca.« Er drehte sein Büchlein um, hielt die aufgeschlagene Seite vor die Kamera und sagte: »Es könnte aber auch das hier darstellen.«

»*Dagaz*«, las ich die in Frakturschrift gesetzte Bildlegende laut ab. »Die Rune der Dämmerung.«

»Gemeint ist die Morgendämmerung«, erklärte Simon. »*Dagaz* heißt übersetzt Tag. Dieser erhellt das Dunkel, wirft ein Licht der Klarheit auf Geheimnisse und vermittelt Wissen, wo zuvor Unwissenheit herrschte. Man könnte *Dagaz* also als Symbol der Erleuchtung und Offenbarung betrachten.«

31

Als die Fangarme des urbanen Molochs mich erstmals zu fassen bekamen, hatte sein Sog jenseits meines Wahrnehmungshorizonts andere längst ins Verderben gerissen. Ich sah es nicht voraus. Wer rechnet schon damit, dass Tyche im Sonnenlicht lächelnd an einem vorüber schreitet und sich dann bei Nacht und Nebel von hinten anschleicht?

Das auf Simons ›Gespür für den Tod‹ basierende Exklusivwissen und die ihm zugrunde liegenden Ermittlungserfolge der vergangenen Jahre hatten mir nicht selten das Gefühl gegeben, über den Dingen zu schweben. Es mochte trügerisch und selbstherrlich gewesen sein, hatte mir jedoch die mentale Stärke verliehen, die der Job als Tribut forderte. In der Vergangenheit hatte ich mir schon oft einen Pfad durch die Dunkelheit geschlagen – selbst wenn ich danach gezwungen gewesen war, mich bei manchen Personen zu entschuldigen. Letztendlich zählt nur der Überlebensinstinkt.

Es heißt, das Verborgene lasse sich nicht mehr ungesehen machen, nachdem es sich einmal offenbart habe. Doch nichts reizte an jenem verhängnisvollen 23. Oktober meinen siebten Sinn und versetzte den Draht nach ›oben‹ in Schwingung; kein Summen im Kopf, keine Vorahnung, dass eine Bedrohung in der Luft lag und eine neue Krankheit die Stadt befallen hatte. Ich war längst infiziert, aber mein Verstand leugnete die Gefahr. Seit dem triggerlosen Tag im Frachthafen hatte ich das Gefühl, empathisch zu erblinden – und das bereitete mir eine Scheißangst.

Es kam zudem nicht oft vor, dass ich verschlief, obwohl der Weckalarm aktiviert war und ich die Lautstärke des Handys fast auf maximal gestellt hatte. Nicht nur der gerühmte siebte Sinn schien inzwischen Winterschlaf zu halten, sondern auch der Rest seiner Familie.

Nachdem ich mir im Fuhrparkbüro eine Rüge für den zu spät zurückgebrachten Wagen angehört hatte, rannte ich anschließend in der Lobby beim Versuch, eine noch geöffnete Liftkabine zu erreichen, beinahe in Jonas Hardberg. Halb auf seinen Gehstock gestützt, halb an die Kabinenwand gelehnt, stand er neben dem Etagentableau und starrte in seinen Hut wie andere Leute auf ihr Handy.

»Mahlzeit, Jonas«, begrüßte ich ihn ein wenig außer Atem. »Zählst du deine Kaninchen?«

Hardberg hob den Blick. »Lex«, murmelte er. »Guten Morgen. Halt dich besser fern von mir.«

»Zu spät«, sagte ich, nachdem die Lifttür sich geschlossen hatte. »Und? Wieder halbwegs fit?« Er winkte ab, kippte den Hut und begann ihn zu schütteln. Ich kniff die Augen zusammen, konnte aber nichts herausfallen sehen. »Warum bleibst du nicht zu Hause und kurierst dich vollends aus?«, fragte ich.

»Hospitalismus«, sagte Hardberg. »Mir fällt die Decke auf den Kopf.«

»Vinzenz hat es gestern auch erwischt.«

»Hat mir Miriam schon geschrieben. Mertens fehlt ebenfalls.«

»Krank?«

»Nein, irgendwas Notarielles. Hoffe, es bleibt heute ruhig.«

Irgendjemand über den Wolken schien Mitleid mit Hardberg zu haben und seinen Wusch nach Müßiggang zu teilen, denn der Tag verlief bis kurz vor Sonnenuntergang tatsächlich relativ ereignislos.

Miriam und ich tauschten wie üblich unsere bisher gesammelten Informationen über das Frachthafen-Opfer, den Fundort der Leiche und den am Vortag eingegangenen Brief aus, wobei ich bezweifelte, dass der Verfasser der verqueren Botschaft auch etwas mit dem Brand im Hafen zu tun hatte. Meine Recherchen über das Vitriol-Salz und die *Dagaz*-Rune verleiteten Miriam hingegen zu der Annahme, dass wir es mit einem Ritualmord zu tun haben könnten und unser Puppenspieler womöglich einem Kult oder einer Sekte angehörte.

»Das hier dürfte dich interessieren«, sagte Miriam und reichte mir den Ausdruck einer E-Mail. »Kommt von Hallenkamp. Es geht um die Kristalle an der Kaimauer.«

»Kenne ich schon«, sagte ich. »Er hat mich vorgestern Abend angerufen, weil er sich über das rapide Wachstum der Dinger gewundert hat.«

»Ich weiß, aber das hier hat er mir erst heute Morgen geschickt.«

Ich nahm ihr den Ausdruck ab. »Die kristalline Substanz besteht nur zu rund 85 Prozent aus Vitriol und einer Spur Schwefel«, zitierte ich leise Hallenkamps Nachricht. »Der Rest ist größtenteils organisch und setzt sich aus etwas zusammen, das ich noch nie gesehen habe. Eigentlich dürfte diese Substanz in der vorliegenden Form überhaupt nicht existieren.« Ich sah Miriam an. »Etwas, das er noch nie gesehen hat«, wiederholte ich stirnrunzelnd. »Das ist ja mal eine fundierte Analyse. Was meint er damit?«

»Ich habe keine Ahnung«, sagte Miriam. »Ein Teil der Probe liegt jetzt im Buchner-Institut. Ich sage dir Bescheid, sobald es Neuigkeiten gibt.«

Als mein Handy zu läuten begann und sein Touchscreen aufleuchtete, war es 17:36 Uhr. Ich warf einen Blick auf das Gerät, in der Hoffnung, es würde wieder verstummen, weil jemand sich verwählt hatte. ›Unbekannter Anrufer‹, las ich auf dem Display. In der Annahme, dass es Hallenkamp oder Mertens sein könnte, nahm ich den Anruf entgegen und meldete mich mit einem schlichten »Ja?«.

»Ich bin's«, erklang Simons Stimme am anderen Ende der Verbindung. »Es gibt ein Leuchtfeuer!«

»Hast du sie noch alle?«, zischte ich erschrocken, wobei ich bemüht war, nicht zu auffällig zu reagieren. »Doch nicht übers Telefon!« Ich eilte durchs Büro und schlüpfte durch den Notausgang ins Treppenhaus. »Ich bin im Präsidium«, meldete ich mich von dort aus wieder. »Mitten unter Haien, die dich zerfleischen werden, wenn sie dich zwischen die Zähne kriegen!«

»Es ist wichtig«, erklärte Simon. »Ich habe das Arrangement gesehen, aber kein Opfer.«

Zuerst wusste ich nicht, was ich sagen sollte, dann fragte ich: »Heißt das, es lebt noch?«

»Möglicherweise. Wahrscheinlicher ist, dass es mehr als ein Opfer geben wird, aber die Todeshierarchie noch nicht feststeht.«

Ich schloss die Augen. »Ein Delta«, begriff ich.

Simon gab mir ein paar Sekunden, um die Information zu verdauen, dann sagte er: »Du bist dir hoffentlich darüber im Klaren, dass es so gut wie unmöglich ist, alle Arme eines Deltas gleichzeitig zu verfolgen. Niemand kann wissen, wie der Strom sich verzweigt und in wie viele Arme er sich teilt …«

»… außer dem Puppenspieler selbst«, beendete ich den Satz. »Das bedeutet, er wird da sein und sein Finale dirigieren.« Simons Schweigen war für mich Bestätigung genug. »Seit dem letzten Leuchtfeuer ist kaum mehr als eine Woche vergangen«, sagte ich.

»Ich weiß, Lex. Tut mir leid.«

»Unsinn. Du kannst ja nichts dafür, dass diese Spinner da draußen ihr Unwesen treiben.«

Es folgte ein langes Schweigen. Ich spürte mit jeder Faser meines Körpers, dass Simon kurz davor war, mir etwas anzuvertrauen, das tief in ihm nagte und ihn zu quälen schien. Doch zumindest diesmal brachte er es nicht fertig, über seinen Schatten zu springen.

»Ist es derselbe Täter, der uns die geröstete Leiche im Frachthafen serviert hat?«, fragte ich.

»Ich bin nicht sicher«, sagte Simon. »Das Arrangement war unvollständig und die Beschreibung ungewöhnlich vage.«

»*Beschreibung?*«, echote ich. »Wie meinst du das?«

Am anderen Ende der Leitung blieb es eine Zeit lang still. »Ich meinte, ich kann dir nur eine vage Beschreibung geben«, erklärte Simon schließlich. »Entschuldige, ich bin gerade ein wenig durch den Wind.«

»Na schön«, sagte ich und ging zurück ins Büro. »Wo müssen wir suchen?«

»Ich glaube, auf dem Dacona-Areal.«

»Dem alten Werftgelände? Aber das ist riesig!«

»Es ist ein Delta«, erinnerte mich Simon an meine eigenen Worte.

»Geht es ausnahmsweise ein wenig genauer?«

Durch die Hörmuschel kam ein gequältes Stöhnen. Während Simon sprach, zog ich ein leeres Blatt aus dem Drucker und begann seine Angaben zu skizzieren. Das Dacona-Areal umfasste sechs große Hallen und mindestens zwei Dutzend Neben- und Peripheriegebäude. Inwiefern diese über zugängliche Keller und Katakomben verfügten, würde sich zeigen. Erfahrungsgemäß installierte ein Puppenspieler seine Arrangements an relativ leicht zugänglichen Orten, was die Suche erleichtern dürfte.

»Lex …«, sagte Simon, als ich mit der Skizze zufrieden war.

»Ja?«

»Sieh dich vor.«

Ich benötigte ein paar Sekunden, um die Warnung einzuordnen, dann sagte ich: »Werde ich.«

Meine Worte gingen ins Kommunikationsnirwana. Simon hatte den Anruf bereits beendet.

»Na, das kann ja heiter werden«, sagte ich leise. Einen Moment lang stand ich reglos im Raum und überlegte, wen ich zuerst anrufen sollte, dann wandte mich um – und stand vor Miriam.

»Warum so schreckhaft?«, fragte sie, als ich sie verdutzt anstarrte. »Stimmt etwas nicht?«

Ich verwünschte Murphy und alle finsteren Götter, mit denen er im Bunde steht. Dann atmete ich tief durch, erwiderte ihren fragend-forschend-fordernden Blick und sagte: »Roter Alarm!«

32

Als wir Hardbergs Büro betraten, saß dieser auf seinem Stuhl, ließ die Hände verschränkt auf der Tischkante ruhen und starrte schon wieder in seinen vor ihm liegenden Hut. Dann hob er den Blick, sah uns über die Ränder seiner Brille hinweg an und fragte ohne jeden Anflug von Humor: »Wusstest ihr, dass ein Bandwurm sich selbst frisst, wenn er keine Nahrung findet?«

Ich tauschte einen Blick mit Miriam.

»Hat der Hut dir das erzählt?«

Hardberg blinzelte, als würde er aus einem Tagtraum erwachen, dann lehnte er sich langsam zurück und fragte: »Was gibt es?«

»Einen weiteren Tatort«, erklärte Miriam.

»Nein«, sagte ich. »Noch scheint es nur ein Nest zu sein.«

»Ein *Nest*?«, wiederholte Hardberg.

»Ein leeres Arrangement«, erklärte ich. »Ohne Opfer.«

»Bist du sicher?«, staunte Miriam.

»Relativ.«

»Arrangement«, sagte Hardberg leise, als hörte er das Wort zum ersten Mal. Er schien es im Geiste noch ein paarmal zu wiederholen, dann schüttelte er den Kopf und sah mich an. »Wäre es zu viel verlangt, uns zu verraten, woher du davon zu wissen glaubst?«, fragte er, wobei er abwechselnd zu Miriam und zu mir blickte. »Heute Mittag im Fahrstuhl scheint das Problem ja noch nicht akut gewesen zu sein.«

Ich blickte auf seinen Schreibtisch. »Würdest du für das Renommee und die Presse gern einen Buhmann aus dem Hut zaubern?«

In Miriams Blick schlich sich Erschrecken, dann ein kurzes Starren, das weit mehr war als nur eine stumme Ermahnung.

»Das ist keine Verdächtigung, Lex«, beteuerte Hardberg. »Ich bin nur überrascht, dass du jetzt damit ankommst, und möchte verstehen, wie diese jungfräuliche Empfängnis funktioniert. Ich meine, wie geht das? Woher weißt du davon – ohne Zuträger?«

Ich hob in einer Mischung aus Abwehrreflex und Gnadengeste die Hände. »Frag das bitte nicht ausgerechnet heute«, sagte ich. »Uns läuft die Zeit davon.«

»Doch, Lex, genau das tue ich. Jetzt!«

Ich blickte zu Miriam, stumm flehend, dass sie ihre Gedanken für sich behielt. Dann schloss ich die Augen und massierte meine Nasenwurzel.

»Stell es dir wie zwei Dias vor, die übereinanderliegen«, erklärte ich schließlich. »Es ist, als ob sich zwei Dimensionen überlappen würden und ich für einen Augenblick an beiden Orten gleichzeitig bin, aber ich kann es weder steuern noch kontrollieren. Es geschieht willkürlich und unvermittelt, ohne Trigger, ähnlich wie die verbalen Aussetzer von Menschen, die am Tourettesyndrom leiden. Nur brechen sich dabei keine Schreie oder Flüche Bahn, sondern Visionen.«

»Es ist also kein Echo?«

»Nein, Jonas. Eher so etwas wie …« Ich suchte nach den richtigen Worten. »Wie die plötzliche Unterbrechung des Radioprogramms für eine Falschfahrermeldung«, sagte ich. »Nur dass der Unfall in der Regel bereits passiert ist.«

»Außer heute …«

»Das hoffe ich.«

»Und wo befindet sich dieses sogenannte *Arrangement?*«, interessierte sich Hardberg. »Hier in der Stadt?«

»Mit an Sicherheit grenzender Wahrscheinlichkeit irgendwo auf dem Dacona-Gelände.«

»Die Industriebrache unten am Frachthafen?«

»Gibt es da etwas, das wir wissen sollten?«, fragte Miriam, die den leisen Unterton der Verwunderung in seiner Stimme gehört hatte.

Hardberg griff sich eine der Tageszeitungen, die er auf seinem Schreibtisch zusammengefaltet deponiert hatte, blätterte zum Lokalteil und legte sie vor uns aus.

»Eine Sprengung«, sagte Miriam, nachdem sie die Überschrift des Artikels gelesen hatte. »Na großartig. Das bedeutet, uns bleiben kaum mehr fünfzehn Stunden, bis dort alles in Schutt und Asche liegt.«

»Das ist Puppenspieler-Strategie«, sagte ich. »Das Wechselspiel von Aktion und Reaktion. Was wir auch unternehmen, so schnell wir auch sind, wir rennen immer hinterher. Alles, was wir tun können, ist zu hoffen, dass er es ist, der zuerst stolpert, und nicht wir.«

»Wie muss ich mir so ein leeres Arrangement eigentlich vorstellen?«, wollte Hardberg wissen.

Ich blickte durch das Westfenster auf den Sonnenuntergang. »Wie einen Schrein«, sagte ich. »Eine Totengedenkstätte oder einen Altar. Etwas, das auf bizarre Art verwundert und die Neugier des Opfers weckt. In jedem Fall eigentümlich und unnatürlich, quasi ein auf fast schon surreale Weise verlockendes Paradoxon seiner Umgebung.«

»Nichtsdestotrotz ist es nicht mehr und nicht weniger als eine tödliche Falle«, fügte Miriam hinzu.

»Etwas derart Auffälliges müsste doch mithilfe einer Hundertschaft rechtzeitig zu finden sein«, befand Hardberg.

»Rechtzeitig bedeutet in unserem Fall aber nicht ›bevor gesprengt wird‹, sondern ›bevor die Falle zuschnappt‹«, sagte Miriam. »Und die Deadline für Letzteres kennen wir nicht.«

»Wenn wir dort mit einem Dutzend Transportern vorfahren und der Puppenspieler sich in die Enge getrieben fühlt, besteht die Gefahr, dass er uns alles um die Ohren fliegen lässt«, gab ich zu bedenken. »Mein Vorschlag wäre, mit einer kleinen Einheit anzurücken und vorzugeben, auf dem Gelände etwas völlig anderes zu suchen; ein Drogenversteck oder eine Art Schleuser-Unterschlupf.«

»Hendrik ist noch in Köln«, sagte Miriam. »Und Vinzenz fällt krankheitsbedingt aus.«

»Ich werde euch begleiten«, entschied Hardberg. »Falls dort jemand vom Objektschutz wegen morgen querschießen und irgendeine Art von richterlicher Befugnis verlangen sollte, lässt sich das Problem mit einem Anruf beim Staatsanwalt rasch aus der Welt schaffen.«

Ich warf einen Blick auf seine Wanduhr. »Um diese Zeit?«

»Just aus diesem Grund«, bestätigte Hardberg. »Ich fühle mich zwar noch nicht fit genug, um auf Hallendächer zu klettern, aber eine Taschenlampe tragen und die Augen offen halten kann ich.«

33

Als wir am Eingangstor des umzäunten Dacona-Geländes ankamen, begann vom Hafen her leichter Nebel aufzuziehen.

»Sicher, dass wir hier richtig sind?« Miriam sah sich fröstelnd um, während ich die Sicherung meiner Waffe kontrollierte und den Sitz des Schulterholsters korrigierte.

»Das wissen wir erst, wenn wir gefunden haben, wonach wir suchen.« Ich zog den Reißverschluss meiner Jacke zu. »Fangen wir dort drüben an«, sagte ich und nickte in Richtung einer Gruppe von vier nebeneinander platzierten Wohncontainern. Quer über ihnen thronte ein fünfter, wesentlich größerer Container, zu dem eine Metallstiege hinaufführte. Lichtschein und leise Musik drangen durch seine halb geöffnete Eingangstür.

»Geh schon mal vor«, bat Miriam Hardberg. »Wir kommen gleich nach.«

»Das hoffe ich doch sehr.« Hardberg setzte seinen Hut auf und lotete mit seinem Gehstock prüfend eine Wasserlache aus, die die gesamte Breite des Eingangstors für sich beanspruchte. Schließlich schritt er hindurch und ging in Richtung der Container.

Miriam wartete, bis sie ihn außer Hörweite wähnte, dann wandte sie sich zu mir um und fragte: »Mit wem hast du vorhin telefoniert?«

»Das kann ich dir nicht sagen, Mia.«

Über Miriams Nasenwurzel bildete sich eine Unmutsfalte. »Das ist mehr als nur eine Vertrauenssache, okay? Oder muss ich für dich erst die Litanei über Beihilfe und Mitwisserschaft vortragen?«

Ich starrte in die Pfütze, deren Wogen sich wieder geglättet hatten.

»Sagt dir die Bezeichnung *Idiots Savants* etwas?«

»Ich kenne es als Titulierung für introvertierte Personen mit besonderen Fähigkeiten.«

»Die Betroffenen leiden an einer Form von Autismus, die Inselbegabung genannt wird«, erklärte ich. »Es gibt Savants, die Großstädte wie Paris oder New York aus dem Gedächtnis nachzeichnen können, nachdem sie ein einziges Mal mit dem Helikopter darüber hinweggeflogen wurden. Ihr Erinnerungsvermögen ist fotografisch.

Mein … *Kontakt* kann die Details und das Stückwerk der Echos und Leuchtfeuer aufgrund seiner Begabung vervollständigen und die architektonischen Puzzleteile einem großen Ganzen zuordnen. Stelle es dir wie eine elektronische Datenbank für Fingerabdrücke vor, nur nicht auf einer Festplatte oder einem Server, sondern als Stadtplan in seinem Kopf. So, wie ein Computer in Sekundenschnelle Papillarlinien abgleicht, vermag meine Kontaktperson dies mit urbanen Strukturen.«

»Hat dieser Wunderknabe auch einen Namen?«

»Tut mir leid, Mia. Ich habe ihm mein Wort gegeben, dass ich seine Identität schützen werde. Schon allein in Hinblick auf sein Handicap. Und ich bitte dich inständig, dies zu respektieren. Er ist nur ein Mittel zum Zweck, nicht die Ursache.«

Als wir den Container betraten, in dem das provisorische Büro des Sicherheitsdienstes untergebracht war, befand Hardberg sich bereits in einer lebhaften Diskussion mit den beiden Wachhabenden der Objektschutzfirma.

Der Ältere der beiden, mit dem er sich hauptsächlich unterhielt, hieß laut seines Ausweisclips Dominik Kroll, sein etwas jüngerer Kollege, der mit über die Ellbogen gezogenen Jackenärmeln selbstgefällig hinter ihm an der Wand lehnte und seine Unterarm-Tattoos zur Schau stellte, Frank Thauer.

»Wie gesagt, das gesamte Areal ist gesperrt«, wiederholte Kroll, nachdem wir uns ausgewiesen hatten, und wirkte ob der kleinen Invasion ein wenig überfordert. »Morgen Mittag wird hier gesprengt, und ich erreiche jetzt niemanden mehr, der die Kompetenzen klären kann.«

»Ich schon«, hielt Hardberg ihm entgegen. »Das dauert keine zwei Minuten.«

»In den Decken und Wänden der Hallen stecken fast 500 Kilogramm Sprengstoff, und überall verlaufen Zündleitungen«, brachte Thauer sich in die Diskussion mit ein. »Wir dürfen Sie nicht unbeaufsichtigt aufs Gelände lassen, und schon gar nicht in die präparierten Gebäude. Die ganze Chose bleibt am Ende an uns hängen.«

»Muss ich wirklich erst den Staatsanwalt anrufen, um das zu klären?«, fragte Hardberg.

»Herrgott, kapieren Sie's nicht?«, erregte sich Thauer. »Den Sprengstoff interessiert es einen Scheiß, wer oder was Sie sind!«

»Da ist er offensichtlich nicht der Einzige hier«, entgegnete ich.

Der Wachmann stieß sich von der Wand ab und baute sich mit einem Seitenblick zu Miriam vor mir auf. »Du wartest jetzt am besten draußen, Arschloch!«, zischte er und drückte mir seinen Zeigefinger gegen die Brust.

Es gibt eine druckempfindliche Stelle im Gewebe zwischen Daumen und Zeigefinger, an der ein äußerst sensibler Ast des Radialisnervs endete. Wenn man diesen Punkt mit Daumen und Mittelfinger von zwei Seiten optimal erwischt und ausreichend Druck ausübt, lässt einen der durch den Körper schießende Schmerz in die Knie gehen und erstickt fast jede aggressive Form von Aufdringlichkeit im Keim. Der Mensch, der mir diesen Griff beigebracht hatte, hatte mir den Effekt am eigenen Leib demonstriert. Es war eine äußerst lehrreiche Erfahrung gewesen.

Thauer riss die Augen auf, befreite sich mit einem Aufschrei und ging, seine rechte Hand massierend, auf Abstand. Dabei brummte er etwas in einer Sprache, die ich nicht verstand.

»Halte dich mit so was bitte zurück«, ermahnte mich Miriam und trat zwischen uns, als befürchtete sie, ich könnte nachfassen.

»Habe ich bereits«, entgegnete ich. »Sonst würde er jetzt nicht mehr aufrecht stehen.«

Miriam quittierte meine Antwort mit einem tadelnden Blick. *Beherrsch dich!*, sprühte es aus ihren Augen.

Ich hingegen war tatsächlich überrascht, dass der Wachmann sich hatte losreißen können. Normalerweise war der Griff fast so effizient wie eine Ladung mit einem Taser. Möglicherweise blockierte etwas Thauers Schmerzempfinden, vielleicht eine frühere Verletzung, die den Nerv geschädigt hatte, oder er stand unter dem Einfluss von Medikamenten, die sein Empfindungsvermögen beeinträchtigten.

»Wir werden das Gelände absuchen«, stellte Hardberg klar. »Ob mit oder ohne Ihre Begleitung.«

»Einen Scheiß werden Sie«, sagte Thauer.

»Ich kann Sie auch vorübergehend festnehmen lassen«, erklärte Miriam. »Blutabnahme, Drogentest, Vorstrafenregistercheck, Ausnüchterungszelle, die ganze Palette. Oder denken Sie, Sie wären der erste Vollidiot, dem uns gegenüber der Kamm schwillt?« Sie musterte den Wachmann. »Glauben Sie, ich mache das hier zum ersten Mal?«

»Lass gut sein, Frank«, ermahnte nun auch Kroll seinen Kollegen, der mit geballten Fäusten und hochrotem Kopf in der Ecke stand.

»Machst du die Scheiße sauber, wenn was passiert?«, fuhr Thauer ihn an.

»Wir bleiben in ständigem Kontakt«, erklärte Miriam. »Falls etwas verdächtig aussehen sollte, halten wir umgehend Rücksprache.«

»Die Dinger werden Ihnen kaum was nützen«, sagte Kroll mit Blick auf ihr Funkgerät. »Da überall Zünder in den Mauern stecken, wurden auf dem gesamten Areal Störsender installiert und blockieren nahezu alle Frequenzen, damit nicht versehentlich irgendwo eine der Ladungen hochgeht. Hier schleichen sich Tag und Nacht Jugendliche aufs Gelände, hampeln mit ihren Smartphones herum und stellen das Zeug live ins Netz.«

»Können Sie die Dinger nicht einfach ausschalten?«, fragte Miriam.

Kroll schüttelte den Kopf. »Darf ich nicht«, sagte er und sah uns der Reihe nach an. »Tut mir leid, aber Sie haben sich den ungünstigsten Zeitpunkt für Ihren Besuch ausgesucht.«

»Arschkarte gezogen«, brummte Thauer.

»Wo willst du hin?«, fragte Kroll, als er an uns vorbei zur Tür schritt.

»Ich hole Nero«, rief dieser von draußen zurück, während wir ihn die Treppe runterstampfen hörten.

»Nero?«, wiederholte ich mit Blick zu Kroll.

»Den Hund«, erklärte der Wachmann.

»Sie machen doch bestimmt Kontrollrunden«, sagte Hardberg, während er vor einem an die Wand geklebten Gebäudeplan stand und ihn mit der von mir angefertigten Skizze verglich.

»Natürlich, Tag und Nacht.«

»Wie lange braucht man, um alle Objekte auf dem Gelände zu inspizieren?«

»Zu zweit etwa drei Stunden, wenn jeder seine Hälfte abläuft, ohne dabei zu bummeln.«

Hardberg sah zu mir und Miriam. »Gut, dann teilen wir uns auf und folgen den üblichen Routen.« Und mit einem Blick zu Kroll fügte er hinzu: »Nur kontrollieren wir diesmal alles ein wenig gründlicher.«

34

»Das muss damals eine eindrucksvolle Industrie-Esplanade gewesen sein.« Hardberg stand in der Mitte der kopfsteingepflasterten, mit Wildwuchs überzogenen Straße, die auf einem mannshohen Damm schnurgerade durch das Areal führte. Er leuchtete mit seiner Taschenlampe in Richtung der Verladekräne, von denen im Nebel kaum mehr als ihre Flutlichter zu sehen waren, dann in die entgegengesetzte Richtung, wo Frank Thauer mit einem Schäferhund an der kurzen Leine und einer Zigarette in der Hand von einer Seite der Esplanade zur anderen schlenderte. »Dort hinten, auf dem Gelände der Zuckerfabrik, stand früher die französische Zitadelle«, sagte er. »Laut Stadtchronik ist das alles erst seit Kriegsende ein Frachthafen. Davor war es seit der Gründerzeit eine Planie-Promenade mit Anlegestellen für Ausflugsschiffe, mit denen man Flussfahrten machen konnte, um die rauchenden Tempel des Industriezeitalters zu bewundern.«

»Und *davor* weideten hier wahrscheinlich noch Mammuts«, kommentierte Thauer seine Geschichtsstunde.

Ich knipste meine Taschenlampe ebenfalls wieder an und bündelte ihren Strahl mit dem von Hardberg. Der einzige Effekt war, dass das orangerote, konturlose Nichts vor uns noch heller leuchtete; eine diffuse Nebelwand, die alles verschluckte, was weiter entfernt war als fünfzig Meter.

Wir hatten während der vergangenen Stunde bereits eine der alten Produktionshallen, drei kleine Nebengebäude und eine Handvoll Schächte inspiziert, doch bisher ohne Erfolg. Selbst in den bedenklich schief stehenden Industrieschornstein hatte ich einen Blick geworfen, aber nicht mehr vorgefunden als einen anderthalb Meter hohen Berg aus Taubenkot.

»Lex?« Hardberg sah mich an, in der Erwartung, ein Signal zu erhalten. Er musste mir im Beisein des Wachmannes keine komplizierte Frage stellen. Ich konnte es in seinen Augen lesen, worauf er hoffte.

»Nichts«, sagte ich. »Gar nichts.«

Thauer schnaubte abfällig durch die Nase, behielt seinen Kommentar aber diesmal für sich.

Ich stand leicht frustriert am Rand der gut zwei Meter über dem Gelände verlaufenden Dammkrone und bemühte mich um eine Eingebung oder ein Echo, aber da war nichts.

»Wir müssen weitersuchen«, sagte ich.

Auf unserem Weg über den Damm passierten wir eine Reihe von Baracken, an denen sich Fenster an Fenster reihte, fünfzehn an der Zahl. Die Eingänge lagen auf den Stirnseiten. Von den Türen waren jedoch kaum mehr als die Angeln übrig.

Um nicht unnötig Zeit zu verlieren, teilten Hardberg, Thauer und ich uns beim Durchsuchen der Gebäude auf. Mitten durch die Baracke, die ich inspizierte, verlief ein Korridor, an dessen Ende ich wieder ins Freie blicken konnte. Einst dürfte jeder der dreißig Räume dem anderen geglichen haben. Heute gab es in ihnen kaum mehr zu sehen als Scherben, abblätternde Farbe, bröckelnden Putz, Vandalismus, Moder und Verfall.

Mit steigendem Unbehagen schritt ich durch die Ruine und leuchtete in die Räume, wobei mich vor jedem Blick hinein ein Schauer überkam.

In den zwei Jahren, in denen ich für das Dezernat arbeitete, war ich noch nie persönlich an der Suche nach einem Puppenspielernest beteiligt gewesen, von Hardberg ganz zu schweigen. Und falls wir uns tatsächlich in einem Delta bewegten, war es gut möglich, dass nicht nur ein einziges Arrangement existierte – und *jeder* ein Opfer sein konnte.

Mittlerweile war es kurz vor 21 Uhr. Seit Simons Anruf waren mehr als drei Stunden vergangen. Eine Kaskadenfalle hingegen schnappte innerhalb von Sekundenbruchteilen zu. Insofern war mir bewusst, dass wir möglicherweise kein morbides Stillleben, kein leeres Arrangement mehr finden würden, sondern – und das war bisher immer der Fall gewesen – eine unschön anzusehende Leiche.

Insgeheim bereute ich es, mit der Verkündung von Simons Leuchtfeuer nicht bis morgen gewartet zu haben. Aber wie hätte ich mich in Gegenwart von Miriam verhalten sollen? Sie kannte mich viel zu gut, und ihr kriminalistischer Instinkt war zu ausgeprägt, als dass ich ihr etwas hätte vormachen können.

Was heute Abend im Präsidium passiert war, würde trotz meiner seit Langem zurechtgelegten, mehr oder minder schlüssigen Ausreden Simon und die Leuchtfeuer betreffend ein Nachspiel haben, so viel stand fest. Vielleicht nicht gleich morgen, vielleicht nicht in einem Monat, aber unausweichlich. Miriam wusste nun, dass ein Informant existierte, der potenzielles Tatortwissen hatte. Natürlich hätte ich mich auch auf einen unbekannten, anonymen Anrufer berufen können, der mir den Tipp mit der Industriebrache und eine Tatortbeschreibung gegeben habe, doch wie hätte dieser an meine private Handynummer gelangen sollen?

Ich hoffte – nein, ich *betete* –, dass Simon vor seinem Anruf Vorkehrungen getroffen hatte, um zu vermeiden, dass seine Telefonnummer bis zu ihm zurückverfolgt werden konnte.

35

»Dieses Areal hatte während der Franzosenzeit als Richtplatz gedient«, erzählte Dominik Kroll, als er mit Miriam eine mit historischen Laternenmasten bestandene Freifläche überquerte. »Nach der napoleonischen Besatzung haben hier allerlei Märkte und sogar Volksfeste stattgefunden. Bei Regen oder im Winter hat sich das Marktgeschehen in die Halle dort drüben verlagert.« Er richtete den Lichtkegel seines Strahlers auf einen großen Ziegelsteinbau. »Irgendwie traurig, dass sie ebenfalls dem Fortschritt weichen muss. Wussten Sie, dass es die französische Verfassung bis heute verbietet, einen Hund Napoleon zu nennen?«

»Ist die Halle zugänglich?«, überging Miriam seine Frage.

»Zumindest die oberirdischen Bereiche«, sagte Kroll. »Bis vor wenigen Jahren stand sie noch unter Denkmalschutz, aber irgendwann sind die Schäden an der Gebäudestruktur wohl zu gravierend geworden, um sie zu sanieren. Die Dachträger sind marode und die alten Eiskeller so tief, dass Grundwasser eingedrungen ist. Heute können Sie dort unten Schlauchboot fahren.«

»Heißt das, man kann nicht in die Kellergewölbe?«

»Nur, wenn Sie unbedingt schwimmen möchten«, sagte Kroll.

Miriam blieb stehen. »Welche Untergeschosse sind in diesem Teil des Areals noch trocken?«, fragte sie, während sie sich umsah.

»Die in Montagehalle B und ihrer Peripherie.« Kroll deutete nach Westen. »Dort wurden früher die Schüttgutfrachter gebaut. Die Pumphäuser am Stichkanal kämen auch noch infrage, aber in denen könnten Ihre Kollegen schon gesucht haben.«

Miriam betrachtete ein höhergelegenes, für die Gegend auffällig pompöses Haus, dessen Fassade im Nebel kaum noch auszumachen war.

»Was ist das dort oben am Hang?«

Kroll blickte in die Richtung, in die sie leuchtete. »Die alte Reedervilla.«

»Wird sie auch gesprengt?«

»Präpariert haben wir sie nicht. Zu klein. Falls sie ebenfalls abgerissen werden soll, passiert das wahrscheinlich irgendwann durch einen Bagger.«

Miriam senkte den Lichtkegel ihrer Taschenlampe und leuchtete zu einer finsteren, gut zehn Meter breiten Öffnung auf halber Höhe zwischen Villengebäude und dem Fuß des Hanges. »Und das?«

Kroll richtete seinen Strahler ebenfalls auf das von ihr angeleuchtete Rechteck. Die von einem sanft geschwungenen Bogen aus Steinquadern gestützte Öffnung wirkte aus der Distanz wie eine Aussichtsplattform oder die Einfahrt einer Tiefgarage.

»Da ist auch nichts drin«, sagte Kroll. Er zog seinen Gebäudeplan aus der Tasche und überflog die Objektlegenden. »Keine Ahnung, was das mal war«, murmelte er. »Hat nur eine Nummer. Soll aber offenbar noch irgendwie grundverseucht sein, weil dort oben vor Jahrzehnten irgendwas gelagert wurde, das nicht dicht war. Vielleicht Phosphor oder irgendein anderes giftiges Zeug aus dem Krieg; oder unsachgemäß deponierter Sondermüll während der Besatzungszeit. Die Alliierten hatten da keine moralischen Bedenken. Haben den Mist meistens reingestopft, wo gerade Platz war und ihn keiner mehr sieht. Aus den Augen, aus dem Sinn. Wenn die Ruine plattgemacht wird, muss auch der kontaminierte Boden großflächig abgetragen werden. Sprengen ist da die blödeste Idee. Würde das ganze Zeug in den Himmel blasen und dort runterregnen lassen, wohin der Wind es weht.« Kroll knipste seine Lampe aus. »Ich kann Ihnen zwar nicht verbieten, dort raufzugehen, aber ein Schutzanzug wäre dafür nicht die schlechteste Idee.«

»Ich würde mir das gern mal anschauen.«

»Tun Sie, was Sie nicht lassen können. Ich bin kurz austreten.«

»Und was ist mit Ihrer Aufsichtspflicht?«

»Die Objekte dort hinten sind nicht präpariert, also kann ich Ihnen auch keine Vorschriften machen. Betreten auf eigene Gefahr. Wollen Sie den hier mitnehmen?« Er reichte ihr seinen Strahler. »Ist nützlicher als Ihre Funzel. Ich kann mir einen anderen holen und komme dann nach. Wenn Sie mich nun entschuldigen würden, der flotte Otto klingelt Sturm.«

Miriam verdrehte die Augen. Während Kroll in Richtung der Sanitärbaracke verschwand, fischte sie ihr Handy aus der Manteltasche, um Lex und Hardberg über ihr Vorhaben zu informieren, hatte jedoch kein Netz.

»Herr Kroll!«, rief sie dem Wachmann nach, woraufhin dieser noch einmal stehen blieb. »Würden Sie Ihrem Kollegen Bescheid sagen, dass ich einen Blick in die Villa werfe?«

Kroll hob eine Hand zum Zeichen, dass er sie verstanden hatte, dann verschwand er im Nebel.

36

»Wie lange soll das hier noch gehen?«, erkundigte sich Thauer, als wir uns nach der Durchsuchung der Baracken wieder auf der Dammkrone getroffen hatten.

»Solange es eben dauert«, sagte ich, derweil ich meine Schuhsohlen im Gras säuberte.

»Haben Sie vielleicht was zu schnüffeln dabei?«

»Wie bitte?« Hardberg blickte den Wachmann fast schon ungläubig an.

»Für den Hund, Herrgott!«, regte Thauer sich auf. »Bei euch Hämmern ist jedes Wort ein Nagel, was?«

»Na, das sagt der Richtige«, murmelte ich.

»Keine Ahnung, was Sie hier genau suchen, aber wenn Sie nichts finden, tut es vielleicht Nero«, erklärte der Wachmann. »Aber er braucht eine Riechprobe als Referenz.«

»Das wäre in diesem Fall zwecklos.« Ich legte eine Hand auf den Kopf des Hundes und strich ihm über das feuchte Fell. Dem Tier schien der nächtliche Ausflug zu gefallen.

»Denken Sie, der Köter ist zu blöd, um eine Fährte aufzunehmen?« Thauer ließ den Strahl seiner Taschenlampe kreisen. »Ist doch echt Schwachsinn bei dem Wetter«, brummte er missmutig und zündete sich eine neue Zigarette an. »In dieser Waschküche findet man doch nicht mal 'ne Rotte leuchtender Wildschweine.«

»Eins an drei, hörst du?«, zerriss Krolls verzerrte Stimme unvermittelt die Stille und ließ sogar den Hund zusammenschrecken.

Thauer zog sein Funkgerät vom Gürtel. »Drei hört«, antwortete er. »Wie alle anderen im Umkreis von zweihundert Metern.«

Aus dem Lautsprecher drang ein unverständliches Murmeln. »Sag denen, ihre Kollegin schaut sich die Villa an«, fügte Kroll verständlich hinzu. »Ich bin kurz in der Baracke und treffe mich mit ihr dann wieder dort oben.«

»Alles klar, sie haben es gehört«, sagte Thauer. »Drei Ende.«

»Welche Villa?«, wollte Hardberg wissen.

»Die oben am Hang«, sagte der Wachmann und deutete in den Nebel. »Über dem Depot.«

Just in dem Moment, in dem er das Funkgerät wieder am Gürtel befestigte und nicht auf seine Umgebung achtete, schoss aus einem nahen Gebüsch etwas Kleines, Buschiges heraus, rannte den Esplanadenhang hinab und verschwand im Nebel. Die Reaktion des Hundes war vorhersehbar, die Zeit, die Thauer blieb, um darauf zu reagieren, viel zu kurz. Von dem flüchtenden Etwas aufgeschreckt, machte der Hund einen Satz vorwärts, um ihm nachzujagen, und riss den Wachmann unweigerlich mit sich. Da die Hundeleine um sein Handgelenk geschlungen war, hatte er der urplötzlichen Beschleunigung des Tieres nichts entgegenzusetzen. Sein Reflex erfolgte erst, als er bereits den Boden unter den Füßen verloren hatte. So vollführte er in der Luft eine groteske Verrenkung, ehe er auf dem Boden aufschlug und die Böschung hinabschlitterte.

»Gottverflucht, Nero!«, stieß er wütend hervor, nachdem der Hund sich losgerissen hatte und in der Dunkelheit verschwunden war. »Nero!«

Wir leuchteten suchend in den Nebel, doch das Tier kehrte nicht zurück. Lediglich sein Bellen war noch einmal in der Ferne zu hören.

Erneut in jener unverständlichen Sprache fluchend, die ich bereits im Büro von ihm gehört hatte, rappelte Thauer sich auf.

»Alles okay bei Ihnen?«, erkundigte sich Hardberg.

»Mann, gehen Sie mir nicht auf den Sack!«, antwortete der Wachmann und rieb sich Schmutz und Gras von der Uniform. Dann las er den fallen gelassenen Strahler vom Boden auf und leuchtete in die Richtung, in die der Hund gerannt war.

»Nik«, knurrte er ins Funkgerät. »Wo bist du gerade?«

»Auf Höhe der Gießerei«, antwortete Kroll nach ein paar Sekunden. »Warum?«

»Weil die Scheißtöle eben samt Leine 'nen Abgang gemacht hat und hinter irgendwas herjagt. Wahrscheinlich 'nem Hasen oder Waschbär. Müsste in deine Richtung gerannt sein. Halt die Augen offen nach dem Mistvieh.«

»Wenn Neros Jagdinstinkt durchbricht, kommen weder ich noch du hinterher«, sagte Kroll.

»Hoffentlich bleibt der Köter mit der Leine irgendwo hängen und bricht sich das Genick«, zeterte der Wachmann. »Sonst tue ich es! Drei Ende.«

»Was haben Sie vor?«, wunderte ich mich, als er sich vom Damm entfernte.

»Wonach sieht's denn aus?«, gab Thauer zurück, ohne im Schritt innezuhalten. »Ich gehe meinen Hund suchen.«

»Und das Haftungsrisiko, um das Sie im Büro so viel Wind gemacht haben?«

»Sie beide sind doch große Jungs«, rief der Wachmann. »Passen Sie einfach auf, wo Sie hintreten und was Sie anfassen. Das Risiko ist um ein Vielfaches höher, wenn ein Schäferhund und ein blödes Karnickel in einer mit Sprengstoff und Zündern gespickten Industrieruine Hasch mich spielen.«

Dann war er um die Ecke der nächstgelegenen Baracke verschwunden.

»Selten einer so unentspannten Person begegnet wie ihm«, seufzte Hardberg. »Der lässt das Dynamit beim Vorbeilaufen allein durch seine schlechte Laune hochgehen.«

»In welcher Sprache brabbelt er da ständig vor sich hin?«

»Keine Ahnung. Irgendwas Osteuropäisches, glaube ich.«

Ich warf einen Blick auf mein Smartphone, hatte jedoch kein Netz.

»Irgendeine Ahnung, wo diese Villa stehen soll?«

Hardberg wies in das Nebelglühen der Kranflutlichter. »Dort liegt der Hafen«, sagte er, dann wandte er sich um und leuchtete in die entgegengesetzte Richtung. »Also geht's zu besagtem Hang wohl da lang.«

37

Die verwilderte Straße, der Miriam zum Fuß der Anhöhe gefolgt war, endete vor einer unkrautüberwucherten Schotterfläche. Von der Einmündung einer Zufahrtsstraße, die zum Villengebäude hinaufführte, war weit und breit nichts zu sehen. Zu allem Überfluss versperrte ihr auch noch ein hoher Maschendrahtzaun das Weiterkommen.

Instinktiv wollte sie über das Handy einen Geländeplan abrufen, doch ihr Vorhaben scheiterte erneut am fehlenden Funknetz. Sie blickte zurück in Richtung Hafen, in der Hoffnung, die Lichtkegel von Lex' und Hardbergs Taschenlampen im Nebel zu erspähen, doch so weit das Auge reichte, war nichts von ihnen zu sehen.

Ein paar Minuten lang überlegte sie, ob sie aufs Werftgelände zurückkehren oder ihr Glück an einer entfernteren Stelle des Areals versuchen sollte. Schließlich begann sie dem Zaun in östliche Richtung zu folgen, in der Hoffnung, auf einen Fußweg oder eine Treppe zu stoßen. Das Gelände jenseits des Maschendrahts war jedoch so verwildert, dass unter dem Gestrüpp nichts zu erkennen war.

Würde das Licht des Hafens nicht den Nebel zum Leuchten bringen, wäre es auf der laternenlosen Brache stockdunkel. So aber konnte Miriam umherlaufen, ohne zu stolpern, und den Akku des Strahlers schonen. Es war, als stünden fünf Vollmonde am Himmel.

Nach gut einhundert Metern fand Miriam ein Loch im Maschendraht, durch das sie auf die andere Seite des Zauns schlüpfen konnte. Von dort aus begann sie die Strecke langsam wieder in Richtung der Wendeplattform zurückzuwandern, bis sie – ohne den störenden Zaun im Blickfeld – auf eine weniger überwucherte Bresche im Buschwerk stieß, durch die sie zum Fuß des Hanges gelangte. Hinter dem Dickicht lag die Trasse eines alten Seilzugs, über den per Handkurbel einst wahrscheinlich Körbe mit Lebensmitteln, Spirituosen oder Zigaretten hinauf zu der Häuserzeile befördert wurden, in deren Zentrum sich die Reedervilla erhob. Heute standen nur noch die schiefen, halb verrotteten Pfeiler am Hang, während die Metallspulen und das Stahlseil auf dem Boden vor sich hin rosteten.

Der Trasse folgend, erreichte Miriam nach einigen Minuten Kletterei die erste Gebäudeebene. Was aus der Ferne wie eine in den Hang gebaute Aussichtsplattform ausgesehen hatte, entpuppte sich als leere Kriegsruine. Auf einer Breite von gut zehn Metern führte eine flache, fächerförmige Rampe etwa einen Meter in die Tiefe zu einer Gleisspur, die als Trasse für eine Schienenlafette gedient haben mochte, und verjüngte sich dabei auf die Hälfte der

Breite. Dahinter lag eine niedrige Halle von rund fünfzehn Metern Breite, die etwa dreißig Meter tief in den Hang hineinreichte. Zu beiden Seiten des nach wenigen Metern im Boden versinkenden Schienenstrangs erhoben sich vereinzelt längliche Hügel, die aussahen wie ungeschmückte Gräber. Zigarettenkippen, rostende Getränkedosen und zahllose Fußspuren im Staub zeugten davon, dass das von sechs Betonsäulen gestützte Gewölbe seit Jahrzehnten als wilder Jugend- und Szenetreffpunkt diente.

Miriam betrat die Halle und begann im Uhrzeigersinn langsam die mit Graffiti bedeckten Wände abzuschreiten, wobei sie gelegentlich stehen blieb, um mit dem Handy Fotos von auffälligen Tags und den Erdhügeln zu schießen. Dabei stieß sie wie in den zuvor durchsuchten Gebäuden weder auf ein Puppenspieler-Arrangement noch auf Türen oder Korridormündungen. Falls es dergleichen je gegeben hatte oder noch gab, waren sie entweder vor langer Zeit zugemauert worden oder mussten erst ausgegraben werden. Letzteres hielt Miriam angesichts der geringen Höhe der Halle im hinteren Bereich für wahrscheinlicher.

Geduckt der Gewölberückwand folgend, leuchtete sie die Mauer ab. Zahllose Besucher hatten sich im Laufe der Jahrzehnte an ihr verewigt; Pärchen zumeist, die ihre Herzen, Namen oder Initialen ins Gestein geritzt hatten. Darüber hinaus war das Gewölbe übersät mit Emoticons und zahllosen grenzdebilen Sprüchen wie *Ich bumse, also bin ich!*, *Zwei Titten sind mehr als meine* oder *Besser den Schwanz in der Hand als die Eier auf dem Dach*. Sinnleere Lyrik, entstanden in allen Phasen prä- und postkoitalen Überschwangs, jugendlicher Kifferträume und rudelkonformer Bier- und Schnapsseligkeit.

38

Als Dominik Kroll nach kurzer Tour das südöstliche Ende des Areals erreicht hatte, ließ er das Fahrrad ausrollen und schob es schließlich noch einige Meter über eine Wiese. Dort befestigte er es am Laternenpfahl neben einem Gittertor, hinter dem eine Treppenstaffel hinauf zur Hochesplanade führte, und klemmte eine handgeschriebene Nachricht für Thauer und die anderen an den Gepäckträger.

Während er das Tor aufschloss, blickte er zu der größtenteils von Bäumen verdeckten Gebäudezeile empor, in deren Mitte sich die verlassene Villa erhob. Vom Tor aus gesehen glich sie einer hässlichen Burganlage, deren Fassade vom langsam wieder etwas lichter werdenden Nebel kaschiert wurde.

Kroll warf einen prüfenden Blick auf das neben dem Torgitter lehnende Rad, dann schaltete er den Strahler aus und schaute in Richtung Hafen. Nichts bewegte sich zwischen den Hallen.

Nachdem er bereits im Büro versucht hatte, Thauer zu erreichen, um den Stand der Dinge zu erfragen, probierte er es ein weiteres Mal, doch sein Kollege gab immer noch keine Rückmeldung. Aus dem Lautsprecher drang nur Rauschen. Wahrscheinlich war er auf der Suche nach dem Hund in ein Funkloch gelaufen oder hatte mal wieder so miserable Laune, dass ihm Krolls Belange ›am Arsch vorbeigingen‹.

Bisher hatte Kroll gezögert, das zunehmende Fehlverhalten seines Kollegen vor der Firmenleitung zur Sprache zu bringen, doch wenn Thauer sich sogar gegenüber Ermittlungsbeamten nicht mehr unter Kontrolle hatte, erschien es ratsam, ein psychologisches Gutachten in Auftrag zu geben und zu entscheiden, ob er weiterhin für den aktiven Dienst geeignet war.

Auf Höhe der dritten Treppenstaffel erreichte Kroll die Mündung eines Fußpfades, der diagonal den Hang emporführte, wo er zwischen der Schulhausruine und dem alten Bedienstetenwohnhaus auf die Esplanade mündete. *Via Ferrata* stand auf einem halb verwitterten, handgeschnitzten Holzschild, das seit einer halben Ewigkeit an einem Baum neben der Einmündung befestigt war. *Wein, Weiber und Gesang* hatte irgendein Scherzbold vor Jahren nebst Richtungspfeil mit roter Farbe daruntergepinselt.

Kroll warf einen letzten Blick hinab auf das Werftgelände, dann zog er sich seine Wollmütze tiefer ins Gesicht, schaltete den Strahler an und trat ins Unterholz. Der moderat bergauf führende Fußweg musste bereits zur Blütezeit der Werft existiert und sowohl den Schulkindern als auch Arbeitern und Bewohnern als Abkürzung gedient haben. Heute schlichen meist zu nächtlicher Stunde Jugendliche, Junkies und Dealer hinauf zu den Ruinen.

Dem Pfad mit schon fast schlafwandlerischer Sicherheit folgend, blieb Kroll auf halber Strecke mit dem Fuß jäh an einer Stacheldrahtschlinge hängen und stürzte vornüber. Instinktiv ließ er den Strahler fallen, um sich abzustützen, doch es war zu spät. In voller Länge schlug er auf dem Boden auf und rammte sein Gesicht in den Dreck. Gleichzeitig hörte er neben sich ein Splittern.

»Scheiße, verdammte!«, presste er zwischen zusammengebissenen Zähnen hervor, als er wieder Luft bekam. Fluchend setzte er sich auf, spuckte Erdkrumen aus und massierte seinen Fuß, wobei er mit der freien Hand blind nach dem Strahler tastete. Als er ihn fand und den Schalter betätigte, passierte nichts. Sowohl das Schutzglas als auch die Glühbirne waren beim Sturz auf einen neben dem Pfad liegenden Backstein zerbrochen.

Hadernd fischte Kroll eine kleine Stifttaschenlampe aus seiner Uniformjacke. Er rieb seine Handflächen sauber, dann streifte er das Hosenbein hoch, knipste die Lampe an und sah sich die Verletzung an. Die Metalldornen hatten über dem Knöchel eine zentimeterlange Wunde ins Fleisch gerissen. Sie war nicht sonderlich tief, brannte aber höllisch.

Er wischte sich mit dem Ärmel den Schweiß vom Gesicht und leuchtete den Boden ab. Der rostige Stacheldraht, der ihm zum Verhängnis geworden war, gehörte zu einem jahrzehntealten, längst umgestürzten Sperrzaun, dessen Steinpfeiler links und rechts des

Trampelpfades im Moos lagen. Etliche Male war Kroll hier entlang-gewandert, ohne gestolpert zu sein, selbst mitten in der Nacht. Und ausgerechnet heute …

Wahrscheinlich hatte sich in den vergangenen Tagen ein Tier oder ein Junkie in der Drahtschlinge verfangen und sie beim Ver-such, sich zu befreien, über den Pfad gezogen.

Im Zwielicht der fernen Hafenflutlichter humpelte Kroll auf eine gedrungene Gebäuderuine zu, deren Dachfirst sich im Nebel abzeichnete. Dahinter reihten sich sechs weitere leer stehende Gebäude aneinander. Die meisten von ihnen waren nicht mehr als eingeschossige Katen, lediglich zwei der Häuser verfügten über zwei Stockwerke. Sein Ziel war jedoch die dreigeschossige Villa, von der aus sich selbst heute, nachdem die Natur sich alle am Hang gelegenen Freiflächen zurückerobert hatte, ein wunderbarer Blick über das Hafengelände und die jenseits des Flusses gelegene Kernstadt bot.

Kurz darauf mündete der Pfad auf eine fast einhundert Meter lange, von Ruinen flankierte Kopfsteinpflasterstraße. Oft hatte Kroll sich vorgestellt, wie es hier oben ausgesehen haben mochte, als die Villa bewohnt gewesen war und die Werft sich im wirtschaft-lichen Zenit befunden hatte. Seinerzeit mussten die Gebäude und das Panorama eindrucksvoll gewesen sein. Heute war von der eins-tigen Pracht nur noch die Kulisse einer verwilderten Geisterstadt geblieben. Selbst jemand, der mit dem Ort vertraut war, musste zweimal hinsehen, um alle Ruinen hinter der seit Jahrzehnten wild wuchernden Vegetation zu erkennen. Mancherorts wuchsen die Bäume sogar aus dem Inneren der Gebäude und hatten die Reste der Dächer gesprengt.

Das dominierende Bauwerk war die zur Talseite hin gelegene Villa. Schräg gegenüber standen die Reste eines Steinbrunnens, von dem heute kaum mehr als der Brunnenstock und die hin-tere Beckenmauer übrig waren. Das Wasser strömte jedoch noch immer aus dem gusseisernen Wasserspeier und hatte im Laufe der Jahrzehnte eine gut drei Meter breite und zwei Meter tiefe Kluft in den Boden gewaschen. Kroll blieb nichts anderes übrig als durch den Graben zu klettern.

An der Villa angelangt, rief er Fechners Namen durch das offen stehende Eingangsportal und erschrak dabei über den Hall seiner eigenen Stimme. Einige Sekunden lang lauschte er auf eine Antwort, doch im Haus blieb alles ruhig. Er warf einen Blick auf seine Armbanduhr. Seit sie sich getrennt hatten, war fast eine Stunde vergangen. Entweder war die Frau nur übertrieben misstrauisch oder sie hatte die Villa tatsächlich noch nicht erreicht.

Kroll setzte sich auf die Eingangstreppe, zog das rechte Hosenbein hoch und säuberte die Wunde an seinem Schienbein mit einem frischen Papiertaschentuch. Nachdem er ein zweites auf die verletzte Stelle gepresst und vorsichtig den Strumpf darübergezogen hatte, machte er ein paar Schritte, um den Halt des Provisoriums zu testen. Zufrieden krempelte er das Hosenbein wieder herunter. Es war kein Musterverband, aber besser als nichts.

Nachdem sich weder im Haus noch in der Umgebung etwas gerührt hatte, ging Kroll auf die gegenüberliegende Straßenseite, um einen besseren Blick auf die Fassade zu haben. Nirgendwo hinter den teils leeren, teils von Klappläden verschlossenen Fensterhöhlen war Lampenschein zu erkennen.

Über das Eingangsportal spannte sich ein von zwei Säulen gestützter Balkon mit aufwendiger Steinmetzbalustrade. Kniff Kroll beim Betrachten des Gebäudes die Augen zusammen, verschwamm die von der Zeit geschundene Fassade und ließ das einstige Prestige des Hauses erahnen. Heute bot es einen düsteren und traurigen Anblick. Als finsterer Klotz ragte es vor den wie verschwommene Phantome aussehenden Schatten der Bäume in den glosenden Himmel.

Im Gebäude blieb alles ruhig und finster. In dem Moment, als Kroll den Blick abwendete, nahm er hinter einem der geschlossenen Fensterläden ein helles Zucken wahr, wie von gedämpftem Fotoblitzlicht, das von einer der Wände reflektiert wurde. Irgendjemand war also im Haus.

»Frau Fechner«, rief er lauter und richtete den Lichtkegel seines Strahlers auf die Fenster. »Sind Sie das dort oben?«

Keine Antwort.

»Herrgott, das ist doch bescheuert!«, ärgerte er sich und schritt auf die Eingangstreppe zu. »So taub kann man doch als Bulle gar nicht sein.«

Kroll ließ den schmalen Lichtfinger seiner Taschenlampe hin und her wandern, während er über einen kurzen Flur ins Foyer der Villenruine schritt. Mancherorts waren trotz Schimmel, Verfall und Graffiti-Schmierereien noch die Umrisse von Bilderrahmen und dekorativem Zierrat zu erkennen, der einst Zimmer und Flure geschmückt hatte. In einigen Ecken lagen die staubverkrusteten Scherben von Vasen und Porzellanfiguren, da und dort auch die Reste von Holz- und Stuckrahmen, Stühlen oder verrotteten Gobelins. Von Frost abgesprengte Fliesen und von eingedrungenem Wasser und Unkraut aufgebrochenes Parkett sorgten in der Dunkelheit für tückische Stolperfallen.

Am Ende des Foyers führte eine geschwungene Flügeltreppe in die erste Etage. Zwischen den beiden Treppenbogen setzte der Korridor sich weiter fort und mündete in einen Salon. Ein eigenartiger Geruch hing in der Luft, eine Mischung aus Parfüm und Blumen und etwas Scharfem, Stechendem, wie von Flüssigreiniger oder Desinfektionsmittel.

Aus einem der Räume in den oberen Stockwerken begann das leise, geisterhafte Spiel einer Drehorgel herabzuschweben. Es war eine im Walzertakt dudelnde Endlosschleife aus Terzen und Quinten. Verwundert der Musik folgend, ging Kroll die Treppe hinauf und sah sich um. Von Fechner oder einem der anderen Ermittler fehlte jede Spur. Stattdessen stieß er im vorderen der beiden über dem Salon gelegenen Zimmer auf ein surreal anmutendes Stillleben. Inmitten eines kniehohen Blütenhaufens aus leicht verwelktem Lavendel, Vergissmeinnicht und blauen Hyazinthen erhob sich ein von Ketten getragener Wandspiegel wie ein Gedenkstein über einem blumengeschmückten Grab. Auf seinem mit Korrosionsflecken übersäten Glas stand etwas geschrieben, das Kroll aus der Distanz nicht zu entziffern vermochte.

»Frau Fechner?« Argwöhnisch ließ er den Lichtfinger der Taschenlampe über den Flur wandern, ehe er das Zimmer betrat. »Hallo?«, rief er laut. »Ist hier jemand?« Er horchte in die Stille hinein. »Das ist Privatgelände!«, fügte er hinzu. »Der Aufenthalt im Gebäude ist nicht gestattet und wird zur Anzeige gebracht!« Das Einzige, was er daraufhin hörte, war das Trippeln von Mäusebeinen hinter den Wänden.

Vorsichtig trat Kroll näher. Auf dem Spiegel stand ein mit blauem Fettstift geschriebenes Gedicht. Die Verse kamen ihm bekannt vor, doch er konnte sie weder einem Werk noch einem Verfasser zuordnen.

> *Sohn des ersten Sohnes Sohn,*
> *wohin hast du dich verirrt?*
> *Nun siehst du dich im Spiegel, Tor,*
> *Gott weiß, was aus dir wird.*

Ratlos blickte Kroll sich im Zimmer um. »Frau Fechner?«, rief er, um die leiernde Endlosschleife zu übertönen. »Sind Sie hier im Haus?« Er ging zurück zur Tür und leuchtete in Richtung der Treppenhalle. »Herr Hardberg? Herr Crohn?«

Als sich weiterhin niemand zu erkennen gab, kehrte Kroll zum Spiegel zurück, kniete sich mit einem Bein auf den Boden und begann den Blütenberg zu durchwühlen. Nach kurzer Suche ertastete er die Quelle der Musik und fischte ein Smartphone heraus. *Salomon Loop,* leuchtete der Titel des Melodiefragments auf dem Display. Kopfschüttelnd rief er das Menü auf und beendete die Wiedergabe.

Im selben Moment, in dem die Musik verstummte, ertönte unter dem Spiegel ein leises Klicken. Ehe Kroll zu einer Reaktion fähig war, explodierte das Blütenmeer vor ihm und ließ etwas Massives herausschießen, das den Spiegel zertrümmerte und beim Kreuzen des Taschenlampenstrahls wie ein riesiges, rostiges Metallgebiss aussah. Es schnappte zu, schlug Kroll mit voller Wucht in die Wangen und riss ihn von den Beinen. Explosionsartig entleerte er seine Blase und schiss sich in die Hosen, während die zurückschnellenden Spannfedern am Boden der Konstruktion seine Lippen zerfetzten. Kroll wollte einen Schmerzensschrei ausstoßen, doch aus seinem Mund quoll nur ein Schwall aus Blut und Speichel. In seiner Verzweiflung packte er das riesige Fangeisen und versuchte, es sich vom Kopf zu reißen, während er unter sich ein Bersten hörte. Das Letzte, was er trotz des Entsetzens und der irrationalen Schmerzen wahrnahm, war, dass der Fußboden nachgab und er mitsamt den Spiegelsplittern in den darunter liegenden Salon stürzte – bis die Kette, mit der das Fangeisen an der Wand befestigt war, sich spannte. Krolls Genick brach, bevor seine Füße den Boden berührten. Dass er mit dem Gesicht voraus gegen die Wand prallte und dabei einen grotesken Blutfleck hinterließ, spürte er nicht mehr. Durch das Loch in der Decke fiel ein Regen aus blauen Blütenblättern hinab in den Salon …

39

Als Miriam wieder am Ausgang der unterirdischen Halle ankam, hatte sie das Gefühl, auf ihrem Körper würden Legionen von Milben umherkrabbeln. Krolls Warnung im Hinterkopf, begann sie ihre Kleidung und ihre Haare auszuschütteln. Zurück im Freien, warf sie einen Blick auf ihr Handy und erschrak, als sie sah, dass sie fast eine halbe Stunde lang in der Katakombe umhergewandert war.

Nachdem sie sich an der linken Flanke der Anlage durch ein Gebüsch gezwängt hatte, begann sie den Hang diagonal weiter emporzuklettern und erreichte schließlich schwer atmend die Rückseite eines lang gezogenen zweigeschossigen Gebäudes, das sich etwa fünfzig Meter von der Villa entfernt vor ihr erhob. Zwar gab es über Miriam eine kleine, ebene, von Unkraut und Buschwerk bewachsene Fläche, die seinerzeit als Veranda gedient haben mochte, doch keinen Hintereingang. Um auf die Terrasse zu gelangen, hatten die damaligen Benutzer wohl um das Gebäude herumlaufen müssen. Der einzige direkte Zugang auf seiner Rückseite war eine breite Gütertreppe, die hinab in ein Kellergewölbe führte.

Als Miriam sie passierte, vernahm sie aus der Tiefe etwas, das sich wie ein Schlurfen anhörte, gefolgt von einem Geräusch, das klang, als würde jemand Stoff zerreißen. Miriam blieb stehen und lauschte.

»Kroll?«, rief sie.

Die Geräusche verstummten, doch niemand antwortete.

Unschlüssig blickte sie hinab in die Dunkelheit. Zwar hatte sie mit Lex und Hardberg vereinbart, dass diese die Westhälfte und Miriam die Gebäude im Osten inspizierten, was jedoch nicht bedeuten musste, dass die beiden inzwischen nicht auch hier oben suchten. Lex war ein wandelndes Paradoxon, berüchtigt dafür, genau das Gegenteil dessen zu tun, was er zuvor angekündigt hatte, und unvermittelt nach einem Schema zu handeln, das er zuvor noch kategorisch ausgeschlossen hatte. Sie kannte niemanden, der mehr emotionale Widersprüche in sich vereinte als er.

»Lex, Jonas, seid ihr das da unten?«, rief sie und richtete den Strahler auf die Treppe. Moos und Flechten bedeckten die feuchten, abgetretenen Stufen.

Als aus dem Keller weiterhin nichts zu hören war, stieg Miriam vorsichtig die Treppe hinab, zog den Kopf ein und warf einen Blick in das Gewölbe. Es war breiter, als es von oben den Anschein hatte, und führte so tief in den Hang hinein, dass Miriam kein Ende erkannte. Der hallenartige Raum wurde von zahlreichen breiten, quadratischen Säulen gestützt, von denen jede ein kleines Fenster aufwies. Offenbar gab es in ihnen eine winzige, kaum mehr als einen Quadratmeter große Kammer, deren Eingang im toten Winkel lag. Miriam hatte keinen Schimmer, welchem Zweck die weitläufige Halle einst gedient haben mochte. Ohne die Fenster in den Stützsäulen könnte man sie für den hässlichen Nachbau einer antiken Zisterne halten.

»Lex?«, wiederholte sie nun gedämpfter. »Jonas?«

Wieder keine Antwort. Sie zog die Pfeffersprayflasche vom Gürtel und hielt sie vor sich, während sie zwei Schritte weit in das Gewölbe trat. Sekunden später drang aus der Dunkelheit ein bedrohliches Knurren, das sie erstarren ließ und ihren Puls in die Höhe trieb. Mit angehaltenem Atem überlegte sie, ob vor ihr in der Finsternis ein jugendlicher Scherzbold oder tatsächlich ein womöglich tollwütiges Tier kauerte.

Suchend ließ sie den Lichtkegel des Strahlers durch die Finsternis wandern, doch nirgendwo war etwas Verdächtiges zu sehen. Nach kurzer Stille vernahm sie erneut die Geräusche, die sie herabgelockt hatten, nur waren sie diesmal erschreckend deutlich zu hören. Sie klangen, als würden in einer der vordersten Säulenkammern kräftige Kiefer Knochen zerbeißen und Gewebe von einem Körper reißen. In der modrigen Luft lag ein Geruch wie von Kupfer und nassem Fell.

Lautlos steckte Miriam die Sprayflasche in ihre Manteltasche und zog ihre Waffe aus dem Holster. Dann begann sie – die Mündung in die Finsternis gerichtet – die Treppe langsam rückwärts wieder emporzusteigen, ohne die Gewölbepforte aus den Augen zu lassen.

»Na, kriegen wir kalte Füße?«, erklang eine Stimme über ihr, als sie die Hälfte der Treppe geschafft hatte, und ließ sie erschrocken innehalten. »Auch die Dunkelheit möchte wahrgenommen werden, Frau Kommissarin. Solange Sie ihr nicht den Rücken zuwenden, tut sie Ihnen nichts.« Aus dem Fenster über Miriam fiel der Strahl einer Taschenlampe auf sie herab.

Einerseits kam Miriam die Stimme vertraut vor, andererseits wirkte sie verzerrt, fast chorartig. Es klang, als würden zwei oder drei Personen gleichzeitig sprechen.

»Thauer?« Sie hob die freie Hand, um ihre Augen vor dem blendenden Licht zu schützen, wobei sie versuchte, die Person dahinter zu erkennen. »Sind Sie das?«

»Vielleicht.«

»Sind meine Kollegen auch hier oben?«

»Vielleicht.«

Miriam verdrehte die Augen. »Da unten ist irgendein Tier«, erklärte sie und leuchtete wieder hinab ins Gewölbe.

»Die Dunkelheit ist kein Tier, Frau Kommissarin«, raunte Thauer ihr zu.

Mit zusammengekniffenen Augen versuchte Miriam den Wachmann im Gegenlicht zu erkennen. »Könnten Sie bitte woandershin leuchten?«, fragte sie genervt.

»Könnte ich natürlich, aber ich möchte Sie sehen, Frau Kommissarin.«

»Verdammt, Mann, sind Sie etwa high?«, ärgerte sie sich über die Selbstgefälligkeit des Wachmanns. Schließlich tat sie es ihm gleich und richtete Krolls Strahler hinauf zum Fenster.

Von oben schoss etwas herab, das sie aufgrund der Blitzartigkeit, mit der es geschah, nicht genau erkennen konnte. Es war dünn und schlängelte sich wie eine Peitschenrute und riss ihr sowohl die Waffe als auch den Strahler aus den Händen. Als es dabei ihre Finger streifte, fühlte die Berührung sich an wie ein elektrischer Schlag, dessen Schmerz ihr bis hinauf zur Schulter schoss. Sie verlor das Gleichgewicht, stolperte mit einem Aufschrei rückwärts und rutschte die Treppe wieder bis zum Ende hinab.

Entsetzt starrte sie in das finstere Rechteck. Ihre Gedanken überschlugen sich, wobei ihr Blick zwischen dem Fenster und dem Kellergewölbe auf und ab pendelte. Schließlich rappelte sie sich auf, ergriff dabei einen Ziegelstein, der am Rand der Treppe lag, und schleuderte ihn in Richtung des Wachmanns, woraufhin dieser sich wegduckte und das Licht erlosch. Miriam stolperte die Stufen empor und rannte im Schutz der Dunkelheit um die Ecke des Gebäudes, um aus Thauers Schussbahn zu gelangen.

»Das war nicht sehr schlau von Ihnen, Frau Kommissarin«, vernahm sie hinter sich seine eigenartig polyphone Stimme. Sie hörte, wie er aus dem Fenster sprang, dann seine Schritte, wobei der Lichtkegel des ihr entwendeten Strahlers wild durch den Nebel zuckte.

Ranken und Zweige peitschten in Miriams Gesicht, als sie durchs Unterholz hetzte. Ohne Waffe blieben ihr nicht viele Optionen: Sie konnte entweder in der Dunkelheit den Hang hinab flüchten, was an der falschen Stelle einem Sprung über eine Klippe gleichkäme, oder hinauf zur Straße rennen, um im Zwielicht der fernen Flutlichter eine belebtere Gegend zu erreichen. Oder sie suchte in einem der Gebäude Zuflucht, wo sich vielleicht etwas finden ließ, das sie als Waffe benutzen konnte.

In der Hoffnung, dass sie mit etwas Glück Lex oder Hardberg auf sich aufmerksam machen konnte, rannte sie bergauf – und trat in der Dunkelheit plötzlich ins Leere. Einen Aufschrei auf den Lippen, stürzte sie eine Böschung hinab in einen Bachlauf, dessen Graben die Esplanade und den Hang durchschnitt. Durchnässt rappelte sie sich wieder auf, dann kletterte sie die gegenüberliegende Böschung empor auf die Straße. Ohne sich nach ihrem Verfolger umzuschauen, eilte sie auf das Portal der Villa zu und stürmte die Eingangstreppe hinauf ins Innere. Nahezu blind tastete sie sich durch den finsteren Korridor, bis sie gegen die Brüstung einer Treppe stieß. Mit zitternden Fingern zog sie ihr Handy aus der Tasche, um die Taschenlampenfunktion zu aktivieren. *Akku fast leer*, begann es fast schon höhnisch auf dem Bildschirm zu leuchten. *Bitte Ladegerät anschließen*. Nach wenigen Sekunden erlosch das Display wieder.

Miriam schloss in einem Akt hilfloser Wut die Augen. Als sich nähernde Schritte im Kies zu hören waren, schlich sie rückwärts zwischen den Bogen der Flügeltreppe hindurch in den dahinter liegenden Raum. Sekunden bevor der Schatten ihres Verfolgers am Eingang auftauchte, trat sie aus dem direkten Sichtfeld und wandte sich um. Erst jetzt registrierte sie, dass sämtliche Fenster mit dicken Pressspanplatten zugenagelt waren und es keinen zweiten Ausgang gab. Die Nacht hatte sie genarrt und wie eine blutige Anfängerin in eine Sackgasse gelockt.

Vom Eingang her vernahm sie ein Keuchen, dann das Krachen einer aufgestoßenen Zimmertür.

»Huhu, Menschlein!«, rief Thauer. Der Strahl seiner Taschenlampe zerschnitt die Dunkelheit. »Ich weiß, du steckst hier irgendwo!«

Miriam sah sich um, vermochte in der Finsternis jedoch kaum etwas zu erkennen. Lediglich im hintersten Winkel des Salons fiel schwacher Lichtschein durch ein Loch in der Zimmerdecke.

»Ich finde dich, keine Sorge«, vernahm sie die sich nähernde Stimme des Wachmanns, während sie mit dem Pfefferspray in der einen und dem Handy in der anderen Hand rückwärts durch den Salon schlich. »Dort, wo ich herkomme, können wir euresgleichen riechen«, rief Thauer. »Und am verlockendsten riecht eure Angst. Jedes Molekül, das aus deinen Poren dringt, verrät dich.« Sporadisch erklangen Schläge und Gepolter, als der Wachmann weitere Türen und Schränke aufriss. »Glaubst du, ich mache das hier zum ersten Mal?«, erklang seine Retourkutsche für den von ihr geäußerten Spruch im Bürocontainer.

Miriams Blick irrte umher, suchte im Dunkel einen Ausweg. In der Hälfte aller Szenarien, in denen Menschen in die Enge getrieben werden, öffnet sich im letzten Augenblick irgendwo eine Tür, und eine rettende Seele sorgt für ein Entkommen. Doch Miriams Hier-und-heute-Drama gehörte offensichtlich zur anderen Hälfte, in der dies niemals geschah und alles ein böses Ende nahm. Offenbar hatte sie ihre Glücksreserven während der vergangenen Stunden aufgebraucht.

»Lex, wo steckst du?«, flüsterte sie in ihrer Verzweiflung. Sie schaltete das Display ihres Handys ein, um zumindest für ein paar Sekunden ein wenig Licht zu haben. Ein widerlich-säuerlicher Geruch hing in der Luft, vermischt mit dem Gestank von Fäkalien. Im Rückwärtsgehen stieß Miriam mit der Ferse gegen herabgestürzte, von blauen Blütenblättern gesprenkelte Deckenfragmente und kam ins Straucheln. Nach Halt suchend berührte sie unvermittelt eine kalte, klebrig-feuchte Hand. Mit einem leisen Aufschrei wirbelte sie herum, woraufhin auf dem Flur sofort Stille eintrat. Kurz darauf fuhr der Lichtkegel des Strahlers durch den Eingang, tanzte einen Atemzug lang in der Dunkelheit umher und blieb schließlich auf Miriam und das gerichtet, was ihr eigener Schatten zumindest für einen kurzen Moment gnädig verbarg. Die Lichtquelle hinter ihr jedoch bewegte sich – und schälte

Details aus dem Dunkel, die sie nicht zu erblicken gehofft hatte. Aus dem Loch in der Decke hing, mit dem Gesicht zur Wand, ein blutüberströmter Körper. Miriam musste nicht lange hinsehen, um zu erkennen, dass es Kroll war, den sie vor sich sah. Sein Kopf klemmte in einer mächtigen, von einer Kette gehaltenen Bärenfalle, deren Fangbügel tief ins Fleisch und die Kieferknochen des Wachmanns eingedrungen waren. Urin tropfte von einem seiner Hosenbeine auf die blauen, staubbedeckten Blüten unter ihm.

»Gefällt es dir?«, fragte eine leise Stimme. Sie erklang direkt hinter Miriam und schien doch von unendlich weit her zu kommen. »Viel schöner als der Prolog im Hafen, findest du nicht?«

Erst die Hand, die sich auf ihre Schulter legte, riss sie aus ihrer Schockstarre. Miriam duckte sich weg und rammte Thauer den Ellbogen in den Solarplexus, dann wirbelte sie herum und sprühte eine Ladung Pfefferspray in seine Richtung. Während der Wachmann sich abwandte und den Strahl seiner Taschenlampe zu Boden richtete, torkelte Miriam rückwärts gegen Krolls Leiche. In einem Abwehrreflex wirbelte sie herum und stieß ihn von sich weg, woraufhin der Tote hin und her zu pendeln begann und dabei auf Kopfhöhe eine bogenförmige Blutspur an der Wand hinterließ. Im nächsten Moment spürte sie an ihrem rechten Fuß einen fürchterlichen Schmerz, der sie aufschreien ließ. Nach Halt suchend ruderte sie mit den Armen in der Luft, verlor das Gleichgewicht und sank hintüber auf die Deckentrümmer. Die Wucht des Aufpralls ließ Staub und Blütenblätter aufwirbeln.

Entsetzt starrte Miriam auf ihren Fuß. Aus dem Rücken des Schuhs ragte ein fingerdicker Metallstift, dessen Spitze durch die Gewalt des Deckeneinsturzes zu einem Widerhaken deformiert worden war. In ihrer Panik versuchte sie sich von der Fußangel zu befreien, doch der Schmerz ließ sie nur ein weiteres Mal gepeinigt aufschreien.

»Na, so ein Pech.« Thauer ließ die Waffe sinken und kam einen Schritt näher. Das Pfefferspray schien seine Wirkung verfehlt zu haben. »Kleine Sünden bestraft der liebe Gott bekanntlich sofort, habe ich recht?« Er leuchtete in ihr schmerzverzerrtes Gesicht.

»Schön brav sein, Frau Kommissarin«, warnte er sie, als sie die Sprayflasche anhob. »Tu jetzt nichts Falsches!« Es schien fast, als würde ihr Verhalten ihn amüsieren. »Lass es fallen!«, forderte er sie auf und richtete die Pistole auf ihre Brust. »Na komm, sei ein braves Mädchen.«

Miriam war wie erstarrt. Es fühlte sich an, als würden ihre Hände nicht mehr zu ihrem Körper gehören. Sie musste sich zwingen, die Finger zu spreizen und die Spraydose loszulassen. Klackernd fiel sie neben ihr auf das Parkett.

»Und das Handy.«

Widerwillig legte sie ihr Smartphone neben das Reizgasfläschchen.

»Das andere Gadget auch«, verlangte Thauer. »In deinem Mantel.«

Erschrocken sah Miriam auf. *Davon* hätte ihr Gegenüber unmöglich etwas wissen können!

»Ja, da staunst du, was?«, sagte der Wachmann, als hätte er ihre Gedanken gelesen. »Na, wird's bald?«, fuhr er sie an, als sie sich nicht rührte.

Mit zitternden Fingern zog Miriam das Elektroschockgerät aus der Manteltasche und legte es neben das Handy.

»Braves Mädchen«, grinste Thauer. Mit der Pistole im Anschlag trat er heran, kickte das Pfefferspray, ihr Smartphone und den Taser aus ihrer Reichweite und nahm seinen Sicherheitsabstand wieder ein.

»So«, sagte er, nachdem er Miriam eine Weile genüsslich betrachtet hatte. »Sieht ganz so aus, als wären wir zwei hier allein.« Er zog seine Uniformjacke aus, warf sie auf einen halb verrotteten Sessel ohne Sitzpolster und legte die Waffe griffbereit auf die Armlehne. »Kannst du es fühlen?«, fragte er mit Blick auf den Toten. »Hörst du das Flüstern? Es nährt sich nun auch von deinem Blut …«

Miriam warf einen Blick über ihre Schulter, dann zu Thauer. »Ist das alles, was Ihnen dazu einfällt?«, fragte sie. »Geht Ihnen davon einer ab?«

»Hört, hört, es kann wieder sprechen!«, grinste der Wachmann. »Mal sehen, wie lange.«

In hilfloser Ohnmacht schloss Miriam die Augen und flehte stumm um ein Zeichen der Hoffnung: ein Lichtblitz im Foyer, Stimmen in der Ferne, ein verräterisches Knacken im Unterholz, Schritte auf dem Kies – doch da war nichts außer Dunkelheit und Stille.

»Warum tun Sie das?«, versuchte sie den Wachmann in eine Diskussion zu verwickeln, um Zeit zu gewinnen, getrieben von der verschwindend geringen Chance, dass Lex und Hardberg noch rechtzeitig auftauchen würden, um sie vor dem Schlimmsten zu bewahren. »Erklären Sie mir den Sinn hinter all dem Morden.«

»Das ist eine lange Geschichte«, sagte Thauer. »Zu lang für eine gemeinsame Nacht, fürchte ich.«

»Was hat Ihr Kollege getan, um so enden zu müssen?«

»Er?« Der Wachmann musterte den Toten. »Gar nichts«, gestand er. »Aber sein Ahnherr.«

»Also geht es um Rache?«

»Nicht um die meine.«

Miriam schüttelte verständnislos den Kopf. »Erklären Sie es mir«, forderte sie ihn auf. »Erst der Tote im Hafen, jetzt Ihr Kollege. Wo ist da die Verbindung?«

Thauer schob die Unterlippe vor und zuckte mit den Schultern. »Ist so eine Art Generationenprojekt«, sagte er.

»Und ich? Bin ich ebenfalls Teil Ihrer Kaskade?« Miriam taxierte ihr Gegenüber. »Reden Sie mit mir, verdammt! Wenn es schon hier enden soll, dann lassen Sie mich wenigstens nicht dumm sterben!«

Thauer betrachtete sie eine Weile, dann schnaubte er durch die Nase. »Kaskade …« Er lauschte dem Lautklang des Wortes nach und schüttelte wie in Zeitlupe den Kopf. »Nein, Frau Kommissarin«, sagte er unvermittelt wieder mit jener polyphonen Stimme, die Miriam einen Schauer über den Rücken jagte. »*Hier* endet es bestimmt nicht.« Er trat an sie heran und ging vor ihr in die Hocke. »Und selbst wenn ich es dir erklären würde, du würdest trotzdem dumm sterben«, fügte er hinzu. »Ihr alle sterbt dumm.

Das ist euer Los. Wissen erlangt ihr erst danach – auf die eine oder andere Weise.«

Miriam blickte in Thauers Gesicht. Seine Augen und einige Hautpartien seiner linken Gesichtshälfte waren stark gerötet, was bewies, dass das Pfefferspray ihn getroffen hatte, doch es schien so gut wie keine Wirkung auf ihn zu haben. Es war Miriam ein Rätsel, welche Droge dazu in der Lage sein konnte.

»Und wie soll es nun weitergehen?«, presste sie hervor. »Wollen Sie mich in Ihr hübsches Arrangement integrieren?«

»Nun, das kommt ganz auf dein Verhandlungsgeschick an, Frau Kommissarin.« Thauer erhob sich und öffnete seinen Gürtel. »Ich kenne da etwas, das die Entscheidung zu deinen Gunsten bedeutend beeinflusst …«

»Haben Sie jetzt völlig den Verstand verloren?«, erschrak Miriam, als der Wachmann begann, seine Hose aufzuknöpfen.

40

Was ich an Hardberg ebenso bewunderte wie hasste, war seine Hartnäckigkeit, um nicht zu sagen Sturheit. Obwohl man ihm ansah, dass er seine Erkältung noch nicht völlig auskuriert hatte, und er geschwächt wirkte, hatte er darauf bestanden, mich hinauf zur Villenesplanade zu begleiten. Krolls am Fuß der Freitreppe abgestelltes Fahrrad und die am Gepäckträger klemmende Nachricht hatten uns den Weg gewiesen. Ich ließ Hardberg vorausgehen und hielt mich dicht hinter ihm, unter dem Vorwand, mich seinem Tempo anzupassen. In Wahrheit tat ich es, um einen Sturz verhindern und ihn rechtzeitig auffangen zu können, falls er mit dem versehrten Bein neben eine Stufe trat und das Gleichgewicht verlor.

Hardberg zufolge war seine Invalidität das Resultat eines über zwanzig Jahre zurückliegenden Motorradunfalls, bei dem er sich den rechten Unterschenkel und das Knie gebrochen hatte. Da die damalige Physiotherapie laut ihm nicht so erfolgreich gewesen sei wie erhofft, war das Gelenk teilweise steif geblieben. Das Bein war seitdem nicht mehr voll belastbar, weshalb Hardberg den aktiven Dienst seinerzeit hatte aufgeben müssen. Einige der Platten und Schrauben, so behauptete er, steckten noch immer in den Knochen. Sollte es heute Abend zu einer Situation kommen, in der Schnelligkeit und Behändigkeit vonnöten waren, würde ich also entweder auf mich allein gestellt sein oder Hardberg zur Seite stehen müssen – je nachdem, in welche Richtung die Situation uns zwang. Bisher meisterte er die Treppe jedenfalls mit erstaunlicher Beharrlichkeit. Zwar benötigte er für jede Stufe zwei Schritte, geriet dabei jedoch weniger außer Atem als befürchtet.

»Okay, kurze Pause!«, strafte er mich einen Treppenabsatz weiter oben Lügen.

Ich blickte in den Wald und lauschte, hörte aber nur fernes Verkehrsrauschen und die Geräusche, die vom Hafen herüberdrangen. Während Hardberg durchschnaufte, zog ich mein Handy heraus und war überrascht, zumindest einen Netzbalken angezeigt zu bekommen. Ich wählte Miriams Nummer, doch sie reagierte nicht auf den Anruf. So nutzte ich die schwache Verbindung, um ihr eine SMS zu schreiben. Mit einem leisen Anflug von Sorge schaute ich hinauf zum Scheitel der Treppe, dann in die Richtung, in der die von den Bäumen verdeckte Villa stehen musste.

»Mia?«, rief ich, woraufhin in der Ferne ein Hund zu bellen begann. Groteskerweise verstummte er wieder, als Hardberg in sein Taschentuch schnäuzte. Ich wandte mich um und schenkte ihm einen vieldeutigen Blick, den er mit einem Schulterzucken quittierte. Wahrscheinlich hörte er erkältungsbedingt sowieso nur die Hälfte. »Mia?«, rief ich noch einmal lauter. »Seid ihr dort oben?«

Keine Antwort.

»Sehen wir uns die Ruinen trotzdem mal an«, sagte Hardberg und begann an seinem Schal herumzunesteln. »Würdest du kurz halten?«, bat er mich, als er dabei mit einer Hand nicht zurande kam, und reichte mir seinen Gehstock.

Es fühlte sich an, als hätte mir Hardberg eine Starkstromleitung in die Hand gedrückt.

Innerhalb eines Wimpernschlages umgab mich Dunkelheit, doch nicht die einer mondlosen, wolkenverhangenen Nacht oder unterirdischen Tiefe. Es war eine andere Art von Dunkelheit. Eine allgegenwärtige, vollkommene Schwärze, gleich einem sich in jede Richtung unendlich ausdehnenden Raum; einem Universum ohne Schöpfung, in dessen Tiefe nicht ein einziger Stern funkelte. Und doch war ich in der endlosen Leere nicht allein. Myriaden von meinesgleichen geisterten durch die Finsternis, trieben umher und trafen aufeinander. Es war kein bewusstes Berühren, mehr ein willkürliches, flüchtiges einander Durchdringen, bei dem die Gedanken der einen mit denen der anderen verschmolzen.

So geschah es seit Äonen, wodurch jene, die die Schwärze bevölkerten, immer mehr zu einem wurden, obgleich ihre Zahl ins Unendliche ging.

Es war ein unerbittlicher Sog, der mich mit einem Mal aus der Dunkelheit riss, hinüber in ein pulsierendes Glosen, dessen Existenz mich ängstigte. Zum ersten Mal sah ich Licht, zum ersten Mal tat ich einen Atemzug. Dann setzten die Schmerzen ein; quälende, *physische* Schmerzen, nie gekannt und nie zuvor erfahren. Ich fühlte mich gefangen in etwas, das schreckliche Geräusche ausstieß, tobte und um sich schlug, während ich versuchte, aus dem Gefängnis auszubrechen und zurück in die ewige Dunkelheit zu fliehen – vergeblich.

Um mich herum vernahm ich Stimmen. Sie sprachen im Chor, in einer Sprache, die mir fremd war und deren Bedeutung ich nicht verstand. Nur ein Wort blieb mir im Gedächtnis hängen, da sie es am Ende jeder Strophe ihrer Litanei wiederholten: *Ultor.*

Ein greller Blitz zuckte auf. Leuchtender blauer Rauch quoll aus seiner Quelle und breitete sich über mir aus. Und als er herabsank und mich einhüllte, begann die Vision zu verblassen.

Ich schlug die Augen auf und blinzelte in Hardbergs über mir schwebendes Schattengesicht. Mit einem leisen Stöhnen setzte ich mich auf und fasste mir an den Hinterkopf. Dort, wo ich auf dem Steinboden aufgeschlagen war, erfühlte ich eine schmerzende, wachsende Beule.

»Geht's wieder?«, fragte Hardberg.

Da meine Stimme versagte, antwortete ich nur mit einem Nicken. Benommen und verwirrt von der Vision, befühlte ich die Schwellung und bemerkte erst jetzt, dass ich noch immer den Gehstock in der Hand hielt.

»Ein Trigger«, flüsterte ich. »Wieso zum Teufel ist das Ding ein Trigger?«

Hardberg gab sich erstaunt. »Soll das heißen, das war ein Echo?«, fragte er. »Ich glaubte schon, du hättest einen Schlaganfall.«

Ich starrte in den Nebel, ohne einen klaren Gedanken fassen zu können. »Ich weiß nicht, was das war«, sagte ich tonlos. »So etwas habe ich nie zuvor erfahren.«

»Etwas, das uns weiterhelfen könnte?«, fragte Hardberg. »Das uns ins richtige Gebäude oder sogar zum Täter führt?«

»Nein.« Ich starrte gedankenverloren auf seinen Gehstock. »Falls das ein Echo war, dann auf keinen Fall das eines Menschen …«

Hardberg musterte mich abschätzend, dann klaubte er seinen Hut auf, der ihm wohl beim Versuch, meinen Sturz zu verhindern, vom Kopf gefallen war.

»Kannst du aufstehen?«, fragte er. »Ich kann nicht mehr knien, aber ich komme ohne deine Hilfe nicht hoch.«

Nachdem ich ihm wieder auf die Beine geholfen hatte, zitterte ich so stark, dass ich mich noch einmal für ein paar Minuten auf die Treppe setzen musste. Doch auch als der Tremor nachgelassen hatte, war jede Stufe eine Herausforderung. Erst zwei Absätze unterhalb des Esplanaden-Plateaus hatte ich wieder so viel Trittsicherheit erlangt, dass ich mich nicht mehr wie Hardberg am Geländer festhalten musste.

»Halleluja«, keuchte dieser, als er die letzte Treppenstufe geschafft hatte. »Wer den Gipfel gewinnt, der hat die Welt zu Füßen.«

Es war der Moment, in dem ein schriller Schrei die Stille zerriss.

41

Der Klang einer fernen Stimme ließ Miriam aufhorchen und schien die Zeit in der Villenruine für einen Moment stillstehen zu lassen. Auch Thauer hielt inne und lauschte, wirkte dabei angesichts der drohenden Gefahr, auf frischer Tat ertappt zu werden, jedoch nicht sonderlich beunruhigt. Nach einigen Sekunden Stille war die Stimme erneut zu hören, lauter und deutlicher als zuvor. Sie gehörte eindeutig Lex, und er rief Miriams Namen.

»Vielleicht endet es ja doch«, sagte sie zu Thauer, wobei ein leiser Anflug von Genugtuung in ihrer Stimme mitschwang. »Hier und heute!«

Der Wachmann verzog die Mundwinkel zu einem leisen Lächeln. »Wenn du wüsstest, wie oft ich solche Sprüche schon von euch gehört habe«, sagte er. »Wie viele versucht haben, meiner habhaft zu werden oder mich zu vertreiben – und dennoch bin ich wieder hier, in dieser von Gott verlassenen Stadt mit ihren erbärmlichen Bewohnern.«

»Diesmal werden Sie nicht so einfach davonkommen«, entgegnete Miriam.

»Nicht?« Thauer neigte abwägend den Kopf. »Nun, das wird sich zeigen, Frau Kommissarin.« Hinter ihm erklang ein tiefes, schleimiges Röcheln. »Denn wie heißt es unter euresgleichen so schön? Wenn du denkst, es geht nicht mehr, kommt von irgendwo ein Lichtlein her.« Mit halb heruntergelassenen Hosen drehte der Wachmann sich um. »Hallo, Nero«, begrüßte er den Hund, der an der Eingangsschwelle zum Salon aufgetaucht war. »Hattest du Spaß?«

Das Tier blieb regungslos stehen, wobei ein weiteres Röcheln aus seinem Brustkorb drang. Den Schwanz hatte es zwischen die Beine geklemmt, wirkte jedoch nicht verunsichert oder gar verängstigt. Es machte einen Schritt vorwärts, verharrte kurz und tat schließlich einen weiteren Schritt. Dann zuckte es mit dem Kopf, als wäre ihm ein lästiges Insekt ins Ohr gekrochen. Nachdem es sekundenlang wie erstarrt im Raum gestanden hatte, wiederholte es diesen Tic.

Thauer zog seine Hosen hoch und raffte sie mit der Linken zusammen, damit sie ihn beim Laufen nicht behinderten. Als er auf den Hund zuging, senkte dieser fast schon demütig den Kopf. Ein Schauer durchlief das Tier, als es von der Hand des Wachmanns berührt wurde. Thauer strich ihm über den Kopf, zog die Hand jedoch abrupt wieder zurück, als hätte er sich am Fell verbrannt.

»Nero, du treulose Töle«, murmelte er und starrte den Hund verwundert an. »Wo kommst du denn her?« Angeekelt roch er an seiner Hand. »Ist ja widerlich«, sagte er. »Hast du dich in einem Schleimpilz gewälzt?« Erst jetzt schien Thauer auch sein Kleidungsprovisorium zu bemerken. Verlegen zog er die Hosen ein Stück weiter hoch, sah sich dabei um, erblickte Miriam und fragte erschrocken: »Herrgott, was treiben *Sie* denn hier?«

Miriam konnte nicht anders als ihn anzustarren. »Sie brauchen echt Hilfe, Thauer«, urteilte sie schließlich. »*Professionelle* Hilfe!«

Der Wachmann reagierte nicht auf ihre Worte. Mit offenem Mund und aufgerissenen Augen leuchtete er an die hinter ihr liegende Wand und starrte auf die Leiche seines Kollegen. Nach einer Weile schaffte er es, sich von dem makabren Anblick loszureißen. Bestürzt sah er zu Miriam, dann wieder zu Kroll und schließlich auf den Hund.

»Scheiße, verdammte …«, murmelte er, als ihm die Verfänglichkeit der Situation bewusst zu werden schien. Er bückte sich, um die Hundeleine aufzuheben, doch dazu kam es nicht mehr. Der Kopf des Tiers zuckte herum, und seine Fänge schnappten zu. Von einem Moment zum anderen fehlten an Thauers rechter Hand zwei Finger. Dünne Blutfontänen spritzten aus den verbliebenen Stümpfen.

Entsetzt starrte der Wachmann auf seine Hand, dann obsiegte der Schmerz über den Schock und er schrie auf. Seine Hose rutschte ihm wieder bis zu den Knien herab, woraufhin der Hund seine Fänge in seinen Schritt schlug, was einen weiteren sich überschlagenden Schrei zur Folge hatte. Thauer stieß den Hund von sich und wirbelte herum, um sich in Sicherheit zu bringen, stolperte jedoch über seine Hosen und stürzte der Länge nach aufs Parkett. Im Nu war das Tier über ihm und verbiss sich in seiner Kehle, was die Schmerzensschreie abrupt verstummen ließ. Kläglich röchelnd strampelte der Wachmann mit den Füßen, die Hände tief ins Fell des Hundes gekrallt. Der ließ für einen Moment von ihm ab, schlug seine Fänge in Thauers Gesicht und riss einen fast handtellergroßen Fleischlappen aus dessen linker Wange, dann schnappte er erneut nach der Kehle seines Opfers, knurrte und zerrte im Blutrausch wie von Sinnen. Schließlich zuckte sein Kopf hoch, hievte Thauers Oberkörper in die Höhe und schleuderte ihn herum, bis ein dumpfes Knacken zu hören war und der Wachmann zurück auf den Boden klatschte.

Unwirsch riss der Hund das Maul auf und schüttelte den Kopf, als bemühte er sich, den Fleischbrocken wieder loszuwerden. Als Thauer zu schreien versuchte, spritzte eine Blutfontäne aus der Wunde in seiner Kehle. Er atmete die Flüssigkeit ein, was einen noch heftigeren Ausstoß von Blut zur Folge hatte. Der Wachmann drehte sich auf den Bauch, um zu verhindern, dass das Blut in seine Luftröhre strömte, aber es war zwecklos. Er schleppte sich vorwärts in Richtung Tür. Das Tier folgte ihm und biss ihm ins Genick. Miriam hörte ein Fauchen, konnte aber nicht bestimmen, ob es der Hund oder der Wachmann war, der es ausstieß. Gelähmt vor Schreck und Entsetzen vermochte sie keinen Finger zu rühren, hockte nur da und starrte ins Halbdunkel, wo der Hund sein sich kaum noch wehrendes Opfer hinaus auf den Flur zerrte.

Kurz darauf vernahm Miriam ein Reißen und Zerren. Es waren die gleichen Geräusche, wie sie zuvor aus dem Kellergewölbe gedrungen waren, nur intensiver und rasender. Immer wieder war dabei ein kurzes Zischen zu hören, als schnaubte das Tier in eine Schüssel voll sämiger Flüssigkeit.

Miriam hielt sich die Ohren zu, als sie es nicht mehr ertrug, aber sie hatte nicht genug Kraft, um die Geräusche völlig auszusperren. Irgendwann herrschte letztlich Stille.

Als Miriam glaubte, den Albtraum überstanden zu haben, tauchte der Hund wieder an der Türschwelle auf und starrte in die Leere des Salons. Sein Kopf hatte sich dunkel verfärbt, das feucht glänzende Fell sah im Licht des auf dem Boden liegenden Strahlers nun fast vollständig schwarz aus. Miriam hielt den Atem an, als ihre Blicke sich kreuzten. An der Leine, die noch immer an seinem Halsband befestigt war, schleifte der Hund das blutgetränkte Hemd des Wachmannes hinter sich her wie einen nassen Putzlappen. Er machte ein paar Schritte in den Raum hinein, dann blieb er wieder stehen und gab ein Geräusch von sich, das wie ein sattes Rülpsen klang. Zeitlupenhaft senkte er den Kopf, schüttelte ihn und machte dann eine Reihe blitzschneller Bewegungen, irgendwo angesiedelt zwischen Erschrecken und Drohgebärde, als würde unmittelbar vor ihm ein kleines, angriffslustiges Tier kauern, das nur er zu sehen vermochte. Schließlich entspannte er sich wieder, sah zu Miriam herüber und kam – den Kopf gesenkt und die Zähne leicht gefletscht – langsam auf sie zu, wobei ein verhaltenes Grollen aus seiner Kehle drang

»Oh, Scheiße, Scheiße …« Miriams Blick irrte durch den Salon. »Nein, nein, nein …!«

Bitte nicht so!, flehte sie in Gedanken. *Nicht auf diese erbärmliche Art und Weise!*

Gott, nein!

»Lex!«, schrie sie, so laut sie konnte.

Verzweifelt zerrte sie an dem Metallsporn, mit dem Resultat, dass sie sich die Haut von den Knöcheln riss und mehrmals in die Finger schnitt. Letztlich versuchte sie in ihrer Panik den Fuß mitsamt dem Metallstift aus dem Holz zu ziehen. Der Schmerz, der dabei durch ihr Bein bis hinauf ins Rückenmark schoss, ließ sie so schrill aufschreien, dass der Hund zurückzuckte. Er schüttelte wieder den Kopf, knickte dann mit den Vorderbeinen ein und rieb seinen Schädel am Boden, bis er aus Augen und Ohren blutete.

Abrupt wandte er sich von ihr ab und knurrte sekundenlang drohend in eine Richtung, in der niemand stand. Dann lief er mal nach hier und mal nach da, als wäre er nicht mehr Herr seiner Sinne. Schließlich gaben seine Beine nach und er sackte zusammen.

Mitsamt der Bodenplanke, an der ihr Fuß hing, kroch Miriam rückwärts, bis sie mit dem Rücken gegen die Wand stieß. Krolls leblose Hand berührte ihr Gesicht und hinterließ einen Blutfleck auf ihrer Wange.

Der Hund begann zu erbrechen, während er sich in Agonie auf dem Boden wand und mit den Beinen zappelte. Kämen nicht so schreckliche Geräusche aus seiner Kehle, würde es aussehen, als träumte er vom Rennen und vom Jagen. In einem Schwall aus Blut und Magenschleim quoll ein haariger Fleischfetzen aus seinem Maul, der ein Nasenloch hatte und den Teil einer Oberlippe. Dazu ein halbes menschliches Ohr und ein Finger. Der Kopf des Hundes glitt durch die erbrochene Masse, während aus seinem Maul noch immer diese fürchterlichen Geräusche drangen. Miriam presste die Handflächen gegen ihre Ohren, in der Hoffnung, die Laute so nicht mehr zu ihr durchdringen zu lassen, doch das Klagen des Hundes wurde immer jämmerlicher und lauter. Unfähig, ihren Blick von der verendenden Kreatur abwenden zu können, die Knie bis an die Brust herangezogen, sah sie zu, wie das Maul des Hundes durch den herausgewürgten Brei aus Blut, abgebissenen Körperteilen und dunklen, schwarzen Brocken schmierte. Irgendwann gab er schließlich keine Geräusche mehr von sich, weil seine Atemwege mit Blut gefüllt waren, das in kleinen Fontänen aus seiner Nase schoss. Während seine weit aufgerissenen Augen immer glasiger wurden, sickerte aus seinem Maul nur noch schaumiges Sekret. Kurz darauf war sein Todeskampf zu Ende.

Miriam nahm die Lichtkegel von Taschenlampen wahr, die jenseits der Tür durch die Dunkelheit zucken. Jemand rief ihren Namen, doch sie vermochte nicht zu antworten.

42

Als ich mit vorgehaltener Waffe die Villenruine betrat und der Strahl meiner Taschenlampe den reglosen Körper am Ende des Foyers erfasste, fuhr mir der Schreck in die Glieder. Rasch erkannte ich jedoch, dass es sich nicht um Miriam handelte, sondern um einen der Wachmänner.

»Mia?«, rief ich in die Dunkelheit.

»Lex!«, erklang ein erleichterter Aufschrei aus einem der Räume am Ende des Foyers. »Hier hinten!«

Ich stieg über den halb entblößten, entsetzlich zugerichteten Toten hinweg, bemüht, nicht in die dunkle Lache zu treten, die sich um ihn herum ausgebreitet hatte, dann folgte ich einer Spur blutiger Pfotenabdrücke in den angrenzenden Raum.

Miriam kauerte am Ende des Salons neben einer zweiten, aus einem Deckendurchbruch hängenden Leiche, deren Kopf in einem massiven Schlageisen klemmte.

Wenige Schritte von ihr entfernt lag inmitten von Kot und bläulich schimmerndem Auswurf der grotesk verkrümmte Körper von Thauers Hund.

Die Waffe auf seinen Kopf gerichtet, stieß ich ihn im Vorbeigehen mit der Schuhspitze an, doch das Tier rührte sich nicht. Nach einem raschen Rundblick steckte ich die Pistole zurück ins Holster und eilte zu Miriam.

»Bist du okay?«, erkundigte ich mich, als ich neben ihr kniete.

Statt zu antworten, klammerte sie sich an mich und ließ ihren Emotionen freien Lauf.

»Du solltest dich für einen Moment hinlegen«, riet ich ihr, als ihr Zittern nicht aufhören wollte. »Mit einem seelischen Schock ist nicht zu spaßen.«

»Geht schon«, sagte sie. »Das ist nur das Adrenalin …«

Ich richtete die Taschenlampe auf das Brett, an dem sie festhing.

»Du hattest schon wesentlich bessere Ideen«, bewertete ich ihren

Alleingang, nachdem sie mir in wenigen Worten geschildert hatte, was geschehen war.

»Kroll musste austreten«, erklärte Miriam, während ich den aus ihrem Schuh ragenden Nagel aus allen Perspektiven beleuchtete. »Und ich wollte keine Zeit verlieren. Zudem war ich bewaffnet.«

»*Warst* du«, betonte ich und nickte hinüber zu dem Sessel, auf dem ihre Pistole lag. »Wie hat Thauer das überhaupt geschafft?«

»Ich weiß es nicht genau«, antwortete Miriam leise. »Es war dunkel, und … ich glaube, er hatte so etwas wie eine Peitsche …«

Ich sah auf. »Eine Peitsche?«

»Ja«, sagte Miriam und schüttelte dabei den Kopf. »Bitte, ich will jetzt nicht darüber reden. Ich muss erst einen klaren Kopf kriegen.«

»Sei froh, dass Kroll als Erster hier oben war«, sagte ich. »Genauso gut könntest *du* jetzt dort von der Decke hängen …«

Miriam holte Luft, um etwas zu erwidern, behielt ihren Kommentar dann aber doch für sich.

»Gott, gütiger!«, entfuhr es Hardberg, als nun auch er den Salon erreichte und das Szenario betrachtete. »Vom Gesicht des Kerls auf dem Flur ist nicht mehr viel übrig«, sagte er, als er den Anblick verdaut hatte. »Aber dem Protect-Ausweis zufolge ist das dort draußen Thauer.« Er leuchtete zu der neben uns hängenden Leiche. »Und das dort wohl Kroll.«

Ich bemühte mich, den in Miriams Fuß steckenden Metallstift von dem Brett zu befreien, durch das er getrieben war.

»Thauer war unser Puppenspieler«, sagte Miriam. »Aber die animalische Dynamik hat ihm einen Strich durch die Rechnung gemacht. Er konnte eine Menschenfalle installieren, war aber nicht in der Lage, die Instinkte und die Willkür des Hundes in seiner Wahrscheinlichkeitsgleichung unterzubringen.«

»Die Sache begann wohl aus dem Ruder zu laufen, als er seinem Jagdinstinkt gefolgt ist und Thauer die direkte Kontrolle über ihn verloren hat.«

Ich schaute hinauf zu dem Loch, an dessen Rändern sich blaue Blüten und die Reste des ursprünglichen Arrangements häuften, dann auf das mit Spiegelscherben und blauen Blütensprenkeln durchsetzte Trümmerfeld unter Krolls Leiche. Womöglich war das der Grund, weshalb Simon kein Opfer im Arrangement gesehen hatte, überlegte ich im Stillen. Der Puppenspieler war das Opfer seiner eigenen Kaskade geworden.

»Was ist?«, fragte Miriam, der mein nachdenkliches Gesicht selbst im Flirren der Taschenlampenstrahlen nicht entging.

Ich schüttelte den Kopf. »Keine Ahnung, nur so ein Gefühl«, murmelte ich.

»Inwiefern?«

Ich sah über meine Schulter, betrachtete den Hundekadaver und ließ meinen Blick durch den Salon schweifen. »Irgendetwas stimmt hier nicht.«

Da das Brett unter Miriams Fuß seit Jahren der Witterung ausgesetzt und relativ morsch war, zog ich mein Taschenmesser aus der Jacke und begann vorsichtig das Holz um den Nagel herum zu entfernen. Nach einigen Minuten war die Öffnung so groß, dass Miriam es schaffte, ihn aus der Bohle zu ziehen.

Ich untersuchte die Fußangel. Die zum Widerhaken verbogene Spitze auf der einen und der Nagelkopf auf der anderen Seite machten es unmöglich, den Stift aus dem Fleisch zu ziehen. Er musste chirurgisch entfernt werden.

»Wir brauchen den Rettungsdienst«, sagte ich.

Ich erhob mich und durchsuchte Krolls Leiche, konnte aber dessen Funkgerät nicht finden. So lief ich hinaus ins Foyer, in der Hoffnung, dass zumindest Thauer das seine noch am Gürtel hängen hatte. Was ich halb unter seiner Leiche begraben fand, war ein zerbissener Haufen Kunststoff- und Elektronikschrott.

»Komplett hinüber«, brummte ich, als ich in den Salon zurückkehrte.

»Ich sehe mal oben nach«, sagte Hardberg und verließ den Raum. Kurz darauf hörten wir ihn über uns durch die Zimmer schreiten. »Nichts«, verkündete er, als er durch das Loch in der

Zimmerdecke zu uns herabblickte. »Nur der Rest des Arrangements.«

»Ich muss den Nagel ein Stück weiter reindrücken«, erklärte ich Miriam. »Sonst bleibst du überall damit hängen.« Wahrscheinlich war es Einbildung, aber es kam mir vor, als würde sie noch eine Nuance bleicher werden. »Bereit?«, fragte ich und legte einen Daumen auf den Nagelkopf.

Im letzten Moment packte Miriam meine Hand und zog den Fuß zurück. Mit aufgerissenen Augen starrte sie vor sich auf das Parkett, dann hielt sie den Atem an, hob das Bein und stampfte mit dem verletzten Fuß auf den Boden, was den Nagelkopf bis zum Anschlag in ihre Schuhsohle trieb. Miriam schrie auf und krallte ihre Finger in meinen Arm und meine Schulter. Nach einigen Sekunden beruhigte sich ihr Atem wieder und ihr Griff begann sich zu lockern.

»So kannst du notfalls zumindest mit der Ferse auftreten«, sagte ich, nachdem sie sich entspannt hatte.

Miriam nickte, wobei sie ihr Gesicht noch immer gegen meine Schulter drückte. Es diente nicht dem Zweck, den Schmerz erträglicher zu machen, sondern ihre Tränen vor mir zu verbergen.

»Hast du eine Erklärung für diesen Blutrausch?«, fragte Hardberg, nachdem er in den Salon zurückgekehrt und vor dem Hundekadaver stehen geblieben war.

»Tollwut scheidet definitiv aus«, sagte Miriam. »Dafür ging die Metamorphose viel zu schnell. Bevor wir uns getrennt haben, hat Kroll erzählt, dass in einigen Gewölben am Hang irgendwelche biologischen oder chemischen Altlasten vergraben sein könnten. Wahrscheinlich war es der Hund, den ich dort unten im Keller gehört habe. Er muss irgendwo Reste von diesem Zeug ausgegraben und davon gefressen haben, oder vom Kadaver eines Tiers, das damit kontaminiert war.«

»Gut hat es ihm jedenfalls nicht getan«, sagte Hardberg, wobei er mit seiner Taschenlampe in Augen und Schnauze leuchtete. »Daran wird Ferdinand seine Freude haben.«

»Ich glaube, das ist eher ein Fall für das Veterinäramt oder die Seuchenschutzbehörde«, sagte Miriam. »Pass auf, dass du mit dem

Zeug aus seinem Maul nicht in Berührung kommst.« Sie befühlte vorsichtig das Schuhleder rund um die Wunde. »Du sagtest, der Hund sei einem Hasen nachgerannt …«

»Hase, Fuchs, Waschbär, keine Ahnung.« Ich reichte ihr ein Taschentuch, damit sie sich das Gesicht abputzen konnte. »Es war zu dunkel, um zu erkennen, was es war.«

Miriam beugte sich plötzlich zur Seite und schaute an mir vorbei.

»Jonas?«, fragte sie.

Ich blickte über meine Schulter und sah gerade noch, wie Hardberg den Salon verließ und um die Ecke verschwand.

»Jonas!«, rief Miriam ihm nach, erhielt aber keine Antwort. »Was war das denn jetzt?«, wunderte sie sich.

Ich erhob mich und lief zur Tür, doch der Flur war leer. »Jonas?«, rief ich hinauf in die obere Etage, als ich den Aufgang der Flügeltreppe erreichte. Dann ging ich nach draußen und sah mich um. Von Hardberg war weit und breit nichts zu sehen oder zu hören, was mich angesichts seines Beines verwunderte. Ich lauschte eine Weile, vernahm aber nirgendwoher das Geräusch von Schritten.

Als ich ins Haus zurückkehrte, hatte Miriam ihre Waffe, ihr Handy, den Taser und die Pfeffersprayflasche wieder an sich genommen und war bis zu einem der Treppenaufgänge gehumpelt.

»Weg« war alles, was mir zu Hardbergs Verhalten einfiel. »Was hat er gemacht, bevor er aus dem Zimmer gelaufen ist?«

»Kniete neben dem Hundekadaver …«

»Er *kniete*?«, wiederholte ich verdutzt. »Und ist mit seinem steifen Bein einfach wieder aufgestanden?«

Miriam zuckte mit den Schultern. »Ich habe ihn knien sehen.«

Konsterniert blickte ich wieder zum Eingang. »Vielleicht versucht er draußen eine Verbindung zu kriegen und die Kollegen zu verständigen.« Ich hielt meine Hände wie Scheuklappen neben meine Augen. »Mit Tunnelblick.«

»Geh ihm nach«, drängte mich Miriam und setzte sich mit schmerzverzerrtem Gesicht auf die Treppe. »So lange komme ich hier schon klar.«

»Ich lasse dich nicht in diesem Schlachtfeld zurück.«

»Mit mir verlierst du nur wertvolle Zeit.«

»Toter, als die beiden es sind, werden sie bestimmt nicht mehr«, sagte ich. »Und der Hund steht garantiert auch nicht mehr auf.«

43

Eine halbe Stunde später hatte ich es immerhin geschafft, mit ihr den Wassergraben zu durchqueren und sie auf dem Rücken bis hinunter zum Fuß der Freitreppe zu tragen. Dabei hatten wir mehrmals nach Hardberg gerufen, doch er hatte nicht geantwortet, was uns vermuten ließ, dass er in eine andere Richtung gelaufen war.

»Geht es?«, fragte ich, nachdem ich sie vorsichtig hinter dem Zaun abgesetzt hatte.

»Ja«, presste Miriam zwischen den Zähnen hervor, während sie sich schwer atmend an mich klammerte und auf dem gesunden Bein neben mir herhüpfte. »Aber bitte langsam.«

Ich machte mich am Schloss von Krolls Fahrrad zu schaffen, doch ohne den Code waren wir gezwungen, auch den restlichen Weg zu Fuß zu bewältigen.

»Denkst du, du schaffst es bis zum Wagen?«, fragte ich Miriam.

»Bleibt mir ja nichts anderes übrig.«

»Vielleicht gibt es vorn an der Promenade auch eine Notrufstelle für die Hafenwacht.«

Wir folgten der Mauerbrüstung eines etwa zweihundert Meter langen Stichkanals. Er verlief parallel zum sich weiter nordöstlich erhebenden Esplanadendamm, den ich jüngst mit Hardberg und Thauer in entgegengesetzter Richtung abgeschritten hatte. Jenseits der Ufermauer ging es gut vier Meter senkrecht hinab ins Wasser, das hin und wieder mit leisem Klatschen gegen das Gestein schwappte.

Das nassglatte, weitflächig mit Moos und Unkraut überwucherte Kopfsteinpflaster unter unseren Schuhen erschwerte das Laufen und machte das Vorankommen für Miriam zur Tortur.

»Lex!«, sagte sie irgendwann und blieb stehen, wobei sie an meinem Ärmel riss.

Im Glauben, die Schmerzen würden sie zu einer Pause zwingen, hielt ich ebenfalls inne, dann schaute ich in die Richtung, in die sie blickte. An der Mündung, wo Kanal- und Promenadenmauer sich trafen, stand eine reglose Gestalt. Obwohl der Nebel sie zu einem unscharfen Schemen machte, sorgten ihr Mantel und der Hut, den sie trug, für eine markante, unverwechselbare Silhouette.

Ich tauschte einen Blick mit Miriam, die ebenso verwundert zu sein schien wie ich.

»Was macht er da?«, fragte sie leise, als hätte sie Angst, dass Hardberg sie trotz der Entfernung hören konnte.

»Hoffentlich nicht das, wonach es aussieht«, sagte ich. »Falls er mit dem toxischen Zeug auf dem Hundekadaver in Berührung gekommen ist, könnte er gerade nicht mehr Herr seiner Sinne sein.«

»Denkst du etwa, er will springen?«

»Wenn die Substanz eine psychotrope, halluzinogene Wirkung hat, ist ihm alles zuzutrauen.«

Als wir uns Hardberg bis auf gut zehn Schritte genähert hatten, löste sich Miriam mit sanfter Gewalt von mir und ermahnte mich mit einer eindringlichen Geste, auf meiner Seite des imaginären Dreiecks zu bleiben. Während sie um Gleichgewicht kämpfend ein wenig Abstand zwischen uns brachte, zog sie ihre Waffe. Ich tat es ihr gleich, behielt die meine jedoch gen Boden gerichtet.

»Jonas?«, fragte sie. »Ist alles in Ordnung?«

Hardberg reagierte nicht. Reglos stand er auf dem Mauereck, wandte uns weiterhin den Rücken zu und schien die Verladekräne zu betrachten, die am gegenüberliegenden Hafenufer im Nebel aufragten. Sein Gehstock lag am Fuß der Mauer, was mich noch mehr irritierte.

Etwa zwanzig Meter entfernt klaffte eine Lücke in der Promenadenbegrenzung, von der aus eine Treppe hinab zur einstigen

Schiffsanlegestelle führte. In der Befürchtung, Hardberg stehe über dem Ende des Kais, warf ich einen Blick in die Tiefe, doch unter ihm schwappte zu beiden Seiten des Ecks Wasser.

Ich knipste meine Taschenlampe an und richtete den Strahl auf seinen Rücken. »Sei vernünftig, Jonas«, bat ich ihn. »Komm da runter.«

»Ja, Alexander«, erklang nun leise seine Stimme. »Rück mich ins rechte Licht, auf dass euch kein Zwinkern entgeht.«

»Was zum Teufel machst du da oben?«

»Wisst ihr eigentlich, wie gut ihr es hier habt?« Hardberg legte den Kopf in den Nacken. »Wie viel Wohlwollen euch beschieden ist, all dies nach eurem Willen formen zu können? Welche Gunst ihr genießt, das Angesicht der Schöpfung umgestalten zu dürfen, ohne in Ungnade zu fallen, wieder und wieder und wieder? Ich bringe es einfach nicht fertig, mich daran sattzusehen. Du etwa?« Er wandte sich halb zu mir um, ohne den Blick vom glühenden Nebel abzuwenden. »Vielleicht sollte ich mein Dogma überarbeiten«, fuhr er in seinem Monolog fort. »Was meinst du, Lex? Wäre das barmherzig?«

Miriam schenkte mir einen Blick, der Bände sprach.

›Das ist unmöglich!‹, schrien ihre Augen mich an. ›Es kann nicht sein, darf nicht sein!‹

»Ich komm aus Schattenlanden her und bring euch viel der alten Mär«, stimmte Hardberg leise ein Lied an, wobei es in meinen Ohren klang, als sänge er mit sich selbst im Duett. »Der alten Mär bring ich so viel, mehr denn ich offenbaren will …« Dann drehte er sich um und blickte auf uns herab. »Ist es nicht bemerkenswert?«, fragte er. »Hier stehen wir, ein schon fast heroisches Quartett aus Jägern und Gejagten. Ein Equilibrium der vier Ströme. Die magische Gleichung der Elemente.«

»Ich zähle nur drei«, erwiderte ich.

»Ja, Lex, was der Mensch sieht, glaubt sein Herz, ist es nicht so?« Hardberg zwinkerte mir schelmisch zu. »Ich habe aus sehr vertraulicher Quelle erfahren, du habest so etwas wie das zweite Gesicht. Falls das nicht nur ein Gerücht ist, um dich vor der Welt lächerlich zu machen, dann wirf einen Blick durch seine Augen und zähl noch mal nach.«

»Schluss mit dem Unsinn, Jonas.« Die Waffe im Anschlag, trat Miriam an Hardberg heran.

»Warum, Frau Kommissarin?«, erwiderte dieser. »Denkst du etwa immer noch, es würde heute enden?«

Ich konnte sehen, wie Miriam der Schreck in die Glieder fuhr. »Was?«, fragte sie, wobei sie die Hand mit der Pistole unbewusst sinken ließ.

Mit einer blitzartigen, für das Auge kaum zu verfolgenden Bewegung beugte Hardberg sich zu ihr herab und entwand ihr mit der rechten Hand die Waffe. Dann packte er mit der linken ihren zum Pferdeschwanz gebundenen Haarschopf und riss sie zu sich empor auf die Mauerbrüstung, als wäre sie nur eine Stoffpuppe.

»Nun sind wir hier oben zu dritt!«, rief er, als ihr Schmerzensschrei verhallt war, und sah triumphierend auf mich herab. »Und du stehst allein, Schattenaugur, wie einst Apoll vor den drei Furien des Aischylos.«

»Lass sie los!«, forderte ich ihn auf und richtete meine Waffe auf sein Gesicht.

Kein Zweifel, Hardberg hatte mich gehört, doch er scherte sich nicht darum. Stattdessen senkte er den Kopf und schloss die Augen, als würde er Miriams Duft aufnehmen.

»Weißt du, eigentlich müsste ich dich für deine Weitsicht belohnen«, flüsterte er ihr ins Ohr. »In diesem Köter zu stecken hat sich … wie soll ich sagen? Befriedigend angefühlt.«

»Ach ja?«, keuchte sie, wobei sie um Fassung bemüht war. »Hat sich damit eine deiner geheimen Sodomie-Fantasien erfüllt?«

Hardbergs rechte Hand wanderte unter ihren Mantel und krallte sich um eine ihrer Brüste. »Vielleicht hätte ich beenden sollen, was Thauer begonnen hatte …«

»Verzeih mir, Jonas, aber dieses Gift macht dich zu einer Gefahr für die Gesellschaft und dich selbst.«

Miriam holte mit dem Arm aus und drosch Hardberg den Ellbogen ins Gesicht. Der Hieb, der vermutlich jeden gewöhnlichen

Menschen ausgeknockt hätte, zeigte bei ihm nur kinetische Wirkung. Sein Kopf schlug so heftig in den Nacken, dass ich für einen Moment glaubte, Miriam hätte ihm das Genick gebrochen. Sein Hut rutschte ihm vom Kopf und verschwand jenseits der Mauerbrüstung im Nebel.

Wider Erwarten hob Hardberg den Kopf jedoch wieder.

»Temperament, geschürt von verbissen aufrechterhaltener Rationalität«, spottete er. »Gefällt mir, Frau Kommissarin. Wütend habe ich euch am liebsten. Das offenbart eine unterdrückte Seelenverwandtschaft.«

Während er für ihn völlig untypische Sprüche klopfte und ich verzweifelt nach einem Ausweg aus der Situation suchte, nahm ich jenseits der Ufermauer ein sich vom Wasser her näherndes Licht wahr.

»Lass sie gehen, Jonas!«, richtete ich einen letzten Appell an Hardberg, um ihn davon abzulenken. »Sofort!«

»Sonst was?« Er packte Miriams Mantelkragen und hielt sie am ausgestreckten Arm über den Abgrund. Dabei verdrehte er die Faust so, dass der Stoff ihr die Luft abschnürte. Miriam riss die Augen auf und begann zu strampeln, doch auch das schien Hardberg nicht im Geringsten zu beeindrucken.

»Weißt du, was ein Sklave auf Samos einmal zu mir gesagt hat?«, fragte er, ohne dass seine Stimme vor Anstrengung zitterte oder er Anzeichen dafür zeigte, dass seine Kräfte nachließen. »Er sagte, Prometheus rührte den Lehm, aus dem er den Menschen schuf, nicht mit Wasser an, sondern mit Tränen.«

»Gottverdammt, Jonas, du bist nicht mehr Herr deiner Sinne!«

Hardberg leckte sich das Blut von den Lippen. »Und du kapierst es einfach nicht, Schattenaugur.« Er hob die Waffe. »Ich bin nicht Jonas!«

Wir schossen gleichzeitig. Irgendwie vollbrachte es Miriam dabei trotz ihrer misslichen Lage im letzten Moment, seinem Arm mit der Fußspitze einen leichten Stoß zu verpassen. Während Hardbergs Kugel an meinem linken Ohr vorbeipfiff, traf das Projektil aus meiner Waffe ihn knapp unter dem Haaransatz in die

Stirn. Erneut wurde sein Kopf nach hinten gerissen. Im Geiste sah ich Hardberg und Miriam bereits fallen – doch sie taten es nicht. Wider Erwarten blieb mein Gegenüber aufrecht stehen, senkte den Kopf wieder und starrte mich an, während ihm das Blut aus der Schusswunde über das Gesicht strömte.

»*Touché*, Lex«, sagte er, wobei ich mir einbildete, ein Lächeln über seine Lippen huschen zu sehen. »Glaubst du an Karma?«

Dann schoss er ein zweites Mal.

Reflexartig drehte ich den Kopf zur Seite und duckte mich nach links weg, im Glauben, einer Pistolenkugel ausweichen zu können. Im gleichen Moment traf ein heftiger Schlag meine rechte Hand und entriss mir die Waffe. Noch im Fallen spürte ich einen Stich am Hinterkopf, jäh verdrängt von einem dumpfen, lähmenden Schmerz in meinen Fingern.

Ich registrierte schnell, dass etwas nicht stimmte. Kaum war ich auf das Kopfsteinpflaster geprallt, überkam mich ein Schwindelgefühl, das sich innerhalb von Sekunden zu einem beängstigenden Vertigo steigerte. Ich wollte aufstehen, doch meine Beine gehorchten mir nicht. Während die Szenerie vor meinen Augen zu verschwimmen begann, sah ich Hardberg und Miriam als Schattenrisse vor dem nun grellen, vom Fluss emporstrahlenden Lichtkegel eines Scheinwerfers zur Seite kippen und im Dunkel verschwinden. Ich glaubte noch, ihren schrillen, abrupt endenden Schrei zu hören, dann erstarb das Licht, und der Vertigo verwandelte sich in das alles verschlingende Maul des Molochs.

NACHSPIEL

Eine biblische Legende erzählt die wundersame Geschichte des Propheten Jona, dem von Gott aufgetragen wird, der Stadt Ninive dessen Strafgericht und ihren baldigen Untergang zu verkünden. Jona wendet sich jedoch nach Westen zur Küste, wo er an Bord eines Schiffes geht und aus Israel flieht. Daraufhin entfacht Gott einen Sturm, der das Schiff in Seenot bringt. Überzeugt davon, dass Jona der Unheilbringer ist, wird dieser von den Seeleuten über Bord geworfen und im Meer von einem großen Fisch verschlungen. In dessen Bauch betet er drei Tage und drei Nächte lang, woraufhin er schließlich in einem Fluss nahe Ninive unversehrt wieder ausgespien wird. Sodann begibt Jona sich tatsächlich in die Stadt, um ihren Herrschern zu verkünden, womit Gott ihn beauftragt hat …

Als der Moloch *mich* wieder ausspuckte, wusste ich nicht, ob drei Tage, drei Monate oder nur drei Stunden vergangen waren.

Ich erwachte in einem abgedunkelten Einzelzimmer der neurochirurgischen Klinik, flankiert von einer unheilvoll anmutenden medizinischen Kontrollperipherie, deren Auswüchse teils auf mir ruhten und teils in meinen Körper führten.

In meiner postkomatösen Konfusion und der verzerrten Wahrnehmung während meines Erwachens wirkten die Geräte auf mich, der ich kaum einen Muskel zu rühren vermochte, wie zwei elektronische Wächter, die jede verdächtige Bewegung meiner selbst bestraften und Stromstöße durch meinen Körper jagten. Während langsam ein wenig Ordnung in meinen Verstand zurückkehrte, verloren sie einen Großteil ihrer albtraumhaften Bedrohlichkeit.

Am Ende waren es nur noch summende, piepsende, oszillierende Maschinen, die meine Körperfunktionen überwachten.

Ich wollte auf mich aufmerksam machen, aber ich konnte nicht sprechen, weil ein Tubus in meinem Hals steckte. Neben meinem Kopfkissen lag eine Fernbedienung mit Schwesternruftaste. Obwohl ich den Kopf nicht zu drehen vermochte, konnte ich sie aus dem Augenwinkel heraus sehen. Einzig danach zu fassen war mir vergönnt. Ich fand nicht einmal die Kraft, um eine Hand zu heben. Das verfluchte, dreißig Zentimeter neben mir ruhende Ding war unerreichbar, und das machte mich wütend.

In der Sehnsucht, es ergreifen und auf eine der Tasten drücken zu können, reimte ich mir zusammen, was sich damit alles regeln und fernsteuern ließe; die Zimmertemperatur, das Licht, die Jalousien, das Essen, die Krankenschwester, das Wetter, die Geschwindigkeit, mit der ich mit dem Bett durch die Klinik rollen konnte …

Es vergingen etwa zwei Stunden, bis sich endlich die Tür öffnete und eine Pflegekraft mit einem Servicewagen das Zimmer betrat. Sie parkte das Gefährt am Fußende meines Bettes, zog zwei Handtücher heraus, blickte mich an und verharrte für ein paar Sekunden verwundert in dieser Haltung. Dann legte sie die Handtücher zurück auf den Wagen und trat neben mein Bett.

»Herr Crohn?«, fragte sie. »Können Sie mich verstehen?«

Ich hätte ihr gern geantwortet, dass ich nicht sprechen konnte, weil ich einen Tubus in der Luftröhre stecken hatte, aber ich war sicher, dass sie den Umstand selbst erkannte. Also schloss ich zur Bestätigung nur kurz die Augen.

Es dauerte mehr als einen Tag, bis die Ärzte sicher waren, dass meine Atmung stabil blieb, und sie den lästigen Tubus entfernten. Den Grund für ihre Vorsicht hatte ich bereits ein paar Stunden nach meinem Erwachen erfahren, ebenso warum seither nur Ärzte und Pflegepersonal ein und aus gingen, ununterbrochen eine kleine, unscheinbare Kamera auf mich gerichtet war und vor dem Zimmer ein Wachmann saß, der aufpasste, dass ich nicht ›schlafwandelte‹, wie eine der Krankenschwestern es mit bedeutungsschwangerem Blick formulierte. Mir gefiel der Euphemismus trotz des traurigen Anlasses.

Als Hardberg ein zweites Mal geschossen und seine Kugel die Waffe in meiner Hand getroffen hatte, war das Projektil beim Aufprall auf dem Metall zersplittert. Ein schmales, knapp ein Zentimeter langes Bruchstück seines Stahlmantels hatte sich rechts über dem Atlaswirbel in meinen Hinterkopf gebohrt und das untere Kleinhirn durchdrungen, ohne eine wichtige Arterie oder einen wichtigen Nerv verletzt zu haben. Dort steckte es nun an einer äußerst neuralgischen Stelle zwischen Zerebellum und Hirnstamm. Hätte ich den Kopf etwas weniger gedreht, wäre der Splitter wohl einfach im hinteren Schädelknochen stecken geblieben. Hätte ich mich nicht so weit vorgebeugt, hätte er den Atlas- oder Axiswirbel getroffen, und ich wäre nun wahrscheinlich tot oder vom Hals abwärts gelähmt.

»Keine Sorge, alle Finger sind noch dran«, versicherte mir einer der Ärzte mit Blick auf meine dick verbundene rechte Hand und den eingegipsten Unterarm. »Aber durch die Wucht des Treffers wurden Ihr Handgelenk und zwei Ihrer Finger gebrochen.«

Auf meine Fragen, ob Miriam wohlauf sei, erhielt ich keine Antwort. Ebenso wenig verriet man mir etwas über den Tatort und die Leichen in der Reedervilla.

Meine Darstellung, dass Hardberg ungeachtet der Schusswunde in seiner Stirn stehen geblieben war, stieß sowohl bei Mertens als auch bei den mich betreuenden Ärzten gelinde gesagt auf Skepsis. Letztere waren überzeugt davon, dass mir meine Sinne bezüglich der Geschehnisse, denen ich mein Zerebralsouvenir zu verdanken hatte, zweifellos einen Streich gespielt hatten. Sie beurteilten die Vision eines Jonas Hardberg, der trotz eines tödlichen Kopfschusses aufrecht stand, Miriam dabei einhändig über dem Hafenbecken zappeln ließ, mich verhöhnte und sogar noch in der Lage war, ein zweites Mal gezielt auf mich zu schießen, als Resultat einer deformierten Erinnerung, ausgelöst durch das unmittelbare Eindringen des Projektilsplitters in mein Gehirn und einen darauffolgenden explosiven, zum visuellen Kortex geleiteten Impuls. Sie versuchten mich davon zu überzeugen, einer Wahnvorstellung aufgesessen zu sein, ähnlich der eines an Schizophrenie Erkrankten, welcher mit Personen kommuniziert und interagiert, die nicht real sind.

Dass sie den Ablauf des Geschehens verdrehten und meine vermeintliche Beobachtung *hinter* seinen verhängnisvollen zweiten Schuss stellten, ärgerte mich, aber im Grunde konnte ich es ihnen nicht verübeln. Sie wollten das Geschehen so terminieren, wie es ihrer Auffassung von Logik entsprach, und es verstehen, wie sie es zu verstehen wussten. So, wie es ihrer Auffassung vom Lauf der Dinge, der folgerichtigen Sequenz von Ursache und Wirkung entsprach. Für sie hatten alle Dinge Substanz und die Zeit nur eine Richtung. Es hätte daher schon mit dem Teufel zugehen müssen, um mich dazu zu verleiten, ihnen etwas über die Echo-Dimension oder das Visionarium zu erzählen. Zwar stak ein Projektilsplitter in meinem Kopf, aber das bedeutete noch lange nicht, dass ich unzurechnungsfähig war. Im Gegenteil, ich hatte das Gefühl, plötzlich alles weitaus klarer zu sehen als zuvor.

Zuerst war ich enttäuscht, dann erschrocken darüber, dass es nicht Miriam war, die drei Tage nach meinem Erwachen das Zimmer betrat, sondern Vinzenz. In der Erwartung, sie würde ihm folgen, richtete ich mich ein Stück auf, doch er schloss die Tür hinter sich wieder.

»Wo ist Mia?«, fragte ich, kaum dass er drei Schritte näher gekommen war.

Vinzenz hob eine Hand und deutete hinauf zur Zimmerdecke, offenbar in der Annahme, ich wüsste Bescheid. Mit Sicherheit stand mir der Schreck daraufhin ins Gesicht geschrieben.

»Nein, nein, in der Etage über uns!«, beeilte sich Vinzenz zu erklären, als ihm die Missverständlichkeit der Geste bewusst geworden war. »In der Pulmologie, zur Nachuntersuchung. Sie hat ziemlich viel Wasser geschluckt, und die Hafenbrühe ist nicht gerade die gesündeste. Will gar nicht wissen, was dort von Frachtkapitänen nachts heimlich alles verklappt wird.«

Ich schloss erleichtert die Augen und ließ mich aufs Kissen zurücksinken.

»An unserer nonverbalen Kommunikation müssen wir noch arbeiten«, sagte ich leise. »Ich hatte eine Scheißangst, dass sie es nach dem Sturz nicht zum Promenadenanleger geschafft hat …«

»Hat sie auch nicht«, sagte Vinzenz. »Die Wasserschutzpolizei konnte sie gerade noch rechtzeitig rausfischen.«

»Heißt das, jemand hat uns beobachtet?«

»Beobachtet ja, aber die Aussagen wären vor Gericht nicht haltbar. Zu dunkel, zu neblig, zu weit entfernt.«

»Wer hat eigentlich diese Big-Brother-Nummer veranlasst?«, wollte ich wissen, nachdem er mir erzählt hatte, was in den Medien über den Fall berichtet wurde.

»Roman Kuerten«, erklärte Vinzenz. »Hardbergs Nachfolger.« Er warf einen Blick über seine Schulter, dann in die Höhe, als verfolgte er den Flug einer lästigen Mücke. »Er ist, um es diplomatisch zu sagen, nicht besonders gut auf dich zu sprechen«, fügte er in gedämpftem Tonfall hinzu.

»Na, Glückwunsch zur Beförderung. Ist der Kerl mit unserer Arbeit vertraut? Hat er je etwas von den Puppenspielern gehört und wie perfide sie ihr Ding aufziehen?« Vinzenz zuckte mit den Schultern. »Dachte ich mir«, sagte ich. »Findest du es eigentlich nicht auch seltsam, dass der ganze Mist ausgerechnet an dem Tag passiert ist, an dem Hardberg wieder ins Büro kam, Mertens nicht in der Stadt war und du krank im Bett lagst?« Ich sah ihn an. »Denkt dieser Kuerten vielleicht, *ich* habe das geplant?«

»Lex …«

»Ich hätte es ahnen müssen«, sagte ich. »Aber ich habe rein gar nichts gefühlt, Vinz. Es gab keinen Trigger, kein Echo, nichts – bis ich Jonas' Gehstock berührt hatte. Aber da war es bereits zu spät.«

»Versuche sachlich zu bleiben«, bat mich Vinzenz.

Ich sah ihn fragend an, woraufhin er die Pupillen in Richtung der Kamera verdrehte, ohne sich dabei zu rühren.

Dann schielte er kurz in Richtung der mir gegenüberliegenden Zimmerwand.

Als ich begriff, was er damit andeutete, schloss ich die Augen und nickte. »Klar«, murmelte ich, »da hätte ich auch von allein drauf kommen können.« Vorsichtig setzte ich mich wieder auf und rief: »Kuerten, was erhoffen Sie sich davon? Haben Sie in der Kindheit zu wenig Räuber und Gendarm gespielt?«

Es vergingen einige Sekunden, dann ertönte aus den versteckten Lautsprechern, über die auf Wunsch der Patienten normalerweise leise Musik dudelte, ein leises Klicken, und eine männliche Stimme sagte: »Die zweite Frage gebe ich gern ungekürzt an Sie zurück, Herr Crohn.«

»Dann beantworten Sie die erste.«

»Wir suchen Kongruenzen«, erklärte Kuerten. »Und Differenzen.«

»Ach, schminken Sie sich doch den Bart ab«, sagte ich. »Sie suchen jemanden, den Sie teeren und federn dürfen, aber gewiss nicht die Wahrheit.«

»Wie kommen Sie darauf?«

»Weil jemand wie Sie die Wahrheit überhaupt nicht verstehen würde. Sie waren nicht dabei.«

»Nein, Herr Crohn, das war ich leider nicht – sonst hätte ich es wahrscheinlich verhindern können.«

»Oder würden jetzt in der Grube liegen«, hielt ich ihm entgegen. »Wie so viele, die sich eingebildet hatten, dass sie's draufhaben.« Ich lauschte eine Weile der Stille, dann fragte ich: »Wurde Hardbergs Leiche schon gefunden?«

Es dauerte einige Sekunden, bis Kuerten sich zu einer Antwort durchringen konnte. »Nein«, sagte er. »Wahrscheinlich ist sie abgetrieben worden und wird früher oder später an irgendeiner Schleuse auftauchen.«

Ich tauschte einen Blick mit Vinzenz. »Oder auch nicht«, sagte ich.

Wir warteten darauf, dass eine Antwort aus den Lautsprechern drang oder sich die Tür öffnen und Kuerten persönlich das Zimmer betreten würde, aber es passierte weder das eine noch das andere.

»Tut es weh?«

Miriam saß neben mir auf einem Stuhl und sah mich an, als läge ich im Hospiz, um auf meine letzte Ölung zu warten.

»Die Wunde am Hinterkopf tut weh«, sagte ich. »Im Gehirn selbst gibt es keine Nerven. Mir geht es gut, wirklich. Ich muss in Zukunft nur auf einige Dinge achtgeben.« Ich legte meine Hand auf die ihre. »Danke, dass du noch reingekommen bist.« Zu meiner Verwunderung zog sie ihre Hand zurück. »Wie geht's deinem Fuß?«, fragte ich, um meiner Irritation nicht zu viel Raum zu geben.

»Eigentlich genau umgekehrt.« Miriam lächelte freudlos. »Es tut innen weh. Überall innen irgendwie. «

»Was ist denn los?«, wollte ich wissen, als mich ihr Verhalten zunehmend beunruhigte. »Stimmt etwas nicht?« Dann kam mir ein neuer Gedanke und ich fragte: »Haben die Ärzte bei meiner Untersuchung etwa noch etwas anderes entdeckt?«

Miriam schwieg lange, wobei ihr Blick unstet umherschweifte, ohne den meinen zu kreuzen. Schließlich schaffte sie es, über ihren Schatten zu springen, und sagte: »Ich habe dort unten im Wasser etwas gesehen, Lex …«

»Was meinst du?«

Ich sah ihr an, wie sie innerlich mit sich rang. »Als Jonas mich hinab in die Tiefe gezogen hatte, war da noch etwas unter mir in der Dunkelheit«, erklärte sie. »Ein …« Miriam stockte und starrte mit weit aufgerissenen Augen ins Nichts, fast so, als sähe sie das Bild in diesem Moment wieder direkt vor sich. »So etwas wie ein Gesicht«, sagte sie schließlich.

»Du meinst, das von Jonas?«

»Nein.« Ihre Stimme war kaum mehr als ein Hauch. »Das war nicht Jonas, Lex. Das war etwas anderes. Etwas …« Sie schüttelte den Kopf, als wollte sie das Bild, das sie vor Augen hatte, aus ihrer Erinnerung vertreiben. »Es hatte …« Statt den Satz zu beenden, hob sie eine Hand und formte sie zu einer nach vorn gerichteten Klaue.

Ein paar Minuten lang saß Miriam danach wie ein Häufchen Elend neben mir und starrte auf den Linoleumfußboden. Dann erhob sie sich, trat ans Fenster und öffnete die Jalousie, woraufhin orangerote Streifen aus Abendsonne ihren Körper in ein Kunstwerk aus Licht und Schatten verwandelten.

»Und es hat geflüstert«, murmelte sie, während sie hinab auf den Krankenhausparkplatz blickte.

»Geflüstert?«, zweifelte ich. »Unter Wasser?«

Miriam schluckte schwer und nickte.

Ich betrachtete sie, wie sie dort stand, verloren zwischen Sein und Schein. Sie, die geborene Rationalistin, beschrieb etwas, das weit über den mir bekannten Horizont ihrer Vernunft hinausreichte und ihr Bedürfnis nach Kontrolle aushebelte. In meiner Verwunderung ertappte ich mich bei dem Gedanken, dass sie in der Villenruine womöglich ebenfalls mit der Substanz in Berührung gekommen sein könnte, der Hardberg und der Hund zum Opfer gefallen waren.

Miriam drehte den Kopf und sah mich an, fast so, als hätte sie meine Gedanken gelesen. Aber das, was sie aufwühlte, war etwas Tiefgreifenderes. Etwas, das sich Bahn zu brechen versuchte, aber noch nicht die Kraft dafür hatte.

»Sorry, ich muss wieder los«, sagte sie. »Versuch dich bitte zu schonen, okay?« Sie trat heran, drückte leicht meine bandagierte Hand und hauchte mir einen Kuss auf die Stirn, dann wandte sie sich um und ging gesenkten Hauptes davon.

»Was hat es geflüstert?«, fragte ich sie.

Miriam blieb kurz stehen, als würde sie mit ihrem Gewissen ringen. Schließlich ging sie weiter, ohne sich noch einmal umzusehen.

»Was hat es geflüstert?«, rief ich ihr nach.

Ich hörte sie leise schluchzen, dann zog sie die Tür von außen ins Schloss, und ihre sich entfernenden Schritte verhallten auf dem Korridor.

– Ende des ersten Bandes –

Bitte beachten Sie auch die nachfolgenden Seiten ...

Die besten
Erzählungen
von Michael
Marrak

Band 1

In neun einzigartigen Geschichten mischt Michael Marrak alle
phantastischen Genres und schafft daraus seine eigenen skurrilen,
wunderbar farbigen und zuweilen bedrückenden Welten, die die
Atmosphäre der Werke von Samuel Beckett oder Franz Kafka ins
21. Jahrhundert transportieren.
Die in diesem Band enthaltene Erzählung »Die Stille nach dem
Ton« wurde 1999 mit dem Deutschen Science Fiction Preis
ausgezeichnet. »Wiedergänger« erhielt den Deutschen Science
Fiction Preis sowie den Deutschen Phantastik Preis 2000.

MEMORANDA

www.memoranda.eu

Die besten
Erzählungen
von Michael
Marrak

Band 2

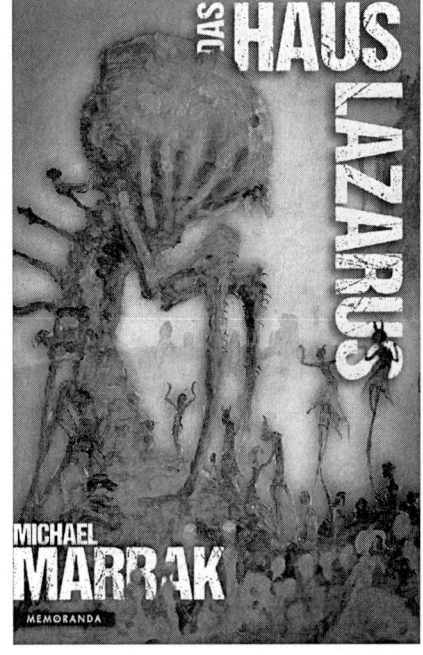

»Michael Marrak ist nicht nur ohne Zweifel einer der begabtesten und wortgewaltigsten Autoren der heutigen deutschen Science Fiction, er kann auch vorweisen, was vielen anderen empfindlich fehlt: eine eigenständige Stimme. In seinen Werken vermischt sich Science Fiction mit Phantastik, Horror und alten Mythen zu einer ebenso unverkennbaren wie unnachahmlichen Mischung.«
Andreas Eschbach

www.memoranda.eu

MEMORANDA

MEMORANDA veröffentlicht vornehmlich Sachbücher zu den Themen Science Fiction und Fantasy, darunter Werke zur Geschichte des Genres oder neue Titel und ausgewählte Neuausgaben der 1994 begründeten Reihe ›SF Personality‹, aber auch Erzählungen und Romane deutscher sowie internationaler Autoren.

Die MEMORANDA-Bücher erschienen von 2015 bis 2019 im Golkonda Verlag und werden seit Januar 2020 von Hardy Kettlitz im Memoranda Verlag herausgegeben.

Sollten Sie von Ihrem Händler die Auskunft erhalten, dass ein Buch nicht lieferbar ist, wenden Sie sich bitte direkt an den Verlag.

Eine Übersicht zu den lieferbaren Titeln finden Sie auf

www.memoranda.eu